Crimes de Seine

Du même auteur

Aux éditions Payot & Rivages

Le Jour de gloire

Chez d'autres éditeurs

Des clous dans le cœur (Fayard, 2013, Prix Quai des Orfèvres)
BRI : histoire d'une unité d'élite (Jacob-Duvernet, 2012)
Police judiciaire, 100 ans avec la Crim de Versailles (Jacob-Duvernet, 2012)
J'irai cracher dans vos soupes (Jacob-Duvernet, 2011)
La petite fille de Marie Gare (Robert Laffont, 1997)
La Guerre des nains (Fleuve noir, 1996)
Mauvaise graine (Lattès, 1995)

Les aventures du commissaire Edwige Marion :

L'Ombre des morts (Anne Carrière, 2008)
Le Festin des anges (Anne Carrière, 2005)
Origine inconnue (Robert Laffont, 2003)
Affaire classée (Robert Laffont, 2002)
Et pire, si affinités (Robert Laffont, 1999)
Mises à mort (Robert Laffont, 1998)
Le Sang du bourreau (Lattès, 1996)

Littérature jeunesse

Les trois coups de minuit (Syros, 2009)
Nuit blanche au Musée (Syros, 2004)

Danielle Thiéry

Crimes de Seine

*Collection dirigée par
François Guérif*

Rivages/noir

Retrouvez l'ensemble des parutions
des Éditions Payot & Rivages sur

www.payot-rivages.fr

© 2011, Éditions Payot & Rivages
106, boulevard Saint-Germain — 75006 Paris
© 2013, Éditions Payot & Rivages
pour l'édition de poche

ISBN : 978-2-7436-2529-0

« La main destructrice de l'homme n'épargne rien de ce qui vit ; il tue pour se nourrir, il tue pour se vêtir, il tue pour se parer, il tue pour attaquer, il tue pour se défendre, il tue pour s'instruire, il tue pour s'amuser, il tue pour tuer ; roi superbe et terrible, il a besoin de tout et rien ne lui résiste. »

Joseph DE MAISTRE (1753-1821)

Un rideau de pluie gicle sur les rails d'où s'élève une brume sale. Ici et là, sur le ballast, se sont formées des flaques qui luisent dans la lumière d'un jour mort-né.
Il pleut depuis quinze jours, sans accalmie.
Je me souviens de tout.
Des ronds à l'infini sur le miroir trouble des douves. Du floc-floc des gouttières sur le plancher du grenier, de la lente intrusion des rigoles par les tuiles disjointes. Des coulures malodorantes sur les tempes du bourreau. Des larmes de la mère. Espérées. Jamais versées.
J'aimais déjà la pluie dans ce temps-là.
Allongé sur le dos, les membres fracassés, je jouissais du ruissellement sur mon corps de l'eau qui me lavait des péchés assassins, purifiait mes blessures.

Elle arrive, j'entends le crissement de ses rangers sur les cailloux. La porte. Elle entre. Je la sens. Je ne la vois pas, je la sens. Elle est tendue au point de ne rien remarquer de ce qui l'entoure.
Je serre les doigts autour du flingue. Je vise, un œil clos comme au stand. Bang !

1

1ᵉʳ jour.
Mardi 20 février 2013.

**Gare du Nord. Un ancien poste d'aiguillage
au bout du faisceau des voies.
9 heures 59**.

Marion est arrivée en avance. Elle flaire l'air saturé d'humidité. Identifie, de manière instinctive, un piège dans ce rendez-vous matinal. Un plan en complète dérogation avec le traitement de son indic. B-M n'est pas un lève-tôt, plutôt le genre oiseau de nuit aux abonnés absents jusqu'au milieu de l'après-midi. Or, de bonne heure ce matin, il a appelé sur une des lignes de la brigade. Un autre détail qui a fait tiquer le commissaire : quand il doit la joindre, il utilise son numéro de mobile, à l'exclusion de tout autre. Elle a pourtant balayé ces dissonances. À la voix intime qui lui ordonnait la prudence, elle aurait rétorqué que, pareil à tout camé, dealer et casseur à ses heures, le garçon est fantasque. Et ce qu'il racontait était tellement ahurissant.

B-M lui a demandé de le rejoindre à leur endroit habituel. Troublant. Côté domicile, elle lui connaît une ou deux vagues adresses où il ne passe que pour changer de jean's ou se zoner quelques heures. Le reste du temps, il fait le coucou, squattant le nid des autres au gré de ses humeurs ou de l'inspiration des flics qui le traquent. Sans oublier le traitement de ses petites affaires, son « bizness », ainsi qu'il se plaît à les nommer.

Elle a dit : « Tu te fous de moi ? » et il a eu un rire difficile à interpréter. Pour ne pas rester en plan avec l'adrénaline que ses propos avaient bennée dans ses artères, elle lui a suggéré de la retrouver à l'endroit de leur dernier point de liaison. Là où elle se trouve à présent depuis cinq minutes. C'est un poste de contrôle ferroviaire désaffecté, à quelques centaines de mètres de la brigade, au milieu des voies. B-M a dit « OK, dans une heure », avant de couper la communication. C'était un scénario incongru et l'idée l'a effleurée d'avertir quelqu'un de son équipe. Le capitaine Luc Abadie ou Valentine Cara, lieutenant de police. Mais surtout pas son adjoint, un commissaire nouvellement promu.

L'info de B-M lui avait mis tous les signaux au rouge et elle ne pouvait pas rigoler avec ça.

Pendant la demi-heure qui a suivi, elle a rangé son bureau, bu un demi-litre de café. Puis elle a fait le tour de la brigade. Lentement. Ravagée par l'impression qu'elle faisait ses adieux. Toutefois, contrairement à son premier mouvement, elle n'a rien dit à personne de son rencard et elle ne sait toujours pas pourquoi. Elle a passé un blouson de cuir par-dessus sa tenue d'intervention : cotte bleu sombre assortie d'un ceinturon bardé de mousquetons et d'une casquette à l'américaine à longue visière. En dépit des trombes d'eau qui se déversaient sur Paris depuis bientôt deux semaines, elle n'a même pas pensé à se munir de son ciré. Souple dans ses chaussures de saut, elle est partie à petites foulées, son arme de service coincée entre sa ceinture et son ventre, tel un compagnon rassurant dont le métal se réchauffait au contact de sa peau. Des trains l'ont dépassée, des hommes l'ont reluquée, des employés des chemins de fer habitués de sa silhouette sportive l'ont hélée.

Elle n'a rien remarqué, tout entière concentrée sur B-M et son tuyau pourri.

Elle est entrée par l'arrière, étonnée de trouver la porte déverrouillée. L'alarme dans sa tête ne l'a pas fait reculer. Elle avait douze minutes d'avance et le poste lui a paru vide quand elle l'a traversé pour aller s'embusquer derrière les vitres assombries par la saleté. Elle a attendu, le regard flottant sur les lignes d'acier qui semblent se rejoindre en se rapprochant de l'horizon. Le ballast d'un noir vibrant était gorgé, débordant sur les voies latérales et noyant à mi-moyeux les roues des trains en attente sous des flaques impossibles à résorber. Bravant les éléments, des grappes de moineaux avaient investi les rails pour leurs parades amoureuses, démontrant que la vie doit continuer, coûte que coûte. Avec un nœud à l'estomac, Marion s'est dit que le printemps était arrivé sans même qu'elle s'en rende compte.

Dominant les criailleries des piafs, un bruit très particulier, familier, lui est parvenu. Des bruits, ce n'était pas ce qui manquait ici, avec des convois qui se succédaient, se croisaient toutes les trois minutes en moyenne. Le son ne venait pas du dehors mais de l'intérieur du poste. Elle s'est retournée doucement en posant par réflexe sa main sur la crosse de son Sig Sauer 14 coups. Elle a repoussé sans brusquerie le cran de sûreté, arraché l'arme tiède à sa peau. La fraîcheur de l'air sur son estomac lui a fait l'effet d'une amputation. Elle a perçu un cliquetis en écho et sa tension a grimpé en flèche. Avant d'apercevoir qui que ce soit, elle avait compris.

Elle était seule dans un bâtiment abandonné, et elle allait mourir.

Elle s'est jetée en avant avec au creux du ventre une peur primaire qui le disputait au besoin de savoir qui se cachait là. L'espace d'un instant, elle l'a vu. Jusque-là, elle avait espéré un gag. Une farce de mauvais goût dont elle se promettait de punir les auteurs. Mais il était bien là et la visait ouvertement.

Elle a détendu son bras d'une secousse avec l'impression fâcheuse de viser le vide. Elle a couiné le nom de l'homme mais la détonation a couvert le son de sa voix. Une autre explosion a suivi quand son doigt s'est crispé sur la queue de détente, juste avant ou en même temps qu'un formidable coup-de-poing frappait sa tempe.

On lui avait parlé de brûlure, de déchirement, de douleur extrême pour décrire l'impact d'une balle de revolver. Elle a eu la conscience aiguë qu'elle venait d'en prendre une et que jamais elle ne pourrait raconter à quiconque ce que l'on ressent à cet instant. Soulagée de n'en éprouver aucune souffrance, elle s'est laissée tomber.

2

**SCHAPI (Service central d'hydrométéorologie et d'appui à la prévision des crues).
Mardi 20 février 2013,
10 heures.**

« Vous êtes bien sur Europe Un, il est 10 heures passées de quelques secondes… »
La voix du présentateur couvrit les dernières notes du jingle de la célèbre station de radio :
« Chers auditeurs, à présent le point météo de cette matinée :
« De la pluie, de la pluie et encore de la pluie. La perturbation venue de l'Ouest et qui occupe tout le nord de l'Europe depuis plus de deux semaines, loin de faiblir, s'est encore renforcée. Les précipitations vont donc continuer, voire s'accentuer, dans les prochaines heures. Même punition, hélas, pour les jours qui suivent. Aucune amélioration, aucune éclaircie n'est prévue pour le week-end par Météo-France. Amis parisiens, gardez vos parapluies à portée de main car l'épicentre de cette débâcle est sur vous… »

Le fonctionnaire de permanence au SCHAPI coupa la radio et releva le nez de son ordinateur. Il avait terminé la rédaction de la synthèse des informations en provenance des services périphériques qui procédaient aux mesures des précipitations et à l'analyse de leurs incidences sur l'état des cours d'eau. Il n'avait plus qu'à la mettre au propre et à vérifier la liste des destinataires avant de l'envoyer. Il avait une forte envie de l'expédier telle quelle, sans la relire et sans rien retoucher. Depuis quinze jours, il aurait pu passer chaque matin le même texte, à la virgule près. Paris et Île-de-France : pluie, pluie, pluie. Encore et toujours, pluie. Il croisa le regard de son chef de service, debout dans le couloir, derrière la vitre du box. Le fonctionnaire n'aimait pas cet air de chien battu qui annonçait une merde à brève échéance. Il se redressa, s'étira. Besoin d'un café, besoin de pisser. Son boss lui fit signe d'approcher.

– ... Chier, ce temps de merde, marmonna-t-il quand il parvint à la hauteur du patron, encore un week-end de chiotte en vue... Mes fringues n'arrivent plus à sécher et mes pompes vont être foutues à force de baigner dans ce jus...

– Je viens d'avoir un coup de fil des capteurs, dit le responsable du service de prévision des crues, insensible aux problèmes vestimentaires de son collaborateur. Le débit du Grand Morin a été relevé à 170 mètres cubes par seconde.

– Quand ?
– Il y a un quart d'heure.

Le permanent hocha la tête de contrariété. Le « module » du Grand Morin, autrement dit son débit ordinaire, tourne en temps normal autour de 8 mètres cubes par seconde. C'est un affluent de la Marne, du genre turbulent, qui sort de son lit une fois tous les dix ans, en moyenne. Il déborde tout en grossissant la Marne qui, elle, jette ses trop-pleins... dans la Seine.

Situé à 100 kilomètres de Paris, le Grand Morin est un des plus fiables indicateurs d'une probable crue des autres rivières de la région. Et du fleuve Seine, bien évidemment. Le plus chouchouté de tous, le plus surveillé aussi depuis que la plus belle ville du monde s'était lovée dans ses méandres.

— On a dépassé le niveau d'alerte orange pour Paris, ajouta le patron avec un soupir. La Marne va monter comme un soufflé et la Seine, je t'en parle pas… ça va aller très vite, bien plus vite qu'on a prévu. Je veux que tout le monde reste mobilisé jusqu'à nouvel ordre.

— Ah ? Merde. Je vais pas pouvoir aller à la chasse dimanche, dis donc ?

— Rien à battre de ta chasse.

— Merci quand même… T'es bien content quand je tire un faisan et que…

— Oh ! ça va, marmonna le chef, c'est pas le moment, c'est tout ce que je voulais dire.

— Qu'est-ce qu'on fait, alors ?

— Je vais appeler la secrétaire de la zone de défense et la préfecture de police. Et le ministère… Balance-moi ta synthèse en y ajoutant les éléments que je viens de te donner. Et tu te tiens prêt, rendez-vous en salle de vidéoconférence dans deux minutes.

— J'ai le temps d'aller pisser quand même ? marmonna le fonctionnaire.

— Oui, t'as deux minutes.

**PC de la préfecture de police. Salle de crise.
10 heures 08.
Cote de la Seine : 5,65 mètres.**

Tous les pupitres — une trentaine en tout — de la pièce en demi-cercle étaient occupés. Quand le téléphone sonna dans le bureau vitré du chef de salle, les opérateurs comprirent que le top départ d'une aventure sans précédent allait être donné. Le major prit l'appel, écouta son interlocuteur avec l'air de quelqu'un à qui on est en train d'annoncer le décès d'un proche. Puis, de grosses gouttes de sueur perlant à son front, il déclencha la mise en route du système de vidéoconférence afin que tout le monde profite en direct des informations. Aussitôt, un écran géant s'éclaira au fond de la pièce. Le correspondant, un homme maigre aux cheveux gris clairsemés coiffés en arrière et portant lunettes, apparut. Tout le monde connaissait le responsable du service de prévision des crues. Depuis bientôt une semaine, on le voyait chaque jour à peu près à la même heure, commenter la funeste élévation des eaux de la Seine. Derrière lui se profilait un panneau avec des diagrammes de plusieurs couleurs.

– Bonjour, mesdames et messieurs, dit-il, pénétré de son importance... Les nouvelles ne sont pas bonnes. Le débit du Grand Morin vient d'être enregistré à 170 mètres cubes par seconde. La Marne et l'Yonne débordent et la cote de la Seine est à 5,65 mètres. Je vous montre les relevés, vous allez vite comprendre.

Il se tourna de profil vers le tableau qui s'illumina dans son dos. Des courbes de couleurs variées se chevauchaient. Elles étaient toutes assorties d'une année en ordonnée (1957, 1910…). La plus haute, en rouge, portait le nombre 2013. Elle s'élançait vers le haut du graphique dans une envolée que rien ne paraissait susceptible d'interrompre.

L'homme interpréta les schémas pour son auditoire et conclut son topo en annonçant un point de situation deux heures plus tard. L'écran redevint noir et des murmures se firent entendre dans la salle, comme si les personnes présentes peinaient à assimiler les implications de cette démonstration. Le major chef de salle avait déjà alerté ses supérieurs et à peine avait-il raccroché le téléphone que des pas décidés se firent entendre au-dessus de leurs têtes. Une femme d'une cinquantaine d'années apparut, mate de peau, les cheveux poivre et sel soigneusement coiffés. Flanquée de trois hommes en tenue de ville ultraclassique : costume gris, chemise blanche, cravate neutre. Elle-même portait un tailleur sombre éclairé par un foulard beige noué en lavallière et des chaussures à talons-bottier, un modèle fabriqué sur mesure, vendu exclusivement dans une boutique de la rue de Miromesnil. Elle s'arrêta au milieu de la coursive qui dominait les pupitres, prit appui sur la rambarde, réclama le silence en levant la main droite. L'assistance retint son souffle, la croyant sur le point de prêter un serment solennel.

– Colonel Arbois, commandant Drouet, major Levant, mesdames, messieurs, merci d'être tous là... Le SCHAPI vous a fait le point technique sur l'évolution de la crue, je n'y reviendrai pas. Pour l'heure, la situation est la suivante : la circulation fluviale est interrompue en Île-de-France, les bateaux-habitations ont été évacués. Les cotes d'alerte étant dépassées depuis ce matin, nous venons de franchir le niveau de vigilance orange. Vous savez ce que cela signifie...

Elle balaya la salle de son regard sévère. C'était une assez jolie femme qui arborait un look coincé avec ostentation. Une posture défensive dont nul ne connaissait la raison profonde. D'aucuns disaient qu'elle était « chaude du réchaud » mais qu'elle déployait des trésors d'ingéniosité afin de cacher son goût pour les hommes, de préférence jeunes. On avait vu des carrières, féminines s'entend, s'écrouler pour moins que cela.

– Ceci n'est pas un exercice, reprit-elle après s'être assurée que les auditeurs tétanisés comprenaient bien la portée de ses propos, je vous demande de regagner vos postes et de vous y maintenir jusqu'à nouvel ordre. Vous allez recevoir les instructions nécessaires très rapidement.

Anne Morin, préfète, secrétaire de la zone de défense de Paris, descendit les marches et traversa la salle, suivie de près par sa garde rapprochée. Autour d'elle, le silence était tombé, juste troublé par le bruit des pas de la petite troupe et le ronflement de quelques invisibles machines. Les opérateurs de salle de crise, en grande majorité des hommes, accompagnèrent le groupe des yeux jusqu'à ce qu'il disparaisse.

– Cette fois, on y est, la crue de la Seine est inévitable, mon cher Jean, dit la préfète à son directeur de cabinet quand ils eurent franchi la double porte au-dessus de laquelle verdoyaient les mots « issue de secours ». J'espère que vous savez nager.

– Oui, j'ai également fait des réserves de café, madame. Je suppose que nous ne sommes pas près de rentrer chez nous...

– Vous pensez bien, mon petit Jean, approuva la préfète en traversant un hall de taille réduite.

Elle lui lança de biais un regard ambigu. Un bien joli garçon, ce Jean. Juste trente ans. Cependant, hélas, déjà porteur de tous les stigmates du haut fonctionnaire : tenue grisâtre, lunettes démodées. Et d'un ton uni qu'on devait leur enseigner à l'ENA. Qu'il annonce une catastrophe nationale ou un gain phénoménal au Loto, jamais non plus son visage ne semblait devoir arborer une autre expression que tragiquement sérieuse. Anne Morin lui posa une main légère sur l'épaule et la laissa descendre dans son dos, furtive.

– Très bien, très bien, mon cher Jean, murmura-t-elle avant de pousser la porte d'une pièce contiguë à la salle de crise.

À son entrée, le brouhaha stoppa net, remplacé par le crépitement de dizaines d'appareils photo. Les représentants de la presse nationale étaient réunis dans l'attente d'un communiqué qu'on n'hésiterait pas, dans quelques années, à qualifier d'historique.

Anne Morin prit place derrière une longue table d'acajou. Dans un ballet bien rodé, ses « hommes » s'alignèrent derrière elle. Debout, à l'exception de Jean Vitold — cher Jean — qui s'assit à son côté droit. Il glissa devant sa patronne une feuille qu'elle se mit à lire face à une forêt de micros.

La météo, plus pessimiste que jamais, annonçait une aggravation des précipitations sur la capitale. Depuis une semaine, des messages d'alerte étaient diffusés chaque jour aux Parisiens afin que nul n'ignore la situation et ce qui les attendait. Et là, il aurait fallu un miracle, l'arrêt immédiat de la pluie, huit jours de grand soleil et une température d'étuve pour que le pire n'arrive pas. La préfète informa la presse que le plan d'urgence appuyé sur le plan de secours spécialisé pour les inondations venait d'être déclenché en accord avec le ministère de l'Intérieur et la mairie de Paris. Histoire de ne pas faire les choses à moitié, la Seine montait deux fois plus vite que dans les prévisions les plus alarmistes. Les quatre barrages réservoirs, situés trop loin de Paris, ne suffisaient plus depuis longtemps à absorber les trop-pleins et les affluents de la Seine se déchaînaient. Marne, Yonne, Oise… Des bombes à retardement.

Les journalistes firent silence malgré les questions qui leur brûlaient la gorge.

Ce que la préfète était en train de leur dire tenait en quelques mots : Paris allait vivre une crue de la Seine d'une ampleur exceptionnelle, jamais vue à ce jour, bien pire que celle de 1910 qui, pourtant, restait légendaire.

– Tout le monde le sait, conclut Anne Morin en regardant droit dans l'objectif d'une caméra de TF1, de tous les fléaux que l'homme est amené à combattre, l'eau est le pire. C'est un élément impossible à maîtriser.

**Mairie de Paris. Cabinet du maire.
11 heures.**

Harcelé par le troupeau de la presse qui s'était rabattue en hâte de l'autre côté de la Seine, le maire de Paris dut, à son tour, donner quelques précisions sur les moyens mis en œuvre pour lutter contre la catastrophe annoncée. Il fit réunir les journalistes dans une pièce jouxtant la grande salle du conseil. Pour les faire patienter le temps qu'il affine son discours, un technicien avait mis en route le système de vidéoprojection. Sur un écran de 5 mètres de large, des images de rivières en crue défilaient. Puis apparut la silhouette du zouave du pont de l'Alma sur lequel des lignes sombres étaient tracées à plusieurs degrés de son anatomie. Une voix off commentait :

« Le niveau normal et acceptable de la Seine à Paris se trouve à 2 mètres, c'est-à-dire juste sous les pieds du zouave. Il s'agit d'un repère devenu institutionnel au fil du temps. Au cours de son histoire, la Seine a connu des hausses qui ont fait date : en 2001, elle est montée à 5,21 mètres, le zouave avait de l'eau sous les genoux, en 1955, à 7,10 mètres, il fut mouillé jusqu'en haut des cuisses. En 1910, l'année de *la* crue du XXe siècle, l'eau lui toucha les épaules avec un niveau jamais encore égalé de 8,62 mètres. Aujourd'hui, le zouave a les mollets dans l'eau, la Seine a atteint un niveau de 5,50 mètres… »

– Nous avons dépassé ce niveau, rectifia le maire de Paris qui venait de faire son entrée, un peu pâlichon sous la mèche rabattue et collée de laque grâce à laquelle il tentait de dissimuler une agaçante calvitie.

Un grognement de la meute des journalistes accueillit son propos. Il marqua une pause avant de poursuivre :

– … puisque nous avons atteint ces dernières heures la cote de 5,66 mètres. La Seine monte de 8 centimètres par heure…

Une jolie femme brune qui tenait un micro RTL poussa un cri étouffé.

– Et que comptez-vous faire pour endiguer cette escalade, monsieur le maire ?

– Hélas, vous le savez, l'eau est un élément…

– Impossible à maîtriser, oui, on a déjà entendu ça quelque part…

La journaliste semblait particulièrement à cran. Le maire s'efforça de se montrer apaisant :

– J'imagine, oui, mademoiselle… Je n'ai pas la prétention de me montrer original. Mais c'est un fait, l'élément liquide est le plus difficile de tous à contenir, à long terme en tout cas. Tout ce qui pouvait être fait pour combattre le phénomène l'a été. Mais nous savons que le temps joue contre nous et que nous serons impuissants à faire face dans la durée à une crue de l'ampleur de celle qui s'annonce. Aussi, dès à présent, je demande à tous les Parisiens de se munir de bougies, d'allumettes ou de briquets, de transistors et de piles de rechange, de seaux, de réchauds à gaz et d'eau de Javel.

Des exclamations de surprise fusèrent.

– Mais… Pourquoi ? s'alarma la jeune femme brune.

– Ce sont des objets de première nécessité. EDF ne peut en aucun cas garantir le fonctionnement de ses installations. Eau et électricité ne font pas bon ménage, il faut s'attendre à des arrêts sporadiques incontrôlables, voire à une gigantesque panne de courant… Quant à l'eau courante, elle risque de n'être plus consommable à court terme, d'où l'eau de Javel qui évitera la prolifération des bactéries…

Des mains se dressèrent :

– Quels sont les autres risques pour la population ?

– Avez-vous prévu des évacuations ? Et combien ?

– Les structures de secours sont-elles suffisantes pour faire face ?

– Combien de temps pensez-vous que durera cette inondation ?

Le maire laissa s'apaiser le flot de questions. Il avait envie de leur dire qu'en 1910 deux cent mille Parisiens avaient été sinistrés, que de nombreuses maisons s'étaient écroulées, que la plaisanterie du ciel avait coûté l'équivalent de un milliard d'euros à l'État. Que, dans des temps plus proches, des catastrophes du même genre s'étaient abattues sur des régions de France et d'Europe. Sur le littoral atlantique français, quelques années auparavant, Xinthia avait laminé des hectares de terre, détruit des centaines d'habitations. En Amérique, à La Nouvelle-Orléans, en 2005, le désastre avait tué onze cents personnes, jeté dans les rues deux cent mille sans-abri. Facture globale : cent vingt-cinq milliards de dollars.

Il s'abstint, affichant sous l'œil d'une bonne dizaine de caméras une sérénité qu'il était loin de ressentir.

« Ayez l'air sûr de vous, disait sa chargée de communication, mais pas détaché. Que les Parisiens n'aillent pas s'imaginer que vous vous en foutez, d'eux et de leurs problèmes... »

– Il est absolument impossible de répondre à toutes ces questions à l'heure qu'il est. Tout ce que je peux vous dire, c'est que les secours sont largement dimensionnés pour répondre à tous les cas de figure imaginés au cours des exercices. Nous aurons les renforts de nombreuses casernes de pompiers de la périphérie de Paris et de province. Il en va de même pour les services de santé, la logistique sanitaire et les centres d'hébergement destinés aux sinistrés. Tous ces services sont à pied d'œuvre. Je demande à tous les Parisiens de faire preuve de patience et de coopérer. Évidemment, ceux qui pourront s'en aller quelque temps loin d'ici contribueront à alléger les difficultés. Nous ne pouvons que les y encourager...

Il se leva pour signifier la fin de la conférence de presse malgré les questions qui continuaient de fuser, entre inquiétude et excitation.

Le maire de Paris fit signe aux techniciens qu'il en avait terminé. Aussitôt, le film du zouave du pont de l'Alma reprit, sur une musique de fond quasi mortuaire, tout à fait de circonstance. Les journalistes reportèrent leur attention sur l'écran, ce qui permit à l'élu de s'éclipser, serré de près par son chef de cabinet. À la porte, ils rejoignirent un homme qui semblait les attendre. Grand, le crâne lisse luisant comme un œuf fraîchement pondu, il portait un badge au revers de son costume sombre. « Stanislas Dvorak », directeur de la sécurité de la mairie de Paris, attendait, mains dans les poches, visage carré inexpressif. La tension du maire grimpa d'un cran :

— Des nouvelles d'Ivry, Stan ?

— Oui, monsieur le maire. La centrale d'incinération des ordures ménagères est arrêtée. Son maintien en service présentait trop de risques...

— Oh, bon sang !

Trois mille tonnes d'ordures ménagères ramassées quotidiennement dans la capitale allaient devoir se trouver une autre usine de traitement ou, plus sûrement, un autre point de chute moins orthodoxe. Cela promettait de grands moments. Le maire eut devant les yeux des images d'horreur, de gigantesques tas de détritus domestiques escaladés par des escouades de rats chassés des égouts. Il déglutit :

— Alertez la préfète, Stan. On va avoir besoin de l'armée.

**PC de crise de la zone de défense de Paris,
11 heures 05.**

Aussitôt la conférence de presse terminée, Anne Morin réunit son état-major dans son bureau afin de préparer la phase suivante du PSSI. D'où elle se tenait, elle apercevait la flèche de la Sainte-Chapelle. Plus loin, les toits de la Conciergerie, leurs contours noyés dans la brume. En janvier, elle avait assisté à la rituelle cérémonie des vœux, organisée par le préfet de police dans la grande salle voûtée de l'ancienne prison d'État. Celle que la Terreur avait nommée l'antichambre de la mort, la dernière « résidence » de Marie-Antoinette. Tandis que l'orchestre des gardiens de la paix de la Police nationale s'époumonait dans l'indifférence des invités — une bande de rapaces agglutinés autour du buffet —, elle avait parcouru les travées. Sur les piliers figuraient les niveaux les plus éminents auxquels la Seine avait grimpé au cours des siècles. C'était d'une clarté stupéfiante : une crue par siècle, la preuve était là. Crue centennale signifie qu'elle peut se produire au cours de n'importe laquelle des années du siècle, mais que, quoi qu'on fasse, sa survenue est inéluctable. Début janvier 2013, personne n'imaginait que l'année de la crue du XXIe siècle venait de commencer.

Avec un frisson, Anne Morin imagina que la plus haute de ces traces laissées sur les piliers serait dépassée dans quelques heures. Combien d'heures, au juste ? Douze, vingt ? Moins, au train où allaient les choses ? Alors, la salle historique de la Conciergerie disparaîtrait sous l'eau. Machinalement, elle fixa ses pieds. Dieu merci, son bureau se situait au troisième étage des bâtiments austères de la préfecture de police. Mais quand même. La cour de la PP et le premier niveau avaient de grandes chances de se mouiller aussi, juste après l'invasion des sous-sols. Il fallait s'y préparer. Dès à présent. Évacuer sans plus attendre tout ce qui devait l'être. Donner des consignes, sans temporiser ou tergiverser, pour activer les sites de repli. Vélizy-Villacoublay hébergerait le secrétariat de la zone de défense. Elle fit transiter ses ordres par l'entremise de cher Jean. Indispensable, ce garçon-là.

Tandis que son directeur de cabinet exécutait ses instructions en les transmettant à d'autres, ses pensées allèrent à Nathan, son musicien de fils. Un guitariste free-lance dont elle ne comptait plus les incartades. Il vivait dans un studio, un rez-de-chaussée dans le bas du 12e arrondissement, côté gare de Lyon. Inondable, assurément, comme tout le quartier. Depuis quelque temps — elle ne voulait pas savoir combien au juste — il partageait ses 20 mètres carrés avec une fille. Une semi-clocharde ramassée parmi les groupies dont les musicos raffolent. De ces filles qui hantent les salles enfumées où Nathan grattait la guitare, d'un bout de l'année à l'autre. Une forte angoisse comprima sa poitrine. Nathan accepterait-il de quitter son taudis pour revenir, le temps d'une crue, chez papa-maman ? Seul, car il n'était pas question d'ouvrir la porte de la maison bourgeoise de Meudon à une néo-hippie dégénérée. Sans doute refuserait-il, selon un principe d'opposition auquel il ne dérogeait que rarement. Lointaine, elle capta des mots lancés d'une voix morne. Cher Jean lançait la réunion en faisant le point de la situation, histoire de fixer les idées des participants.

Anne Morin écoutait à peine. Cette crise était devenue « sa » crise, au fil des jours de pluie. Elle en avait rêvé, comme d'une magnifique opportunité de carrière. Maintenant qu'elle était en plein dedans — on ne pouvait pas faire mieux — elle n'était plus sûre du tout d'en avoir envie. Le silence, revenu dans l'assistance en attente de son bon vouloir, la ramena sur sa chaise.

– Vous avez une heure pour convoquer le comité de crise élargi, conclut-elle sèchement.

En sa qualité de secrétaire de la zone de défense, la préfète écopait de la lourde tâche de coordonner la riposte aux événements majeurs avec les représentants des institutions et des administrations concernées : police, gendarmerie, pompiers, services de santé…

Les entreprises publiques fournissaient un interlocuteur : EDF, RATP, SNCF, Musées de France, la Poste mais aussi les sociétés privées comme Gaz de France, France Telecom, et bien d'autres… Toute crise dont l'occurrence était avérée entraînait l'élaboration d'un plan de secours spécifique révisé périodiquement. Chaque étape de la crise, de sa prévision à sa résolution, y était décrite. Les mesures à prendre, l'organisation des secours, rien n'était laissé de côté. Les crues de la Seine, une première pour tous ici, n'échappaient pas au protocole.

Les membres du comité y avaient travaillé ensemble, puis chacun de leur côté, depuis des années. La dernière crue centennale de 1910 s'était petit à petit effacée des mémoires. L'entrée dans le XXIe siècle avait relancé l'affaire et chaque année qui s'achevait sans inondation renforçait sa probabilité. Cependant, dans les esprits, c'était l'inverse qui se passait : à force d'attendre un événement qui ne se produisait pas, beaucoup — et pas parmi les moins concernés — avaient fini par oublier la menace pourtant basée sur des observations scientifiques et non sur l'élucubration de météorologistes sous-employés. Anne Morin s'efforça de se rassurer. Tout le monde semblait prêt pour le lancement de cet étage de la fusée. Pour autant, elle n'était pas née de la veille et préférait le vérifier. Elle fit un rapide tour de table destiné à débusquer par anticipation les points de faiblesse. Pas question de perdre la face quand le comité de crise élargi aborderait ce point crucial du dispositif : où en était chacun des responsables du plan dans la mise en alerte de ses troupes ? Le premier sur sa liste était le commandant Drouet, chargé de la coordination du plan de secours auprès des directions de la Police nationale. Outre les tâches communes à la plupart d'entre elles, certains services allaient être directement concernés par les fantaisies de la Seine. En tout premier lieu, ceux qui bossaient dans les sites sensibles : souterrains, stations de métro et de RER. Des lieux absolument prioritaires, parce que leur maintien en service était indispensable et parce que, en prime, certains d'entre eux étaient inondables. Dans Paris *intra-muros*, trois plates-formes ferroviaires se retrouveraient sous les eaux : gare de Lyon, gare d'Austerlitz et gare Saint-Lazare. Plus loin, en banlieue, la crue affecterait d'autres emprises, beaucoup plus que le commun des mortels ne pouvait l'imaginer. Tout en ramassant ses papiers après que la préfète leur eut donné congé, le commandant Drouet décida de commencer la mise en route du plan d'urgence par la brigade des trains et des gares dont le siège se trouvait à Paris, gare du Nord.

3

Gare du Nord, la brigade…

La nouvelle fondit sur le commissariat de la gare du Nord, portée par un gardien hors d'haleine. Elle percuta de plein fouet trois adjoints de sécurité occupés à ôter les menottes d'un détenu. Elle rebondit contre les portes entrouvertes, atteignit les officiers affairés dans les bureaux, cogna au blindage de la salle de commandement qui se laissa transpercer sans opposer de résistance. Le murmure fila entre les consoles radio avant de s'échouer sur l'écran géant de la carte des réseaux qui se mit subitement à clignoter comme un sapin de Noël. Puis, la sidération figea les lieux et les gens. Seul le détenu poussa un cri de douleur quand l'acier des « pinces » lui entama le poignet. La lieutenant Valentine Cara, sortie précipitamment de la salle de tapissage, fut prise de vertige. Il lui vint la pensée hors de propos que ce n'était pas une heure pour une pareille information. De telles horreurs ne pouvaient arriver ici que la nuit, aux heures glauques. Dans la désolation des derniers voyages et la vacuité des quais, à l'ombre malsaine des souterrains puants ou des arrière-cours abandonnées aux mauvais garçons. La stupeur l'enveloppa, oblitérant jusqu'aux bruits courants, ceux des gardés à vue, des rames de métro et des freins hurlants des convois.

La porte des toilettes s'ouvrit, libérant le bruit d'une chasse d'eau. Le capitaine Abadie apparut, vérifiant discrètement le bouclage de sa ceinture. Il embrassa la scène d'un coup d'œil expérimenté. Il crut à un incident de garde à vue, à une algarade ordinaire qu'apportait chaque journée passée dans cette gare, du 1ᵉʳ janvier à la Saint-Sylvestre. Il s'avança dans le couloir où s'étaient massés les membres de son équipe et les hommes en cotte bleue, se fraya un passage jusqu'à Valentine Cara. Le sang se mit à battre dans ses oreilles, assourdissant.

— Quoi ? murmura-t-il après une attente infinie.

Valentine Cara leva sur lui un regard égaré.

— Marion. Elle s'est fait flinguer !

Le coup de téléphone du commandant Drouet fit l'effet d'un pétard mouillé. Le ton du gradé était grave, pourtant, et l'homme n'avait pas la réputation d'un plaisantin. L'opérateur dut néanmoins lui faire répéter trois fois ce qu'il voulait : Marion. Il souhaitait parler à la divisionnaire et c'était urgent.

— Je crains de ne pouvoir vous satisfaire, mon commandant, dit l'opérateur d'une voix dématérialisée. Il paraît... enfin, on vient de nous informer qu'on lui a tiré dessus. Et...

— Oh ! Elle est blessée ?

— Oui, mon commandant.

— C'est grave ?

— Je n'en sais rien, monsieur, je crois, oui.

— Hum, hum... Dans ce cas, passez-moi un responsable, quelqu'un qui peut prendre des décisions et des mesures d'urgence à sa place.

— À vos ordres, mon commandant ! Je vais avertir son adjoint, dès que je le trouve. Parce que là...

— Trouvez-le ! C'est important !

— Pouvez-vous me dire de quoi il s'agit ?

— D'eau, jeune homme. La Seine sort de son lit. Dans quelques heures, nous aurons de gros soucis.

La vie revint d'un coup. Dans le désordre et la cacophonie comme dans ces boîtes à musique qui se relancent après une coupure de courant.

Le gardien qui avait joué les oiseaux de mauvais augure restait là, au garde-à-vous, impressionné par les regards fixés sur lui. Déjà, le capitaine Abadie et le lieutenant Cara avaient enfilé leurs blousons, engagé une balle dans le canon de leurs pistolets Beretta 14 coups, saisi chacun un petit émetteur Motorola et crié des ordres pour qu'on alerte le ban et l'arrière-ban des autorités compétentes. Les réflexes ne se laissaient pas aisément balayer. En quelques minutes, la Police technique et scientifique et l'Identité judiciaire avaient été mises sur le coup, le parquet, avisé. Il y avait fort à parier que le substitut de permanence allait appeler lui-même l'état-major de la brigade criminelle — baptisé l'étage des morts par les anciens — pour obtenir les premières informations avant de se rendre sur les lieux de la fusillade. On pouvait déjà entendre les sirènes mugir.

Au moment où ils sortaient en trombe, les deux officiers se heurtèrent à un escogriffe galonné, à la haute stature un peu voûtée. On devinait sous son couvre-chef de police arborant l'écusson du service la naissance d'une calvitie fronto-temporale. À l'arrière de son crâne, une couronne de cheveux d'un blond terne à la coupe négligée. Il n'avait pas trente ans, cela se voyait à la lueur juvénile qui animait ses yeux, mais son corps n'avait pas d'âge. L'uniforme de la police ferroviaire lui donnait un air d'épouvantail poussé trop vite et de traviole. Il fit un écart avec une sorte de hoquet.

– C'est la guerre ? questionna-t-il cependant avec un flegme qui semblait faire partie de sa personne.

– Ah ! chef ! murmura Valentine Cara en baissant les yeux, vous n'êtes pas au courant ?

– Euh…

Il écarta ses bras immenses sans quitter cette posture amicale qui en arrivait parfois à les agacer tous. Tellement poli, bien élevé, toujours d'accord, toujours partant, arme au pied vingt-quatre heures sur vingt-quatre... Ils se demandaient où Marion avait bien pu se dénicher un adjoint pareil. Comment elle avait fait pour convaincre ce fils de famille de venir s'enterrer trente-six pieds sous terre, au fond du cloaque des réseaux ferrés, dans le trou du cul du chaudron policier.

Ils hésitaient, intimidés soudain à l'idée d'annoncer à Amaury Guerry des Croix du Marteroy que leur supérieur hiérarchique à tous, le commissaire divisionnaire Edwige Marion, venait de tomber sous les balles d'un inconnu, à quelques pas de là.

— Écoutez, jeunes gens, proposa gentiment celui qu'entre eux ils appelaient Guerry-etc., je vous en prie, ne m'épargnez pas, si quelqu'un est mort, il faut me le dire !

Il se réfugiait une fois de plus derrière une ironie de composition, une armure qu'il érigeait pour défendre son grand corps fragile des atteintes. Si grand et si fragile qu'il lui valait en douce l'autre surnom de « Grand corps malade ». Cette fois, son effet tomba à plat.

— Oui, quelqu'un est mort, enfin presque, dit Abadie, les dents serrées. La patronne.

Amaury Guerry des Croix du Marteroy les examina à tour de rôle, hésitant à en croire ses oreilles. Ils lui avaient fait tant de farces, pas toujours de bon goût. Ils l'avaient tellement poussé dans ses retranchements, au début, en le traînant d'opérations borderline en autopsies insoutenables. Il avait résisté à tout. Pourtant, là, ce fut comme si on lui avait administré une violente manchette sur la nuque. Il lui sembla que le sol remontait jusqu'à son visage, que son cacao allait ressortir par ses narines et asperger ses chaussures sur lesquelles l'eau qui débordait des caniveaux laissait en séchant des auréoles blanchâtres. Les mots que les deux officiers prononçaient à présent flottaient dans les airs, rebondissaient mollement contre la couche d'ouate qu'il avait, tel un bombyx affairé, déployé à toute vitesse autour de lui. Aussi impuissant qu'on peut l'être dans un mauvais rêve, il se retrouva cloué à terre, le regard vitreux. Plusieurs secondes passèrent ainsi.

Valentine Cara finit par saisir le commissaire aux épaules pour le faire revenir à lui tandis qu'Abadie s'élançait à la suite du gardien annonceur de mort en direction de l'escalator qui menait à la surface.

– Il faut que vous veniez ! ordonna Cara.

Le commissaire remua la tête à la manière d'un ruminant émergeant d'une sieste. Elle devait lever le menton pour lui parler et, pourtant, elle n'était pas petite. Elle fit le geste de le prendre par le bras pour l'entraîner mais il s'ébroua et fit deux pas d'automate avec un regard étonné sur les collègues qui sortaient à tour de rôle du commissariat pour courir là-bas.

– J'arrive, émit-il d'une voix de gorge.

Grâce à ses grandes guiboles, Guerry-etc. avançait deux fois plus vite que Valentine, obligée de courir pour se maintenir à sa hauteur. Il y avait belle lurette qu'elle ne faisait plus assez de sport. Gagnée par l'ambiance de la brigade, elle s'était remise à fumer à cause des apéros quotidiens avalés à la file, sous n'importe quel prétexte. Résultat garanti catastrophique. Son compte rendu — le peu qu'elle savait de l'affaire — se fit rapidement incohérent. Bientôt ils allaient dépasser Abadie. Lui courait pour de bon avec, de toute évidence, les mêmes difficultés pour maîtriser son souffle. Apéros, cigarettes. Mêmes causes, mêmes effets.

Ils parvinrent à l'extrémité des quais. Plus loin devant, une troupe de gens s'agitaient sous la pluie, dans l'urgence et la confusion. Les premiers intervenants — des hommes de la brigade et de la SNCF — avaient fait isoler le poste de contrôle. Un barnum en toile plastifiée avait été érigé pour protéger les abords du bâtiment de la pluie qui tombait avec un acharnement implacable. Parce que les véhicules de secours ne pouvaient franchir l'écheveau des voies, les hommes de la Police scientifique et technique arrivaient à pied. Le temps de traverser, ils étaient trempés. Leur matériel, bien que protégé par des housses de plastique, souffrait de l'humidité, et les hommes pestaient contre cette flotte qui leur rendait la vie impossible.

Par sécurité, il avait fallu neutraliser les faisceaux les plus proches, dévier les trains. Le PC de la gare en avait vu d'autres, pourtant la pagaille était en train de s'installer. De son émetteur radio miniature relié à lui par une oreillette sans fil, Amaury Guerry-etc. se mit en relation avec la brigade et les autorités de la gare, organisant le dispositif et l'apport de renforts avec précision et sérénité. N'eût été cette main qui tremblait un peu, il offrait l'apparence d'un vieux briscard rompu à toutes les ficelles du métier. Cara, les poumons en feu, admira la performance du commissaire après son quasi-évanouissement devant la porte de la brigade.

Puis, le cœur lui bondit au bord des lèvres quand, à moins de 20 mètres de la scène de crime, elle aperçut le brancard posé le long du mur et le sac à cadavre que les pompiers y avaient déployé sous l'auvent de fortune. Dans un instant, Marion, sa patronne, serait allongée entre les mâchoires de cette fermeture éclair. Quelqu'un la poussa du coude, Cara se retint de hurler. Mécaniquement, elle se remit en marche, insensible à l'eau qui coulait dans son cou.

Les techniciens de scène de crime étaient à l'œuvre dans leurs tenues blanches, matérialisés comme par enchantement sur les lieux de la mort violente dès que le téléphone sonnait dans leurs quartiers. Aussi prompts à se précipiter sur les trucidés que les mouches dont ils récoltaient les larves pour dater l'ancienneté des cadavres. Flanqués d'un médecin légiste, ils trimballaient leurs valises de métal avec des gestes de cosmonautes luttant contre l'apesanteur. Pour l'instant, ils restaient en dehors, à tourner autour du bâtiment sans qu'on sache pourquoi.

Abadie venait de rejoindre le légiste, un homme corpulent et jovial dont on disait qu'il prenait plaisir à casser la croûte au milieu des corps refroidis. Une légende qui colle à la peau des découpeurs de cadavres, en raison du détachement qu'ils doivent observer pour bien faire leur boulot. L'homme remonta sur son crâne dégarni une sorte de capuchon gris et hocha la tête plusieurs fois en signe de compassion. En trois enjambées, Guerry-etc. fut près de leur groupe auquel s'étaient adjoints le substitut de permanence et la patronne de la Crim. Elle avait succédé à Serge Kerman six mois plus tôt, dans une alternance sexuée que les services de police se plaisaient à promouvoir pour se montrer modernes et exemplaires. Maguy Meunier, à moitié dissimulée sous un immense parapluie Hermes beige à rayures aux couleurs de la marque, leur adressa elle aussi une mimique amicale qu'ils qualifièrent aussitôt d'hypocrite. Elle et Marion s'étaient connues à l'école de police et ce n'était un secret pour personne : elles ne s'aimaient pas.

À l'écart, encadrés par un groupe d'hommes en bleu, deux cheminots attendaient, un peu hébétés à force de rabâcher leur histoire. Ils étaient venus là pour une vérification sur une contre-voie et, alors qu'ils procédaient à leurs mesures, ils avaient entendu des détonations. Plusieurs, presque simultanées, qui venaient du côté de l'ancien poste d'aiguillage. Ils avaient cru à des pétards lancés par des sauvageons et avaient continué leur ouvrage. Ils n'avaient vu personne aux abords du bâtiment et l'un des deux cheminots avait voulu en avoir le cœur net. Il était entré dans la baraque par la porte arrière ouverte. À l'intérieur, la femme flic était allongée à plat ventre, un pistolet à 50 centimètres de sa tête baignant dans le sang. Il avait appelé son collègue et ce n'est qu'après être entrés tous les deux en prenant soin de ne toucher à rien qu'ils avaient trouvé le second corps.

– Quoi ? sursauta Valentine Cara qui louchait du côté de la cabane sans trouver la force de s'en approcher. Quel second corps ?

Elle échangea avec Abadie un regard perdu. Qu'est-ce que c'est que cette embrouille, dirent clairement ses yeux verts, dans quoi elle est allée se fourrer, Marion ? Sans nous le dire, évidemment. Car, si elle avait pris cette précaution, Marion n'aurait pas été Marion.

Elle brûlait de demander si sa patronne était morte sur le coup. Elle avait envie de la voir et ne le voulait pas. Elle devinait chez Abadie un identique désarroi et, s'il n'y avait pas eu tous ces témoins, elle l'aurait pris dans ses bras et ils auraient chialé comme des mômes. Quand elle osa enfin s'avancer, elle distingua des gens vêtus de vert qui s'affairaient à l'intérieur. Dans sa poitrine, quelque chose vibra. Des hommes en vert qui empêchaient les hommes en blanc d'entrer !

Un médecin du SAMU surgit en faisant un large signe pour attirer l'attention du groupe qui se resserra autour de lui en silence.

– Vous êtes tous des professionnels, je peux vous parler sans détours… On a un Glasgow 3, dit l'homme sans émotion particulière.

Le substitut émit un gargouillis interrogateur.

– C'est un coma très profond, expliqua le médecin avec indulgence. Elle a été touchée à la tête, là...

Il toucha sa tempe gauche avec son index.

– ... Vu les dégâts constatés sur le temporal opposé, la balle est ressortie. Je peux l'affirmer sans risque d'erreur.

– Glasgow 3, fit Abadie d'une voix grinçante, c'est la mort cérébrale, non ?

– Presque, oui... admit le médecin comme s'il voulait ménager tous ces gens trempés de pluie. Pas tout à fait cependant...

Il se pencha en avant dans une posture confidentielle. Toutes les têtes suivirent le mouvement. Il dit à voix plus contenue :

– Je l'ai « techniquée », intubée et placée sous assistance... Pour l'instant, elle est stabilisée, mais voilà, y a pas de quoi pavoiser... Je sais que ce n'est pas à moi de vous dire ça... Mais, bon... Quelqu'un est au courant d'un éventuel don d'organes ? Est-ce qu'elle avait pris des dispositions en ce sens ?

Les hommes de Marion s'entre-regardèrent, consternés. C'était donc tout ce qui restait de leur patronne ? Elle avec qui, une heure plus tôt, ils buvaient le café. Elle qui les engueulait tout le temps parce qu'ils n'étaient jamais assez prompts à deviner ce qu'elle avait dans la tronche. Exigeante, jamais contente. Cara refoula un sanglot. À cette heure, elle aurait donné la vie de tous les baltringues de la terre pour se faire agonir par sa divisionnaire bougonne. Et là, qu'est-ce qu'il insinuait ce toubib ? Que tout ce qui restait d'elle, c'étaient des organes à distribuer ?

– Il faut voir avec son compagnon et sa fille, coassa Abadie, de tous le plus proche de Marion, d'une proximité qui en avait fait jaser plus d'un.

Amaury Guerry des Croix du Marteroy approuva en hâte tandis que des plaques rouges envahissaient sa nuque et son cou. Il redoutait d'écoper de l'épreuve d'annoncer aux deux personnes les plus proches de Marion qu'elle avait fini par se faire avoir, à force de jouer avec le feu et la mort. Il renâclait en aparté mais il savait que cette obligation lui échoirait, quoi qu'il arrive.

– Je m'en occupe, dit-il d'un ton ferme en sortant son téléphone de sa poche de poitrine.

Satisfait de cette réponse, le médecin se tourna vers un des brancardiers à qui il adressa un geste bref.

– On peut enlever, fit l'homme interpellé d'une voix de stentor à l'intention des invisibles restés dans la cabane.

– Vous l'emmenez où ? s'enquit Abadie.

– Pitié-Salpêtrière...

– Pourquoi pas Lariboisière ? On est juste à côté...

– Ordre du triage du SAMU. La Pitié est de grande garde en neurochirurgie cette semaine. Je n'y peux rien, ce n'est pas moi qui décide. Et de toute façon...

De toute façon, quoi ? Elle est foutue, c'est ça ? Abadie, la tête en feu, se retint de courir après le médecin qui repartait déjà vers les ambulances, franchissant les rails à grandes enjambées.

Le commissaire Guerry-etc., l'uniforme en déroute à cause de la pluie, s'était détourné pour appeler Pierre Mohica, un autre docteur qui partageait la vie de Marion. Du moins, le séduisant médecin rencontré quelques mois plus tôt essayait-il courageusement de suivre la route de cette femme qui ne se laissait pas facilement attraper.

Mohica répondit aussitôt. Un toubib répond toujours aussitôt, songea Guerry-etc. en s'efforçant de clarifier sa voix. Le commissaire fut bref, professionnel, évitant ainsi tout dérapage. Surtout, il garda le dos tourné jusqu'à ce que le brancard sur lequel était allongée la « patronne », perfusée et reliée à une machine qui maintenait son cœur en fonction, se soit suffisamment éloigné. Il osa revenir à la scène de crime quand la sirène de l'ambulance du SAMU déchira l'air. Bien après que Pierre Mohica eut raccroché son téléphone.

Valentine Cara chaussa des surbottes en plastique, enfila des gants de latex, mit une charlotte sur ses cheveux et un masque chirurgical devant sa bouche. Après quoi elle fut autorisée à se présenter sur la scène de crime. Une démarche qu'elle avait suggérée et qui ferait gagner du temps aux enquêteurs si toutefois le mort de la cabane était connu de la brigade. L'OPJ de la Crim, un certain Mars, avait la tête d'un mec conscient de son importance. Il avait acquiescé du bout des lèvres. Scène de crime égale chasse gardée. Mais si ça pouvait faire avancer les bidons, pourquoi s'en priver ? Une seule personne, avait-il cependant exigé d'un air pincé.

À l'intérieur, un photographe avait commencé à officier à la suite d'un TSC[1] qui examinait la scène avec minutie. D'initiative ou guidé par l'OPJ, l'homme plaçait un chevalet numéroté devant chaque indice. La tache de sang qui ornait l'emplacement de la tête sur la silhouette tracée au sol portait le numéro 1. Cara y posa les yeux. Le corps de Marion paraissait plus grand, ainsi dessiné. En même temps, ridiculement petit. La lieutenant se détourna.

— Par ici, l'enjoignit le TSC à moitié dissimulé derrière une étagère supportant d'antiques matériels couverts de poussière. Et fais gaffe à pas foutre de l'eau partout !

— Ça va ! J'arrive ! s'écria-t-elle, gagnée par le climat de nervosité qui régnait au milieu des lampes tempête et des outils.

Elle contourna l'établi et aperçut la forme au sol. En position fœtale, seul son dos était visible. Cara

---

1. Technicien de scène de crime.

analysa qu'il s'agissait d'un garçon d'une vingtaine d'années, chevelure rasta, maigre à faire peur, vêtu d'un jean en lambeaux et d'une veste de treillis décolorée. L'arrière de son crâne n'était qu'une bouillie informe. Des morceaux de matière cervicale mêlée de sang noirâtre constellaient le mur contre lequel il s'était écroulé. L'équipe technique avait achevé les photos et les prélèvements sur cette face du cadavre. Avant de laisser la place au légiste, le TSC le fit basculer vers l'arrière. Malgré le trou que la balle de gros calibre avait fait au milieu de son front, le mort était parfaitement identifiable. Valentine en resta sans voix.

– Tu le connais ? demanda le technicien avec impatience.

– Qu'est-ce que ça peut te foutre ?

L'homme ronchonna pour la forme. Savoir qui était ce pauvre bougre à la cervelle éparpillée n'était pas de sa compétence. Lui, il prélevait les indices tandis que son collègue fixait la scène de crime sur la pellicule. L'enquête, les investigations revenaient aux OPJ. Il se redressa pour laisser le photographe flasher le corps. Valentine se pencha en s'efforçant de rester hors champ. Qu'est-ce qu'il fichait là, celui-là ? Son rythme cardiaque s'emballa. Comme pour lui indiquer que les gros nuages noirs ne s'empilaient pas que dans le ciel. Prudence, prudence, garde tes nerfs, s'exhorta-t-elle.

Elle examina la main gauche du garçon, s'arrêta sur ses doigts repliés. Le sang écoulé de sa blessure à la tête avait dégouliné jusqu'au bout de la manche de sa veste kaki. Il avait maculé le dos de sa main, recouvrant les ongles rongés jusqu'à la lunule. Pourtant, Valentine distinguait du blanc, un infime éclat au milieu de ce galimatias brun qui sentait le fer et, déjà, le parfum de la putréfaction en marche.

– Bouge de là, gronda le TSC, j'ai pas envie d'avoir ta bobine sur la péloche.

– Ok, acquiesça-t-elle sans obtempérer, putain, c'est une horreur !

Elle porta la main à sa bouche, simula un hoquet, s'agrippa au mur. Agacé, le technicien interrompit ses investigations, s'écarta d'elle pour lui laisser de l'air. Puis, tournant le dos, il en profita pour dicter quelques précisions techniques dans son enregistreur. L'opportuniste Valentine se baissa. Presque agenouillée, son corps dissimulant en partie celui du mort, elle eut un geste vif en direction de sa main, saisit l'objet entre ses doigts crochés. Elle se releva en s'essuyant le front.

– Je sors, excuse-moi, j'en peux plus...

– Ah ! les gonzesses ! s'écria l'homme tout au bonheur de pouvoir épingler une de ces nanas qui avaient envahi les rangs de la police et ne supportaient pas la vue des macchabées.

Valentine ne l'écoutait plus. Elle fit demi-tour pour s'éloigner du cauchemar. En passant là où Marion était tombée, elle reçut une fois de plus en pleine face le trait blanc hâtivement tracé sur le sol poussiéreux. Elle sut qu'elle aurait, sa vie durant, la représentation de cette silhouette à la craie sur les rétines.

Alors qu'elle débouchait à l'air libre, flanquée de l'OPJ Mars, Abadie et Guerry-etc. la virent s'appuyer au mur du poste d'aiguillage et lever les yeux au ciel. La pluie avait repris de la force, inondant les formes et les gens qui faisaient leur boulot, coûte que coûte. Ils se mirent en mouvement ensemble, leurs visages ruisselants, sans se demander d'où provenait l'eau qui mouillait les joues de la jolie brune.

– J'y comprends rien, dit-elle avec des trémolos dans la voix.

– Quoi ?

– Ce mec... là-dedans...

– On le connaît ?

Cara releva la tête, dévisagea le commissaire Guerry-etc. qui venait de poser la question. Ses verres de lunettes pleins de gouttes, ses yeux flous derrière. Une sorte d'impatience inaccoutumée, une urgence dans sa voix firent grimper d'un cran la tension de Valentine. Abadie l'observait, les poings sur les hanches. Les deux hommes semblèrent se figer, comme harponnés par un objectif indiscret. Pendant quelques nanosecondes, Cara chercha de l'air. L'étau lâcha ses côtes quand la voix éthérée de Marion lui intima silence.

— Alors ? s'impatienta Abadie.
— Non, je le connais pas, murmura-t-elle.

Le ciel s'est perdu sous des empilements de nuages. Les culs charnus de gros moutons noirs se frottent sans vergogne aux cimes des monuments. Quelqu'un a volé le dernier étage de la tour Eiffel, bientôt les relais de télévision et de téléphone vont se taire, étouffés par l'étoupe.

Dans les boyaux puants des égouts, les détritus flottent à un niveau jamais atteint. Certains conduits secondaires sont pleins, les eaux usées affleurent les grilles dans les rues. Les rats sentent la menace et se regroupent, moustaches frémissantes. Par-ci par-là, ils commencent à sortir de leur repaire nauséabond et à se balader sur le bitume, entre les voitures. Dans les parkings les plus enterrés, dans les catacombes et les souterrains du métro, d'infimes suintements apparaissent.

Vingt-quatre mètres en dessous des grilles monumentales, aux confins de l'esplanade et de la tour dressée tel un doigt accusateur sur les berges du fleuve, les murs sont encore secs. Au bout du boyau méconnu qui mène à la salle de stockage des morts, plus profonde encore de 1 mètre ou 2, une flaque est née. Personne n'en saura rien puisque personne ne vient plus jamais ici.

Là se trouvent mes secrets enfouis.

Je regarde l'agitation, les flics, les secours affolés par l'événement et gênés par la pluie qui ne cède pas un pouce de terrain. Ce n'est pas ainsi que j'avais prévu les choses. Je ne voulais pas la tuer maintenant. Mais la conduire auprès des autres. La coucher près de Merytamon et caresser ses pieds. Effleurer ses seins pleins et tendres à l'égal de ceux de Bentana. Contempler ses courbes voluptueuses près de la sublime Henoutmirê. Et jouir d'elle sous le regard absent d'Iset-nofret. La pluie a tout gâché.

Je goûte son sang, affolant nectar, au bout de mes doigts.

Je sais maintenant où va l'emmener le camion blanc.

4

Le passage…

La porte était entrouverte et on entendait de l'autre côté des murmures ponctués de mots indistincts. Marion regardait autour d'elle et ne reconnaissait rien. Le lieu était flou, comme embrumé. Il n'y avait personne en vue, pas d'odeurs non plus, sauf peut-être des effluves d'éther ou de produits antiseptiques. Elle eut l'impression de se trouver dans une situation inhabituelle mais qu'elle aurait déjà vécue une fois ou deux. Impossible de se rappeler les circonstances. Ce qui se passait derrière cette porte lui semblait mystérieux sans être inquiétant. Son sort se jouait tout près, c'était une certitude.

Pas d'inconfort dans la conviction qu'elle ne pouvait pas retourner sur ses pas. Pour en avoir la preuve, au moins fallait-il qu'elle ait passé l'embrasure. La torpeur et le bien-être dans lesquels elle flottait rendaient ce projet improbable. Un courant d'air effleura ses cheveux, glissa le long de son corps, entama une spirale languide, l'entraînant malgré elle dans l'entrebâillement de la porte. C'était plutôt mieux ainsi car elle ne se sentait pas la force de franchir le pas. L'autre côté lui apparut, elle fut débordée par une vague de timidité.

Ils étaient deux derrière une table noyée dans un halo lymphatique. Ils étaient deux, vêtus de blanc de pied en cap et pourvus de longues barbes immaculées. Sans âge, sans formes. On ne distinguait ni leurs mains ni leurs pieds. Ils portaient autour du cou des sortes de chaînes au bout desquelles pendaient des objets ressemblant vaguement à des lunettes. La table était nue et le décor autour d'eux, immatériel.

– Ah ! susurra le barbu de droite, en voilà encore un ! Décidément, aujourd'hui est un jour faste.

**Hôpital de la Pitié-Salpêtrière.
Service de réanimation,
11 heures 30.**

– Oh ! Seigneur, Jésus, Marie, Joseph… murmura Pierre Mohica.

Étrange prière d'impie proférée par le compagnon de Marion, tous ses repères perdus. Son enfance dans une famille catholique d'une rigidité proche de l'intégrisme l'avait en effet rendu hostile à toute pratique religieuse. Mais, parfois, par réflexe, des prières spontanées lui revenaient en mémoire et il pouvait lâcher ainsi des chapelets de bondieuseries. Son débordement fiévreux fit lever un sourcil au confrère qui lui faisait face. Celui-là avait dans les trente-cinq-quarante ans, pas davantage, bien qu'il en parût quinze de plus avec sa calvitie « total look » et ses lunettes à monture couleur bleu de France. Un air de premier de la classe un peu allumé. À son âge, se retrouver chef du service de réanimation d'un service hospitalier de cette taille était un exploit. D'autant plus remarquable qu'il n'avait pas d'illustre médecin dans sa famille, non plus que d'appui politique ou assimilé. Jamais, jusqu'à ce jour, Pierre Mohica n'avait eu affaire à lui dans un dossier aussi personnel et sa froideur légendaire lui parut démesurée.

– Vous ne pouvez pas rester là, fit le docteur Razafintanaly.

– Je suis médecin et c'est ma compagne…

– Alors, équipez-vous !

Il avisa un tas de matériel, stocké sur le bord d'une paillasse. Saisit une blouse en papier et la fourra dans les bras de Pierre Mohica qui, rapide malgré son émoi, attrapa dans la foulée un masque chirurgical et en passa les élastiques autour de son cou. L'urgentiste revint à son examen pendant que son confrère s'habillait et installait la protection devant sa bouche.

– Elle est comment ? s'enquit Mohica d'une voix rauque en désignant Marion qui, pour l'heure, occupait l'un des quarante box de la salle d'accueil du service de réanimation. De simples espaces, tous identiques, séparés par des rideaux plastifiés.

– Pas brillant, confirma le docteur Razafintanaly sans quitter des yeux l'écran de l'ordinateur grâce auquel il suivait les algorithmes d'une vie prête à s'effacer.

– C'est-à-dire ?

L'autre, qu'on appelait Raza par facilité ou paresse, lui adressa un coup d'œil avant de revenir à son examen. Il avait envie de couper court et de partir vers d'autres sorts plus enviables que celui-ci, n'en déplaise à Pierre Mohica, trop concerné affectivement par cette patiente en piteux état. Raza avait appris très tôt dans sa vie de fils de pauvres que la seule chose à montrer dans son métier était la compétence. Surtout pas les sentiments. L'agitation de son confrère, sa perte de contrôle, autant d'attitudes qu'il ne pouvait pas comprendre. Il adopta un ton passe-partout :

– Elle présente des lésions importantes dans les lobes frontaux, des saignements massifs qui créent de l'hypertension intracrânienne. Œdème, compression…

– Vous avez fait un scanner ?
– Ça va de soi… Justement, les dégâts sont lourds. Le projectile a transpercé le cortex et en sortant a décollé une partie de la calotte crânienne… Cette hémicraniectomie spontanée facilite l'écoulement sanguin et limite les effets de la pression sanguine mais le pronostic est mauvais. Pour l'instant, nous gérons ses constantes vitales. On l'a mise sous antibiotiques pour éviter le pire.
– Et ensuite ?
– Une balle dans la tête, c'est impossible à arranger, fit Raza sèchement.
– Vous allez l'opérer, quand même !
Razafintanaly sembla ignorer la question qui n'en était pas une et surtout le ton sur lequel elle était formulée. Il plongea son regard froid dans celui de Pierre Mohica :
– Il va falloir que ça se fasse rapidement, ou que l'on renonce… Je ne suis pas du genre à me dégonfler, mais là, dans tous les cas, si elle reste en vie, ça risque d'être dans des conditions telles que… Enfin, vous savez ça, non ? Si elle ne meurt pas en cours de route, on ne peut pas présager de la suite…
Le bipeur de Raza se mit à vibrer à sa ceinture, arrachant un sursaut à son vis-à-vis.
– Désolé, marmonna le chef du service de réanimation après avoir consulté le cadran de l'appareil d'un coup d'œil express, j'ai une méga-urgence…
– Comment ça ? Une méga-urgence ? s'exclama Pierre Mohica médusé. Parce que, elle, ce n'est pas une méga-urgence ?
Le docteur Razafintanaly poussa un soupir qui en disait long. Ce Mohica ne comprenait rien, décidément.
– Au cas où vous ne l'auriez pas remarqué, dit-il avec une inutile brusquerie, il pleut depuis deux semaines et la Seine est en train de nous jouer un tour de cochon. Le plan blanc est lancé depuis

quarante-huit heures, toute l'AP[1], tous les services de santé sont en alerte rouge et cet hôpital, ce service précisément, avouez qu'on n'a pas de bol, est dans l'œil du cyclone... si on peut dire ça comme ça.

Pierre Mohica était devenu blême.

– Qu'est-ce que ça signifie ? murmura-t-il.

– Dans l'immédiat, je dois me rendre en salle de crise. Patientez dans le hall, je reviens dès que possible. On attend un neurochirurgien et un bloc, on va s'occuper d'elle. Mais ne vous bercez pas d'illusions. Je vous en prie.

Il fit demi-tour sans un regard pour la femme qu'on aurait cru momifiée et dont le cœur ne battait que par le truchement d'une machine. Pierre Mohica eut un mouvement pour le suivre, le rattraper, le prendre par le col, le secouer... Il se contint en se cramponnant à la barrière du lit. Une balle dans la tête ! La crue de la Seine ! Quel rapport ? Pourquoi Marion n'était-elle pas déjà opérée, soignée, hors de danger ? Qu'est-ce qu'on attendait, là ? Qu'elle meure ? Il se sentit perdu. Son regard erra sur Marion et le bric-à-brac médical, se fixa sur le respirateur de transport auquel on l'avait laissée branchée, une façon de montrer qu'on l'avait pour ainsi dire condamnée. Sinon, on l'aurait appareillée avec un engin fixe, un gros truc rassurant. Puis il se mit à réfléchir, appelant désespérément à la rescousse ses connaissances, son carnet d'adresses, les gens qui pourraient l'aider. Il y en avait pas mal mais là, devant le corps inanimé de la femme qu'il aimait, il ne savait pas par quel bout commencer. Il frissonna, se mit à trembler. Son corps se rebellait, une façon de lui faire palper la différence entre eux. Montrer que lui était vivant et elle, presque plus. Il se rendit compte, subitement, qu'il n'était plus seul dans la pièce. Une femme en blanc, entrée en catimini, attendait qu'il capte sa présence.

---

1. Assistance publique, gestionnaire des hôpitaux parisiens.

– Monsieur, puis-je vous demander ce que vous avez décidé à propos du don d'organes ?

La voix était douce, professionnelle. Compassionnelle.

« Compassion, mes fesses, rugit en lui la voix de Marion, celle des mauvais jours. Ne laisse pas cette connasse blonde me découper, par pitié ! »

Après quelques secondes d'aphasie, le cerveau de Pierre Mohica reçut les ondes que son organisme s'évertuait à lui envoyer. Il releva la tête, considéra froidement la femme.

– Allez vous faire foutre !

Le passage...

Le silence s'éternisait. Marion, atone, essayait de comprendre. Où se trouvait-elle ? Qui étaient ces personnages qui faisaient surgir des images aperçues dans de vieux bouquins ? Où ? Quand ? Sûrement, il y avait longtemps. Ils appartenaient à une époque oubliée, émergée des limbes de sa petite enfance. Obstinément, sa mémoire lui refusait l'ouverture de ce tiroir. Pas seulement de celui-là, en fait. Car se rappeler ce que fichaient ces barbus dans ses premières années l'aurait amenée à éclairer d'autres zones d'ombre. À se souvenir de qui elle était, par exemple. Et là, il y avait une béance sur laquelle elle n'osait pas se pencher.

Un des vieillards fixa un point loin au-dessus de sa tête. Il s'adressa à quelqu'un qui devait se situer derrière elle bien qu'elle n'eût rien perçu d'une présence dans son dos.

– Mais quoi encore ? Il suffit à présent ! Nous n'avons plus rien à distribuer. Que quelqu'un ferme cette porte, que diable !

Le second personnage tressaillit, comme confronté à une obscénité.

– Oh, pardon ! gloussa le premier, je me laisse emporter !

Il poussa un soupir qui fît voleter ses poils neigeux en posant sur Marion un regard immatériel. Elle était bien ainsi, en attente. Pour une fois, elle n'avait rien à décider, son sort ne lui appartenait pas. Elle avait envie de goûter ce moment éternellement.

– Bien, maintenant que vous êtes là...

Le regard du barbu fit un nouveau détour dans l'espace et, malgré la torpeur qui amollissait ses membres, elle ne put se retenir d'un mouvement de curiosité.

Il se tenait là, bras ballants. Des mèches de cheveux pendaient dans son cou et sur le côté gauche de son front dégarni un liquide brun avait coagulé, dégouttant encore en larmes brèves pour aller se perdre dans l'ouate qui dissimulait en partie son corps, long, maigre, négligé. Ses paupières étaient baissées en une attitude équivoque, à la fois humble et sûre de soi. Marion ne lui connaissait pas ces vêtements, en particulier ce manteau à la propreté douteuse, mais quoi d'étonnant à cela ? Depuis qu'elle avait entrevu sa silhouette au milieu d'un vieux poste d'aiguillage, il était évident qu'elle ne savait, n'avait jamais rien su de lui. Son corps jusque-là placide se rebella.

– Oh ! fit un des barbus, vous avez vu, elle bouge !
– Réflexe *post mortem*... Résurgences...
– Non, je vous jure, ses yeux...
– Ne jurez pas, par pitié !!!

Le choc fut plus rude encore quand l'individu releva les paupières, dardant sur elle un regard volcanique. Elle vacilla. Pourquoi, bon sang, n'y comprenait-elle rien ? Son cerveau lui semblait un grand espace vide, sans résonance aucune. Les deux barbus débattaient à présent en prononçant des mots vifs. Ils se dispu-

taient, l'un disant à l'autre qu'il n'y avait plus de temps à perdre. Ce que contestait son compagnon. Il fut question d'éternité. Peut-être. Marion ressentit enfin la violence de la menace que l'homme ensanglanté poussait jusqu'à elle.

– Je suis où ? On est où, ici ? finit-elle par dire d'une voix d'enfant.

Les deux hommes blancs échangèrent un regard navré qui semblait dire « cette question, tout le monde la pose ».

L'escogriffe blessé à la tête poussa un grognement et Marion vit la plaie se rouvrir sur son visage, le sang couler sur son torse.

– Vous êtes au passage, susurra le barbu de gauche.
– Le pa... Le quoi ?
– Vous savez bien... Le passage...

**Hôpital de la Pitié-Salpêtrière,
11 heures 45.**

Nina leva sur Pierre Mohica un regard égaré, les lèvres soudées sur une plainte qui ne voulait pas sortir. Lui, planté au milieu du hall de l'hôpital, ressemblait à une statue, les bras collés au corps.

Valentine Cara avait foncé au collège Jacques-Decour, proche de la gare du Nord. Emballée dans le ciré noir de son paquetage de flic, elle avait couru tout le long du chemin, histoire de dénouer son plexus et de préparer la version qu'elle allait servir à Nina. La petite avait compris sitôt qu'elle avait vu le lieutenant dans le bureau de la conseillère principale. Cara avait les cheveux collés par la pluie, le visage dévasté. Nina savait depuis longtemps, de manière intime, qu'un jour ou l'autre elle aurait à affronter cette horreur. Quand elles étaient sorties, Nina crut que ses jambes allaient s'enfoncer dans le bitume du trottoir. Sa mère adoptive était morte — ou tout comme — et la pensée qui venait de la frapper était la manière dont elles s'étaient séparées le matin. Fâchées. Marion dans tous ses états parce que la petite — quatorze ans tout juste — était rentrée tard la veille au soir. Beaucoup plus qu'il n'était acceptable pour une adolescente. Aux cent coups, le commissaire avait auparavant mis toute la brigade sur les dents. Quand elle était enfin revenue au bercail, Nina avait refusé de s'expliquer et sa mère, ulcérée, avait eu des mots très durs. Plus de sorties, plus de télé, plus d'Internet, plus de portable, jusqu'à nouvel ordre. La petite s'était claquemurée dans sa chambre sur un fracas de porte sans appel. La nuit n'avait pas apaisé le conflit. En se remémorant Marion encore sous le coup de la colère et elle, provocatrice et butée au moment où elles s'étaient séparées ce matin, Nina s'était arrêtée de marcher, pliée en deux par la douleur.

Devant l'état de l'enfant, Pierre Mohica résista à l'envie de se laisser aller à son tour. Il se contenta de poser les mains sur ses épaules et de la serrer contre lui. Cara se détourna, malade de la houle qui les secouait tous les deux. Après quelques secondes, la petite se détacha de Mohica.

– Je veux la voir, dit-elle avec des trémolos dans la voix.

– Je crains que ce ne soit pas possible, pas tout de suite en tout cas...

Pierre Mohica était plus tendu qu'il n'aurait voulu. Il perçut dans un brouillard une voix d'hôtesse de l'air qui demandait au propriétaire d'un break Volvo couleur marron glacé, immatriculé 722 KB 93, de bien vouloir déplacer son véhicule de toute urgence. Il savait que cette voiture était la sienne. Il l'avait jetée devant l'entrée des urgences, il n'était même pas sûr d'en avoir fermé la portière ni retiré les clefs. Il devait s'en occuper, toutes affaires cessantes. Il ne bougea pas, il n'en avait, à cet instant, rien à foutre, de sa bagnole et de tout ce qui n'était pas Marion. Il ramena contre son torse les pans de la blouse blanche qu'il avait gardée sur lui.

— Elle est dans une zone stérile, dit-il tout bas à Nina et... Il faut que je t'explique...

Il tendit la main pour l'entraîner vers un des sièges de plastique gris qui meublaient la zone d'attente, face à l'entrée des soins intensifs. Nina esquiva le geste et fila vers le fond du couloir, franchit en courant une porte au-dessus de laquelle le mot réanimation clignotait à cause d'un néon subitement défectueux.

— Nina ! intervint Valentine Cara, reviens !
— Laissez-la ! l'apaisa Pierre Mohica. Ils ne la laisseront pas entrer de toute façon.

5

**Préfecture de police. Salle de crise,
11 heures 30.
Cote de la Seine : 5,95 mètres.**

Dans la ruche, les téléphones sonnaient sans relâche. Une gigantesque carte de Paris illuminait tout un pan de mur. La Seine y était représentée en bleu, long serpent paresseux qui, ici et là, s'ornait de rouge sur ses bords. La couleur de la crue. Jean Vitold, le directeur de cabinet d'Anne Morin, s'amusa à suivre de l'index le tracé du fleuve. L'écran tactile réagit en colorant de blanc fluo les zones qu'il délimitait. Autour de lui, les opérateurs observaient la démonstration.

– Voici où nous en serons demain matin, dit-il d'une voix étouffée. On dirait un cheval au galop... Alors qu'on attendait un trotteur. C'est hallucinant. Je ne sais pas si elle se rend bien compte...

– Vous parlez de moi ? s'enquit la préfète qui venait d'entrer sans faire de bruit.

Jean Vitold bredouilla une vague justification. La préfète leva un sourcil :

– Je n'ai pas bien compris...

– Je parlais de la Seine, madame, s'enfonça-t-il.

– Mouais, abrégea Anne Morin. Alors, où en sommes-nous ?

– Les zones en blanc seront inondées demain, peut-être même au milieu de la nuit, cela ne fait, hélas, aucun doute, répéta l'opérateur qui avait remis les relevés prévisionnels à Jean Vitold. On vient de fermer le musée d'Orsay, le Grand Palais et le Petit Palais. Dix-sept musées en tout. Deux mille personnes sont mobilisées pour en évacuer les caves.

En 1910, Orsay était encore une gare. Les locomotives, les wagons et toutes les installations avaient disparu sous l'eau. L'esplanade des Invalides avait été recouverte entièrement et le parvis de la gare Saint-Lazare formait un lac sur lequel évoluaient des barques et autres embarcations de fortune. La grande inondation du XXe siècle n'était pas la plus importante des annales de Paris — 1296, 1658, 1802, 1876 avaient été démentielles, selon les historiens —, mais c'était celle pour laquelle on avait le plus de données précises. La première aussi, et pour cause, qui avait noyé le métro, creusé et inauguré au début du XXe siècle. Les transports étant le fer de lance de la vie économique — et de la vie tout court — de Paris, cette fois-ci le réseau RATP avait fait l'objet d'une attention toute particulière. Ce que confirma dans la foulée l'agent porteur de nouvelles fraîches.

– La RATP a mis en branle son dispositif. Mille trois cent cinquante personnes sont attendues sur le terrain pour monter les barrières de protection. J'ai cru comprendre que, malgré leurs efforts pour mobiliser les troupes, une partie de la main-d'œuvre provenant d'entreprises extérieures manque à l'appel...

La préfète releva sur son front une mèche échappée de son brushing jusque-là impeccable :

– Combien de stations sont concernées ?

– Trente-huit, situées en bord de Seine.

L'homme s'affaira sur son clavier :

– Je vous donne l'état des stocks : soixante-dix mille parpaings, 750 tonnes de mortier, 500 000 litres de béton, des kilomètres de planches sont prévus pour monter les barrières de protection.

– Vous secouez les plumes du patron de la RATP, aboya Anne Morin, il n'est pas question de prendre du retard, l'eau va plus vite que ses foutues rames !

– Je pense qu'il en est conscient, murmura Jean Vitold, parfois gêné par les sorties abruptes de la préfète, je suis sûr qu'il n'a nulle envie de payer l'addition…

– Oui, quatre milliards d'euros et des années de remise en état ! À plus forte raison. Qu'il mobilise ses cadres et ses culs de plomb !

Jean Vitold hoqueta discrètement. Les culs de plomb ! Son père, un ancien militaire au caractère rugueux, utilisait cette expression qui désignait ceux des bureaux, les administratifs, les « planqués ».

– Eh bien, quoi ? fit la préfète qui attendait qu'il réagisse, même une nana est capable de tenir une truelle, non ?

Un téléphone grelotta en écho aux litanies de la préfète. Une jeune femme aux cheveux blonds retenus en catogan proféra quelques mots, remercia tout en tapant frénétiquement sur son ordinateur.

– Madame, dit-elle avec déférence en quittant son siège. Les dernières nouvelles…

À voir sa tête, elles n'étaient pas bonnes. La centrale d'incinération d'Ivry était *out*, on le savait déjà. Sur les deux qui restaient opérationnelles, celle d'Issy-les-Moulineaux allait être inondée sous peu. C'était pire que dans la pire des prévisions. En 1910, il y avait deux fois moins d'ordures ménagères à Paris. Faute de disposer d'une solution que l'on avait oublié de prévoir, les Parisiens avaient jeté, des semaines durant, leurs détritus dans la Seine. Une opération baptisée joliment « ordures au fil de l'eau »…

Pas question de revivre un tel cauchemar. Anne Morin demanda qu'on appelle le maire de Paris, toutes affaires cessantes. Après quelques minutes de conversation, les options disponibles se révélèrent maigres. En réalité, la seule acceptable consistait en un stockage des surplus non « incinérables », soit au bois de Vincennes, soit dans les espaces verts de la capitale. Du moins tant que les camions pourraient circuler. Le choix entre la peste et le choléra. Et ensuite ?

La femme blonde fut remplacée par un homme à lunettes et barbiche très Troisième République qui semblait porter le poids de la crise sur ses épaules en forme de portemanteau. Lui relayait les informations provenant du CRIR[1] de Rosny-sous-Bois. Les embouteillages s'amplifiaient d'heure en heure, au point de se demander d'où pouvaient bien sortir toutes ces bagnoles. À croire également que les Parisiens et leurs cousins de banlieue faisaient exprès de les extraire de leurs garages alors qu'on les exhortait, une bonne centaine de fois par jour, à ne pas s'en servir.

Barbichu poursuivit par les nouvelles émanant de la SNCF. L'eau avait commencé à submerger des voies dans la capitale, le trafic ferroviaire était très perturbé. Anne Morin l'écouta, crispée. Bon Dieu ! Que n'avait-elle pris sa retraite ! Pourquoi fallait-il qu'elle ait tenu à continuer ? Allez ! Encore quelques mois, disait-elle à son époux avec lequel elle n'était pas pressée de se retrouver en tête à tête. Une belle connerie !

Elle résuma les derniers fléaux : métro, zéro ou presque. Trains *idem*, routes saturées. Qu'allait-on pouvoir faire de tous ces piétons ?

– Je vais rédiger un communiqué de presse, annonça-t-elle.

---

1. Centre régional d'information routière.

Quai des Orfèvres, brigade criminelle, 11 heures 35.

Sur la tour pointue du 36, quai des Orfèvres, la pluie frappait avec une rage redoublée. C'est à peine si, des fenêtres du dernier étage, on pouvait encore distinguer la Seine. Sur les quais, les voitures avançaient à touche-touche. Selon les nouvelles en provenance de la salle de commandement de la préfecture de police, Paris cumulait les emmerdements et des embouteillages pharamineux. Les voies sur berge avaient été fermées plusieurs jours plus tôt. La veille, la circulation fluviale avait été interrompue. Les bateaux-habitations vidés de leurs occupants se télescopaient avec des bruits sourds, livrés à la férocité des bourrasques.

Le concert d'avertisseurs avait beau dominer les bruits ordinaires de la DRPJ[1] de Paris, ici, comme ailleurs, la vie continuait.

Amaury Guerry des Croix du Marteroy était assis en face de Maguy Meunier et tentait une improbable comparaison avec Marion. Même âge, même taille, même allure fière. Il connaissait leur réputation et les nombreuses similitudes dans la conduite de leurs carrières. Ce qu'on appelait encore un « métier d'homme » commencé à une époque où les mecs ne leur cédaient pas facilement la place. Quand ils ne faisaient pas tout pour qu'elles renoncent. Ces deux-là ne s'en étaient pas laissé conter mais le prix à payer avait été rude. Marion, au cours de rares moments d'abandon, évoquait quelques passages de sa carrière qui avaient laissé sur son visage des creux profonds, irréversibles, d'amertume et de désenchantement.

---

1. Direction régionale de la police judiciaire, compétente à Paris et dans les trois départements de la petite couronne.

Les deux commissaires se ressemblaient mais celle-ci avait un visage dur, un regard sans aménité qui ne se gênait pas pour détailler le jeune commissaire. Cet examen le mit mal à l'aise. Il crut que c'était à cause de son calot de police qu'il n'avait pas enlevé. Devait-il lui dire pourquoi ?

– Pardonnez-moi, fit-il en se touchant le crâne du doigt, j'ai une crise de furonculose et je ne peux pas... enfin, ce n'est pas très ragoûtant...

– Je voulais vous voir, dit-elle sans prêter attention à son entrée en matière embarrassée.

Puisqu'elle l'avait *convoqué*, cela tombait sous le sens. Pas un mot de compassion pour Marion ni pour ses compagnons d'armes. Ses orphelins. Il nota aussi qu'elle ne le tutoyait pas, contrairement aux usages chez les commissaires de police. Il ne sut que penser : était-ce pour appuyer sur l'écart hiérarchique ou pour poser d'emblée une distance entre eux à cause de l'enquête ? Il préféra penser que c'était pour la seconde raison.

– Je suis là, fit-il en la regardant en face, mais je préfère vous prévenir, je ne sais rien de rien...

– Oui, oui, l'interrompit Maguy Meunier presque distraitement, vous expliquerez tout ça au commandant Régine Duval qui, avec son groupe, va travailler sur cette affaire. Vous allez la voir juste après, je crois, hum ?

– Oui, du moins après ma réunion à la salle de crise de la zone de défense... La crue de la Seine est en train de se confirmer et...

– Je sais, oui. Ce n'est pas le problème.

Douché, Amaury Guerry des Croix du Marteroy jugea prudent d'attendre la suite. Elle ne tarda pas :

– En l'absence de Marion, vous allez assurer son intérim, n'est-ce pas ?

– En effet.

– Bien, alors autant que les choses soient claires. Je la connais de longue date. Je connais son caractère… indépendant et la façon dont elle dirige son service, au mépris parfois des règles administratives et, pire, de celles de la procédure pénale. Je sais aussi que pas mal de ses collaborateurs lui vouent une sorte de…

Sa bouche se tordit. Guerry-etc. commença à entrevoir où elle voulait en venir.

– … j'allais dire de culte mais ce serait sans doute excessif… Bref… Elle a toujours démontré des compétences indiscutables mais parfois aussi une nette propension à faire cavalier seul, voire à enfreindre les décisions de saisine. Alors, autant que vous le sachiez, puisque vous allez diriger son service, je ne souffrirai aucune interférence dans l'enquête. Vous devrez vous mettre à notre disposition et délivrer des consignes strictes dans ce sens à ceux des agents et officiers de votre service dont nous estimerons devoir nous assurer la collaboration. Vous leur donnerez des instructions afin qu'ils n'omettent, ne retiennent ni ne dissimulent aucune information susceptible de nous faire avancer dans nos investigations.

– Mais…

– Je sais pourquoi je vous dis cela, coupa-t-elle court en balayant l'air de la main comme si elle chassait une mouche. Il n'est pas question d'enquête parallèle ou d'une quelconque initiative de votre part ou de celle des « fans » de Marion. J'ajoute que, si, malgré tout, cela se produisait, je le saurais. Je me fais bien comprendre ?

– Parfaitement, approuva Guerry des Croix du Marteroy qui découvrait les drôles de mœurs de ses collègues commissaires, mais je ne vois pas en quoi ces recommandations sont nécessaires…

– S'il vous plaît, ne me prenez pas pour une débutante ! Vous, vous êtes nouveau dans le métier, les hommes et femmes que vous dirigez, eux, sont de vieux routiers. Ils en connaissent toutes les ficelles, les plus tordues surtout. Et, au moins, vous ne pourrez pas dire que vous n'avez pas été averti. Si vous transgressez, vous aurez tout le monde sur le dos, le parquet, le préfet, le ministre...

« Et le pape aussi ? songea Guerry-etc. pour chasser la boule qui obstruait sa gorge tout à coup. Qui lui avait raconté ces bobards sur la solidarité des flics, l'esprit de corps, le culte de l'équipe ? Ou bien cette femme glaciale était-elle absente le jour de la distribution ?

Il mourait d'envie de se lever et de la planter là. Il attendit pourtant qu'elle termine, uniquement parce qu'on lui avait enseigné qu'il fallait être poli avec les dames. Et souple avec les chefs. Quoi qu'ils fassent. Elle n'avait pas l'air pressé de le congédier. La tête penchée, elle scrutait avec curiosité ses cheveux trop longs, ses lunettes et son air de bon élève un peu débraillé.

– Pourquoi ce choix ? demanda-t-elle soudain.
– Je vous demande pardon ?
– Cette... brigade. Les gares... Je me suis laissé dire que vous étiez bien classé à la fin de votre formation de commissaire...
– Je suis sorti deuxième de ma promotion, dit-il en croisant ses longs doigts fins sur ses longues jambes maigres. C'est un choix délibéré.

Elle haussa un de ses sourcils parfaitement alignés, des plis naquirent sur son front, juste en dessous de son brushing figé.

– Curieux... Vous auriez pu choisir la PJ... Nous avons besoin d'éléments brillants. Vous avez un bon dossier.

Guerry-etc. lui dédia un de ses sourires qui le sauvaient de tout. Il ne pouvait pas dire à la pire ennemie de Marion que ce n'était pas la brigade des gares qu'il avait choisie mais la « patronne » de cette brigade. Meunier se serait gourée sur le sens de ce choix et il n'avait aucune envie de le lui expliquer.

— J'ignorais que je venais pour un recrutement, dit-il sérieusement. Je vous remercie, madame le divisionnaire, j'y réfléchirai quand Mme Marion reviendra.

— Je crois que vous ne devriez pas trop compter là-dessus, murmura Maguy Meunier. Pour le reste, ce n'était que de la curiosité.

Elle se leva en plaquant les deux mains sur la table, vierge de tout papier. Le cuir de son fauteuil chuinta. Elle tira sur sa jupe, redressa sa silhouette mince pour contourner son bureau sur lequel aucune pile de dossiers ne menaçait de se casser la gueule. Guerry-etc. pensa à Marion et à ses Everest de paperasses, plus penchés que la tour de Pise, et sourit en douce. « Il faut se méfier des gens trop ordonnés, prétendait-elle, ils ont le bordel à l'intérieur. »

Il déplia son mètre quatre-vingt-douze et resta planté dans une sorte de garde-à-vous que Maguy Meunier feignit de ne pas remarquer. Ses yeux bruns le détaillèrent de haut en bas, se fixèrent sur ses pieds.

— Grands dieux ! fit-elle en baissant le ton comme si ces péniches immenses risquaient de lui sauter à la gorge. Du combien chaussez-vous ?

— Du 52, madame.

— Diable ! C'est impressionnant.

— Ah ? Vous trouvez ?

Marion n'arrivait pas à s'y faire. À tout propos, elle chambrait ses « incroyables pinceaux ». Elle avait faite sienne la théorie d'un mystérieux Cox selon lequel un gène spécifique déterminait la taille des extrémités masculines. Pieds, nez, pouces... Sexe, forcément. D'où les raccourcis hasardeux qui couraient sur le sujet. Amaury Guerry-etc. affirmait que, dans son cas, la démonstration ne marchait pas : il possédait d'éminents panards, des pouces impressionnants, un nez trop long mais un pénis de calibre ordinaire. La nostalgie ombra les yeux du jeune commissaire au souvenir de leurs échanges qui s'achevaient toujours par des fous rires grandioses. Il se garda bien de le montrer à l'iceberg. Cette intimité avec sa patronne était à lui. À lui seul.

À la porte, Maguy Meunier ne lui tendit pas la main. Elle se contenta d'un mouvement du cou qu'il avait déjà observé et qui ressemblait à un tic. De près, il repéra les innombrables ridules qui scarifiaient son visage, la fatigue et l'usure que ce métier garantissait plus vite qu'ailleurs. Un métier, avait énoncé Marion un jour, où l'on perdait son innocence en quelques jours. Il marqua un temps, baissa la tête pour lui parler de près :

– Je vais vous dire, madame, sauf votre respect, pourquoi je n'ai pas choisi la PJ...

– Eh bien ?

– Parce qu'elle est foutue. Bras armé de la magistrature selon certains, larbin des juges pour d'autres. Bouffée impitoyablement par les gendarmes et grignotée par les sûretés départementales de la sécurité publique. Personnellement je n'ai qu'un goût modéré pour les cadavres. Je vous présente mes respects, madame.

La porte ne claqua pas à cause des couches de capiton de cuir ornées de clous dorés. Guerry-etc. n'entendit pas davantage la divisionnaire le traiter de « petit » con. Ce qui montrait que, tout compte fait, elle ne l'avait pas bien regardé.

– T'avais qu'à être gendarme, pauvre gland ! grogna-t-elle en saisissant son téléphone. Je le sens pas, l'adjoint de Marion, fit-elle à la chef du groupe d'enquête dès qu'elle l'eut en ligne, ayez-le à l'œil.

**Préfecture de police. Secrétariat zone de défense.
Comité de crise élargi.
12 heures.
Cote de la Seine : 6,15 mètres.**

Le commissaire Guerry des Croix du Marteroy rejoignit le commandant Drouet qui le salua d'un signe de tête raide et sans chaleur. Guerry avait l'habitude de cette distance vaguement méprisante. Était-ce sa grande carcasse mal gaulée ? Son visage en lame de couteau, grand nez, bouche large et lèvres minces ? Pourtant, il avait de beaux yeux. Marion le lui avait dit. Enfin, à sa façon :

« Tu as un regard intelligent. » Cela suffisait-il à le rendre agréable à regarder ?

En disant bonjour à la ronde, il se fendit d'un sourire aimable, à tout hasard.

– Vous devez vous découvrir, lui chuchota le commandant Drouet.

– Je vous prie de m'excuser ?

– Votre… couvre-chef… Vous devez l'enlever. C'est une règle de bienséance.

Amaury Guerry des Croix du Marteroy constata qu'en effet tous les hommes en uniforme avaient leurs casquettes ou leurs képis posés devant eux ou à côté.

– C'est-à-dire que… Je ne peux pas, j'ai un problème sérieux et un certificat médical, ajouta-t-il au bluff.

Drouet le gratifia d'un regard noir en haussant les épaules.

– Je ne suis pas très au fait du dispositif, dit Guerry-etc. en se penchant vers le commandant tandis que la préfète Anne Morin s'installait sur l'estrade, cœur de l'amphithéâtre en demi-lune où se tenaient assises une bonne cinquantaine de personnes. Le commissaire Marion…

— Je suis au courant, dit Drouet, elle a toujours autant de mal à déléguer…

— Non, non, se récria Guerry-etc., ses collaborateurs sont bien au point. C'est moi qui… Enfin, je suis arrivé dans le service il y a quelques mois et la crue centennale n'était pas dans mes priorités d'apprentissage… Du reste, plus personne n'y croyait…

— On avait tort.

À l'évidence, l'heure n'était pas à la galéjade. Les membres de l'assistance affichaient des mines d'enterrement et ce n'était pas à cause de l'affaire Marion. La préfète attaqua son speech sans un mot pour la divisionnaire. Elle la connaissait bien pourtant, ainsi que tous les participants au comité de crise qui l'avaient rencontrée à maintes reprises pour la mise au point du PSSI, mais c'était comme si l'inondation avait lavé les cerveaux, occultant tout ce qui ne la concernait pas.

— Bien, mesdames et messieurs, voyons où nous en sommes…

Chacun prit la parole à son tour. La Seine ne déborde pas de son lit, elle se répand par les sous-sols, dans cette immense collection de creux et de cavités qui font de Paris le plus énorme morceau de gruyère que l'on puisse imaginer. Un fromage invisible sur lequel marchent des millions de gens chaque jour, sans rien en deviner. Le niveau rouge du plan prévoyait une série de mesures qui étaient pour la plupart déjà en place. Depuis le matin, on avait commencé à fermer les vannes d'alimentation et des escouades d'ouvriers mettaient en place les aqua-barrières destinées à protéger les installations et les infrastructures en sous-sol. Le métro, cela allait sans dire, mais pas seulement lui.

Des dizaines de maçons, pour la plupart recrutés à la va-vite dans les multiples boîtes d'intérim du 10e arrondissement, avaient commencé à empiler des milliers de mètres cubes de parpaings destinés à former des murs autour des centraux téléphoniques enterrés. Le plus grand d'entre eux, celui des Tuileries, le plus exposé et le plus insoupçonné aussi, était déjà en position de secours : les groupes électrogènes révisés, nettoyés et alimentés au fuel étaient prêts à fonctionner et les murs, pratiquement montés. Pour autant, ainsi que l'indiqua le responsable de crise chez France Telecom, rien ne garantissait le bon fonctionnement des installations. Tant qu'on ne serait pas dans la réalité de la crue, les dispositifs prévus relevaient de la pure spéculation. La parole fut donnée aux services techniques de la ville de Paris dont les agents de la voirie positionnaient des sacs de sable autour des bouches d'égout, sur les trottoirs ou sur la chaussée même. Les barricades ainsi érigées faisaient ressembler une partie de la capitale à un camp retranché se préparant à l'invasion de hordes barbares. En l'occurrence, celle de milliers de rats qui sortaient des égouts en bande. Il fallait s'attendre à des incidents, des morsures. Un agent avait surpris plusieurs bestioles d'une taille impressionnante occupées à se repaître d'un cadavre de chat. De nombreux pigeons, mal nourris depuis qu'il pleuvait, y avaient aussi laissé des plumes et leurs carcasses dépouillées jonchaient les trottoirs. Les services de santé confirmèrent qu'ils avaient enregistré quelques cas suspects d'infections humaines.

Pour changer de sujet, le représentant du maire de Paris indiqua que les Parisiens avaient bien été sensibilisés et que d'immenses chaînes de solidarité se créaient un peu partout pour évacuer les biens stockés dans les caves.

– Les musées ? s'alarma Anne Morin, où en sommes-nous ?

– Orsay est fermé, on a 10 centimètres d'eau dans les salles du rez-de-chaussée, les sous-sols du Louvre sont inondés, dit le conseiller du maire.

Le plus gros des œuvres avait été évacué depuis plusieurs jours, à Orsay et au Louvre. Des caisses entières transportées en des lieux tenus secrets. Des milliers de tableaux, dessins, sculptures avaient été emportés. Une entreprise de titans.

– Restent les petits musées ou les stockages privés mais on n'espère que peu de dégâts.

« On n'en sait rien, mon pauvre », avait envie de dire Anne Morin.

– Métro, RER ? Monsieur Duval ?

– Le métro est le plus touché, on a fermé les stations les plus exposées ainsi que la ligne B du RER, répondit le responsable de la RATP. Le trafic y est totalement interrompu. Certaines stations ressemblent à des piscines…

« Sous les pavés la plage… » songea la préfète qui gardait des souvenirs de mai 1968.

– … les Parisiens ne comprennent pas bien, ils sont comme en état de choc… Ils attendent devant les grilles fermées, on ne sait plus quoi faire.

– Ce n'est pas faute d'avoir communiqué, intervint le chef de cabinet du maire de Paris. Ils sont sourds ou ils ne veulent pas entendre ?

– Les parkings souterrains ? le coupa Anne Morin.

– Nous attendons la décision du comité pour la procédure d'ennoiement.

– Parlons-en, alors !

Selon le principe établi vers 250 avant J.-C. par Archimède de Syracuse, qui, par chance, prenait des bains plutôt que des douches, « tout corps plongé dans un fluide au repos, entièrement mouillé par celui-ci ou traversant sa surface libre, subit une force verticale, dirigée de bas en haut et opposée au poids du volume de fluide déplacé ; cette force est appelée "poussée d'Archimède" ».

Dans ce théorème, le point fondamental est la notion de pression. Celle qu'exercerait l'eau montante sur les coques vides des parkings entraînerait d'inévitables explosions. La destruction partielle ou totale des installations. La seule technique permettant de neutraliser les effets de la pression consistait à emplir d'eau les parkings. À les ennoyer, pour parler technique.

– Il faut y recourir, et vite, ordonna la préfète. Le niveau grimpe à toute allure, on n'a plus le temps de finasser. Qu'avez-vous prévu ?

– Nous avons commencé à évacuer les parcs de stationnement, dit le directeur de la voirie à la mairie de Paris. Nous lançons des appels sur les radios périphériques pour inciter les particuliers à venir eux-mêmes chercher leurs voitures. Mais je ne vous cache pas que la tâche est gigantesque. Nous avons recensé environ deux cent cinquante mille véhicules à bouger. Il nous faut du temps pour organiser leur déplacement vers les zones non inondables. Autre problème : l'aggravation des embouteillages qui va en découler.

– Hélas.

– J'insiste sur ce point, madame la préfète, les encombrements risquent de nuire au bon déroulement des opérations de secours, à la circulation des véhicules utilitaires, des ambulances…

– J'ai compris, monsieur le directeur. Monsieur Vitold, renouvelez les messages pour demander aux Parisiens d'utiliser leurs voitures le moins possible. Faites circuler des voitures-haut-parleurs, contactez toutes les radios, les chaînes de télé. Actionnez les panneaux lumineux sur le périphérique et les autoroutes d'accès. Je sais que nos concitoyens ne vont pas aimer. Mais c'est la guerre. Il faut qu'ils en prennent conscience. Commandant Drouet ?

Le voisin de Guerry-etc. releva la tête de son dossier.

– Madame ?

– Les effectifs de police ?

– Ils sont au maximum des disponibilités. La direction générale de la Police nationale a placé sous tension d'importants renforts, en CRS notamment. La difficulté majeure consiste à trouver des lieux d'hébergement pour ces forces supplétives. Nous devons exclure les sites habituels en zones inondables à Paris et, je vous le rappelle, en banlieue...

« Évidemment, éructa en silence la préfète, la Seine ne s'arrête pas aux limites de Paris, ce serait trop beau... » Les Hauts-de-Seine, le Val-de-Marne, le Val-d'Oise seraient touchés, on ne savait pas jusqu'où. Il fallait aussi compter avec les affluents de la Seine qui ne resteraient pas les bras croisés à regarder calmement le fleuve s'emplir et déborder. Les limites de la catastrophe ne seraient réellement connues qu'une fois la décrue annoncée. Ce n'était pas demain la veille.

– Bien, soupira-t-elle, faites au mieux. Colonel Arbois, cela vaut pour vos gendarmes aussi.

– Le ministère de l'Intérieur coordonne les répartitions des troupes en direct, madame la préfète, objecta l'officier supérieur.

– Je le sais, colonel, je parlais de la capacité de vos hommes à accélérer la diffusion des consignes aux habitants. C'est valable pour tous les intervenants mais c'est plus aisé pour ceux qui disposent d'un peu d'autorité.

Le colonel acquiesça. Anne Morin avala sa salive :

– À présent passons au côté humain si vous le voulez bien. *Quid* des centres d'hébergement ?

Les limaces ont envahi le parc. Elles sont partout. En regardant bien, on les voit sortir de terre. Elles émergent des feuilles mortes qui jonchent le sol. Un sol de plus en plus gorgé d'eau. Le banc est situé sous un petit abri, au milieu d'une aire de jeux pour les jeunes malades et leurs visiteurs. Un panneau indique qu'il s'agit de la cour des enfants, ponctuée de jouets détrempés, morne et déserte.

Derrière le haut mur de pierres, tout en bas, le fleuve en crue a avalé ses berges. Les vitres des immeubles qui le bordent reflètent ses remous agressifs. Les rails d'acier des voies d'Austerlitz émergent à peine de l'eau. Dans quelques minutes, ils seront engloutis. La gare s'est vidée. On la dirait en état de guerre déclarée.

Une grosse limace presque noire escalade ma chaussure. Une procession s'avance à sa suite, des brunes, des rouges, des jaunes. Et même des nacrées et d'autres avec des pois.

Je les aimais déjà au temps d'avant. Leur mollesse gluante, leur corps sans squelette, leurs tripes débordantes quand mes doigts les sectionnaient en deux. Elles m'excitaient presque autant que les sangsues. Je rêve parfois des douves ténébreuses envahies de ces milliers de vers d'eau douce, des ventouses protégeant leur bouche armées de trois mâchoires, trois pompes à sang avides. Les bains interdits, la délicieuse sensation des dizaines de virgules sombres, les dents crochées sur nos jambes, nos bras, nos corps. Il fallait brûler leurs têtes pour leur faire lâcher prise. L'occasion d'allumer une cigarette. La clope prohibée. La tête à l'envers, l'estomac retourné comme un gant.

Puis, le bourreau et son cigare qui élargissait les brûlures, les creusait jusqu'au sang. La douleur.

Au pied du mur d'enceinte, devant l'unité de traitement du linge hospitalier, des dizaines de structures métalliques débordant de draps et de couvertures multicolores sont abandonnées aux eaux qui montent. Quelques serviettes flottent, bouts de tissus naufragés, à la dérive.

L'entrée des urgences de neurochirurgie fourmille de blouses blanches et vertes. Il règne ici une agitation proche de la panique. Les camions blancs à touche-touche s'engouffrent dans la descente, des brancards à roulettes grincent. Des appels, des cris. Une course effrénée. Vers quoi ?

Un break marron garé de travers en haut de la rampe d'accès réservé aux ambulances s'attire les foudres d'un ambulancier qui claque violemment la portière restée béante. C'est un modèle ancien de chez Volvo, une allure de véhicule mortuaire. Père a eu le même, un temps.

Une limace a vaincu le sommet de ma chaussure gauche. Je la prends entre mes doigts, je serre, de toute la violence dont je suis capable.

Le cadavre éventré se tortille derrière moi. Mes pas n'ont laissé aucune trace dans la terre.

6

**Hôpital de la Pitié-Salpêtrière,
12 heures.**

Les cinq minutes annoncées par le docteur Razafintanaly s'éternisaient. Pierre Mohica allait et venait, entre la zone de réanimation et le hall où Nina attendait, assise à côté de Valentine Cara. La petite avait été refoulée du service de réanimation, ainsi qu'il fallait s'y attendre. On lui avait promis qu'elle verrait sa mère juste avant l'opération, de loin, derrière une vitre. Elle patientait, les yeux secs. Quant à Valentine, elle avait été bipée plusieurs fois. La crise s'amplifiait à cause de l'eau qui dégringolait du ciel sans aucune retenue et, là-bas, à la brigade, on avait besoin d'elle. Abadie l'avait sonnée deux fois pour demander des nouvelles de Marion. Il se chargeait de relayer les infos aux autres même s'il n'y avait pas grand-chose à dire. Guerry-etc. était à l'extérieur, on ne savait pas trop où. À la préfecture de police, au comité de crise de la zone de défense ou à la Crim. Il ne se manifestait pas depuis son départ du service et son téléphone était constamment sur messagerie. Le dernier appel d'Abadie à Cara évoquait le dispositif de crise. Une réunion de tout l'encadrement de la brigade allait commencer. Le lieutenant devait y assister, impérativement. Il fallait déclencher le rappel des personnels en congé et s'attendre à camper sur place. Un certain temps.

– Pierre, dit Valentine en rejoignant le médecin très agité, je ne vais pas pouvoir rester plus longtemps. C'est la cata dans Paris, j'ai un peu de boulot et...

– Bien sûr, atterrit Pierre Mohica, allez-y...
– Et Nina ? Elle ne peut pas rester là...
– Ah...

Marion avait eu maintes fois recours à la brigade lorsque, appelée en urgence sur une affaire, elle refusait de laisser sa fille seule chez elle. C'était bien le diable si elle ne trouvait pas quelqu'un de libre pour veiller sur l'enfant, le jour au service, la nuit à son appartement, rue Saint-Vincent-de-Paul, à 20 mètres de la gare du Nord. Il y avait toujours un volontaire.

Pierre Mohica sembla désemparé. En dépit du fait qu'elle était amoureuse de lui et peut-être à cause de cela, Marion avait tenu à garder son appartement et son indépendance. Ils se voyaient quasiment tous les jours, mais ne vivaient pas ensemble. « La vie commune va nous tuer, je suis invivable et pas belle à voir le matin quand j'ai picolé la moitié de la nuit avec les mecs », plaidait Marion. Une pirouette pour cacher sa trouille de revivre un autre fiasco « conjugal » auquel elle se croyait irrémédiablement vouée. Chacun ses matins qui déchantent, avait admis Pierre Mohica, conscient tout à coup du fossé qui le séparait de Nina.

– Je vais appeler Jenny, dit-il après un temps de réflexion.
– C'est votre fille ?
– Oui. L'aînée. La plus jeune, Marie, est chez moi, à Clichy, avec ma mère. Je ne vois pas qui pourrait emmener Nina là-bas...

Cara leva la main pour signifier que ce ne pouvait pas être elle.

– J'ai pas envie d'aller chez Jenny, fit Nina, véhémente. Y a son jules, elle est enceinte et...
– C'est juste le temps que je m'organise, souffla Pierre. C'est vrai que Jenny est enceinte, ajouta-t-il comme s'il venait de découvrir la chose. Mais bon,

elle n'accouche que dans un mois... Nina, tu es grande, tu peux comprendre la situation.

— Je ne veux pas partir d'ici, s'obstina l'adolescente.

Cara se rassit près d'elle, prit ses mains entre les siennes.

— Écoute, mon petit cœur... Tu ne peux pas rester là. Un, ça ne sert à rien, ça n'aide pas ta maman, au contraire. Deux, c'est la merde dehors. À cause de la pluie. Si ça se trouve, d'ici une heure, personne ne pourra plus circuler. Je dirais même qu'il est grand temps...

— Jenny habite à dix minutes à pied, avenue de Choisy, dans le haut du 13e, renchérit Pierre en effleurant les cheveux de la petite. Elle va venir te chercher, Nina. Je t'en prie, fais un effort. Je vous rejoindrai plus tard et, si tout va bien, tu pourras revenir voir ta maman ce soir.

Il savait que tout n'irait pas bien. Ni pour la femme de sa vie ni pour la ville de Paris. Au contraire, les simulations qui avaient été faites dans l'hypothèse d'une crue de grande ampleur s'étaient avérées terrifiantes. Quant à Marion...

— Je veux la voir avant de partir, s'entêta Nina.

— J'appelle Jenny, éluda Pierre Mohica.

Au moment où il sortait son portable, la lumière vacilla dans le hall. Le néon défaillant vibra au-dessus de la porte avant de s'éteindre pour de bon. Il y eut comme un vent de panique tandis que les machines, relayées par les onduleurs, se relançaient aussitôt. Curieusement, la porte blindée qui protégeait le service de réanimation s'entrebâilla, la clenche électrique désactivée. Pierre Mohica se précipita.

— Eh ! le héla Valentine, attendez ! Je peux pas rester, moi.

Mohica se bloqua. Deux brancardiers qui sortaient de la zone de soins avec un malade sur une civière faillirent le percuter.

— Pourriez pas faire attention ? Qu'est-ce que vous foutez ? leur demanda-t-il avec humeur.

— Poussez-vous, monsieur, ne restez pas au milieu du passage !

— Qu'est-ce qui se passe ?

— On évacue, laissez passer !

En état second, Pierre Mohica se retourna. Dans un brouillard, son regard traversa Cara et Nina, se posa sur une silhouette familière. Amaury Guerry-etc. ! L'adjoint de Marion ! Le *grand dégingandé* dont ils se moquaient ensemble, gentiment ! Sa présence, là, c'était le salut. Le médecin lui fit un grand signe, bras levé. Le commissaire le dévisagea quelques secondes sans bouger. C'est alors qu'un nouvel équipage sortant de la salle de réanimation s'interposa entre eux. Quand il fut passé, Guerry-etc. n'était plus en vue. Mohica regarda autour de lui, désorienté. Est-ce que le commissaire l'avait vu ou non ?

« Il est souvent dans la lune, affirmait Marion, et puis avec sa taille, il te passe au-dessus sans te voir. »

— Vous avez perdu quelque chose ? s'inquiéta Valentine.

— J'ai des hallucinations, je crois, répondit le médecin en secouant la tête. J'ai cru voir votre commissaire...

— Qui ?

— Machin, là... Guerry...

— Lui ? s'exclama Cara, franchement, ça m'étonnerait...

Pierre Mohica appuya fortement ses deux pouces sur ses globes oculaires.

— Vous avez raison, je deviens dingue... Allez-y, lieutenant, ma fille sera là dans quelques minutes.

— Appelez-nous, surtout ! N'oubliez pas ! cria Valentine en s'éloignant à grands pas. Je reviens dès que je peux !

– Attends-moi là, Nina, supplia Pierre cependant que l'adolescente s'accrochait à lui, je te promets de faire le maximum.

Une nouvelle vague de blouses blanches déboula du service de réanimation. Équipé comme ses confrères, Mohica en profita pour s'y glisser.

Razafintanaly tenait conseil dans l'open-space de l'accueil. Au milieu d'une dizaine de personnes à qui il donnait quelques instructions, sèchement, en pestant contre la lenteur de l'organisation. Il mit un terme à la réunion aussitôt qu'il aperçut l'ami de Marion.

– Allez, ordonna-t-il, on se magne !

– Qu'est-ce qui se passe ? proféra Pierre Mohica d'une voix détimbrée. Qu'est-ce que vous faites ? Pourquoi personne ne s'occupe de ma femme ?

– Venez par ici !

Raza l'entraîna à l'écart. Dans un minuscule bureau encombré, un recoin près des toilettes. De là, on ne pouvait rien voir de ce qui se passait dans les box, derrière les rideaux.

– On a de sérieux problèmes, dit Raza un peu radouci. L'eau a commencé à inonder les sous-sols. C'est là que se trouve toute la câblerie. Les installations électriques sont secourues mais on ne sait pas combien de temps ça va tenir. L'eau et l'électricité… Si un court-circuit se produit, on risque une réaction en chaîne, et tout peut sauter. On ne peut pas prendre de risques. Nous avons reçu l'ordre d'évacuer les malades.

– Évacuer ? Mais pour aller où ?

– Dans des établissements non inondables.

– Mais ça va prendre un temps fou !

– Probablement. Mais on n'a pas le choix et ça urge… D'ailleurs, j'ai du travail, comprenez-le…

Pierre Mohica rameuta à toute allure les souvenirs qu'il avait de la gestion de crise naturelle majeure en milieu hospitalier. Elle ressemblait beaucoup à la façon de gérer les attentats ou accidents de grande ampleur. Des picotements envahirent ses membres.

– Et ma… compagne, vous en faites quoi ? Quand est-ce que vous l'emmenez ? Quand allez-vous enfin vous soucier d'elle ?

– Ne vous inquiétez pas, on va s'en occuper.

Il avait l'air aussi franc qu'un âne se préparant à vous flanquer un coup de sabot dans le dos. Mohica n'était pas un de ces profanes à qui on faisait gober n'importe quoi. Lui savait exactement ce que signifiaient ces paroles lénifiantes. Il les associa au contexte. Et ça lui revint, en vrac, avec une brutalité inouïe. Il existait un classement des urgences en médecine de catastrophe. Les patients EU (extrême urgence) étaient prioritaires, classés urgence absolue, à condition qu'ils soient stabilisés après traitement. Ensuite venaient les U1 (première urgence, fonctionnelles et potentielles) qui supportaient un délai d'attente de six heures. Puis, les urgences relatives U2 qui supportaient un délai de dix-huit heures et les U3, de trente-six heures. Tout en bas de la liste figuraient les urgences dépassées. Lésions gravissimes ne pouvant être traitées immédiatement, patient n'ayant que peu de chances de survie. Pas d'évacuation.

Ce qui apparaissait à Mohica, là, face à la porte des chiottes, lui donna envie de hurler.

– Pourquoi vous ne l'avez pas encore emmenée ? Hein, pourquoi ? Qu'est-ce que je dois comprendre ?

Embêté, Raza se mit à triturer son stéthoscope.

– On ne peut pas l'opérer ici, nous cherchons un service d'accueil en neurochirurgie.

– Vous mentez, vous ne cherchez rien du tout. Vous attendez qu'elle meure !

– Je ne vous ai rien caché de son état. C'est vous qui ne voulez pas entendre ! Je ne suis pas ravi de cette situation mais nous manquons de moyens, d'ambulances, on n'arrive même pas à rouler correctement dans Paris...

— Des moyens ! Il y en a d'autres, non ? Des hélicoptères, vous avez déjà entendu parler de ça, oui ou non ?

— Ne criez pas ! C'est perdre de l'énergie inutilement. On ne peut pas la transporter en hélico, il n'y a pas d'hélico... Je suis médecin, pas Dieu. On l'emmènera dès que possible, en priorité, je vous le promets.

Il mentait, c'est ce qu'indiquait son regard fuyant. Une chape de détresse fondit sur Pierre Mohica. Il fit deux pas en avant, trois en arrière, complètement déstabilisé.

— J'ai une voiture, moi, je vais l'emmener !

— Et où ? fit Raza, tentant l'ironie.

— N'importe où, je trouverai...

— Vous n'y pensez pas, j'espère ! Écoutez, il faut être raisonnable. Faites-moi confiance. Je vais faire le maximum, laisser mourir un patient sans avoir tout tenté n'est pas imaginable. À présent, laissez-nous travailler.

Il s'éclipsa, raide comme un piquet. Mohica resta là, ballotté entre infirmiers et brancardiers. Il voulut pénétrer dans la zone de réanimation, voir Marion, se rendre compte de son état mais on lui barra le passage. Pour finir, une surveillante cria qu'elle allait fermer la porte des box à clef s'il s'obstinait à leur mettre des bâtons dans les roues.

Il sortit de là, en plein désarroi. En état second, il se débarrassa de la blouse blanche, inutile puisqu'il ne pouvait même plus approcher Marion, et la balança avec rage sur un siège vide du hall. Celui-ci était déserté, même Nina était partie. Sur son portable, un SMS de Jenny lui apprit qu'elles étaient arrivées à bon port. Il lui sembla que le temps s'arrêtait, que l'eau du dehors avait empli son cerveau. Des minutes plus tard, il en était encore à chercher à qui il pourrait bien faire appel pour sauver Marion. Le milieu médical ne l'aiderait pas, il en était convaincu, à cause de la crue et plus sûrement des certitudes sur lesquelles certains de ses membres étaient assis.

Le seul recours qui lui apparut, Marion l'appelait sa famille.

Abadie, Cara et tous les flics de la brigade. Son monde à elle.

**Préfecture de police, PC de crise,
12 heures 15.
Cote de la Seine : 6,22 mètres.**

– Monsieur Lebel ?
– Nos troupes sont mobilisées, madame la préfète...
– Je n'en doute pas, mais encore ?
– Les centres d'hébergement d'urgence sont opérationnels, sous l'égide de la Croix-Rouge. Nous enregistrons déjà de multiples demandes. Tous les sans-abri et squatters des souterrains, obligés de sortir en surface, ont été les premiers. Je signale aussi de nombreux touristes imprévoyants ou bloqués à Paris pour diverses raisons...
– Ce sont plusieurs dizaines de milliers de Parisiens qui vont se présenter, monsieur Lebel, vous en êtes conscient ?
– Parfaitement, madame la préfète...
– Plus nombreux et plus rapidement que nous ne l'avons imaginé. Les derniers relevés de la DIREN[1] sont très, très alarmants. Notre plan, efficace pour une montée des eaux de 2,5 centimètres par heure,

---

1. Direction régionale de l'environnement.

va être balayé par la réalité : l'eau grimpe trois fois plus vite que prévu à présent. Nous allons passer en niveau rouge, dès que le ministre aura donné son accord.

Un murmure courut dans la salle. Anne Morin leva la main pour réclamer le silence :

– S'il vous plaît, messieurs ! La situation des hôpitaux, à présent ! Monsieur Cordier ?

Un homme entre deux âges, lunettes d'écaille et calvitie planquée sous une moumoute de piètre qualité, remua quelques papiers. Il représentait l'établissement public AP-HP (Assistance publique-hôpitaux de Paris) en charge de la gestion des hôpitaux et groupes hospitaliers de Paris et région Île-de-France, en tout une quarantaine de sites.

– À cette heure nous sommes en cours d'évacuation totale à Saint-Antoine, partielle à la Pitié-Salpêtrière et obligés d'envisager rapidement des mesures analogues dans une dizaine d'autres établissements. Nous prévoyons la perte de huit mille lits à court terme et le transfert en urgence de quatre mille malades vers des hôpitaux épargnés par la crue...

– Ou non inondables, suggéra un grand type en uniforme de colonel de pompiers. S'il en existe...

Anne Morin leva un sourcil. Il le savait bien, ce colonel, en fonction chez les pompiers de Paris — relevant de la Sécurité civile donc du ministère de l'Intérieur — depuis une bonne vingtaine d'années, que ce type d'hôpital n'existait pas. D'ailleurs, aucun complexe hospitalier n'avait été construit à Paris depuis la dernière crue centennale.

– Oui, il en existe un, dit-elle en fixant l'impertinent. Vous ne l'ignorez pas, colonel, si ?

– Non, madame la préfète, l'hôpital Georges-Pompidou... Mais...

– Je sais, le coupa-t-elle, nous en avons parlé ce matin avec M. Cordier. Bien que conçu pour résister à une inondation de grande ampleur, on ne peut pas compter utiliser Georges-Pompidou comme lieu de transfert. Si l'hôpital est à l'abri, il sera en revanche inaccessible, donc isolé. Il deviendra une île au milieu du 15e arrondissement inondé. Il est même risqué d'y maintenir les malades car on ne peut garantir les allées et venues des personnels de soins. Il n'est pas question non plus de les loger sur place, cela va sans dire.

– Évacuation, madame la préfète ? s'enquit le nommé Cordier, la gorge nouée.

– À votre avis ? Ce sera le cas de nombreux autres sites qui, s'ils ne sont pas inondés, ne seront pas accessibles pour les mêmes raisons. À cause des dommages électriques notamment.

Cordier, la sueur au front, détailla les opérations d'évacuation en cours. Cinq maternités, trois services de neurochirurgie, une unité de grands brûlés, tous les malades en soins intensifs… La litanie dura quelques minutes encore, dans un silence absolu.

– Inutile de préciser que les conditions de ces opérations ne sont pas idéales. Dans certains cas, elles sont dramatiques. Nous manquerons d'ambulances à moyen terme et les déplacements difficiles n'arrangent pas les choses.

– Il va falloir prendre un parti, monsieur le directeur de cabinet, dit-elle. Nous allons droit vers une paralysie économique de Paris, à cause, principalement, des difficultés de communication. Il faut que le maire soit d'accord avec ce comité. Ou nous temporisons en croisant les doigts pour que rien n'arrive, ou nous mettons les Parisiens en face de la gravité de la situation.

Dans les minutes qui suivirent, il fut décidé que les responsables de la gestion de crise tiendraient une nouvelle conférence de presse. Paris, poumon économique de la France, n'était plus à même de jouer son rôle. Les informations étaient susceptibles d'être modifiées d'heure en heure, les prévisions n'étant valables qu'à très court terme. Afin de contenir les déplacements, la décision fut prise de fermer les écoles et tous les services publics sauf les hôpitaux et les services d'urgence pour une première semaine. Enfin, et ce n'était pas le moindre pas à franchir, il fallait d'ores et déjà préparer les Parisiens à une évacuation générale.

– Un grand moment en perspective, murmura Anne Morin dans son foulard.

**Hôpital de la Pitié-Salpêtrière,
12 heures 35.**

Pierre Mohica allait et venait, en proie à une immense confusion. Il avait appelé Abadie, puis Cara, enfin Guerry-etc. Tous étaient sur messagerie. Au standard de la brigade, on lui avait fait savoir qu'ils étaient en réunion de crise. En réunion ! C'était bien le moment de tenir des réunions ! Il avait hurlé sa rage contre la réunionnite pandémique et toute-puissante. L'opérateur avait écouté poliment ses récriminations et promis de passer le message à ses chefs. Mohica avait laissé sur leurs mobiles respectifs des mots affolés. Il avait besoin d'aide et il lui semblait que tous l'avaient abandonné à cause de cette fichue flotte. Accablé, il raccrocha son téléphone, le regard toujours rivé à la porte du service de réanimation, où les mouvements se poursuivaient. Il avait deux fois essayé de revenir à la charge mais avait été refoulé sans pitié. Razafintanaly ne se montrait pas davantage.

Le signal indiquant qu'il avait reçu un message retentit. Fébrilement, il tapa les trois 8, se trompa, hurla après ce foutu téléphone. Recommença. Il s'attendait à Abadie, Cara, Guerry, ou même à un de ses confrères enfin sauvé des eaux. La voix stressée de sa fille Jenny le déçut presque.

« Papa, je suis en route pour la maternité. Nina est chez moi. Je n'ai pas de nouvelles de Charles, *a priori* il y a des problèmes de réseau téléphonique. Rappelle-moi vite, s'il te plaît ! »

Une boule d'émotion obstrua la gorge de Pierre Mohica.

— Nom de Dieu, jura-t-il tout haut, manquait plus que ça !

À trois reprises, il n'obtint qu'un message électronique « désolé, votre communication ne peut aboutir ». Il faillit jeter son téléphone à travers les vitres opacifiées par la pluie. Après un autre appel infructueux, il traversa le hall des urgences, se retrouva dans un couloir où un panneau indiquait des directions et des services qu'il fut incapable de lire, seulement préoccupé du fonctionnement de son portable. Enfin, les barres indiquant l'accès au réseau réapparurent. La voix de Jenny lui parvint, plus angoissée que dans le message.

— Jenny ! éructa-t-il, mais qu'est-ce qui se passe ? Tu n'es pas à terme, que je sache… Où es-tu ?

— Dans un taxi… Ça n'avance pas… On a dû faire 300 mètres depuis qu'on est partis… Je m'inquiète…

— Mais tu ne vas pas accoucher, enfin !

— J'ai des contractions depuis ce matin. Comme je suis encore à plus de trois semaines du terme, je ne me suis pas affolée. Mais là, non seulement ça se précipite mais, en plus, j'ai perdu les eaux.

— Décidément on n'en sort pas, murmura Pierre Mohica pourtant peu enclin à faire de l'humour.

— Pardon ?

— Non, rien, une plaisanterie…

— Ah ! parce que tu trouves qu'il y a matière à plaisanter ? Je ne veux pas accoucher dans le taxi, papa !

— Passe-le-moi, ton taxi, je vais lui dire deux mots !

— Papa, je t'en prie ! Essaie plutôt de joindre Charles. Et Marion, comment ça va ?
— Ça va, répondit-il très vite, la voix enrouée. Il faut que tu penses à toi et au bébé. Concentre-toi là-dessus. Je t'aime, tu sais...
— Moi aussi, papa, je t'aime. Je veux que tu viennes à Saint-Antoine... S'il te plaît, je suis morte de peur !
— Oui, oui, fit-il distraitement, je vais venir.

**La brigade. Gare du Nord,
13 heures.**

La grand-messe venait de prendre fin dans la verrière de la cour des départs. À plus de 10 mètres de hauteur, la pluie martelait les vitres de cet espace classé monument historique et l'eau s'infiltrait le long des tenants en fer forgé peints en vert céladon. Les ruissellements sur les parois avaient atteint le sol depuis longtemps. Sans prêter intérêt à leurs rangers baignant dans les flaques, les cent cinquante hommes en service sur les réseaux ferrés d'Île-de-France étaient alignés en formation, les mains dans le dos, immobiles, le regard droit. Ils représentaient le tiers des effectifs de la brigade, tout ce qui avait pu être rassemblé en aussi peu de temps. Cela ne constituait pas un exploit : il existait un plan de rappel, révisé périodiquement. Hélas, jamais entièrement à jour. Il aurait fallu pour cela une discipline de fer de la part de tous les flics de la brigade. Que chacun suive son propre dossier, pense à signaler les changements de sa vie, au fur et à mesure qu'ils survenaient. Adresse, téléphone, situation de famille. Il aurait fallu un service administratif vigilant. Autant demander l'impossible dans une structure de cette taille. Épaulé par les deux commandants responsables des effectifs en tenue, Abadie, en l'absence de Guerry-etc., était monté à la tribune. D'abord, pour couper court aux rumeurs qui couraient à propos de Marion. Des légendes, la brigade en fabriquait à la pelle. Dans les vestiaires, au cours des patrouilles, dans la salle de rédaction des rapports. Cara et ses collègues officiers avaient entendu les gars évoquer l'événement. À travers des commentaires fantaisistes ou carrément saugrenus. Abadie détestait les cancans, lui qui en avait souvent fait les frais, son homosexualité revendiquée n'étant pas du goût de tout le monde.

Un silence de plomb avait suivi ses explications à propos de la santé de Marion. Même si tous ne l'aimaient pas à la folie, elle était respectée parce que présente sur le terrain, le jour, la nuit, le dimanche, les jours de fête. Prête à aller au charbon à la tête des troupes en toutes circonstances. Jamais réticente pour affronter les conflits sociaux qui surgissaient à tout bout de champ dans une des brigades les plus agitées de Paris. La moins reluisante bien que, curieusement, une des plus recherchées. « Pour vous, disait Abadie, c'est pour vous qu'on vient s'emmerder dans ces trains pourris. » Elle faisait la moue, pas convaincue. Marion n'était jamais sûre de rien, ni de son savoir ni de ses compétences, encore moins de sa capacité à se faire aimer. Ce qui pouvait l'amener à quelques excès. Également, ici et là, à des entorses aux usages.

Abadie avait laissé les hommes digérer les infos, le temps de chasser les trémolos de sa voix. Blanche, quand il disait que l'état de Marion était gravissime. Comme ce temps mort ressemblait un peu trop à une minute de silence, il avait abrégé pour passer à la suite, plus facile. Il connaissait son dossier « crue centennale » dans les moindres détails. Marion avait exigé qu'ils fassent périodiquement des simulations, des exercices de rappel des troupes. Le résultat devait être à la hauteur de ce travail homérique. Chacun savait ce qu'il avait à faire. Du moins sur le papier car rien ne se passait jamais selon les plans. Dans deux heures, cent cinquante hommes frais seraient prêts à relayer ceux-là. Dans six heures, cent cinquante autres. Tous devaient s'organiser pour rejoindre le service ou le lieu d'intervention désigné.

– N'espérez pas de secours, les prévint Abadie, vous devrez vous débrouiller et parfois improviser. Ne comptez pas sur les téléphones portables, les réseaux vont connaître des défaillances. Utilisez les moyens radio et les liaisons satellites. Soyez prudents dans les tunnels et les sites enterrés où vous serez appelés en appui aux pompiers, aux agents de la RATP et de la SNCF. On nous signale des problèmes électriques un peu partout. Vous le savez, à Paris, on a tout enterré, pas question de dégrader la plus belle ville du monde ! Dans le métro, la moindre infiltration signifie danger. Protégez-vous pour pouvoir protéger et aider les autres.

Sur les sept mille postes d'alimentation électrique planqués sous les bâtiments et la voie publique, mille deux cents étaient situés en zone inondable. Fatalement, l'eau les submergerait, sans que nul n'y puisse rien. Le réseau téléphonique, avec ses kilomètres de câble de cuivre, était dans le même cas, enfoui sous les pavés. Et en grande partie sinuant dans les tunnels du métro, le réseau souterrain le plus approprié, le mieux aménagé pour accueillir ces équipements. À cet instant, le plus exposé à la crue. Il semblait inconcevable de vivre sans électricité ni téléphone au début du troisième millénaire. Pourtant, il allait falloir s'en passer. Combien de temps ? Autant jouer au poker ou au doigt mouillé, la réponse n'était pas disponible. Tunnels dans l'eau : métro, électricité, téléphone, rideau.

– L'heure est grave, insistait Abadie. Un seul court-circuit, ce sera le pépin, une réaction en chaîne qui aboutira à une panne gigantesque. Les arrondissements situés en bord de Seine seront les premiers touchés. Le 5e, le 8e, le 15e... Sept cent mille Parisiens dans le noir. Tous les postes électriques étant connectés entre eux, ce sera comme dans un jeu de dominos.

Abadie avait cessé d'énumérer les éléments du chaos annoncé, ne sachant pas tout lui-même des tracasseries à venir. Il avait laissé les commandants répartir les effectifs, distribuer les ordres de mission, gérer l'exécution, courbés sous le poids des emmerdements qui s'amoncelaient sur leurs épaules comme les nuages dans le ciel et les tas d'ordures dans les rues de Paris.

**Bureau de Marion,
13 heures 30.**

Ils se tenaient à présent silencieux, dans le bureau de la « patronne ». Ils étaient entrés là sans se consulter, après avoir pris chacun au distributeur un sandwich caoutchouteux qu'ils mastiquaient sans appétit. Juste parce qu'il faut bien manger. Pur réflexe d'humain agrippé à son sort de vivant.

– Putain, gémit Cara quand elle eut englouti la moitié de son casse-croûte, je le crois pas, j'arrive toujours pas à le croire...

– Moi non plus...

Il y avait Marion tout entière dans ce bureau. Son odeur, son bordel chronique, ses vêtements civils dans le cagibi, ses prises de guerre dans la vitrine, des dizaines de Post-it collés sur son bureau — et même jusque sur les vitres — recouverts de graffitis incompréhensibles. Certains tombés au sol, comme de guerre lasse. Nouveauté : une minichaîne Sony posée sur le coffre-fort où le commissaire enfermait ses armes et ses secrets. Sur chacun des deux baffles, des piles de CD, en vrac. Une des boîtes, grande ouverte à même le sol, montrait son ventre noir. La chaîne était encore allumée. Marion avait-elle écouté de la musique avant de partir pour son rendez-vous ? Probablement, et c'était bien d'elle cet engouement sans limites.

Maintenant, les apéros dans son bureau se prenaient sur fond de Puccini, de Bellini, de Mozart. De Pink Floyd, de Joe Cooker. De Brassens, de Barbara. Éclectisme ou inconstance, nul ne savait. Marion se lassait vite de tout, des objets, des gens et de la musique.

Cara, telle une somnambule, quitta son siège. D'un doigt, elle pressa la touche *Play*.

« *I heard there was a secret chord
That David played and it pleased the lord...* »

Jeff Buckley, dont la plainte arrachait les tripes.

Abadie se dressa, brandit son casse-dalle à peine entamé.

— Nom d'un chien, arrête ça, tu vas nous faire chialer !

Pour toute réponse, un son rauque sortit de la gorge de Cara.

« *The baffled king composing hallelujah
Hallelujah, hallelujah...* »

— Mais qu'est-ce qu'elle est allée foutre là-bas, bordel de merde ?

— Ça ne sert à rien de se poser cette question, dit Abadie avec une pointe d'irritation. On ferait mieux de chercher qui lui a tiré dessus. Et stop the music, merde ! Ça me gonfle !

Valentine s'exécuta, les larmes aux yeux. Elle écoutait cette chanson les soirs de cafard, la première version, celle de Leonard Cohen. Elle ne savait pas que Marion avait mis Buckley, prodige musical mort noyé à la trentaine, dans sa discothèque. Pourquoi ? Y avait-il un problème dans sa vie qu'ils n'avaient pas décelé ?

Abadie préféra éluder le fond de sa pensée : Marion avait pris de la distance avec eux depuis l'arrivée de Guerry-etc. Ce constat lui retournait l'estomac. Ils observèrent un temps de silence.
– Bon, reprit Abadie, vas-y maintenant, déballe…
– Quoi ?
– Arrête, Cara ! Dis-moi qui est le mort de Marion.
– Le mort de Marion ! Qui te dit que c'est elle qui…
– Je ne dis pas que c'est elle qui… Je dis juste : déballe, je sais que tu le connais.
Cara écarta les mains en signe de reddition.
– C'est Bob-Marley.

– Tu déconnes ?
– J'ai l'air ?
– Pourquoi t'as rien dit, là-bas ?
– Sais pas. J'ai eu un ressenti bizarre. Marion me parlait et elle me disait de la boucler, tu vois ?
– Pas très bien, non… C'est quoi, ces conneries ? T'entends des voix maintenant ? Tu picoles trop ?
– Marion m'a parlé, s'obstina Cara. Elle est entrée dans mon oreille, elle chuchotait. Je te jure, c'était comme si elle me donnait un ordre à distance. Celui de me méfier de Guerry-etc.
Abadie eut un haut-le-corps. Oh, il n'avait pas encore digéré l'arrivée de l'« adjoint », ainsi qu'il le nommait avec rancune. Cet épouvantail le séparait de Marion, elle passait du temps avec lui, du temps volé à lui, Luc Abadie, son alter ego jusqu'ici. Il avait perdu sa place de bras droit, de confident. Il n'était plus que le responsable des GIC, groupes d'investigations criminelles. Il oubliait juste que le service avait doublé de volume en deux ans. On était passé de l'affaire de famille au trust. Guerry-etc. n'y était pour rien mais, oui, c'était un ennemi, d'une certaine façon.

– Tu pousses pas le bouchon un peu loin ? objecta-t-il cependant.

– J'ai obéi à Marion, je te dis. Je n'ai pas toujours été aussi docile, je le reconnais, mais là, c'était différent. J'avais l'impression que c'était vital et que j'allais lui créer un grand tort en prononçant le nom de Bob-Marley Harris.

Abadie observa attentivement sa coéquipière. Des cernes sous les yeux, une jolie bouche au pli amer, des cheveux bruns, humides et mal coiffés. Au milieu, des fils gris, déjà. Il vit qu'elle était sérieuse.

Bob-Marley Harris. Qu'est-ce qu'il venait faire là, le rasta ?

– J'en sais rien, dit Valentine.

Marion le traitait depuis un an environ. Seule. C'est tout ce qu'elle détenait comme information sur cet indic.

– Elle voulait pas le partager avec nous, ajouta-t-elle pour rompre le silence.

Luc Abadie fit un mouvement de la tête :

– C'est lui qui ne voulait pas. Il voulait n'avoir affaire qu'à elle. C'était un dealer, bien implanté dans les cités du 19e, il lui a donné de bons coups, elle s'en servait comme monnaie d'échange avec les autres services. Et, du coup, lui gardait la haute main sur le marché local.

– T'es bien renseigné...

Pas d'ironie, juste un peu de ressentiment. Marion cloisonnait. C'était une pro. Elle ne mélangeait pas tout. Du moins pas tout le temps.

– Tu te rappelles comment elle l'avait recruté ? s'enquit Valentine puisque, visiblement, Abadie en savait plus qu'elle.

La question le prit au dépourvu :

– Non. Il n'a jamais plongé chez nous en tout cas. Et on ne l'a jamais vu traîner ses guêtres par ici.

– Un indic spontané ? s'étonna Valentine sans y croire. Dans ce cas, il aurait pas plutôt tapé aux stupes ou à une DPJ quelconque ? Pourquoi ici, pourquoi Marion ?

Abadie écarta les bras en signe d'ignorance. Il y avait quelque chose dans la relation entre leur divisionnaire et ce Bob-Marley Harris qui ne collait pas. Cara revint à la charge :

– Qu'est-ce qui est arrivé, à ton avis ? Un associé qui a pisté B-M et l'a chopé en flag avec Marion ? Ou un concurrent qu'il lui avait balancé et qui s'est payé sur la bête ?

Ils laissèrent leurs pensées se resserrer sur cette hypothèse. Celle qui allait sauter aux yeux de la Crim. Trop évidente. Mais si ce n'était pas la bonne, qu'est-ce qui pouvait modifier leur point de vue ?

– Bon Dieu ! s'écria tout à coup Valentine. J'allais oublier, dis donc !

Elle fouilla la poche intérieure de son blouson d'uniforme, en sortit une pochette en plastique. Elle l'ouvrit, expliquant en quelques mots d'où venait l'objet tout en lorgnant Abadie qui, la barre de ses sourcils descendue d'un bon centimètre, ne perdait rien de ses gestes. Celui-là était condamnable. Marion l'aurait désapprouvé. Guerry aussi, ce n'était même pas la peine de se poser la question. Valentine Cara, lieutenant de police, avait subtilisé un élément de la scène de crime ! Elle l'avait fourré dans sa poche à l'insu du TSC à qui elle avait laissé croire à un malaise pour mieux l'embrouiller. Elle ne savait pas pourquoi elle avait fait cela.

– T'as chourré un indice ? fit Abadie, la mâchoire décrochée. T'es complètement barge ou quoi ?

– C'est ma patronne qui a été butée, marmonna Valentine, pas un pékin lambda...

– Bon Dieu, mais qu'est-ce que tu as dans la tronche ? Les photos de l'IJ[1], ça va se voir dessus,

---

1. Identité judiciaire.

t'y as pensé ? Si toi, tu as repéré ce machin, eux aussi, forcément. Remarque, ils vont pas chercher longtemps, vu que t'es la seule à être entrée dans le poste...

– Ah ! mais non, on était trois, quatre si je compte l'OPJ qui était près de la porte... Et oublier un prélèvement, ça arrive, le perdre en route aussi. Je suis pas sûre qu'ils s'en rendront compte, même s'ils aperçoivent quelque chose sur les photos. Il peut s'agir d'un reflet, d'une pollution de l'image... Et je vois pas pourquoi ils penseraient à moi...

– Tu cherches à te rassurer, ma vieille, on dirait. Ne les prends pas pour des blaireaux.

Valentine pesa quelques secondes le sens de ces mots. Le bon sens, selon Abadie. Elle s'ébroua :

– Oui, bon... Je chiquerai, c'est tout. Qui dira le contraire ? Toi ?

Elle ouvrit le sachet pour en sortir le papier plié en quatre.

– Attention ! s'exclama Abadie. Fais gaffe ! Colle pas tes paluches dessus. Donne-moi ça !

Le lieutenant sourit en catimini. Son coéquipier n'avait pas été long à se laisser convaincre. Le mal est fait, aurait-il pu dire, autant aller jusqu'au bout, on réglera les comptes plus tard. Il enfila des gants en latex dont il avait toujours une paire dans la poche, extirpa le bout de papier du sachet. Il prit une feuille blanche dans le bac de l'imprimante de Marion, déplia dessus le rectangle sur lequel du sang avait séché. Valentine revit la main du mort et ses doigts abondamment maculés.

Il s'agissait d'une feuille de répertoire quadrillée, format 9×12, arrachée à une spirale. La page était celle de la lettre G, inscrite en noir à droite et à peu près au milieu de la feuille.

Les mots étaient rédigés en caractère d'imprimerie, lisibles à travers le sang. Les deux officiers les fixèrent sans comprendre.

« Il dépend de celui qui passe que je sois tombe ou trésor, que je parle ou me taise, cela ne tient qu'à toi, ami n'entre pas sans désir. »

Valentine s'était attendue à un numéro de téléphone, à une liste de noms, à une heure ou à des lieux de rendez-vous. Non à ce qui ressemblait à une citation ou à un bout de poème qui lui disait vaguement quelque chose et n'avait rien à faire dans la main d'un camé inculte et mort.

– Ça te parle, à toi ?

– Non.

Épaule contre épaule, ils scrutèrent le rectangle longuement. Abadie hocha la tête pour exprimer que cette phrase ne lui disait rien.

– Vise-moi ça ! s'exclama Valentine en pointant l'index sur la lettre G. Qu'est-ce que tu vois à côté ?

Abadie tira de sa poche de poitrine une paire de lunettes. Des loupes qu'on achetait en pharmacie quand commençaient les attaques sournoises de la presbytie, du côté de la quarantaine.

– C'est une lettre ! Écrite à la main. En rouge. À cause du sang, je ne l'avais pas remarquée.

– C'est quoi, cette lettre ? demanda Valentine avec impatience.

Plus jeune, pas encore presbyte, pas besoin de binocles à portée de main mais trop éloignée de l'objet.

– Une lettre ronde, o, u, n, a...

Il orienta la lampe de bureau au plus près :

– Je dirais un a.

Un long moment plus tard, Valentine reprit la parole :

– Qu'est-ce qu'on fait ?

– On ? Tu ne manques pas d'air ! Tu piques une pièce, sans doute majeure, sur une scène de crime... C'est aussi Marion qui t'a donné l'ordre subliminal de blouser la Crim ?

– Tu sais comment ils sont, protesta Cara. Ils vont mettre des plombes avant de se mettre en route. Le rouleau compresseur, c'est lourd, efficace, mais dramatiquement lent... Je veux qu'on trouve le salaud qui a déglingué Marion. Et vite, parce que je voudrais pouvoir lui glisser son nom à l'oreille avant qu'elle lâche la rampe. Pas toi ?

– Mais si, putain ! Mais d'abord elle va pas mourir et là, tu nous fous dans la merde ! Il faut affranchir Guerry.

Rien que pour voir la tête qu'allait faire le bon élève à qui la patronne de la Crim avait ordonné de ne rien entreprendre en parallèle. Ce que, aussitôt sorti du bureau de Maguy Meunier, il s'était empressé de répercuter à Abadie. Peut-être, alors, l'adjoint se départirait-il de son inaltérable bonne humeur.

– Pas question, rétorqua Cara.

– Très bien, alors c'est moi qui vais le voir.

– Tu vas pas me balancer tout de même ? Et Marion, tu y penses ? Je suis pas sûre qu'elle apprécierait ton attitude sur ce coup...

– Moi, je pense que c'est la tienne qu'elle sanctionnerait, tu vois !

– Ça m'étonnerait ! Marion, elle est comme moi, quand il s'agit de sa famille, elle n'a peur de personne !

Ils se défient quelques secondes. Une rame de métro fit trembler les piles de dossiers. Un Post-it en profita pour se détacher de la vitrine et tomber mollement au sol. Cara le suivit des yeux.

– Tu vois, souffla-t-elle, encore un signe...

– C'est ça... Prends-toi pour la Vierge Marie ! De toute façon, je dois rendre compte à Guerry pour le dispositif. Il faut que je monte le voir.

– Comme tu veux... soupira Valentine. Mais réfléchis bien, pense à *elle*...

Abadie fit la sourde oreille en se dirigeant vers la porte non sans risquer un œil sur le bout de papier jaune où s'alignaient des chiffres et des gribouillis. Des codes dont Marion était coutumière. Par énervement ou distraction, ses doigts attrapaient un stylo et s'animaient tout seuls. La forme devenait aiguë si elle soutenait une conversation téléphonique délicate ou participait à une réunion rasoir. Ensuite elle collait ses œuvres à l'endroit où elle se trouvait et les oubliait aussitôt. Des signes dénués de sens. Il n'y avait pas plus cartésien qu'Abadie. Il estima pourtant que ce gros confetti jaune, chu languissamment devant lui, en avait un.

La brigade, étage salle d'information et de commandement.

Si les effectifs de la brigade avaient augmenté peu à peu pour faire face à la prolifération de la délinquance sur les réseaux ferrés, les murs, eux, n'avaient pas bougé. L'espace leur étant compté, les hommes s'entassaient dans des locaux exigus et sans fenêtres. Marion avait sacrifié quelques mètres carrés de son bureau pour agrandir la pièce voisine et héberger trois nouveaux officiers. Son adjoint logeait dans un réduit à côté de la salle de commandement. Guerry ne s'en plaignait pas, considérant que c'était au cœur de la brigade qu'il apprendrait le métier.

Abadie frappa à la porte du commissaire et pesa aussitôt sur la poignée. Une habitude contre laquelle Marion avait depuis longtemps cessé de lutter. Jamais elle n'avait pu obtenir de ses subordonnés qu'ils attendent l'ordre d'entrer. La porte résista et le capitaine, constatant qu'elle était fermée à clef, opéra un demi-tour en maugréant. En retraversant la salle de commandement, il fit une halte auprès des deux gardiens occupés derrière leurs consoles. Ces hommes — il y avait des femmes aussi — géraient les appels des patrouilles, les plaintes des victimes, les doléances des cheminots, toujours en attente d'un coup de main, d'une intervention ou d'une escorte. Le rythme du moment semblait soutenu. Des équipes de la brigade avaient investi les sous-sols des gares inondables pour y déloger les innombrables squatters dont, en surface, on ne soupçonnait pas la présence. Il y avait du grabuge ici et là, nombre de ces nomades sans feu ni lieu n'étant pas au courant du bon bain froid qui les attendait s'ils demeuraient en dessous du niveau de la Seine.

— Ça va, les gars ? Le « chef » est sur le terrain ?

Il n'avait toujours pas réussi à donner du « patron » à Guerry-etc. ainsi qu'il était d'usage d'appeler les commissaires, tous grades confondus, dans les services de police parisiens. Pour lui, ce vocable était réservé à Marion. C'était elle et elle seule, son « patron ».

— Qui ça, M. Guerry ?

— Non, le chef de l'État, bien sûr !

— Ah... Désolé, capitaine... Il est dans son bureau. Enfin je crois. Pourquoi ?

— C'est fermé à clef.

Une lumière rouge se mit à clignoter sur le tableau superposé à la carte des réseaux. L'opérateur rajusta le casque sur ses oreilles, agita la souris de son ordinateur. L'écran afficha un nom et un code : Delta-Charlie-Delta. Abadie se pencha :

— C'est quoi, ça ?

— Un suicide il y a une heure. ISF, dix-sept ans, à VSG.

En clair : Individu de sexe féminin. Delta-Charlie-Delta : décédée. Traduction : une jeune fille s'était jetée sous un train, à Villeneuve-Saint-Georges. Elle n'avait pas survécu. Une situation, hélas, courante. L'opérateur se tourna à demi :

— Tu veux que je l'appelle, M. Guerry ?

— Ça, je peux le faire moi-même, tu vois... Je voulais le voir, je croyais qu'il était dans son bureau...

— Il y est peut-être !

— Ah bon ? Bouclé à double tour ?

Le ton sceptique du capitaine ne désarçonna pas le gardien.

– Il s'enferme toujours à clef, quand il est dans son bureau.

– C'est pas une blague ? Il s'enferme à clef dans son bureau ?

Valentine Cara, les poings sur les hanches, ressassait la nouvelle en agitant la tête à la manière de ces chiens que les beaufs posent sur la lunette arrière de leur voiture. Abadie avait renouvelé sa tentative auprès de Guerry-etc., sans succès.

– Son téléphone mobile ne répond pas ?

– Pas de réseau, c'est ce que dit la voix électronique. On ne peut pas lui laisser de message, commenta l'officier agacé. Il va quand même falloir qu'on le trouve... Et puis j'aimerais bien avoir des nouvelles de Marion...

– C'est marrant, objecta Valentine en frissonnant, moi je ne suis pas pressée. J'ai peur qu'on nous annonce qu'elle...

– La ferme ! Elle peut pas nous larguer comme ça... T'as essayé de joindre Mohica ?

Encore un qu'Abadie avait en travers de la gorge. Il avait assagi Marion, calmé ses démons. Si elle était plus facile à vivre désormais, d'une certaine manière, cette relation stable l'avait rendue plus ordinaire.

– Non, répondit Valentine, ça fait pas si longtemps que je l'ai quitté et il a promis de m'appeler s'il y a du neuf. Tiens, à propos de message, la Crim a appelé. Ils veulent nous entendre tous les deux...

– Ben voyons, on n'a que ça à faire ! Qu'est-ce qu'ils croient ?

– Qu'on est cul et chemise avec Marion et qu'on va leur apporter la solution sur un plateau...

– Ils ont dit quand ?

– Dès que possible.

Abadie sembla s'abîmer dans un dilemme compliqué. Il releva la tête, fixa les yeux verts de Cara :

– Tu vas leur dire pour Bob-Marley Harris ?

Valentine rumina la question quelques secondes avant de laisser filer une moue indécise :

– On verra comment ça démarre. À mon avis, ils l'ont déjà identifié, son casier est plus chargé que l'haleine d'un biturin...

– Et ça ? fit Abadie en désignant d'un coup de menton le bout de papier.

– Ils ne peuvent pas prouver que je l'ai piqué. Je pourrais m'arranger pour le leur refiler mais j'ai peur qu'ils me foutent l'IGS[1] au cul. Tu sais qui a hérité du dossier ?

– Non.

– Duval... Eh oui, c'est pas de bol... Si je me rate sur ce coup-là, elle, elle me ratera pas !

Régine Duval, commandant de police, chef de groupe à la Crim. Une ex-petite amie de Valentine, un peu coincée, extrêmement perspicace. Pas marrante tous les jours, c'était un euphémisme. Les relations entre les deux femmes n'étaient pas au beau fixe depuis leur rupture à l'initiative de Cara, pas prête à la relation exclusive que souhaitait l'autre, de dix ans son aînée. De source sûre, Régine Duval était toujours à cran à cause d'un amour sur lequel elle ne parvenait pas à tirer un trait. La savoir en charge de cette enquête n'avait rien de réjouissant.

---

1. Inspection générale des services, la police des polices.

La brigade, PLIJ
(poste local d'identité judiciaire).

Ce n'était qu'un réduit entre l'armurerie et les vestiaires où les OPJ pouvaient procéder à des opérations simples de police technique. Notamment signaliser les individus interpellés : photos anthropométriques, prises d'empreintes digitales, collecte de salive en vue de recouper l'identité génétique d'un suspect avec les données du FAEG[1]… Ce qui évitait de longs et fréquents trajets jusqu'au service central de l'Identité judiciaire. Ils y avaient aussi apporté quelques instruments chinés ici et là, notamment un microscope binoculaire grâce auquel ils examinèrent le bout de papier dérobé par Valentine sur le corps de Bob-Marley Harris. La lettre écrite devant le G du répertoire était bien un « a » minuscule. Le tracé en avait été fait au feutre marron, se confondant avec les marques de sang.

Ensuite, ils utilisèrent un révélateur à empreintes spécial papier qui mit en évidence des fragments de traces digitales qu'ils transposèrent sur un support *ad hoc* afin de le scanner. L'envoi des relevés au FAED[2] leur prit quelques secondes. La réponse, quelques minutes : identification négative. Celui qui avait manipulé le papier n'était pas connu des services de police. Or Bob-Marley Harris, lui, était fiché. Marion avait-elle touché cette feuille ? Une troisième personne s'était-elle trouvée là, avec eux ?

Faute de réponse, les deux officiers poursuivirent leurs investigations en silence.

Ils prirent plusieurs clichés, à tout hasard, avant de s'intéresser à la citation.

---

1. Fichier automatisé des empreintes génétiques.
2. Fichier automatisé des empreintes digitales.

« *Il dépend de celui qui passe que je sois tombe ou trésor... ami n'entre pas sans désir.* »

Les mots résonnaient à la manière d'une rengaine entendue mille fois et impossible à titrer. Finalement, Abadie fit ce par quoi il aurait dû commencer. Il se connecta à Internet sur l'un des deux postes informatiques du PLIJ grâce à son code d'accès personnel. En dix secondes, il obtint la réponse.

– Pas étonnant qu'on n'y ait pas pensé, fit-il remarquer à Valentine penchée sur son épaule.

La phrase était signée Paul Valéry. C'était une des inscriptions figurant en lettres d'or sur le fronton du palais de Chaillot qui hébergeait le théâtre national éponyme.

Valentine se releva, incrédule.

– Chaillot ?

Ils restèrent un long moment à tenter d'imaginer ce que Marion pouvait bien leur avoir caché.

La brigade était calme, en ce début d'après-midi. Avec la pluie qui battait sans relâche les voies, même les sauvageons restaient planqués. Pas une seule garde à vue dans les trains depuis le matin, avait dit l'officier de permanence. En revanche, côté zones inondables, les choses se gâtaient de minute en minute. Le récepteur radio qu'Abadie portait dans la poche de sa chemise d'uniforme n'arrêtait pas de « klaxonner », signalant un trafic incessant. De temps en temps, désireux de ne pas perdre le fil, l'officier se mettait en position d'écoute. Il entendit ainsi que deux individus venaient d'être « serrés » alors qu'ils s'enfuyaient avec plusieurs coffrets de téléphones mobiles piqués dans une boutique de la galerie commerciale de la gare de Lyon. Le gérant avait accepté leur aide pour évacuer le matériel de son commerce menacé par les eaux. Ils en avaient profité.

— Les affaires reprennent, commenta-t-il sombrement.

— On dirait, oui, murmura Valentine.

Abadie haussa les épaules. Toutes les perturbations, tous les phénomènes atypiques génèrent des comportements de ce genre. Les périodes de crise favorisent les dérèglements, échauffent les esprits, déclenchent des angoisses inédites. On constate dans les hôpitaux psychiatriques une recrudescence de cas pathologiques. Les fous se réveillent comme les vampires émergeant la nuit de leur sommeil. Des fous, mais aussi de simples déviants qui agissent en groupes — profitant d'une situation dégradée pour passer à l'action — ou, à l'inverse, des loups solitaires qui mettent sur le dos de la crise la responsabilité de leur propre sort. L'homme est un animal, civilisé, instruit et éduqué, mais une bête qui retrouve ses instincts dès que les règles sociales sont modifiées. À la faveur des grosses perturbations atmosphériques, tandis que l'ordre public était menacé ou dégradé, les pillards sortaient de l'ombre.

— Dis donc, fit-il subitement, je me disais... Marion, dans son coffre, elle a sûrement quelque chose sur B-M, non ?

Valentine s'illumina. Tout aussitôt, se rembrunit.

— T'as raison ! Et la Crim va tout aussi sûrement venir farfouiller dedans. On ferait mieux de jeter un coup d'œil d'abord, non ?

— Au point où on en est... Mais les clefs ? Tu sais où elles sont, toi, les clefs ?

Le passage...

Les barbus rassurants ont disparu. La lumière apaisante a laissé place à un clair-obscur verdâtre. Elle se rend compte que la porte s'est refermée et que ce n'est pas demain la veille qu'elle va se rouvrir. Elle se trouve à présent dans un lieu qu'elle devine hostile. Des voix se télescopent, cacophoniques. Des mains parcourent son corps, sans précaution. Elle se tord le cou pour déterminer à qui elles appartiennent. Impossible de bouger la tête, même ses yeux sont figés dans la glu. Oh, et puis, ses efforts sont inutiles. Elle sait parfaitement qui la touche ainsi. Une vague de détresse la submerge. Pourquoi, se dit-elle, misérable, les deux vieux bienveillants l'ont-ils repoussée de l'autre côté ? Alors qu'elle se sentait si bien dans leur aura immatérielle ? Apaisée, sans la douleur ni la désespérance qui l'ont si souvent accompagnée. Que lui reste-t-il donc encore à accomplir là d'où elle vient ?

Pas besoin de se démonter la tête, elle sait qui la force à ce retour en arrière. La seule chose qu'elle ignore, c'est ce qu'elle a fait pour mériter cela. Ce qu'elle a commis — ou raté — pour que cet homme la haïsse autant.

Il s'empare d'elle, aussi lourde qu'une bûche, en même temps plus désarmée qu'une plume au vent. La voici, trimballée, secouée, bousculée. Étrangement, elle ne ressent pas de douleur. Juste de la peur, la proximité d'un danger.

Un éclair l'aveugle. Une lueur au milieu des ténèbres ennemies. Une lampe tremblote sur un placage d'acajou où des doigts ont dessiné des arabesques dans la poussière. Son bureau ! Elle vole au-dessus de la pièce, gravite sur les monceaux de dossiers, compte les Post-it jaunes, se pose sur un lampadaire halogène qui éclaire les mains de ses deux lieutenants. Cara et Abadie sont accroupis, immobiles et tendus. Vers quoi ?

Le coffre-fort ! Une antiquité, plus lourde qu'un âne mort.

Qu'attendent-ils, ainsi concentrés sur ce gros meuble ?

Les clefs !

Elle se penche sur l'épaule de Valentine. Pourquoi a-t-elle choisi Valentine ? Simplement parce que Abadie n'entendrait rien, il est beaucoup trop cartésien.

« Dans ma poche... Bon Dieu, regarde dans ma poche ! »

Les lèvres de ses amis remuent mais elle ne comprend pas ce qu'ils disent.

« Les clefs, dans ma poche... »

Ça y est ! Cara lève le regard vers elle ! On dirait qu'un insecte l'a piquée, elle se frotte frénétiquement l'oreille.

Cara explore le vide avec un fol espoir.

**La brigade. Bureau de Marion,
14 heures.**

Valentine releva la tête brusquement. Un souffle tendre frôlait sa nuque. Un murmure faisait vibrer ses tympans. Elle agita vigoureusement son auriculaire dans son oreille droite. Trente-six chandelles éclairèrent sa nuit.

— Qu'est-ce qu'il y a ? fit Abadie, sur ses gardes. On dirait que t'as vu un fantôme !

— Chut !

— Oh, dis donc, tu vas pas...

— Ta gueule !

Saisi, Abadie obtempéra. Cara ferma les yeux pour retrouver le souffle et le murmure qui rôdaient autour d'elle. Une main fraîche effleura son front brûlant.

– Dans ma poche, murmura-t-elle d'une voix méconnaissable.

– Quoi ? fit Abadie largué.

– Dans sa poche !

– Qu'est-ce que tu racontes ?

– Les clefs du coffre, elles sont dans la poche de Marion.

– À l'hosto ?

– Ici. Dans la poche de son ciré, là...

Valentine montra le cagibi qui servait de vestiaire à Marion. Un coin bricolé par un ancien de la brigade où il y avait une douche et une cafetière Nespresso. Le café et Marion, une increvable romance.

Valentine entra. Les vêtements civils : pantalons, vestes, pulls, chemises, tee-shirts, entassés sur une chaise. Par terre une dizaine de paires de chaussures, bottes, baskets. Sur le lavabo, des produits de maquillage, une demi-douzaine de brosses à dents, autant de peignes à cheveux. La moitié de la vie de Marion dans ce réduit. Jeté par-dessus la barre du rideau de douche depuis longtemps disparu, le ciré noir, encore humide.

Abadie écouta Valentine agiter des objets métalliques. Il leva les sourcils quand elle brandit le trousseau de clefs.

– Comment t'as su ?

– Elle me l'a dit.

Le passage...

Le bureau s'éteint, ses deux fidèles compagnons disparaissent. De nouveau, elle est ballotée, brinquebalée. Un froid humide mord sa peau. De l'eau coule dans sa tête. C'est une sensation que l'on ressent après une blessure crânienne. Qui lui a raconté ça ? Et quelle blessure ? Elle n'est pas blessée à la tête, cela ne pourrait pas lui avoir échappé.

Il faudrait vérifier, trouver d'où vient cette eau qui dévale dans ses yeux et son cou. À l'intérieur de son crâne.

Il y a un chien pas loin. Et de la terre mouillée. Elle entre dans un caveau froid qui sent le clébard et l'herbe humide.

La sensation d'un choc sur sa tête pleine d'eau. Le noir.

**Quai des Orfèvres. Brigade criminelle,
14 heures 15.**

– Qu'est-ce que tu vois là ?

Le commandant Régine Duval fronça ses sourcils parfaitement épilés en se penchant sur les photos numériques envoyées par le technicien de l'IJ sur l'ordinateur de son second de groupe, le capitaine Mars.

– Je n'en sais foutre rien... Tu vois quoi, toi ?

– Un truc blanc. Que le machab serrait entre ses doigts...

– Eh bien, s'il avait ça entre les doigts, tu es mieux placé que personne pour le savoir, c'est toi qui as fait les constates, non ?

Mars agita la tête comme s'il cherchait à se débarrasser d'un truc gênant.

– Alors ? s'impatienta le commandant, c'est toi ou c'est pas toi ?

– Bien sûr que c'est moi ! Mais je n'ai pas saisi ce… cet objet.

– Quelqu'un d'autre l'a ensaché sans te le dire ?

– J'en sais rien…

– Vérifie les scellés !

– Trois fois que je vérifie. J'ai tout retourné, au « séchoir ». J'ai examiné les fringues de la victime au cas où ça se serait glissé quelque part, dans une poche ou une doublure. J'ai secoué les plumes des TSC, ils affirment n'avoir rien prélevé. J'ai rameuté l'IML[1] et le labo au cas où on aurait mélangé les prélèvements et les indices. J'ai renvoyé un gars sur les lieux en me disant que ce truc était tombé par inadvertance et…

– Et… ?

– Rien. Il n'est nulle part.

– Conclusion ?

Le capitaine baissa la tête. Il venait d'éliminer le plus grand nombre d'hypothèses. L'expérience lui avait appris que, dans n'importe quelle affaire criminelle, on pouvait s'attendre à tout : négligence, manipulation hasardeuse, oubli. Pour autant, il ne croyait pas aux coïncidences. Pas dans un pataquès comme celui-ci. D'entrée, tout le monde avait su que c'était du lourd. Si, d'habitude, une parfaite rigueur était la règle de base, là, il fallait être plus que parfait. Les conséquences d'une erreur, même infime, pouvaient être terribles. Et Mars, qui pressentait un sombre micmac entre une taulière mourante et un dealer de seconde zone complètement refroidi, n'avait aucune envie d'y laisser des plumes.

– Alors, tu accouches ? le relança Régine Duval.

---

1. Institut médico-légal où l'on procède aux autopsies.

– Il y a une entourloupe quelque part.
– Tu penses à une manip volontaire ?
– Possible.
– Qui ?

Le second fit un signe d'ignorance. Mais l'expression de son visage disait qu'il avait sa petite idée sur la question.

– Qui est allé dans la baraque ? Qui s'est approché du corps de Harris ?

Le capitaine haussa les épaules en fuyant le regard braqué sur lui. Lui-même avait consenti à laisser entrer un officier de la brigade des trains sur la scène de crime, reconnut-il du bout des lèvres. Quand elle était ressortie, la belle Cara, qui avait fait tourner la tête de sa chef de groupe ici présente trois ou quatre ans plus tôt, avait un air bizarre. C'était compréhensible : sa patronne était au tapis avec des chances de survie plus minces qu'une feuille de papier à rouler les cigarettes. Elle avait hésité longuement avant de déclarer ne pas connaître le mort. À présent, il *savait* que cet air pas catholique n'avait rien à voir avec la situation dramatique qu'elle vivait alors. Elle les avait entubés, pour reprendre l'expression favorite de Maguy Meunier.

– Ne me dis pas que tu n'étais pas présent avec elle ?

– T'en as de bonnes ! protesta Mars, cette turne doit faire 2 mètres sur 2 et y avait déjà le photographe de l'IJ, plus deux TSC. Je suis entré mais je ne l'ai pas suivie jusqu'au corps.

Duval se crispa. Ses yeux semblèrent s'enfoncer dans ses orbites. Au quotidien, elle était tout sauf commode. Lui faire un enfant dans le dos pouvait la transformer en tueuse. Elle alla chercher son souffle au fond de sa poitrine :

– Je la veux ici dans une heure.

Préfecture de police.
Zone de défense, bureau de la préfète,
14 heures 15.
Cote de la Seine : 6,37 mètres.

Anne Morin fit claquer le combiné du téléphone sur son support. Elle enfonça ses deux mains, doigts écartés, dans ses cheveux poivre et sel sans sembler se rendre compte qu'elle venait de fusiller son brushing.

– Bon sang, Nathan... Qu'est-ce que tu fous ? Pourquoi tu ne rappelles pas ?

Quatre fois qu'elle essayait de parler à son fils. La première, il avait décroché. L'échange avait duré une dizaine de secondes. Elle n'avait même pas eu le temps de lui dire trois mots. Il y avait une voix féminine en arrière-plan, hystérique. Anne avait entendu « salopard » et « tu peux pas me laisser comme ça ». Nathan avait dit : « je te rappelle, maman... » Et puis plus rien. À croire qu'il avait coupé son mobile.

Après un coup bref à la porte, Jean Vitold entra sans attendre la réponse. Ce qu'il vit le laissa sur place. La préfète à moitié vautrée sur son bureau, dans une posture qu'il n'aurait pas imaginée au fond de ses pires cauchemars. Il craignit qu'elle ne fît un malaise. Il se précipita. Elle écarta d'un geste brusque les mains pourtant convoitées qui se posaient sur son épaule.

– Ah ! Jean, fit-elle comme si de rien n'était, un quart d'heure que je vous attends...

– Je vous prie de m'excuser, bredouilla le directeur de cabinet interloqué... Je pensais que vous vouliez...

– Ne pensez pas, mon petit Jean, surtout pas à ma place. C'est quoi, la nouvelle cata ?

– La cote est à 6,37 mètres. C'est insensé. La Grande Bibliothèque de France est fermée et l'eau est en train de passer par-dessus les marches. On vient de m'informer que le Salon du livre, au palais des Expositions de la porte de Versailles, est en cours d'évacuation. La plupart des visiteurs seront sortis à temps mais les livres…

– Ce n'est que du papier.

« Si vous le dites », songea Jean Vitold sans oser formuler à voix haute les sentiments hargneux que lui inspirait sa patronne à cet instant.

Elle était désagréable, ce soir, plus que jamais. Mal baisée, se disait-il souvent pour expliquer ses sautes d'humeur. Affolé par ses gestes familiers — hélas sans équivoque —, il ne se serait pas permis de la provoquer sur ce terrain pour en apprendre davantage quant à l'état de sa libido. Il avait croisé M. Morin, une fois. Le mari affichait soixante-dix printemps, pas vraiment triomphants. Et, récemment, il avait été victime d'un accident vasculaire cérébral, léger, mais suffisant pour le tenir à l'écart de toute vie publique. Au lit, à tous les coups, ça n'était pas la fête. Cher Jean ne se sentait pas d'attaque pour calmer les ardeurs de la préfète. Elle aurait pu largement être sa mère, tout de même. Ce qu'il allait lui annoncer dans trente secondes n'allait pas arranger son humeur.

– Quoi d'autre ?

– J'ai, ainsi que vous l'avez demandé, fait vérifier l'état des groupes électrogènes des ministères, de Matignon et de l'Élysée. C'est en cours.

Les sites énumérés étaient tous inondables, la plupart des ministères et les bureaux des principales administrations se trouvant agglutinés autour du Palais présidentiel à la manière des abeilles sur leur reine. *Idem* pour l'Assemblée nationale, au ras de la Seine. En 1910, les députés avaient siégé malgré tout, se rendant en barque au Palais-Bourbon, escaladant les flots boueux sur des passerelles branlantes. Cette fois-ci, on allait essayer de faire mieux.

– On en aura suffisamment ?
– De quoi, madame ?
Elle eut un sursaut impatienté :
– Mais de groupes, voyons ! C'est bien de cela qu'il est question, non ?
– Oui, oui, se hâta Jean Vitold. Nous avons utilisé le parc disponible, ajouta-t-il prudemment, vous savez que les réserves d'EDF ne sont pas inépuisables.

Parmi les catastrophes les plus récentes et les plus lourdes de conséquence, les grandes tempêtes (celle de Noël 1999 qui avait sévèrement touché Paris avant de traverser la France d'ouest en est, puis celle de janvier 2009 qui avait dévasté le massif forestier des Landes) avaient contraint EDF à s'équiper de nombreux groupes électrogènes. Plusieurs semaines avaient été nécessaires pour rétablir le courant, des mois pour remettre le réseau en état. Dans les zones forestières, les dégâts avaient plombé les stocks de groupes pendant plus de deux ans. À la suite de quoi, les mille sept cents engins acquis avaient été entreposés pour faire face à d'autres bouleversements de même nature, que le réchauffement climatique ne pouvait que multiplier. Pour pallier les conséquences des coupures prévisibles lors de l'inondation, ces groupes avaient été répartis dans les lieux stratégiques de la capitale, en priorité dans les services de l'État et de la ville de Paris qui devaient continuer à fonctionner coûte que coûte.

– Il faut en prévoir davantage ? interrogea-t-il, anxieux, alors qu'elle semblait réfléchir. En faire venir de chez nos voisins européens ?
– Je crois que ce serait prudent. Il faut se préparer à des semaines de panne et, au mieux, à un fonctionnement dégradé un peu partout...
Elle soupira :

– C'est drôle, mais j'ai le sentiment qu'on ne va pas faire face. J'ai un mauvais feeling...

Il la scruta avec stupeur. Sentiment... Feeling... Des gros mots dans la bouche de la préfète ! Elle surprit son air affolé.

– Voyez cela avec Xavier Joubert, fit-elle très vite, retrouvant son ton autoritaire.

Joubert, le responsable de crise chez EDF. Jean Vitold hocha la tête en signe d'assentiment. Il griffonna quelques mots sur un petit calepin qui ne le quittait pas depuis une semaine. Il préférait son iPad d'Apple mais le trimballer avec lui n'était pas commode. Il releva le menton, laissa fuir son regard au-dessus de la tête décoiffée de la préfète, sans bouger. Elle fronça les sourcils.

– Ce n'est pas tout ? Je le vois à votre tête...

– Non, murmura le directeur de cabinet, en effet...

– Eh bien, allez-y ! C'est quoi, la nouvelle méga-merde ?

Bien que choqué par cette façon de parler, Jean Vitold ne put contenir un fin sourire amusé. Il préférait ces gros mots-là aux autres. Bien que, jusqu'ici, il ne l'eût jamais crue capable ne serait-ce que de les penser ! Il lui supposait une éducation sans faille, une tenue de route parfaite, un contrôle qu'elle s'efforçait de montrer en toutes circonstances. Il découvrait que ce n'était qu'un mince vernis qui s'était mis à fondre à toute allure, dilué par l'inondation.

– Villeneuve-Saint-Georges...

**Paris, 12ᵉ arrondissement.
Angle avenue Ledru-Rollin/rue de Lyon,
15 heures.**

Des rongeurs avaient pris d'assaut les restes du marché que l'on n'avait pas eu le temps d'évacuer depuis le matin. Il y en avait plusieurs centaines, de toutes les tailles. Ici et là, les détritus flottaient, dévalaient les trottoirs pour s'amasser dans les caniveaux. Un couple que l'on aurait pris en d'autres temps pour des amoureux se bloqua devant un gros tas de cagettes escaladé par une escouade de surmulots.

– Nathan, putain ! Je veux pas aller par là… T'as vu ces bestioles ?

La fille devait avoir une vingtaine d'années, les yeux charbonneux d'une chouette qu'on aurait obligée à sortir en pleine lumière. Ses cheveux, rose fluo et noir, tombaient jusqu'à ses reins. Pour l'heure, ils pendouillaient lamentablement de chaque côté de son visage blanc, emmêlés par la pluie et collés par la crasse. Mêmes couleurs psychédéliques pour les vêtements, une veste courte Kaporal et une minijupe, totalement inappropriés à la saison. Des bottes lacées jusqu'à mi-cuisses, perchées sur des semelles compensées de 10 centimètres. Entre la jupe et les cuissardes, des collants déchirés et un peu partout, cousues ou dessinées au marqueur, des têtes de mort. Des piercings sur le visage, une bonne douzaine dans les sourcils, les lèvres, la langue. À peine abritée sous un parapluie volé à l'étalage d'un bazar indien, elle grelottait, incapable de se protéger des trombes d'eau qui obscurcissaient les rues, méchamment projetées par les bourrasques.

– C'est toi qui as voulu sortir, protesta Nathan Morin, tu me fais flipper avec tes crises…

– Je suis en manque, Nathan, nom de Dieu.

Elle gémissait comme un enfant, tout son corps tremblait, des contractures naissaient dans sa colonne vertébrale, cuisaient sa nuque. À chaque instant, elle sentait ses sphincters sur le point de la trahir.

– Pourquoi on va pas directement à Chaillot ? geignit-elle en s'accrochant à lui.

– Parce que c'est loin et que tu sais même pas s'il est là-bas, ton dealer !

Ils avaient eu une discussion houleuse quelques minutes plus tôt. Quand Nathan avait « ramassé » Lola à peine deux mois en arrière, elle s'était bien gardée de lui dire qu'elle était une junkie, au dernier stade de la dépendance aux opiacés. Elle n'avait que vingt ans et, malgré les abus, conservait une beauté d'adolescente. Et puis, elle le faisait s'envoler grâce à une totale absence d'inhibition sexuelle. Il n'avait pas cherché plus loin et l'avait laissée s'installer chez lui. Elle s'était révélée difficile à vivre, c'était un euphémisme. Lui n'était pas un exemple de stabilité mais, pour le coup, il était largement battu. La différence entre eux, c'était l'héroïne. Nathan n'y avait jamais touché. La « brune » avait placé Lola sur une orbite sans retour, exacerbant son syndrome maniaco-dépressif. La fille oscillait en permanence entre le ciel et la tombe. Il lui arrivait de dormir trois jours d'affilée, de disparaître cinq. Puis, sans prévenir, elle nettoyait le studio à fond, faisait les courses, la cuisine, tirait sur la comète des plans improbables. Elle s'effondrait en une minute. Une minute encore, elle vacillait au bord du suicide. Depuis ce matin, elle était fébrile, de plus en plus à cran au fur et à mesure que les heures passaient et que ses appels à un certain Bob-Marley restaient sans réponse.

– Je suis sûre qu'on va le trouver. Il change de portable souvent à cause des keufs... Il faut aller là-bas !

– On va pas y arriver. T'as vu le merdier ?

L'eau courait sur la chaussée. Quelques centimètres tout au plus recouvraient le bitume. Mais, insidieusement, le niveau montait. Cela se voyait aux remous encore paresseux qui agitaient les détritus. Nathan songea aux appels angoissés de sa mère. À ses messages qui l'exhortaient à venir se réfugier chez elle. C'était tentant, n'eussent été les farouches principes d'indépendance qu'il brandissait depuis ses seize ans. De toute façon, il ne pouvait pas amener Lola à Meudon, la préfète (ainsi qu'il l'appelait quand il était en colère) en avait fait une condition *sine qua non*. Et, dans l'immédiat, le problème à régler était de trouver à Lola de quoi se shooter. Il avait un tuyau pour ça, beaucoup moins loin et plus sûr que son Bob-Marley du Trocadéro. Une adresse que ses potes musicos se refilaient, les soirs de gratte, dans les arrière-salles des bars.

– T'inquiète, on va trouver ce qu'il te faut, tenta-t-il de la rassurer.

Il la tira par la main avant que les rats ne s'approchent trop près. Elle résista.

– Où on va, là ? cria-t-elle.

Un groupe de punks vêtus de tenues militaires descendaient l'avenue Ledru-Rollin, entourés d'une kyrielle de chiens tenus en laisse. Ils marchaient moitié sur la rue, moitié sur le trottoir, pas pressés, la tête rentrée dans les épaules. Aux cris de la fille, un grand type marqua un temps d'arrêt, dévisageant le couple. Du coup, toute la troupe ralentit et tourna la tête vers eux. Une bouffée d'effroi saisit Nathan. Manquerait plus que des zonards s'en mêlent. Lola leur ressemblait, elle était des leurs, elle avait peut-être fait partie de leur bande. S'ils la croyaient en danger, ils allaient intervenir, lâcher les chiens.

Nathan se hâta d'entourer les épaules de Lola d'un bras tandis que de l'autre il lui montrait une agence bancaire à l'angle de la rue de Lyon.

– Il faut que je tire du fric, dit-il sur un ton qui se voulait apaisant. Le mec que je connais ne fait pas crédit… Après on y va. T'en fais pas, ça va aller. Ça va aller.

Lola se détendit imperceptiblement, laissant aller sa tête bicolore sur l'épaule du musicien.

Après une hésitation, le grand punk les abandonna à leur sort et toute la colonne reprit sa route avec nonchalance. Nathan souffla de soulagement et lâcha Lola. L'arrivée des zonards l'avait paniqué, l'état de son éphémère compagne le stressait encore plus.

Quand ils pénétrèrent ensemble dans le sas de la banque, Lola était secouée de spasmes. À cause autant du froid qui lui mordait la peau que du manque qui lui mettait les tripes en vrac. Nathan Morin mit sa carte dans le lecteur. Alors qu'il finissait de taper son code confidentiel, la lumière s'éteignit. Lola cria :

– C'est quoi, ce bordel ? tandis qu'il essayait convulsivement de retirer sa carte de crédit avalée par la machine.

Autour d'eux, le quartier parut soudain plongé dans un demi-jour annonciateur de fin du monde. Des silhouettes fantomatiques se hâtèrent de déserter la rue. Lola se jeta en avant comme une furie pour quitter l'espace exigu. Les portes automatiques restèrent closes. Elle eut beau trépigner devant le radar, lever les bras, tenter d'écarter les deux battants, le sas refusa de coopérer. Finalement, Nathan dut s'en mêler pour l'empêcher de se blesser.

– Arrête, arrête, quelqu'un va nous voir, on va nous sortir de là… Tout doux, Lola, tout doux.

Lola étouffa une longue plainte quand, baissant les yeux, elle constata que l'eau passait sous le panneau vitré. La moitié de ses semelles avait déjà disparu dans la boue. Paniqué, Nathan sentit le contenu de son estomac monter et descendre.

Tels les rats auxquels ils avaient échappé peu auparavant, ils étaient piégés dans une cage qui se remplissait d'eau.

**Quai des Orfèvres, brigade criminelle.
Bureau de Régine Duval,
15 heures 30.**

Le capitaine second de groupe, dont le nom — Alain Mars — était inscrit devant lui sur un chevalet, accueillit Valentine Cara avec raideur. Il n'avait pas encore digéré l'engueulade de Régine Duval. Glaciale, humiliante, elle avait menacé d'en rendre compte à Maguy Meunier, à moins qu'il ne répare son erreur d'ici la fin de la journée. Bien décidé à prouver la responsabilité de Cara dans ce couac, Mars avait affûté son discours. Dans un premier temps, il prit ses distances avec elle.

– Et votre collègue ? Abadie, c'est ça ?

Le lieutenant s'efforça de montrer un visage lisse et une attitude détachée.

– Il viendra plus tard, dès qu'il pourra. Nous avons dû envoyer des troupes d'urgence à VSG...

– Où ça ?

– Ah, pardon ! Villeneuve-Saint-Georges ! La gare est en cours d'évacuation, on a trois cents bonshommes là-bas, l'armée...

Mars détourna son regard pour revenir à sa bécane, avec une expression qui signifiait aussi bien « j'en ai rien à cirer » que « toute cette énergie pour un peu d'eau ».

– Quand vous êtes allée dans le poste d'aiguillage, attaqua-t-il sans attendre d'autres explications, vous n'avez pas identifié Bob-Marley Harris. Pourtant, vous le connaissiez...

– Je l'ai vu une fois, reconnut Valentine, de loin, il discutait avec ma patronne. Ce matin, je ne l'ai pas reconnu. Il faut dire que sa blessure l'a pas mal défiguré.

– Alors, dans ce cas, comment savez-vous qu'il s'agit de lui ?

« OK, mon con, tu veux jouer à ça… » faillit dire Valentine.

– On ne pourrait pas se tutoyer ? biaisa-t-elle, entre collègues…

– Comment savez-vous qu'il s'agissait de Harris, dans ce cas ? répéta le capitaine en ignorant la proposition.

Elle abaissa la fermeture de son blouson d'uniforme, en extirpa une pochette en plastique translucide. À l'intérieur, une liasse de papiers et une photo. D'un geste désinvolte, elle lança le tout sur la partie libre du bureau de Mars. Celui-ci y jeta un coup d'œil soupçonneux.

– Vous pouvez l'ouvrir, monsieur l'OPJ, ça ne vous mordra pas…

Il s'exécuta avec réticence, du bout des doigts, comme s'il s'agissait d'immondices hautement toxiques.

– J'ai trouvé ça dans le coffre de Mme Marion, expliqua Cara. Elle tenait à jour des dossiers sur chacun de ses « contacts ». Jugez vous-même.

La gueule de Bob-Marley Harris figurait sur une photo anthropométrique prise trois ans plus tôt. Il avait déjà les cheveux mités mais quelques kilos de plus qui faisaient toute la différence. Cara se garda de préciser que la photo, c'était elle qui l'avait extraite du fichier central, imprimée et placée dans le dossier.

– Pas franchement identifiable, maugréa Mars, pas dupe.

– Ah ? Vous trouvez ? Pourtant, quand j'ai vu cette photo, ça m'a sauté aux yeux. Je l'ai identifié après coup, en somme, vous voyez ?

Le soupçon d'ironie dans le ton de Cara arracha une ébauche de grimace à Mars qui prit sur lui pour rester stoïque.

– Pourquoi ne m'avez-vous pas appelé pour me le dire ?

– Franchement ? Vous me prenez pour une quiche ou quoi ? Ce type est archiconnu, vous avez mis combien de temps à l'identifier ? Une, deux minutes ? Et puis, le coffre on n'y a pas pensé tout de suite... J'ai trouvé la clef et ces documents juste avant de venir ici.

C'était en partie vrai. « Quand tu veux manipuler ou désinformer, enseignait Marion, mélange quelques vérités à l'intox, ton correspondant est incapable de démêler le vrai du faux et il ne peut pas t'accuser de mentir. »

Le capitaine ne pouvait pas la contredire mais il pouvait continuer à se montrer désagréable :

– Vous n'auriez pas dû ouvrir ce coffre vous-même... Nous sommes dans une enquête criminelle...

– ... dont ma patronne est la victime.

Mars balaya l'air devant lui d'une main fine qui s'ornait d'une chevalière à l'annulaire gauche.

– Je préfère qu'on ne touche pas aux lieux de perquisition avant moi, fit-il.

– Perquisition ?

– Une équipe est en route pour explorer son bureau et son domicile.

– Explorer... Vous avez de ces mots... Je vous conseille de prévenir la hiérarchie...

– C'est fait. Pour votre gouverne, le parquet a cosaisi l'IGS.

– Pourquoi ?

– Principe de précaution. Ce genre d'affaire, ça sent souvent le sac d'embrouilles. À la longue, les relations flics-indics, ça finit toujours par déraper.

Il aurait pu ajouter : nous ici, on ne sait jamais jusqu'où peuvent gicler les éclaboussures et on a pour principe de ne pas se mouiller. Le claquement sec du parapluie qu'on ouvre vaut mieux que le grondement sourd d'une carrière qui s'écroule.

– Il y aura aussi un représentant de la direction de la sécurité des transports, ajouta-t-il seulement.

– Et le commissaire Guerry, son adjoint, il est au courant ?

– Mme Meunier s'en est chargée.

– Vous n'avez plus besoin de moi, alors ?

– Vous voulez rire ?

Trois quarts d'heure, montre en main. Valentine bouillait intérieurement mais n'en montra rien. Pas question de se laisser entamer par ce mec. Professionnel aguerri, fouille-merde efficace, mais *petit* mec. Elle signa son audition qu'elle savait truffée de mensonges et d'omissions sans une pointe de remords. Mars lui avait fait raconter par le menu sa visite à l'intérieur du poste d'aiguillage. Elle n'évoqua pas le papier dans la main du mort, il ne le fit pas non plus. Elle avait compris ce qu'il maquillait : il l'enferrait. Il notait avec soin ses déclarations incomplètes, tronquées, quand elles n'étaient pas fantaisistes. Le moment venu, il la confondrait. Quand il aurait des preuves. Ce petit mec savait ce qu'elle avait fait, ça se voyait dans ses yeux aux aguets.

« On va bien voir, je m'en fous de toute façon », se dit-elle en relisant sa déposition, il avait qu'à me parler autrement.

Ce qu'elle voulait à présent, c'était courir à la Pitié, rejoindre Abadie qui l'y avait précédée. « Je m'en tape de la Crim, avait-il décrété, je vais voir ce qui se passe là-bas d'abord. » Elle se demandait pourquoi il ne lui donnait pas de nouvelles, pourquoi il ne l'appelait pas. Une vague nausée lui indiquait que ce n'était pas bon signe. Elle se leva, récupéra son blouson d'uniforme, son ciré. Extirpa son téléphone de sa poche de poitrine.

– Attendez une minute, l'arrêta le capitaine.

L'homme se leva, partit droit comme un I vers la porte. Cara constata qu'il était court sur pattes et portait des talonnettes. Ceci expliquait cela.

La suite ne se fit pas attendre. Valentine avait soigneusement évité de parler d'*elle*, Mars avait tourné autour du pot mais il était évident qu'elle ne pourrait pas éviter la rencontre. Régine Duval fit son entrée, salua son ex d'un coup de tête raide. Elle la dépassa en élargissant le cercle de manière à ne pas la frôler, ni même respirer son odeur. Sans la regarder non plus. Elle s'arrêta devant le bureau, dos tourné, et sembla contempler le décor de la pièce exiguë où, au quotidien, trois officiers s'entassaient. Il y avait un aquarium sous la fenêtre, des diplômes placardés au mur, des photos de famille et une multitude de dessins d'enfants punaisés à la va-vite en un puzzle bariolé. Drôle de manie, cette façon d'exhiber des éléments intimes sur son lieu de travail, comme si les flics qui bossaient là avaient besoin de s'arrimer à des choses bien vivantes pour oublier les morts. Ni Valentine ni Duval n'avaient d'enfants et elles ne pouvaient se raccrocher, à ce jour en tout cas, qu'à des amours perdues d'avance et des rêves anéantis.

– Je suis désolée pour le commissaire Marion, émit Régine Duval sans se retourner.

Sa voix était rauque. De dos, elle était toujours aussi bien roulée. Elle portait un tailleur-pantalon en lainage beige qui faisait ressortir la cambrure de ses reins, des bottes de cuir brun à talons plats. La veste près du corps soulignait sa taille fine et ses petits seins ronds. Elle paraissait quelque peu amaigrie et ses cheveux d'un blond lumineux avaient subi une coupe sévère, dégageant sa nuque. Légèrement ployée en avant, elle semblait vulnérable. Touchante, pour un peu.

– Pas la peine de chiquer, répondit Valentine doucement, on le sait que vous vous foutez pas mal du sort de Marion. Votre taulière, ça la ferait plutôt jouir de la voir disparaître, non ?

Régine Duval se figea, ses doigts se crispèrent sur les papiers qu'elle avait déposés au bord du bureau. Elle prit une profonde inspiration et fit demi-tour d'un bloc.

– Toujours aussi exquise, Valentine... C'est de la pure provocation, non ? Ou bien tu as quelque chose à cacher ?

– À votre avis ?

– Je vois. On ne se connaît plus ?

– C'est Mars, votre chimpanzé nain, qui a commencé...

Elles s'affrontèrent. Cara, les bras croisés sur sa chemise blanche où brillaient ses galons de lieutenant, Duval, les pouces dans la ceinture de son pantalon. Deux coqs furieux.

– Ça vous excite, l'uniforme ? provoqua Cara en arquant les reins.

Le regard vert étincelant, les cheveux en bataille, les hanches minces qui tendaient la toile bleue, autant de pousse-au-crime. Le commandant déglutit.

– Arrête ce petit jeu, Valentine, ordonna-t-elle sans élever la voix, et viens là, je vais te montrer quelque chose.

D'un geste sec, elle ouvrit la chemise en carton qu'elle avait apportée avec elle.

Cara s'avança, à contrecœur.

La première photo montrait Bob-Marley Harris en entier, vautré au sol.

– Qu'est-ce que tu vois ?

– Un pauvre bougre à qui on a explosé le crâne.

– Et là ? fit Régine Duval en découvrant le deuxième cliché.

– Un buste et un bras. Du sang. C'est le même mort, ou je me trompe ?

Le commandant ignora le ton sarcastique.

– Regarde mieux.

Un gros plan sur la main fermée de B-M Harris. Le bout de papier blanc était parfaitement visible. Valentine se pencha, scruta le papier glacé.

– Il devait avoir de sacrés problèmes d'estomac, le gonze !

Régine Duval parut déstabilisée.

– Pourquoi ? questionna-t-elle après un silence.

– T'as vu comment il se bouffait les ongles ! Quand j'étais gamine, je souffrais d'onychophagie, ma grand-mère m'a dit un jour que mes rognures d'ongles finiraient par me transpercer les intestins ou l'estomac. Ça m'a calmée direct.

– Je te connais, Valentine, par cœur...

– Ah oui ? Tu connais mon cul, ma...

– Je t'en prie ! Tu n'es pas obligée de tout salir. Tu frimes parce que tu sais très bien de quoi je parle.

Elle pointa le doigt sur la minuscule tache blanche.

– Tu vois, ce point blanc, là ? Il est sur la photo, tu es d'accord ?

– Oui, je vois, je suis pas miro, qu'est-ce que c'est ?

Régine Duval demeura imperturbable :

– Les TSC n'ont rien prélevé sur le corps, ni le légiste à l'IML. Ce... cet objet blanc ne figure donc pas parmi les scellés. Je pense... je crois... je suis sûre que quelqu'un l'a subtilisé.

– Qui aurait fait une chose pareille ?

Elles s'affrontèrent encore une fois. D'une façon qui avait rythmé inlassablement leur courte liaison. Les yeux dans les yeux. Vert contre bleu. Cara ne cilla pas. Régine Duval lâcha prise la première.

– Pourquoi tu fuis mon regard ? l'excita Valentine. Tu prétends me connaître, tu dois savoir de quoi je suis capable !

– Précisément, murmura l'autre.

– Je t'ai apporté le dossier Harris, objecta Cara.

– Exact. Il n'y a rien dedans. Du moins rien qu'on ne sache déjà et rien qui puisse nous faire avancer. Pas même une adresse exploitable. Tu sais ce que j'en déduis ?

Valentine Cara se redressa. C'était le point le plus délicat de la stratégie hasardeuse qu'elle avait engagée. Pot de terre contre pot de fer. Elle et son pote Abadie contre la Crim. En définitive, contre la police tout entière. Car, à moins d'une impossible succession de fiascos, la Crim était intouchable. Vénérée par la presse et l'opinion publique, objet de la sollicitude parfois servile des chaînes de télé qui la considéraient comme un réservoir inépuisable de bons sujets pour leurs fictions policières. Les gares, les trains de banlieue et leurs cortèges de petites merdes quotidiennes, à côté...

Cara enfila son blouson d'uniforme et, posément, remonta la fermeture. Régine Duval la regarda faire, pâle, les yeux soudain creusés.

– Je m'en vais, énonça Cara d'une voix ferme. J'en ai assez entendu pour aujourd'hui.

– Je n'ai pas fini.

– Place-moi en garde à vue dans ce cas parce que je te le dis comme je te vois : je me casse. J'ai du boulot et ma patronne à aller voir avant qu'elle ne claque.

Les larmes montèrent tout à coup, malgré elle. Pourtant, pleurer devant son ancienne compagne était la dernière chose qu'elle souhaitait. Duval allait sans nul doute en conclure que c'était une manœuvre de plus. Contre toute attente, les épaules de Régine Duval s'affaissèrent. Brièvement, elle aussi sembla sur le point de céder à l'émotion. Cara y vit le signe que Régine avait toujours leur liaison ratée sur le cœur. Le temps que Valentine enfile son ciré, Duval se ressaisit, se tourna pour rassembler les photos éparses.

– Tire-toi, gronda-t-elle. Mais je te préviens, si tu as déconné...

Valentine ébaucha un sourire navré, essuya ses larmes opportunes.

« Je suis fière de toi, lui glissa Marion dans son oreille gauche. »

Un bruit entre rire et sanglot sortit de la gorge de Valentine Cara alors que, sans un geste ni un regard pour Régine Duval, elle tournait les talons.

C'est à ce moment-là que son téléphone sonna.

Quelle aubaine, cette pluie qui ne cesse de tomber.
Quelle facilité de tromper tous ces gens savants, organisés, sûrs d'eux et de leur pouvoir.
Qui regardent leur nombril avec amour.
Qui ne voient rien du transparent que je suis.
Un jeu d'enfant.
Nous serons bientôt arrivés, ma jolie. Chez moi.

7

**Hôpital de la Pitié-Salpêtrière,
16 heures 30.**

Valentine Cara réussit à accéder à la Pitié-Salpêtrière au prix de manœuvres insensées. Elle roula sur les trottoirs, prit les petites rues à contresens, slaloma entre les bus en se faisant agonir d'injures par les deux-roues qui, malgré les appels au peuple diffusés en boucle sur tous les médias, ne se résignaient pas à rentrer chez eux. Abadie n'avait rien voulu lui dire au téléphone, se limitant à lui intimer l'ordre de rappliquer à l'hôpital de la Pitié-Salpêtrière, toutes affaires cessantes.

Le jour déclinait. Impression ou réalité, il semblait que la pluie tombait plus drue que le matin. Les caniveaux n'absorbaient plus rien depuis un moment et, aux abords des berges, les rues se confondaient avec le torrent. La Seine prenait des allures de cours d'eau gigantesque, tels l'Amazone, le Saint-Laurent ou encore le Congo, monstrueux sous les orages africains…

Enfin, le fronton de l'hôpital se dessina en sépia à travers le rideau de flotte. Le dôme couvert d'ardoises de l'église Saint-Louis apparut, derrière le pont du métro aérien. Les bâtiments émergèrent à leur tour de la grisaille. Une fois passée la barrière qui protégeait l'entrée, c'était une ville qui s'étendait là, avec des avenues et des rues portant des plaques et des noms. Les urgences de neurochirurgie se situaient dans le quartier Charcot, à l'ouest du complexe, dans une construction de trois étages, en acier et verre. Autour d'elle, des bâtisses anciennes en côtoyaient d'autres en travaux ou déjà rénovées, le tout formant un ensemble anachronique. L'accès des ambulances se faisait en sous-sol, par une rampe interdite aux autres engins à moteur.

Valentine se fraya un chemin entre les véhicules sanitaires, jeta la voiture de service en double file entre la rue de l'Hôpital-Général et la rue Esquirol, gyrophare allumé. Elle rallia le hall du pavillon qui portait le nom de Babinski — le créateur de la neurochirurgie — au pas de course, sans prendre le temps de protéger sa tête. Les cheveux dégoulinants, elle descendit en courant jusqu'au service de réanimation. Elle effectua un rapide tour d'horizon. Pas d'Abadie en vue, pas de Pierre Mohica non plus. Elle n'avait eu aucune nouvelle de ce dernier depuis qu'elle l'avait laissé avec Nina, ici même, vers 13 heures. Elle eut un coup au cœur en se rappelant l'adolescente qui devait se morfondre en attendant qu'on lui fasse signe. Plus tard, elle l'appellerait. Plus tard.

La porte du service de réanimation n'était pas fermée. Elle la franchit et personne ne s'y opposa. Au contraire, il lui sembla que le personnel hospitalier la regardait presque gentiment. Son cœur cogna encore plus fort. Si on la laissait entrer, si on l'accueillait aimablement, c'était parce que… Voilà ce qu'Abadie n'avait pas osé lui dire au téléphone. Voilà pourquoi il n'était pas là, ni Mohica non plus. Ils étaient auprès de Marion, morte.

« Non, murmura-t-elle entre ses dents crochées, pas ça ! S'il te plaît, mon Dieu, je ne veux pas… »

Dans un brouillard, elle finit par apercevoir Abadie, au milieu du demi-cercle de mobilier en mélamine grise qui équipait la zone d'accueil du service. Il se tenait debout à côté d'un homme en blouse blanche, un chauve affublé de lunettes à monture bleu électrique. L'homme téléphonait, son visage était crispé, comme s'il venait d'être affecté par des événements tragiques. Mais ce n'était rien à côté de celui d'Abadie.

Cara s'avança, les jambes molles, la tête à l'envers. Le capitaine la repéra et lui fit signe. À la vue de son visage livide barré par la moustache noire, elle sentit son cerveau se vider.

Quand il s'approcha d'elle, elle leva les deux mains en serrant les paupières de toutes ses forces.

– Non ! cria-t-elle.

– Viens là, fit Abadie en tendant vers son visage ses doigts jaunis de nicotine.

De nouveau un souffle frôla sa nuque, le susurrement secret investit son oreille : « Valentine, tout doux, tout doux, ça va aller, je suis là... » Elle chancela, sur le point de s'écrouler. « Qu'est-ce que tu crois, reprit la voix familière, ça ne meurt pas comme ça, les vieilles bourriques... »

Alors Valentine daigna ouvrir les yeux et les oreilles. La voix, bien réelle celle-là, du médecin déplumé percuta son cortex. Il parlait au téléphone.

– Vous n'avez rien non plus ? Bon, très bien, merci.

Le combiné atterrit sans douceur sur son support. Le médecin fit volte-face, s'adressa à Abadie :

– Rien à Beaujon, rien nulle part. C'est insensé. Je crois que c'est clair à présent, non ? Il faut avertir la police.

Cara fixa l'homme, ébahie. Il s'exprimait sur un ton saccadé, comme s'il rendait Abadie responsable de quelque chose. Et puis, avertir la police... Quelle police ?

Elle vit les lèvres d'Abadie remuer.

– Quoi ? Qu'est-ce que tu dis ? Luc, qu'est-ce qu'il y a ? De qui vous parlez ?

– De Marion, elle a disparu.

**Pont d'Austerlitz,
17 heures 30.**

Pierre Mohica marchait aussi vite que le lui permettait l'inondation. L'eau de la Seine affleurait la partie basse des voûtes du pont. Bientôt le sommet des arches serait immergé et, tout de suite après, la chaussée serait recouverte. Ce n'était plus qu'une question de minutes si on en jugeait par la rage avec laquelle les flots boueux s'enroulaient autour des piles de béton. En quelques minutes, son pantalon avait été trempé jusqu'aux genoux, ses chaussures emplies d'une eau qui puait les égouts et la mort. Mal protégé par un coupe-vent, il avait été rapidement trempé jusqu'au caleçon. Le plexus serré, il releva sur sa tête la capuche qu'un petit vent narquois n'arrêtait pas de rabattre.

Une heure ou deux plus tôt, ou davantage, il ne savait plus très bien, il avait fait le trajet dans l'autre sens. Déchiré entre les femmes de sa vie, il avait finalement cédé à l'insistance de Jenny, paniquée à l'idée d'accoucher seule dans un taxi, étant donné que Charles, son mari, demeurait introuvable. En quittant les urgences de la Pitié-Salpêtrière, Pierre Mohica avait jeté un coup d'œil à son break Volvo, toujours en travers de la chaussée. Une bagnole immense aux angles vifs. « Ton corbillard », le charriait Marion face à son obstination à conserver cette relique démodée. En attendant, elle était increvable, sa vieille caisse, et pratique, avec son hayon et son coffre profond. Une fois les sièges arrière rabattus, on pouvait y faire entrer un bœuf.

Quelqu'un avait fermé la portière, évitant ainsi de transformer le véhicule en piscine. Il avait un moment songé à l'utiliser pour rejoindre sa fille. Planté, indécis, sous la flotte qui lui dégoulinait dans le cou, il se demandait ce qu'il avait fait de ses clefs, quand quelqu'un l'avait bousculé. Il avait failli tomber. Dans la brume qui noyait les alentours et celle qui lui paralysait le cerveau, il avait vu l'homme se retourner, lui jeter un bref regard et repartir. Guerry-etc. ! Il avait voulu l'appeler mais aucun son n'était sorti de sa bouche. L'adjoint de Marion, courbé sous la bourrasque, filait déjà vers le sous-sol sur ses jambes immenses et maigres battues par un long imperméable. Pierre Mohica avait passé la main sur ses yeux pour chasser les embruns. Après cela, il n'avait plus aperçu que les ambulances à touche-touche dans la rampe. Plus de Guerry. Une hallucination due à la fatigue ? Ou qu'il avait créée dans son désarroi ? En se rappelant la première vision qu'il avait eue dans le hall tout à l'heure, il avait pris peur. Peur d'avoir chopé une saloperie au cerveau ou, tout bêtement, d'être devenu fou.

Pas sûr d'être en état de conduire, il avait abandonné l'idée de se servir du break. Étant donné l'état de la circulation sur le boulevard de l'Hôpital, il n'y avait évidemment pas un seul taxi en vue et ceux qui roulaient avançaient à la vitesse d'un escargot handicapé moteur. Paris n'était qu'un gigantesque chaos.

Il fit quelques pas, courbé en deux. Un bus en profita pour projeter une énorme gerbe d'eau qui l'atteignit de plein fouet. Suffocant, trempé de la tête aux pieds, il hurla quelques inutiles insultes.

En parcourant le chemin en sens inverse, quelques heures auparavant, il avait composé le numéro de Jenny. D'emblée, il avait été transféré sur sa messagerie. *Idem* pour Charles. Tout semblait s'être subitement détraqué. Devant la gare de Lyon, dégoulinant, il avait baissé les bras, incapable de choisir sa direction. Un véhicule de pompiers se frayant un passage comme il pouvait s'était retrouvé sur le trottoir, presque à le heurter. Il s'en était à peine rendu compte. Un coup de sirène destiné à l'alerter l'avait fait trébucher. Tellement largué qu'un pompier avait fini par ouvrir la vitre du véhicule.

– Vous êtes perdu, monsieur ?

– Euh... non... En fait, oui, un peu... Je suis médecin et...

– Où allez-vous ?

Il s'était entendu répondre dans un souffle « maternité de Saint-Antoine ».

– Montez !

Ils avaient mis un bon quart d'heure pour rallier l'hôpital Saint-Antoine malgré le deux-tons qui leur dévastait les oreilles. Sans relâche, la radio de bord émettait des messages d'alerte. Il n'y avait déjà plus un équipage de secours disponible et les occupants de celui-ci avaient les traits tirés.

– On est sur le pont depuis six heures ce matin, on n'a pas arrêté, avait expliqué le chef de bord. On attend les renforts mais ça n'arrive pas vite. Vous allez voir un malade, docteur ?

Pierre Mohica avait fait oui de la tête, préférant ne pas s'étendre sur ses propres difficultés.

Quand ils l'avaient déposé devant l'entrée de la maternité, il avait compris tout de suite qu'il y avait un problème : le terre-plein était vide et le bâtiment plongé dans l'ombre. Derrière la porte, aucun mouvement n'était perceptible. Il était entré, ses pas ponctués de floc-floc qui laissaient des flaques sur le sol. Après plusieurs minutes dans le hall déserté et de nombreux appels sans réponse, une jeune femme en blouse blanche était enfin apparue, un gros paquet de dossiers dans les bras. Elle avait ouvert des yeux étonnés.

– Mais qu'est-ce qui se passe chez vous ? s'était écrié Pierre Mohica, haletant. Ma fille a été amenée ici pour accoucher !

– Ça m'étonnerait... Nous avons transféré et orienté les patientes dans d'autres sites, nous sommes en alerte rouge. Les sous-sols sont inondés et l'eau n'arrête pas de monter.

Pierre Mohica avait senti un cratère se creuser sous ses pieds. Malgré les recherches de la femme compatissante, il n'avait pas réussi à savoir où se trouvait Jenny, ni même si elle était arrivée jusqu'ici. Il avait essayé les standards de taxis mais on l'avait éconduit sans ménagement. C'était partout le bordel, avec un grand B.

Après, il ne savait plus.

Deux heures et demie plus tard — ou moins, ou plus, il n'en avait toujours pas la moindre idée — il chancelait dans le vent, le corps secoué de frissons. À la surface des rues qui encerclaient le pont d'Austerlitz stagnait à présent une couche aqueuse de 10 bons centimètres. Tout à l'heure, les pompiers l'avaient trouvé écartelé entre ses sentiments. Laisser Marion à la Pitié, sans se battre pour elle, lui trouait le cœur. Songer à sa fille en train d'accoucher dans un taxi — ou un autre endroit tout aussi incongru — le désolait. Il y avait Nina, en plus, et Marie, sa fille cadette, et Eugénie, sa mère... Il fallait leur donner des nouvelles, les rassurer. Elles avaient besoin de lui mais que pouvait-il faire ? Il ne savait plus et s'était laissé emmener par les hommes du feu comme un enfant à bout de forces.

La sonnerie de son téléphone le tira de son hébétude. Juste avant de répondre il constata que le voyant de charge de la batterie clignotait, indiquant que l'autonomie de l'appareil était en bout de course. En maugréant après ces machines sur lesquelles on ne pouvait pas compter, il appuya sur la touche verte.

– Ah ! enfin ! dit une voix familière. On vous cherche partout, Pierre ! Où êtes-vous ?

– Sur un pont, fit-il dans un souffle.

– Pardon ?

– Pont d'Austerlitz...

– Vous êtes sûr que ça va ? s'enquit Valentine Cara. Où étiez-vous passé, bon sang ?
– À la maternité...
– Excusez-moi, je ne comprends rien. Quelle maternité ?
– Saint-Antoine...
– Nom d'un chien ! Je n'entends rien !
– Oui, c'est la merde, avec cette putain de flotte... bordel de bon Dieu de merde...

Pierre Mohica se laissait rarement aller à de telles extrémités. Il ne reconnut pas sa voix, crut entendre un inconnu lancer à la ronde des bordées d'insanités.

– Oui, je sais, abrégea Valentine. On vous attend à la Pitié, dépêchez-vous de rappliquer.
– Qu'est-ce qui se passe ? bredouilla Pierre au milieu des crachotements et parasites divers qui altéraient la ligne.
– Qu'est-ce que vous dites ? Pierre ? Allô, allô...

Une succession de bruits ressemblant à de minuscules détonations mit un terme à la communication. Pierre Mohica contempla l'écran de son mobile, stupide. La voix de Cara était catastrophée. Pire que cela, agressive. Elle lui en voulait. Parce qu'il était parti en laissant Marion. Bon sang ! Il était arrivé quelque chose ! C'était ce que criait Valentine dans son téléphone.

Épuisé, la mort dans l'âme, Pierre Mohica se mit à courir.

**Préfecture de police. Zone de défense.
PC de crise,
16 heures 45.
Cote de la Seine : 6,66 mètres.**

Anne Morin était figée devant la carte où la Seine se prélassait, prenant de plus en plus ses aises. Les zones rouges s'étaient étendues et ce qui se préparait ressemblait à un cataclysme. Dans son dos, le responsable de la crise à la SNCF terminait son speech. La préfète se retourna d'un bloc, son corps plus compact qu'un morceau de rocher.

Villeneuve-Saint-Georges, la plus grande gare de triage d'Europe, une zone stratégique des plus sensibles, était atteinte. Des dispositions démesurées avaient pourtant été prises au cours des jours précédents pour freiner la montée des eaux. À l'évidence, cela n'avait pas été efficace. À présent, le verdict était sans appel : il ne servait plus à rien de tenter d'empêcher l'inondation du site.

– Je vais en référer au ministre, dit Anne Morin d'une voix métallique. Il faut activer la charte internationale des catastrophes majeures. Vous savez tous de quoi il s'agit ?

Un silence général fut la réponse à sa question.

– Cette charte « Espace et catastrophes majeures » a été créée en 2000 par le CNES[1] français, notamment. Depuis, plusieurs agences d'autres pays ont apporté leur pierre à l'édifice en devenant membres de la charte, augmentant ainsi les ressources disponibles. Il s'agit de mettre à la disposition des pays membres utilisateurs l'ensemble de l'aide indispensable et les données satellites nécessaires à la gestion d'une catastrophe naturelle de grande envergure. L'engagement

---

1. Centre national d'études spatiales.

de tous les membres vise à en atténuer les effets sur les populations...

S'agissant de la plate-forme de triage de Villeneuve-Saint-Georges, c'était 40 kilomètres de trains qu'il fallait évacuer. Des TGV, des TER, des trains de marchandises. Deux mille personnes à secourir, à emmener dans des lieux plus hospitaliers. Les habitations de la zone étaient, elles aussi, menacées. Plus de vingt mille habitants seraient contraints de quitter leurs domiciles. L'équivalent d'un très gros bourg à reloger, dans l'immédiat à héberger dans les sites de secours accessibles. Déjà, les responsables des ressources s'employaient à en dresser la liste.

– Concentrons les apports d'effectifs sur cette zone, pour l'instant, décréta Anne Morin.

Le chargé de mission de la SNCF approuva. L'entreprise nationale de transports mettait en place le personnel nécessaire à la gestion des trains. Elle avait besoin de renforts de la police, en premier lieu de la brigade des chemins de fer, pour diriger les voyageurs en perdition vers d'autres moyens de transport ou dans des sites à l'abri de la pluie en attendant des bus qui avaient de plus en plus de mal à circuler.

L'armée allait devoir se charger de l'évacuation des habitants, la partie la plus périlleuse de l'affaire. La plupart du temps, il fallait faire face à de la résistance. Celle des personnes âgées, agrippées à leurs maisons ainsi que des moules à leur rocher. La préfète savait que la coordination des actions en banlieue se révélerait un casse-tête dont elle se serait bien passée.

Qui plus est, ce qui arrivait à Villeneuve-Saint-Georges allait inévitablement se produire à Paris en moins de temps qu'il n'en faudrait pour le dire. Les heures à venir s'annonçaient terribles.

– Au travail, mesdames et messieurs, ordonna Anne Morin. Préparez-vous à passer la nuit ici. Jean, occupez-vous de l'intendance, je vous prie.

Paris, rue Beethoven, non loin de la Seine, 17 heures 15.

Fifi leva les bras le plus haut qu'il pouvait pour éviter de détremper les quelques sacs en plastique qui contenaient toute sa fortune. Il avançait à pas mesurés, de l'eau jusqu'aux chevilles.

« C'est pas possible, marmonna-t-il en secouant la tête, faisant ainsi gicler les gouttes accrochées à sa barbe, mais ça va donc jamais s'arrêter de pleuvoir, bordel de Dieu ! »

L'accalmie ne semblait pas s'annoncer, en effet. Au contraire, aurait-on dit. La nuit tombait à toute vitesse et un froid mordant s'installait. Fifi, cinquante ans, avait échappé aux « rafles » destinées à mettre les sans-logis au sec. Pas question de se retrouver entassé au milieu de « pouilleux » ou de « vieux schnocks » qui puaient le vin et la crasse mouillée. Lui, Fifi de la rue Beethoven, n'était pas près de se laisser embarquer. Mort, peut-être, et encore. Dans ses sacs il avait des provisions et un litre de vin de Bordeaux trouvé par miracle dans une poubelle. Les gens jetaient vraiment n'importe quoi. En arrivant à proximité de son « abri », une excavation dans la voûte d'un mur qui soutenait la chaussée en surplomb, il constata que l'eau était encore plus haute à ce niveau de la rue. Il en avait à présent à mi-mollets. Il songea avec angoisse à ses affaires restées « chez lui », se demandant s'il trouverait encore quelque chose de sec pour se changer. À tous les coups son duvet serait trempé. Avec l'obscurité qui gagnait, l'environnement — une immense flaque d'eau sur laquelle surnageaient des objets non identifiés — paraissait sinistrement inhospitalier. Il approchait de la voûte où il avait peint le numéro 21, celui de la Côte-d'Or, son département natal, histoire de se donner l'illusion d'avoir une adresse. Il reconnaissait à peine son coin. Il constata cependant que les pierres et les remparts éphémères qui en bouchaient l'entrée étaient à moitié démontés. À cause de la pente descendante, l'eau grimpait ici jusqu'à la première rangée de moellons. Elle avait imbibé les cartons et emporté son bel édifice. Tout ça en une demi-journée à peine ! Des remous agitaient la base du mur et il lui fallut accommoder sa vision pour apercevoir ce qui créait cette agitation. Des rats ! Ils lui avaient piqué la place, les salauds ! Fifi poussa un cri de colère et de dépit. Oser entrer chez lui ! Personne ne s'y risquait jamais. Plus depuis qu'il avait réglé son compte à Paprika, une foutraque pleine de poux qui espérait sans doute se faire entretenir par lui. Même les flics lui foutaient la paix car il leur filait des tuyaux sur les putes des deux sexes qui tapinaient en haut, sur l'avenue. Alors, des rats, merde… À cet instant, il prit conscience de la nuit et du froid. Il se dit qu'il allait se mordre les doigts d'avoir réussi une fois de plus et *in extremis* à fausser compagnie à la BAPSA[1]. Il haïssait le centre d'accueil de Nanterre et tous les miséreux qui s'y retrouvaient. Il exécrait en général toute compagnie non choisie. Mais voilà, son abri était dans l'eau, squatté par les surmulots et lui, mouillé comme un croûton de pain dans une soupe, tout couillon. Il n'avait plus qu'une chose à faire : remonter la rue, se poster en haut sur l'avenue et attendre un passage du Samu social. Ou espérer qu'une pute l'invite chez elle. La mort dans l'âme, en toute dernière extrémité, il voulut en avoir le cœur net. Il extirpa de la poche de son vieux manteau rapiécé une lampe de poche et éclaira l'intérieur de son antre.

---

1. Brigade d'assistance aux personnes sans abri, soixante-dix personnes, dépend de la PP. Sa création remonte au terrible hiver 1954-1955.

C'est en se penchant pour regarder l'étendue des dégâts qu'il l'aperçut. Flottant entre les pauvres objets qui constituaient son viatique, elle était allongée. Il se frotta les yeux, pensant être victime d'une hallucination ou des conséquences de l'abus de ce piètre vin rouge qu'il consommait sans modération. Il éclaira la forme, de la tête aux pieds, se rendit à l'évidence. Ce qu'il avait sous les yeux, là, étalée à l'entrée de son domaine, était une momie. Sur le coup, il pensa à une blague, un coup bas de cette garce de Paprika. Mais comment la dégénérée aurait-elle eu la force de transporter ce macabre paquet jusqu'ici ? Cette hypothèse n'avait aucun sens, maugréa-t-il en maudissant le ciel qui lâchait sur lui ses foudres.

Il osa faire un ou deux pas dans l'eau, à présent à hauteur de ses genoux, pour détailler l'objet oblong. Des bandelettes de toile bise auréolée d'eau entouraient ce qui pouvait être sa tête et tout son corps en un seul bloc. Au niveau des pieds, l'emballage s'était quelque peu délité. Il opéra un zoom avec sa torche et eut un haut-le-corps.

Fifi n'était pas un froussard, il avait depuis longtemps fait de la rue son territoire avec tous les risques que comportait ce mode de vie. Pourtant, ce soir, dans ce décor de fin du monde, il se mit à vibrer tel un arbre dans la tempête. Les bandelettes étaient déroulées sur quelques centimètres, dévoilant le bout des orteils, de couleur brun clair avec des ongles recouverts de vernis rouge vif. Le tout avait beau ne pas sembler très frais, il ne pouvait être confondu avec une relique égyptienne de deux ou trois mille ans.

Sans demander son reste, Fifi rebroussa chemin.

Marion...

L'eau a cessé de couler dans son crâne et il ne fait plus aussi froid. Elle a perdu la notion de tout. Un bruit lancinant de poulie l'apaise, celui d'un berceau recouvert de percale blanche qui grince, mollement agité par une main invisible.

Une voix s'adresse à elle, monocorde, grave. « Je t'emmène chez moi, n'aie crainte, nous serons bientôt arrivés... » Elle connaît cette voix, elle n'aime pas l'entendre.

Par vagues, des odeurs lui parviennent. De poussière mais aussi de sucre chaud. Rouge, celui qui entourait les pommes d'amour de son enfance.

Elle « sent » le parfum douceâtre de la barbe à papa, celui de l'érable en fusion dans les cabanes à sucre du Québec.

« Je suis Nina », susurre un elfe posé sur son épaule.

Nina ? Qui est Nina ?

Où sont les autres ? Elle n'arrive plus à les voir, sauf par éclairs. Valentine pleure et Abadie ignore ses larmes. Ils se seraient disputés ?

Ah ! doux Jésus ! Ce poids sur son ventre ! Un oiseau lance un trille aigu, un vilebrequin taille des copeaux dans son cerveau.

« Voilà, nous y sommes », murmure derrière elle la voix qu'elle n'aime pas entendre.

Personne n'a rien vu, rien remarqué. Vive la pluie !
Dans les entrailles de mon royaume aussi il a été facile de pénétrer. Cela, je le savais depuis longtemps.
Un unique gardien, la plupart du temps occupé à lire des magazines cochons et à fumer des joints. Un seul moniteur de contrôle pour une seule caméra de surveillance placée au-dessus de l'entrée principale. Son champ couvre la guérite des recettes, un sas en dur, même pas blindé. Les sommes rangées dans un coffre sont ramassées par un transporteur de fonds deux fois par semaine. Il faut dire qu'elles ne sont jamais très élevées. En dehors de ça, il n'y a rien à voler ici.
Comme il est facile d'entrer dans cette forteresse de papier !
Nous allons prendre le monte-charge, ma jolie, une fois n'est pas coutume. Et descendre.
Niveau moins 3.
Là, mon matériel, plus loin, la chaufferie et ses recoins inattendus... Nous remonterons plus tard, quand le front sera calme et le terrain, dégagé.
Niveau moins 5.
Le couloir. Pas le plus difficile. Après, ce sera une autre histoire. Je devrai vous débrancher.
Vous mourrez, alors, c'est fatal.

8

**Hôpital de la Pitié-Salpêtrière,
18 heures.**

Au milieu du ballet des brancards qui quittaient les lieux les uns après les autres, le docteur Razafintanaly et une partie de son équipe étaient rassemblés autour des deux officiers. Le climat était si lourd qu'on pouvait craindre à tout moment une crise majeure. Raza avait dû aviser les autorités de la disparition d'une malade en soins intensifs. Il l'avait fait à contrecœur. Car pour lui — Abadie avait fini par écouter la version absurde qu'il avançait — il fallait chercher du côté du compagnon de Marion. Pierre Mohica. Qui avait, depuis le début, manifesté une attitude suspecte. Qui s'était excité, était même sorti de ses gonds plusieurs fois. Qui refusait d'écouter ce qu'on lui expliquait. Pire, qui avait menacé devant témoins d'emmener Marion pour la faire soigner ailleurs. Abadie s'énerva à son tour :

– Et vous croyez sérieusement qu'il l'aurait embarquée, comme ça ? Allez, viens, chérie on va faire un petit tour, tu vas voir, ça va te faire du bien de prendre l'air… ?

– Il est médecin, avait protesté Raza, il a peut-être un complice dans la profession, quelqu'un qui est venu à sa rescousse. Il n'avait pas confiance en moi…

– On peut le comprendre, avait marmonné Cara.
– Pardon ?

Avant que l'échange ne tourne au pugilat, la surveillante de garde avait calmé le jeu en poussant un coup de gueule après ces gens qui se conduisaient comme des gamins alors que l'heure était grave. Elle avait ensuite réparti les tâches, en cheftaine efficace.

La salle d'information et de commandement de la préfecture de police avait pris en charge la diffusion de l'information. Si Marion était dans un lieu auquel on n'avait pas encore songé, ou dans une ambulance, embarquée par erreur ou précipitation, on la retrouverait rapidement. Pour aller plus vite, compte tenu de la qualité de la disparue, les radios allaient diffuser des messages d'alerte, immédiatement. On allait aussi activer les réseaux spécialisés des pompiers, des compagnies d'ambulances privées. En principe, on ne pouvait guère aller plus loin, le « plan alerte enlèvement » étant réservé aux disparitions de mineurs. Le divisionnaire Schmidt, responsable de la SIC de la PP, demanda le temps nécessaire à la validation du dispositif par ses supérieurs. Il se comporta en professionnel précis, sans montrer d'état d'âme inutile. Mais il n'en pensait pas moins. Marion était une de ses camarades de promotion et ce qui lui arrivait aujourd'hui avait déjà fait le tour des services. La perdre aussi stupidement relevait de la faute lourde, à plus forte raison dans un contexte tellement embrouillé que la retrouver, sous-entendu vivante, tiendrait du miracle. Raza devina en filigrane une tension à la limite de la menace. Il se défendit en alléguant la situation de crise.

Le ton mesuré du divisionnaire de la PP ne fut pas celui de Maguy Meunier, qu'Abadie avait informée sans perdre de temps. La chef de la Crim laissa fuser une salve de jurons qui les mettaient tous dans le même sac : la sous-espèce de flics de la brigade des trains et les médecins, de plus en plus jean-foutre selon elle. Tous des incapables. Elle annonça qu'elle se déplacerait en personne à la Pitié et cela n'augurait rien de bon.

Cara avertit la brigade de l'enlèvement présumé de la patronne et tenta de joindre Guerry dont on venait de lui dire qu'il était en route pour Villeneuve-Saint-Georges. Toutefois, personne ne savait exactement à quel point du parcours il en était. Ni même s'il avait une chance d'y arriver.

— Commence à me gonfler, celui-là, gronda Abadie qui suivait les échanges de sa collègue après avoir abrégé la conversation avec la Crim.

Maguy Meunier lui avait mis les nerfs à vif, l'évocation de Guerry et de son comportement évanescent n'arrangeait rien.

Dans l'après-midi, après avoir cherché le commissaire pendant deux heures au moins, alors qu'il tentait une ultime fois de le joindre, il l'avait vu sortir de son bureau. Comme si de rien n'était.

— Vous me cherchiez, capitaine ? avait demandé Grand corps malade, l'air candide de l'agneau qui vient de naître.

Abadie avait manifesté son étonnement, consulté du regard les deux gardiens assis aux consoles radio. Les hommes semblaient aussi surpris que lui de voir le commissaire débarquer comme une fleur, suffoqué, voire contrarié, qu'on ne l'ait pas trouvé plus tôt. Pourtant, personne ne l'avait vu rentrer. Abadie pas plus que les autres, bien que Guerry-etc. fût obligé de passer devant son bureau pour regagner le sien, après avoir franchi la seule et unique porte d'entrée de la brigade. Le grand escogriffe avait l'art de se faire discret, c'en était habituellement irritant. Là, son habileté relevait de la magie. Abadie n'avait pu s'empêcher de se remémorer les propos de Valentine invoquant la voix de Marion et ses conseils de prudence.

— Putain de réseau pourri, s'énerva Valentine. La moitié des antennes mobiles sont *out*.

Obstinée, elle finit par obtenir Pierre Mohica, rivant ainsi son clou à Raza qui prétendait qu'on n'était pas près de réentendre parler de lui, si toutefois on le revoyait un jour.
— Il arrive, dit Cara. Je vais l'attendre dehors.

— Y a quand même deux ou trois choses que j'aimerais bien comprendre, dit Abadie dont le regard avait viré couleur orage.
Raza se redressa, soupira en écartant les bras, l'air de dire « tu vois pas que j'ai autre chose à faire ? ». Abadie saisit son irritation :
— Je vous conseille de préparer vos réponses avec soin. Mes collègues de la Crim ne vont pas se contenter d'approximation. Et nous, à côté d'eux, nous sommes de pauvres attardés mentaux.
Le médecin fit une mimique qui signifiait « oui, c'est aussi ce que je pense », mais il sut ne pas insister. Les pauvres attardés mentaux pouvaient sortir de leurs gonds et se montrer désagréables.
— Vous voulez savoir comment on peut évacuer d'ici un patient dans l'état où se trouvait votre collègue Marion tout à l'heure ? demanda-t-il en relevant le menton.
— Par exemple.
— Quand elle est arrivée, on l'a laissée sur la structure de transport, c'est une commodité pour procéder aux examens et on n'a pas besoin de la manipuler à tout bout de champ... Les plaies hémorragiques sont sensibles et... enfin, bref, vous me suivez, non ?
— Jusque-là, ça va, le toisa Abadie.
— Bien. Ensuite... le respirateur auquel elle était raccordée est un engin également mobile et, en attendant de savoir ce qu'on allait lui faire, elle est restée branchée dessus.
— Vous êtes en train de me dire qu'elle a été emmenée avec tout ce bazar ?

Raza fit un geste ample en direction de la salle des box.

— Exact. Vous pouvez vérifier vous-même.

— Donc, si le respirateur a été débranché, elle n'a aucune chance de survivre ?

Abadie avait encore pâli.

— Ces appareils disposent d'une autonomie de plusieurs heures hors le branchement secteur, fort heureusement. Mais, bon...

— Quoi, « mais bon » ?

— Mais, bon sang, vous êtes pire que Mohican, vous !

— Mohica !

— Quoi ?

— Il s'appelle Mohica, pas Mohican...

— Ah ? fit mine de s'étonner Raza.

— C'est une ruse de Sioux pour détourner la conversation, ou bien ?...

Raza ébaucha un rictus contraint :

— Je n'aurais pas osé la faire, celle-là, voyez-vous... Et vous avez tort de penser que je cherche à me défiler... Est-ce que vous avez une idée de l'état de votre commissaire ? Même avec le respirateur et en supposant qu'elle soit entre des mains expertes, elle n'a aucune chance... Enfin, cela dit, j'ai vu des cas bien pires que le sien. Tenez, une fois, j'ai eu un patient... même sorte de blessure, mais, en plus, le pauvre type, la cervelle lui coulait par le nez. Eh bien, il s'en est sorti ! Évidemment, on l'avait opéré, lui, et je ne dis pas qu'il pouvait concourir pour le Nobel après ça... D'ailleurs, quand il a été remis sur pied, il était totalement désinhibé, il courait après les infirmières la queue à la main...

Une vague de colère enfla dans la gorge d'Abadie. Que cherchait ce médecin en le prenant sans cesse à contre-pied ? À le rassurer ? À détendre l'atmosphère ? Ou à se faire casser la gueule ?

Un mouvement du côté de l'entrée sauva le médecin d'une inéluctable bavure. Valentine poussait devant elle un Mohica plus trempé qu'un vieux chiffon oublié dans un caniveau. Les serrant de près, un groupe compact composé de Maguy Meunier, de Régine Duval et de deux hommes de son équipe.

La divisionnaire fonça sur le docteur Razafintanaly sans un regard pour Abadie. Après quelques minutes d'une discussion animée qui, *grosso modo*, recoupait les précédents échanges entre les deux hommes elle désigna d'un geste circulaire les personnes assemblées :

– Je veux que tous les gens présents ici aujourd'hui restent à notre disposition. Compte tenu de votre charge de travail, docteur Raza... je ne sais plus quoi... mes collaborateurs vont prendre votre déposition sur place, mais vous devrez répondre à leurs demandes aussi souvent qu'il sera nécessaire. Et vous rendre au 36 si nous le jugeons indispensable...

– Vous n'êtes pas encore inondés là-bas ? s'enquit le médecin avec un sourire sarcastique.

Meunier ne se laissa pas démonter.

– Rassurez-vous, nous avons prévu une solution de repli si l'eau devait monter jusqu'à la tour pointue. Ne comptez pas là-dessus...

Après quoi elle se tourna vers Cara et Abadie, les examina de la tête aux pieds :

– C'est kif-kif pour vous deux. Je vous conseille de ne pas vous volatiliser dans la nature, inondation ou pas. Nous avons quelques points à clarifier.

Deux mètres derrière elle, Pierre Mohica attendait, pitoyable, tremblant de froid. Meunier se campa devant lui :

– Quant à vous, docteur, ce que j'ai entendu il y a un instant vous met dans une posture intenable. Afin de préserver vos intérêts et ceux de l'enquête sur la tentative d'homicide dont a été victime le commissaire Marion et, cerise sur le gâteau, sur sa disparition, je vous place en garde à vue à compter de...

Elle jeta un coup d'œil à sa montre en or sertie de diamants :

– ... 18 heures 15. Vous allez être conduit au 36, quai des Orfèvres. Le commandant Duval va vous lire vos droits.

**Préfecture de police. Zone de défense.
Bureau d'Anne Morin,
18 heures 05.
Cote de la Seine : 7 mètres.**

Anne Morin venait de donner des instructions pour qu'une partie des permanents de la salle de crise et les membres fondamentaux du comité élargi passent la nuit sur place. Elle-même avait averti son mari qu'elle ne rentrerait pas. Rejoindre son domicile était une chose, accomplir le trajet en sens inverse en était une autre. La situation s'aggravant d'heure en heure dans des proportions consternantes, personne ne pouvait prévoir ce qu'elle serait le lendemain. Revenir sur son lieu de travail serait peut-être tout simplement impossible. Au cours des simulations, cette donnée avait été prise en compte et tout était prévu ici pour l'hébergement, l'hygiène et la subsistance d'une trentaine de personnes. Anne Morin disposait d'un canapé convertible et d'une douche attenante à son bureau. Les autres s'allongeraient sur des lits Picot et se laveraient dans les sanitaires collectifs. À la guerre comme à la guerre.

L'équipe chargée de l'intendance était à pied d'œuvre dans les étages, vérifiant l'état des réserves : bougies, lampes tempête, réchauds à gaz, allumettes, appareils à piles et... nourriture. La bouffe, nerf de la guerre. Quelqu'un l'avait dit avant elle : l'intendance devait précéder l'armée et non la suivre. Dans tout dispositif de crise, la logistique est un des éléments cruciaux. Anne Morin avait de l'expérience dans ce domaine. Au début de la crise, tout le monde est là, à se marcher sur les pieds. Après vingt-quatre heures, les rangs sont clairsemés. Au-delà de quatre jours, on a beaucoup de mal à rassembler l'effectif minimal. Or certaines cellules de crise — un accident d'avion lui revenait en mémoire — pouvaient rester actives deux ou trois ans. L'organisation devait être infaillible.

Cette première nuit promettait d'être longue et Anne Morin commençait à s'y préparer. Elle songea à Jean Vitold avec une pointe de regret. Il allait dormir non loin d'elle, quelques heures, et elle, quelques autres. Peut-être... rêva-t-elle une demi-seconde. Les tensions créées par ces nuits de veille, quelle qu'en soit la raison, portaient à la peau. Les hommes politiques en étaient un témoignage qui traversait les époques. Certains, les soirs d'élection présidentielle, pouvaient consommer plusieurs femmes d'affilée. La légende d'un Président de gauche lui attribuait un coït toutes les demi-heures, les grands soirs. Anne Morin était bien au parfum de ces excès, elle qui avait suivi et servi nombre de ces grands hommes.

Alors qu'elle en était à se demander si cher Jean se montrerait aussi docile et flatté par ses avances que les conquêtes fugitives des présidents vainqueurs ou vaincus, son téléphone mobile lança un air de salsa qui la fit sursauter. « Nathan » s'affichait sur l'écran. Elle appuya fébrilement sur la touche verte.

– Allô, Nathan ?

– Maman ?

La préfète oublia subitement ses projets de débauche avec cher Jean. La voix de son fils était altérée, difficile à reconnaître. Elle perçut en arrière-plan des bruits qu'elle avait déjà entendus plus tôt dans la journée. Gémissements, plaintes d'une femme, jeune.

– Nathan, où es-tu ? Qu'est-ce qui se passe ?

– Maman, je suis… avec… on est coincés… que tu m'aides…

– Allô ? Allô ? Nathan, je ne comprends rien… Où es-tu ?

– Dans… Banque…

– Quoi ? Qu'est-ce que tu dis ? Tu es dans une banque ?

– Oui… on… enfermés…

– Oh ! bon sang, Nathan, je ne comprends pas ce que tu dis, la ligne est infecte. Tu es enfermé dans une banque ?

– Oui…

Des craquements, un blanc, des crachouillis. Anne Morin s'affola.

– Nathan, je t'en supplie, dis-moi où tu es… C'est une banque près de chez toi… ?

– … Rollin…

De nouveau, les cris de femme-enfant se firent entendre. Anne Morin comprit qu'il y avait un problème et que Nathan ne pouvait plus le gérer. Elle s'acharna quelques secondes à essayer de le faire revenir en ligne pour établir où il se trouvait précisément, en pure perte. Finalement, la communication fut interrompue. Ses tentatives pour renouer le contact n'aboutirent qu'à la tourmenter un peu plus encore.

– Saleté de merde de bordel à cul, jura-t-elle en jetant loin d'elle l'appareil inutile.

Elle réfléchit à ce qu'elle pourrait faire pour venir en aide à son fils. Elle constata qu'elle avait le souffle court et que son cœur battait de travers. Elle était sujette à des accès d'arythmie qui pouvaient la laisser anéantie plusieurs heures de suite. Pas question de s'exposer à une crise en ce moment.

– Calme-toi, calme-toi, s'exhorta-t-elle en s'appliquant à respirer profondément. Tout va bien, tout va bien.

Progressivement son rythme cardiaque reprit le bon chemin. Méthode Coué, efficacité.

Après quelques mouvements de yoga, un grand verre d'eau avalé dans sa salle d'eau privée, elle put reprendre son activité.

Même à distance et au téléphone, elle « vit » l'opérateur de la salle de commandement de la PP se mettre au garde-à-vous quand elle s'annonça. À peine le temps de présenter ses respects, déjà il lui passait le « patron ».

Le divisionnaire Schmidt, pensant qu'elle voulait un point de la situation à Paris et alentours, se lança dans un exposé qui n'avait rien de réjouissant. Outre les encombrements de circulation dont l'évocation devenait litanique, il donna quelques chiffres inquiétants quant au nombre d'appels au secours reçus tant par ses effectifs que par les pompiers. Plus d'agressions que d'ordinaire, des scènes désastreuses dans les magasins où les gens se ruaient sur les denrées alimentaires et les réserves d'eau en bouteilles. On enregistrait des pugilats entre secouristes et habitants résistant à l'évacuation. Il fallait parfois utiliser la contrainte, voire la force physique et la contention, pour les faire partir de leurs immeubles qui seraient inévitablement inaccessibles dès le lendemain et où, inconscients, ils se retrouveraient piégés. Les problèmes liés aux vols se multipliaient.

Plusieurs morts suspectes étaient déjà recensées. Statistiquement, trois fois plus qu'un jour ordinaire. Il évoqua une curieuse affaire de momie que l'on venait de découvrir dans une petite rue en contrebas du Trocadéro. Pour couronner le tout, l'Institut médico-légal, situé quai de la Râpée, les pieds dans l'eau, avait dû être neutralisé et évacué. Les cadavres attendaient un site d'accueil. Il n'y avait qu'un autre établissement de médecine légale dans la région, à Garches (Hauts-de-Seine), et…

Anne Morin l'interrompit.

– Monsieur le directeur, nous ferons le point complet plus tard, si vous voulez bien. Continuez à faire communiquer les informations et les synthèses à mon équipe. Pour l'heure, j'ai un service à vous demander.

Elle exposa le cas de son fils, non sans une certaine gêne : elle détestait solliciter des services personnels.

– Bien sûr, madame, je vais envoyer une équipe, hein. Des deux-roues, cela ira plus vite. En ce moment, nous privilégions les patrouilles à vélo, moto et mobylette, hein. Les voitures circulent très mal…

Dieu qu'il était bavard, ce divisionnaire, avec son accent de l'Est et sa manie de ponctuer chaque bout de phrase de « hein » horripilants ! Mais Anne Morin avait besoin de ses troupes, à pied, à vélo ou à cheval. Elle lui coupa la chique une fois de plus, d'un « je sais » péremptoire.

– Où se trouve-t-il ? s'enquit le divisionnaire qui percevait le stress de la préfète.

– Je pense qu'il est dans une banque près de son domicile. J'ai compris Rollin, mais je ne suis pas sûre, la communication était extrêmement mauvaise…

À tout hasard, elle communiqua au divisionnaire Schmidt l'adresse de Nathan.

– Bien, bien… Nous allons faire de notre mieux… Si on le trouve, on en fait quoi, madame ?

« Bonne question », songea Anne Morin. Le ramener chez lui était impossible. À Meudon ? Non plus. Elle ne pouvait tout de même pas le laisser dans la rue. Le vrai problème, c'était cette fille qui gémissait à ses côtés. Une bouffée de chaleur embrasa le crâne de la préfète.

– On verra à ce moment-là, éluda-t-elle. Une petite chose encore…

– Oui ?

– Il se peut qu'il ne soit pas seul. Une fille peut-être, une… copine.

Elle avait prononcé le mot du bout des lèvres, avec une sorte de dégoût. Ah ! certes non, cette hystérique n'était pas la compagne qu'elle imaginait aux côtés de Nathan. La vie de son fils n'était pas davantage celle qu'elle avait rêvée pour son unique enfant. Au bout du compte, elle en vint à se demander si Nathan était bien le fils qu'elle avait désiré, de toutes ses forces, car l'amour maternel, lui aussi, a ses limites. Elle se rendit compte que Schmidt parlait :

– J'ai bien noté, madame la préfète ! Je vous tiens informée dès que possible… C'est vraiment une sale journée, hein… Vous êtes au courant pour le commissaire Marion ?

– Oui, elle a été blessée en intervention ce matin…

– Ah, vous ne connaissez pas la dernière, alors ?

Le silence attentif de la préfète confirma les craintes du divisionnaire.

– Elle a été kidnappée à l'hôpital de la Pitié-Salpêtrière, dit-il.

– Kidnappée ? Seigneur ! Vous êtes sûr ? Avec ce chambardement, elle n'a pas pu être transférée dans une autre unité… ?

– Hélas, non. Son état ne permettait pas un transfert dans des conditions standard… Le corps médical n'aurait pas pris le risque. Je viens d'avoir le feu vert du préfet de police pour lancer les recherches officiellement…

– Oh, misère, souffla Anne Morin dont le cerveau s'était mis à carburer à toute allure. Mais comment est-ce possible ?

– Je l'ignore. La brigade criminelle est sur place. Il semblerait qu'elle ait été enlevée à l'aide d'un véhicule privé. J'attends des précisions à ce sujet pour en diffuser les caractéristiques… Mais ça ne va

pas être facile de repérer cette bagnole dans le contexte actuel, hein.
— Qui a pu faire une chose pareille ?
— On n'en sait rien.
— Dites-donc, ça n'est pas bon pour elle, ça...
— En effet, madame la préfète, nous craignons le pire à présent...

Anne Morin laissa passer un temps, remercia le divisionnaire et raccrocha.

— Voilà qui ne va pas arranger nos affaires, souffla-t-elle dans le silence revenu.

La porte du monte-charge s'ouvre. Personne en vue. Pas même cet abruti de gardien.

La lumière vacille soudain, les voyants indiquant les issues de secours battent de l'aile. Que se passe-t-il, bon sang ? Les matériels divers stockés un peu partout entrent et sortent de l'ombre. Jour, nuit, jour, nuit.

Je n'aime pas l'ambiance malsaine de ce jour finissant.

Quelques mètres, le tournant juste avant le couloir...

Long, le couloir, avec ses portes alignées et, ici et là, le mot « douche » peint au pochoir.

Au bout du couloir se trouve l'entrée de mon royaume.

Là, le sol est mouillé, glissant. Notre passage produit un bruit de succion, un chuintement déplaisant. J'examine le mur. L'eau ruisselle à travers les moellons disjoints ! L'oreille collée au vantail métallique, je perçois un clapotis suspect. Il faut ouvrir, peut-être est-il encore temps. La clef, la barre de protection. Le clapotis se fait rugissement quand l'huis s'entrouvre. La vague jette la porte avec violence contre le mur, me percute. Des débris se cognent à mon front. Me voici à la renverse, assis dans la fange boueuse où surnagent quelques pièces de mes trésors enfouis. J'étouffe.

Ma compagne ne bronche pas mais sa couchette semble emportée dans le flot nauséabond. Elle dérive, heurte une porte du couloir de la mort.

Me relever. Enlever ce masque d'hôpital qui m'étouffe.
Ne pas paniquer. Filer d'ici.
Saloperie d'eau.

9

Marion...

Des effluves fétides ont remplacé les douces odeurs de sucre.
La voici sur un bateau, un radeau emporté à la dérive.
La coque cogne un rocher, une vague arrive.
Ah... au secours ! À l'aide !
La vague. La vague. Oh ! Dieu du ciel !
L'eau la touche, l'absorbe.
Elle ne sait pas nager.
Elle savait qu'elle devait apprendre à nager.
Elle va mourir, cette fois, c'est inéluctable.
Pire, elle va mourir sans avoir appris à nager.

La brigade, gare du Nord,
19 heures 30.

Cara et Abadie s'étaient réinstallés dans le bureau de Marion, à l'abri des curieux. La radio, branchée sur France Info, diffusait en boucle les messages d'alerte aux Parisiens. Les invitait, pour ceux qui disposaient d'Internet, à se rendre sur le site « crue de la Seine » afin d'y trouver les prévisions concernant leur quartier et, plus précisément encore, leur immeuble. Pour les autres, des numéros verts étaient ouverts, destinés à leur communiquer les informations les plus réalistes sur l'état des eaux de la Seine et les instructions nécessaires. Avant toute chose, les habitants de la capitale étaient sommés de ne plus utiliser leurs voitures, d'évacuer leurs logements sans manifester d'opposition si on le leur demandait, de se trouver des amis ou de la famille en zone non inondable. Tous les quarts d'heure, un point circulation complétait le communiqué. En cette fin de journée, trois arrondissements de Paris étaient inaccessibles. Six ponts, menacés par la crue, allaient être fermés dans les prochaines minutes. Ailleurs, la pagaille était énorme. Des centaines de kilomètres de bouchons encerclaient la capitale. Un rappel était fait des lignes de bus et de métro, RER et trains encore en service. La liste diminuait telle une peau de chagrin.

Une fois sur deux, le message concernant la disparition de Marion était entendu par des millions d'auditeurs. Depuis un quart d'heure, il insistait sur un point particulier : le véhicule dans lequel elle pouvait être transportée était un break Volvo immatriculé dans le département 93, de couleur marron glacé. Occupé par une ou deux personnes sans compter la blessée. Il n'y avait, hélas, pas de certitude sur le nombre d'individus suspects ni, *a fortiori*, de signalement. Tout citoyen ayant connaissance d'un élément susceptible de faire avancer l'enquête pouvait se manifester grâce à un numéro spécifique. L'alerte était lancée tous azimuts, nul n'étant capable de donner une orientation géographique des recherches, même vague.

– On ne va pas rester là, les bras croisés, s'énerva Valentine. Fais quelque chose !

– J'ai failli tout dire à la Crim ! fit Abadie l'air mauvais. Après tout, ils sont mieux équipés que nous pour ce genre de recherches, ils ont le contact direct avec la salle de trafic de la PP et, nous, on leur cache un truc peut-être vachement important.

Et maintenant, avec Marion dans la nature, ça craint vraiment.

— Tu parles d'un truc important, une citation sur un bout de papier...

— Oui, mais on ne sait pas ce qu'ils ont, eux, de leur côté. Cette citation pourrait être le morceau d'un puzzle. Alors, si ça se trouve, on est en train de déconner plein pot...

— Eh bien, moi, je trouve révoltant qu'ils aient foutu Pierre Mohica en garde à vue, tu vois ! Ils se gourent complètement. Il est pas cinglé à ce point !

Abadie leva les yeux au ciel. Bien qu'il ne crût pas le médecin assez courageux ni assez amoureux pour réaliser une performance pareille, il n'était pas aussi catégorique qu'elle. Mohica avait très bien pu se faire aider. Et, c'était un constat objectif, personne ne l'avait vu pendant une bonne partie de l'après-midi. Cara revint à la charge :

— Et il l'aurait planquée où, selon toi ? Dans sa cave ?

— Une clinique, un cabinet médical un peu équipé. Il est médecin, non ?

— Oui, mais pas neurochirurgien...

De toute façon, il n'y avait rien d'autre à se mettre sous la dent. C'est ce que le capitaine Abadie avait retenu de son audition à la Crim. Malgré la méfiance qui avait présidé à cet entretien, il avait compris que les pistes du rouleau compresseur étaient quasi inexistantes. Du moins celles qui concernaient l'enlèvement de Marion de la Pitié-Salpêtrière, la tentative d'homicide étant, de fait, passée au second plan. À cet instant, personne ne semblait vouloir rapprocher les deux événements. Rien d'étonnant dans ce cas à ce que les projecteurs se braquent sur Mohica. Retrouver Marion était devenu la priorité des priorités, chaque minute perdue amputant gravement ses chances de survie.

Quand ils étaient repartis ensemble du 36, Cara et Abadie avaient été alpagués par Maguy Meunier. Elle avait joué la carte de la collaboration, du moins n'était-elle plus aussi menaçante qu'à l'hôpital. « Nous devons nous serrer les coudes, pensez à elle, sa vie est en jeu... bla bla bla, bla bla bla... » Valentine avait émis l'hypothèse que, derrière ce revirement, se profilait Régine Duval dont l'attitude hargneuse de l'après-midi s'était considérablement atténuée. Moins d'intimidation, davantage de main tendue. Les deux officiers avaient conclu à une tactique et maintenu leur position de prudence.

– Ils vont s'enferrer dans ce parti pris contre Mohica et pendant ce temps... râla Valentine. Ils sont tellement lents, j'ai tellement peur, Luc !

Valentine était en train de craquer.

Abadie vint tout près d'elle, la prit dans ses bras. Elle se contracta d'abord, puis se laissa aller.

Après quelques minutes, elle se retira en reniflant, essuya ses yeux verts et affronta son collègue. Ils s'observèrent longuement.

– Je sais que c'est une connerie et ce sera la dernière, céda Abadie. On va chez B-M.

Rue Mathis, Paris, 19ᵉ arrondissement, 20 heures 30.

La pluie noyait le pare-brise de la voiture d'Abadie au point que les essuie-glaces peinaient à libérer une fraction de vitre à travers laquelle se diriger. L'habitacle était empli de buée, donnant l'impression de se trouver sur un rafiot en pleine mer. Mais au moins, dans cet arrondissement surélevé, ne risquait-on pas de se retrouver les pieds dans l'eau. En garant sa Renault sur l'avenue de Crimée, le capitaine fit remarquer à sa coéquipière que Bob-Marley s'était choisi un « home » juste entre les deux cités ennemies, Curial et Riquet. Comme par hasard. D'ailleurs, s'il avait habité l'un des deux gigantesques ensembles populaires de ce quartier, les deux officiers ne s'y seraient sans doute pas aventurés. Fort de presque deux cent mille habitants, le 19e arrondissement concentrait la majorité de ses occupants dans ces cités tentaculaires qui relevaient davantage des banlieues agitées que d'un Paris *intra-muros* que d'aucuns auraient souhaité mieux fréquenté. À tout moment, un incident anodin embrasait ces géantes. La simple vue d'un flic — ou de deux — par exemple.

Engoncés dans leurs imperméables de nylon couleur passe-muraille, ils rasèrent donc les murs jusqu'au numéro 12 de la rue Mathis. Si quelques passants pressés de se mettre au sec hantaient encore l'avenue de Crimée, en revanche la petite rue était déserte.

L'entrée de l'immeuble de trois étages était coincée entre un « bar-couscous à toute heure » et une boutique de serrurerie-reproduction de clefs. Une simple porte en bois avec un digicode sur le chambranle en défendait l'accès.

Tandis que Valentine se postait pour surveiller les environs, Abadie s'intéressa à l'appareil, braquant sur lui le faisceau d'une minuscule Maglite. Ainsi que quatre-vingt-dix-neuf pour cent de ces vieux nanars, le digicode présentait quatre touches tellement sales et usées qu'on ne pouvait plus y lire les chiffres ou les lettres. Quelques essais infructueux impatientèrent Cara. Le bar-couscous était vide de clients et le tenancier qui s'activait derrière le bar levait constamment un front préoccupé en direction de la porte. Ils ne disposaient que de quelques minutes avant d'être repérés. Ici, une tête inconnue soulevait instantanément une émotion qui pouvait mettre le feu aux poudres. Le trafic de stupéfiants étant un des ressorts majeurs de l'économie souterraine, les riverains évitaient de s'en mêler, laissant parfois les règlements de comptes se terminer dans un bain de sang sans prévenir personne, surtout pas la police. Dans le même esprit, les dealers étaient instantanément mis au jus d'une présence insolite.

Le clic de la porte soulagea les deux policiers qui s'empressèrent de se glisser dans l'immeuble.

Un couloir étroit, des rangées de boîtes aux lettres plaquées contre un mur peint d'une couleur indéfinissable. Le nom de Harris ne figurait nulle part.

Une angoisse saisit Cara. Depuis la fin de l'après-midi, à peu près au moment où elle avait été enlevée de l'hôpital, Marion ne s'était plus manifestée. Plus de murmure dans l'oreille, plus de souffle enveloppant les épaules de la jeune femme telle une paire de bras protecteurs. Cela signifiait-il qu'elle s'en était allée pour de bon ? En leur laissant, pour toute piste, le dossier de Bob-Marley Harris. Celui qu'elle avait confectionné en prévision du jour, inévitable, où les choses se gâteraient pour lui. Marion avait suivi une règle de prudence dans un jeu dangereux. Une fiche écrite de sa main mentionnait que les parents de son indic étaient des Jamaïcains venus s'installer à Paris à peu près au moment de la naissance de leur premier enfant. Une fille, morte en bas âge. Puis était arrivé le garçon. Duke Harris, un fou de musique élevé à Kingston dans le culte rastafarien, avait fait partie du groupe des Abyssinians avant d'en être éjecté comme un malpropre pour des raisons restées obscures mais qui l'avaient poussé à l'exil, en Amérique d'abord, puis en Europe. En hommage à son idole et à la musique reggae qu'il vénérait, il avait baptisé son fils Bob-Marley. L'histoire de la famille, son adresse à La Courneuve et les quelques affaires de dope données par B-M à Marion avaient été transmises à

Régine Duval. En revanche, ce papier où figurait une adresse plus confidentielle de B-M, Cara l'avait gardé pour elle. Et là, à cet instant, elle se demandait ce que la Crim aurait fait de cette information. Pour se donner bonne conscience, elle préféra penser que, enroulés comme des tiges de lierre à ce pauvre Mohica, ils auraient sans doute attendu de retrouver Marion pour reprendre le cours de l'enquête sur la fusillade.

La méfiance de leur patronne à l'égard des ordinateurs avait également encouragé cette entorse aux règles pourtant bien martelées par Maguy Meunier. La Crim avait envoyé une équipe à la brigade récupérer le PC de Marion et fouiller son bureau. À cette heure, d'autres enquêteurs devaient être chez elle, rue Saint-Vincent-de-Paul, à la recherche d'indices. Ou de toute information susceptible de les mettre sur sa piste. Ils ne trouveraient rien d'autre sur B-M, de cela Cara était tout à fait certaine.

Le rez-de-chaussée ne comportait aucun logement, seulement un réduit sous l'escalier avec une poussette et deux vélos en piteux état. Abadie commença à monter les marches de la bâtisse dépourvue d'ascenseur, guidé par le rond de lumière de sa Maglite. Pas question d'éclairer, on ne savait jamais sur qui on pouvait tomber. Silencieux dans leurs chaussures de sport, les deux officiers parvinrent au premier étage. Pas de Harris au premier, pas davantage au deuxième. Trois logements par étage. Sauf au troisième, qui ne comptait que deux portes. À l'inverse de celles des étages inférieurs, elles ne portaient pas de nom, et aucune lumière, aucun bruit non plus, n'en filtrait.

— On n'est pas dans la merde, chuchota Cara cependant qu'Abadie explorait les lieux.

Il posa un doigt sur ses lèvres en braquant sa lampe sur sa collègue qui eut un mouvement de recul. Puis, à gestes précautionneux, il fouilla sa poche à la recherche du papier subtilisé dans le coffre de Marion. Ils avaient bien la bonne adresse mais pas d'indication sur l'étage. Rien d'autre sauf...

Il posa l'index sur le bas de la page et Valentine y distingua un numéro de téléphone mobile. Elle interrogea son équipier du regard.

– J'ai entendu Duval dire à sa patronne que B-M n'avait pas de portable sur lui. Ça lui paraissait vraiment très surprenant.

Il articulait en ouvrant grande la bouche, et Valentine, le regard rivé sur ses lèvres, remarqua que sa moustache était pleine de gouttes d'eau.

– Et alors ? fit-elle sur le même mode.
– Attends !

Il pêcha son propre mobile dans sa poche de blouson, noir comme son pantalon et le bonnet enfoncé jusqu'aux sourcils pour planquer sa brosse poivre et sel. Même tenue pour Cara, l'uniforme des monte-en-l'air et des opérations clandestines. Sans bruit, il composa le numéro écrit de la main de Marion en priant pour que les émetteurs aient tenu le coup dans le quartier. *No Woman no Cry*, le tube culte de Bob Marley, se fit entendre, tout près. Porte de droite, désigna le pouce d'Abadie. D'un coup d'œil, il évalua la situation. Blindage épais, plusieurs centimètres, serrure trois points, gonds rétractables, cornières antieffraction. Que pouvait-il y avoir là-dedans qui justifiait autant de précautions ?

– Putain de bordel ! gronda Abadie.
– Merde ! confirma Valentine.

**Quai des Orfèvres, brigade criminelle,
20 heures 45.**

Pierre Mohica n'avait pas été menotté. Il semblait tellement anéanti que cette précaution avait été jugée superflue. De plus, il ne risquait pas de sauter par la fenêtre. Depuis l'affaire Richard Durn, qui s'était suicidé en se jetant du dernier étage du 36, quai des Orfèvres après avoir abattu huit élus en plein conseil municipal à Nanterre, les fenêtres et les Velux avaient été munis de barreaux.

À le voir ainsi réduit à néant, les deux officiers chargés de le faire avouer se demandaient confusément s'ils avaient misé sur le bon cheval. Mais, comme Meunier le leur serinait souvent, le profil d'un criminel est celui de monsieur Tout-le-monde. Certains en rajoutaient même dans le genre insignifiant, au point qu'on avait du mal à les relier à des crimes parfois abominables.

– Reprenons, monsieur Mohica ! dit le capitaine Mars sans se départir de son air habituel, psychorigide.

– Un café peut-être avant ? suggéra l'autre flic dans un subtil numéro de méchant et de gentil, un truc usé jusqu'à la corde mais qui marchait toujours, on se demandait bien pourquoi.

L'homme, la quarantaine bedonnante, un faciès de bon vivant, s'étira en se levant de sa chaise. Pierre Mohica fit non de la tête.

– Un peu d'eau, s'il vous plaît, dit-il d'une voix éteinte.

Ce qui lui arrivait était impensable. Il y avait déjà plus d'une heure qu'il clamait son innocence, qu'il suppliait les flics de le laisser s'occuper de toutes les personnes qui avaient besoin de lui à cet instant. De Marion, avant tout, qui lui avait redonné goût à la vie, dix ans après la mort de sa femme. Une épreuve qui l'avait tenu longtemps éloigné intimement de toute personne de sexe féminin. Si celle-ci disparaissait à son tour, il n'avait plus qu'à... À quoi ? À rien. Il ne ferait rien, il savait cela aussi fortement qu'il y avait Jenny, Marie, Nina... Les évoquer lui broyait le cœur. Où étaient-elles ? Comment s'en sortaient-elles ?

— Est-ce que je pourrais téléphoner ? demanda-t-il à Mars.

— Vous avez eu droit à un coup de fil au début de votre garde à vue, répondit l'officier sans le regarder, je ne peux pas faire mieux, c'est la loi.

Un coup de fil ! Il avait appelé sa mère parce que c'était le seul numéro accessible à cause de cette foutue inondation qui pliait les réseaux comme des cartables. La pauvre femme — installée momentanément chez lui pour veiller sur Marie, sa fille cadette — n'avait rien compris à ce qu'il lui disait. Elle avait raté la plupart des épisodes depuis ce qu'il lui avait expliqué, vers midi, de « l'accident de Marion ». Ce soir, il lui parlait de police et de garde à vue, elle tombait du paquetage. Finalement, juste avant que Mars ne lui dise « ça suffit, on ne va pas y passer la nuit », il avait réussi à lui faire comprendre qu'elle devait se mettre en quête de Charles, le gendre introuvable. Lui saurait quoi faire. Outré et entendant là un message codé, Mars avait coupé la communication.

Mohica se laissa aller contre le dossier de sa chaise.

— Je vous jure que vous commettez une grave erreur, marmonna-t-il.

— Reprenons, ordonna Mars alors que son collègue revenait avec des gobelets et une bouteille d'eau. Monsieur Mohica, vous disposez d'un véhicule Volvo, immatriculé...

— Je vous ai déjà répondu ! Oui, cette voiture m'appartient. Je m'en servais ce matin quand on m'a appelé pour m'avertir de... l'accident de ma compagne, le commissaire divisionnaire Edwige Marion... Je me suis rendu à la Pitié-Salpêtrière avec cette Volvo et je l'ai garée de travers, je le reconnais. J'étais affolé.

– Affolé ? Vous n'êtes pas très maître de vous pour un médecin...

Deux fois déjà qu'il rabâchait son histoire, sans cesse l'autre le mouchait avec des remarques de ce type. Il choisit de ne pas relever. Pas le moment de tomber dans le piège de la provocation.

– Le docteur Razafintanaly affirme que vous avez, aux environs de 13 heures, je le cite, « perdu les pédales » et prétendu que vous pouviez emmener votre compagne dans votre voiture.

– J'ai dit ça comme ça.

Il haussa le ton à la vue de la lueur ironique dans le regard du petit officier :

– Évidemment, je l'ai dit, mettez-vous à ma place ! Je voyais qu'on allait la laisser là, parce que dans le classement des urgences...

– Je connais ce classement, monsieur Mohica. Tenons-nous-en aux faits. Après que le responsable du service de réanimation vous a demandé de sortir pour les laisser travailler, qu'avez-vous fait ?

– Je suis resté dans le hall, j'ai essayé de passer des coups de fil pour trouver une solution et aussi m'occuper de ma fille Jenny, en route pour...

– ... la maternité, oui.

– Puisque vous le savez...

– Où se trouvait votre véhicule, alors ?

– À l'endroit où je l'avais laissé, je vous l'ai dit. Il y a même eu des appels par la sono de l'hôpital parce qu'elle gênait l'accès des ambulances.

– À qui avez-vous téléphoné ?

– Mais... Je ne sais plus... À ma fille, à la brigade de ma femme, à mon gendre...

– Essayez d'être précis, nous allons le savoir par l'opérateur de téléphonie mobile, faites-nous gagner du temps, il vous en sera tenu compte si vous n'avez…

– Je n'ai rien à me reprocher, sinon de n'être pas resté avec elle, avec Marion…

– Précisément… Vous avez disparu de l'hôpital vers 13 heures 15 et on ne vous a plus revu jusqu'à ce soir. Qu'avez-vous fait de votre temps, cet après-midi ?

– Je suis parti pour voir ma fille, à la maternité de Saint-Antoine.

– Avec votre voiture ?

– Non. À pied.

– Pourquoi ?

– Mais… La pluie, les embouteillages, j'avais plus vite fait à pied.

– Votre véhicule était toujours à la même place quand vous êtes sorti ?

– Oui, à la même place, mais quelqu'un avait fermé la portière.

– Les clefs ?

– Pardon ?

– Les clefs du véhicule ? Où étaient-elles ?

Pierre Mohica se plongea dans une profonde réflexion. Pas un instant il ne s'était posé la question. En arrivant ici, tout à l'heure, il avait été fouillé et délesté de ses affaires personnelles, de sa ceinture, de ses lacets. Pas de clefs de voiture dans sa fouille, Mars le savait pertinemment.

– Je suppose que je les avais laissées dessus.

– Vous supposez ou vous êtes sûr ?

Le médecin baissa la tête, abattu. Pas moyen de se souvenir de ce moment où il n'avait en tête que le sort de Marion.

– Donc, vous êtes parti à pied jusqu'à Saint-Antoine ?

– Oui.

– Voyez-vous, le problème, c'est que, à Saint-Antoine, il n'y a pas de trace d'admission en obstétrique de Mme Jenny Mohica épouse Devers.

– Mais évidemment ! La maternité a été évacuée à cause de l'inondation et…

– Si je résume votre histoire, vous vous rendiez à Saint-Antoine pour voir votre fille sur le point d'accoucher alors que vous saviez la maternité fermée ?

Mars croisa les bras sur sa poitrine, considéra son « client » avec commisération.

– Mais je l'ignorais à ce moment-là ! Vous le faites exprès ou quoi ?

– Bien sûr, éluda l'officier, vous avez des témoins pour confirmer vos dires ?

– Ah, mais oui ! Les pompiers qui m'ont pris en stop et la personne de l'accueil à Saint-Antoine…

– Vous vous fichez de moi ? Évitez ce petit jeu, ça ne vous mènera nulle part.

Mohica se redressa. Il devait jouer serré. S'il pouvait prouver ce qu'il affirmait, il serait peut-être libre très vite. Il fit appel à ses ultimes réserves de *self-control* pour expliquer sa rencontre avec les pompiers mais fut incapable de donner un indice permettant d'identifier l'équipage. Ni de situer l'heure précisément. Quant à la femme de la maternité, il savait juste dire qu'elle portait une blouse blanche.

– On va vérifier, fit Mars sarcastique, mais je crains que la foule de détails que vous nous donnez ne soit insuffisante. À toi de jouer, Paul…

Pierre Mohica se tourna, plein d'espoir, vers le nommé Paul, qui ne mouftait pas depuis le début de l'interrogatoire. Il pensait trouver du secours auprès de lui mais l'homme se leva sans un mot et quitta la pièce.

– Ensuite !

– Ensuite ? Rien, je suis resté là-bas un certain temps, je ne sais plus combien, je voulais retrouver ma fille. J'ai attendu. La femme de l'accueil m'avait promis de se renseigner. J'étais fatigué… J'ai… Je ne sais plus, je ne me souviens pas bien… S'il vous plaît, je veux voir un responsable. Je veux des nouvelles de Marion. Qu'est-ce que vous faites pour la retrouver ? Dites-moi quelque chose, je vous en prie. Je voudrais partir d'ici...

— On fait ce qu'il faut pour Mme Marion, affirma Mars, les yeux sur son écran d'ordinateur, ne vous inquiétez pas de ça. Du reste, si vous vous montriez coopérant on l'aurait déjà retrouvée. Vous êtes un supercomédien, docteur Mohica...

— De quel droit pouvez-vous prétendre une chose pareille ?

— Il y a un trou de trois heures et demie au moins dans votre histoire. Alors, si vous ne le bouchez pas, ce trou, vous n'êtes pas près de nous quitter. Est-ce que je suis assez clair ?

**Rue Mathis,
20 heures 45.**

Dans le noir, Abadie et Cara réfléchissaient. Ils stationnaient dans ce couloir obscur depuis cinq à six minutes à présent, personne n'avait bougé dans l'immeuble mais cela pouvait ne pas durer. L'appartement de gauche était silencieux. Il paraissait inoccupé, ce qui signifiait que les locataires étaient susceptibles de se pointer à tout moment. Abadie se mit dans la peau du dealer qu'était Bob-Marley Harris. Selon le dossier de Marion, il fourguait un peu partout dans Paris, avec une équipe de fourmis et de rabatteurs. Il était mobile et probablement que cette adresse, dénichée par Marion on ne sait trop comment, était la base arrière, l'« appartement-nourrice ». Là où B-M gardait ses stocks, ainsi qu'en témoignait le soin apporté à protéger la porte. Il utilisait sans doute des ruses grandioses pour venir jusqu'ici et, conformément aux usages des appartements-nourrices, celui-ci était au nom d'un tiers. Avait-il la clef sur lui au moment où on l'avait abattu ? C'était peu probable. Les dealers prenaient rarement le risque de se faire prendre avec la clef de leur magasin sur eux.

– Elle doit être planquée pas loin, articula Valentine qui, visiblement, avait procédé à des déductions identiques.

Abadie explora le palier avec sa lampe. Pas de paillasson. Un peu gros, le coup du paillasson, mais on avait vu pire... Les boîtes aux lettres ? Même chose, beaucoup trop usé. Il n'y avait plus qu'une hypothèse dans l'environnement immédiat. Le faisceau lumineux se posa sur le vantail d'un placard entre les deux portes palières. Valentine fit signe qu'elle avait pigé. Elle sortit de sa poche sa clef de Berne, autrement nommée « carré », qui servait aussi bien à ouvrir les portes des trains que celles des métros. À l'opposé du « carré » en relief, on trouvait le « triangle » en creux utilisé par la RATP qui ne voulait surtout rien faire comme la SNCF. Cet outil donné en dotation à tous les flics de la brigade comme aux employés des compagnies de transport pouvait aussi être acheté aux puces, pour deux euros cinquante. Beaucoup de petits voyous en possédaient un. En une seconde, le panneau céda et s'ouvrit, découvrant boîtiers d'EDF, compteurs et appareillages de France Telecom. La lampe ne révéla aucune clef. Les mains gantées d'Abadie triturèrent un moment les divers éléments jusqu'à remarquer qu'un des capots de compteur électrique avait du jeu. Il retira le bout de plastique, glissa ses doigts dedans. La clef s'y trouvait, scotchée, indétectable de l'extérieur.

Quelques instants plus tard, ils étaient dans la place. La porte blindée refermée sans bruit, la Maglite fit sortir d'une demi-pénombre un logement sommairement meublé mais rangé et propre. Il y flottait une odeur assez forte, de tabac et de fumée stagnante dont l'origine fut apportée par la présence d'un cendrier plein à ras bord, posé à même le sol.

Au milieu de la pièce principale trônait, sur un plateau porté par deux tréteaux, le matériel complet du dealer solidement établi. Balances, sachets de plastique, cutters, pains de shit, pavés de cocaïne ou d'héroïne, boulettes de crack, monticules de pilules, ecxtasy, peyotl, GHB... Vraisemblablement tout ce qui avait la faveur des innombrables clients de B-M Harris. Abadie fit un geste qui signifiait « on allume la lumière ou pas ? ». Valentine leva sa propre lampe en se dirigeant vers la fenêtre derrière laquelle l'eau du ciel formait un rideau opaque de perles serrées. Elle scruta la rue. Personne ne se risquait sur les trottoirs luisants, même les lampadaires urbains semblaient se retirer du jeu, leur lumière avalée par un halo mouillé. B-M avait été un indic imprévisible mais un dealer organisé et prudent. Une tenture de tissu noir masquait ses activités clandestines de jour comme de nuit. Cara la tira devant la fenêtre.

C'est alors que son téléphone vibra contre son sein gauche.

Son cœur fit un bond quand elle identifia la voix de Régine Duval. Elle rougit violemment comme si l'autre avait pu la voir. Elle se maudit d'avoir trop hâtivement répondu. « En clandos, disait Marion, vous devez réfléchir à chacun de vos gestes. » Là, si elle s'était glissée dans son oreille, une fraction de seconde, Valentine aurait ignoré la sonnerie. Voire, avant de venir jusqu'ici, elle aurait coupé son téléphone, précaution élémentaire pour ne pas être localisée.

– Oui ? chuchota-t-elle maintenant qu'il était trop tard.

– Oh ! Tu es occupée ? Je te dérange ?

– Je suis en réunion de crise, mentit Valentine, qu'est-ce qu'il y a ?

Duval prit le temps d'assimiler avant de repartir sèchement :

– Réunion de crise ? Je viens de parler à Guerry trucmuche, il ne sait pas où tu es... Alors arrête de me raconter des salades ! Tu es avec quelqu'un, c'est ça ?

Valentine respira. Régine, deux ans après leur rupture, se montrait toujours aussi possessive. Telle qu'en elle-même. Pour le coup, c'était une bonne chose.

– Exactement, avec une jolie petite meuf... vingt berges, un cul d'enfer, tu vois ? Qu'est-ce que tu veux ?

Un autre silence, lourd de sens et, assurément, de souffrance.

– Mon équipe et moi sommes en perquise au domicile de ta patronne. On a un problème.

La gorge de Valentine s'obstrua. Un problème ? Marion était-elle rentrée tranquillement chez elle avec ses trous dans la tête ?

– Je t'écoute, t'es tombée sur un os ?
– La fille de Marion.

Cara chavira, elle dut se cramponner à Abadie qui attendait dans l'obscurité à présent totale. Il ralluma sa lampe, interrogea sa collègue du regard.

– Quoi, la fille de Marion ? demanda le lieutenant d'une voix blanche, il lui est arrivé quelque chose ?

Dans l'affolement et la précipitation, elle avait oublié Nina. Abadie tout autant. C'était incroyable mais vrai. Comment avaient-ils pu faire une chose pareille ? S'il était arrivé un malheur à Nina, jamais Marion ne le leur pardonnerait.

– Elle est là, toute seule. Je pense que ce n'est pas très bon pour elle. Guerry chose m'a demandé de te prévenir.

Elle eut envie, brièvement, de demander « pourquoi moi ? » puis se rappela que tout l'entourage de la petite se retrouvait, en une seule journée, défaillant.

– Dis-lui de m'attendre, souffla-t-elle, je vais venir.
– Dans ce cas, je t'attends aussi. Mais un conseil, magne-toi.

Ils avaient mis des gants de latex et des surbottes en plastique dès leur entrée dans les lieux. Pas question de laisser la moindre trace. Ils découvrirent un micro-ordinateur portable VIAO dernier cri. Une imprimante et, entre les deux, un carnet à spirale ouvert sur une page vierge. Un répertoire. Un morceau de papier coincé entre les volutes métalliques indiquait qu'un feuillet avait été arraché. Il correspondait à la lettre G. Un rapide examen du calepin montra qu'aucune autre page n'avait été utilisée.

– Et voilà le travail, jubila Valentine. On prend le carnet et le micro ?

Abadie acquiesça après une hésitation. Tout de même... Puis, il secoua son début de remords : ils étaient déjà allés trop loin de toute façon.

Ils négligèrent la came et les outils de travail de B-M Harris : ils ne pouvaient tout de même pas déménager l'appartement. Ils examinèrent sans se parler le deux pièces-cuisine-salle de bains-W-C, au total une cinquantaine de mètres carrés. Ils en vinrent très vite à une première conclusion : ce n'était pas qu'un appartement-nourrice. Quelqu'un vivait ou avait vécu là. Du moins, vivre était une façon de parler, car l'appartement ne présentait aucun signe d'occupation permanente. Cuisine vierge, frigo vide ou presque, très peu de vaisselle, pas de bouteilles d'alcool. Salle de bains monacale, sans linge, seulement un bout de savon sur le lavabo et une boîte de mouchoirs en papier. Un lit de 140 dans la chambre, sommier et matelas recouvert d'une couverture en acrylique. Le tout tiré au cordeau. Ou alors, le ou les occupants avaient décampé récemment, ne laissant ici que ce petit commerce de stupes. Sans doute le rasta ne zonait-il là qu'épisodiquement. Crade comme il était, jamais les lieux ne seraient restés dans cet état s'il y avait établi ses quartiers privés. De toute évidence, une seconde personne était passée par là et y avait abandonné quelques effets. Des fringues soigneusement posées sur un cintre suspendu à la crémone de la fenêtre de la chambre, elle aussi pourvue de rideaux noirs opaques. Un pantalon gris foncé, un veston noir, une chemise blanche assortie d'un nœud papillon gris argent. Très intrigant, dirent les yeux d'Abadie à Valentine que cette découverte laissait également perplexe. Pas le genre de B-M, ces frusques de croque-mort ou de maître d'hôtel. Dans un placard quasiment vide, une paire de chaussures. Noires, à lacets, impeccablement cirées. D'une taille qui ne pouvait pas coller avec celle de l'indic, un nabot minuscule. Sur une étagère, Cara trouva un paquet de fascicules. Une première de couverture en papier glacé rigide et une dizaine de pages reliées. Elle regarda d'abord la photo, une danseuse vue de dos portant un corset lacé. Puis les mots firent leur chemin à travers son cerveau. Elle bondit.

– Mate ça ! fit-elle à Abadie qui s'empressa de lui intimer le silence.

L'officier s'empara d'un livret dans le tas que Valentine tenait en éventail. Il lut :

– « Les doigts du diable ». Un spectacle de Roland Meaublanc. Du 20 mars au 31 mai 2010…

– Décidément !

Ce qu'il avait entre les mains était un ancien programme de spectacle. Un ballet mis en scène, produit et présenté au Théâtre national de Chaillot.

Juste avant de partir, Abadie s'arrêta, frappé d'indécision.

– Quoi ? fit Valentine, on oublie un truc ?

Le capitaine leva l'index, revint sur ses pas. Il trouva ce qu'il cherchait au milieu de la grande table, parmi les pesons, les barrettes de shit et les sachets de coke.

— Ça, fit-il en brandissant un téléphone mobile.

— Ah oui, admira Valentine qui venait de comprendre.

Le numéro d'Abadie figurait désormais dans la mémoire de ce mobile.

— J'ai pas envie que la Crim me demande où j'ai eu ce numéro, tu vois. Et pourquoi je l'ai appelé ce soir.

— Tu vas leur donner l'info pour cet appart ?

Abadie fit une moue.

— Il faudra bien, fit-il en ouvrant la porte.

Ils remirent la clef à sa place, quittèrent l'immeuble sans croiser âme qui vive.

**Paris 10ᵉ, rue Saint-Vincent-de-Paul,
22 heures.**

Avant de sonner à l'Interphone de l'immeuble où vivaient Marion et Nina, Valentine respira un grand coup, ébouriffa ses cheveux que le bonnet de monte-en-l'air avait aplatis. Elle entendit une voix de femme dire « Oui ? ». Elle répondit « Cara », et le clac de la porte résonna dans le hall.

La pluie tombait toujours avec vigueur quand ils avaient quitté le 19ᵉ, mais les conditions de circulation s'étaient un peu améliorées. Abadie était rentré à la brigade, Guerry-etc. ayant demandé à le voir pour mettre au point les opérations à venir. Il n'avait pas l'air dans son assiette, le commissaire. Très ennuyé, disait-il, par la disparition de Marion.

— Tu parles, ronchonnait Abadie en conduisant tout à coup comme un plouc débarqué de la lune, il est *ennuyé*, j'en crois pas un mot.

– Pourquoi tu lui en veux à ce point ? s'était étonnée Cara, on dirait qu'il t'a fait un petit dans le dos…
– Ah ! ça, ça risque pas !

Ils avaient ri aux larmes bien que les circonstances ne s'y prêtent pas vraiment.

Valentine n'eut pas à sonner ; à peine eut-elle quitté l'ascenseur que la porte s'ouvrit sur Régine Duval. La jeune femme devait être embusquée derrière le battant, tous les sens aux aguets. Elle avait les traits tirés, pourtant elle transperça Cara d'un regard aigu. Puis elle s'effaça et, d'un mouvement du menton, elle fit signe à son ex d'entrer. En passant près d'elle, celle-ci marqua un bref ralentissement. Juste ce qu'il fallait pour qu'elles se frôlent. Duval se contracta en pâlissant.

– Avance, fit-elle dans un souffle.

Nina était assise sur le canapé de cuir noir, les coudes sur les genoux, le menton entre les mains. Plus défaite encore qu'à la mi-journée. Ses cheveux pendaient de part et d'autre de son visage blême. Elle avait pleuré, ses yeux gonflés en témoignaient. Elle les leva à l'entrée de Valentine mais ne manifesta aucune réaction. Elle était seule dans le salon et le reste de l'appartement paraissait vide.

– On est arrivés pour la perquisition, dit Régine Duval, restée dans l'encadrement de la porte, on l'a trouvée là, dégoulinante et prostrée sur ce canapé.

Valentine se figea. Son ex-amante s'efforçait de garder un ton mesuré mais, la connaissant intimement, elle savait que c'était au prix d'un effort pharaonique.

– Vous êtes entrés comment ? aboya le lieutenant.
– Qu'est-ce que tu crois ? On n'a pas défoncé la porte à coups de bélier ! L'équipe qui *travaillait* dans le bureau de Marion m'a apporté ses clefs. J'ai expli-

qué à Nina pourquoi on était venus et lui ai donné les dernières nouvelles. Elle a à peine réagi. Depuis, elle n'a pas dit un mot. Elle a juste accepté de se changer.

Valentine fit un pas vers la jeune fille.

– Nina...

– Laisse-moi tranquille, gronda la petite d'une voix sourde, je veux personne avec moi. Si Marion revient, je veux l'accueillir, toute seule. Et ce que vous faites, là, c'est ignoble. Allez-vous-en !

Un autre pas en avant. Cara s'assit sur le bord du canapé, du bout des fesses.

– Écoute, Nina, je sais ce que tu ressens... Mais c'est la procédure et, de plus, c'est nécessaire à l'enquête. Ce qui est arrivé à ta maman est extrêmement grave et on doit essayer par tous les moyens de découvrir qui a fait ça. Tu comprends ?

Nina secoua la tête dans tous les sens, ce qui rendait sa réponse impossible à interpréter. Valentine soupira :

– Je t'assure, Nina, c'est difficile pour nous tous. Je suis désolée mais je te croyais en sécurité avec Jenny cet après-midi et...

– Jenny ! s'écria Nina, elle m'a amenée chez elle et elle est partie affolée parce qu'elle pensait qu'elle allait accoucher. Elle m'a plantée là, sans rien me dire. J'ai essayé d'appeler tout le monde quand j'ai vu qu'elle ne revenait pas. Personne n'a répondu, vous m'avez tous laissée tomber !

Valentine se rapprocha encore, huma les cheveux qui sentaient le chien mouillé. Immobile dans son coin, Régine Duval ne bronchait pas.

– Je te répète que je te croyais en lieu sûr. Tu es revenue ici comment ?

– À pied.

« Nom de Dieu, songea le lieutenant, s'interdisant d'imaginer à côté de quelle catastrophe ils étaient passés. Une adolescente seule dans les rues de Paris inondé, sous le déluge, exposée à des dangers exacerbés par la déstructuration sociale...

– Quand j'ai vu qu'il allait faire nuit, reprit Nina en coulant un regard mauvais à Duval, j'ai eu une crise d'angoisse. Je ne voulais pas rester seule chez Jenny et je voulais voir ma mère. Personne ne m'a appelée pour me tenir au courant, je ne sais pas si tu te rends compte ?

Valentine se rendait compte. Elle admira en silence le cran de Nina, reconnut en elle la maturité des enfants confrontés au malheur dès leur plus jeune âge.

– Alors, je me suis décidée. Je suis allée à l'hôpital, et là, on m'a expliqué qu'elle était partie. Comment ça, partie ? j'ai dit. Mais ils ne voulaient pas m'en dire plus. « Il faut voir avec votre papa », m'a fait une espèce de type à lunettes bleues. Pierre, mon papa ! Non mais, et puis quoi encore ! J'ai pas eu le temps de lui raconter ma vie, il m'a demandé de sortir. Je savais plus quoi faire. J'étais dehors, au milieu du parc de l'hôpital. Je pleurais, j'étais trempée, j'avais froid. Je me suis enfuie et j'ai couru jusqu'ici. Où elle est ma mère, Valentine ?

Les larmes revenaient dans les yeux de Nina, coulaient sur ses joues. Valentine l'entoura de ses bras, l'attira contre elle. L'adolescente se laissa aller, la détresse secouant son corps mince. Il était inutile de lui mentir, elle avait hérité de sa petite enfance une sensibilité qui lui faisait renifler, mieux qu'un adulte, les grains de sable dans les rouages.

– Je ne sais pas où elle est, dit Valentine, gagnée par l'émotion. Mais je te jure que je fais tout pour le savoir et pour choper ce fils de pute...

Dans son coin, Duval se racla la gorge avec force. « Ne t'avance pas trop, semblait-elle transmettre ainsi et, surtout, n'oublie pas que je suis là et que j'entends ce que tu dis. » Valentine l'ignora.

– Je vais m'installer ici, avec toi, reprit-elle. De toute façon, je ne suis pas sûre de pouvoir rentrer chez moi, et au moins, je serai tout près du boulot... D'accord ? Allez, ne pleure plus, ma jolie, ça va aller.

– Et Pierre ? Pourquoi il n'est pas là ?

– Demande à la dame, là...

Régine Duval se dressa, bras croisés sur la poitrine.

– On a besoin de lui encore quelques heures, dit-elle du bout des lèvres.

– Élégante ellipse... commenta Cara en fouillant de son regard vert électrique celui de son ancienne petite amie. Dis-lui la vérité, ou je le fais ?

– Et toi, tu la dis la vérité ? contra Régine Duval en faisant un pas en avant. Tu peux me dire où tu étais, quand je te cherchais partout ?

– Oh ! Je vois... Les hostilités reprennent... Je croyais qu'on devait se serrer les coudes ?

– C'est toi qui ne joues pas le jeu.

Régine n'avait jamais cessé d'être amoureuse. Valentine le percevait à cet instant comme si on avait braqué un projecteur sur leur passé commun. C'était une découverte dont elle pourrait se servir. Pour le moment, elle devait temporiser.

– J'ai fait un crochet par la brigade, répondit-elle calmement.

Désarmée, Régine Duval ne sut que répliquer. Le silence s'installa. Enfin, elle attrapa son imper accroché à une patère. Elle esquissa un sourire :

– Bien, alors, je vais vous laisser dans ce cas...

Cara se leva, adoptant une posture que les sciences du comportement auraient qualifiée de *proactive*. Bienveillante.

– Merci, Régine, dit-elle avec douceur, tu as bien fait de m'appeler. Merci pour Nina.

L'autre, en train d'enfiler une manche, resta le bras en l'air, suspendue au murmure langoureux de Valentine. Elle bougea la tête avec une sorte de douleur en s'engageant dans le couloir. Avant de disparaître, elle s'arrêta soudain, se retourna pour regarder Nina bien en face :

– Le docteur Mohica est en garde à vue. Nous craignons qu'il n'ait fait une bêtise en emmenant ta mère hors de l'hôpital. Mais, s'il l'a fait, Nina, c'est par amour, j'en suis persuadée.

Il faut filer d'ici avant que quelqu'un ne s'aperçoive du désastre.
Dans le couloir, l'eau se rue. Dix centimètres à présent.
Je me penche sur vous, madame. Vos yeux sont clos mais votre poitrine se soulève encore.
Une idée, madame, pour sortir de ce merdier ?
Madame ?

10

Bureau d'Anne Morin. PC de crise.
Cote de la Seine : 7,5 mètres.

Plus d'une heure et demie s'était écoulée depuis le coup de fil de la préfète au divisionnaire de la salle de commandement de la préfecture de police. Anne Morin rongeait son frein mais n'osait pas le relancer. Ainsi que dans tous les PC ouverts pour la crue, il était probablement surbooké. Elle avait tenté sa chance sur le mobile de Nathan, refait son numéro dix, vingt fois. Rien. Pour tromper son anxiété, elle multipliait les allées et venues entre son bureau et la salle de crise. La pression n'y avait pas diminué, bien au contraire. Pourtant l'ambiance n'était pas celle d'une soirée funèbre. Les permanents se relayaient pour se restaurer, dans la bonne humeur et l'excitation des veillées d'armes. Prédominait le sentiment d'importance — bien que pour jamais anonyme — de celui qui pourrait dire plus tard « j'y étais ». Quelques bouteilles de vin étaient discrètement apparues et Anne Morin avait feint de ne rien voir. Il fallait contenir les tensions, détendre les nerfs. Le tiers de l'effectif dormait à présent, pour quatre heures.

La Seine avait atteint un niveau de 7,55 mètres, et la salle de trafic des pompiers était débordée. Il fallait envisager de changer l'ordre des priorités. Avant la fin de la nuit, plusieurs immeubles de grande hauteur (IGH) devraient être évacués, faute de quoi, au matin, de nombreux occupants des tours situées en bord de

Seine seraient piégés chez eux. Le petit Manhattan, les buildings rupins du front de Seine, en faisait partie. Lors des interventions des pompiers, les cas de rébellion se multipliaient malgré les coupures d'électricité, de gaz et de téléphone. Les ascenseurs ne pouvaient plus fonctionner sans risque et l'eau courante, faute d'être garantie saine, allait être coupée.

L'approvisionnement en eau potable de milliers de personnes venait d'être mis à l'ordre de l'heure (on ne pouvait plus parler d'ordre du jour). Déjà, les commerces de proximité n'en détenaient plus une seule bouteille. Il fallait organiser l'acheminement de citernes et, avant tout, implorer les Parisiens de se montrer économes. Les habitants entendaient ces messages mais ne les écoutaient pas. Dans l'urgence, certains se résignaient à quitter leur foyer. Avec un minimum d'effets personnels et quelques objets de valeur, ils partaient vers l'inconnu : les centres d'hébergement où ils rejoignaient le ban et l'arrière-ban de la capitale. Des cours des miracles surgissaient ainsi dans les gymnases, salles de concerts ou de quartier réquisitionnés pour la circonstance. La promiscuité avait déjà conduit à des débordements regrettables. La salle de commandement de la PP envoyait sans relâche des informations dont la teneur s'aggravait à chaque minute. Le pire, chacun en était conscient, était sans doute à venir.

Chaque fois qu'un téléphone sonnait dans la demi-lune du PC de crise ou dans son bureau, Anne Morin espérait qu'enfin on lui dirait qu'on avait trouvé son fils, qu'il était sain et sauf et en route pour Meudon, puisque c'est finalement là qu'elle voulait qu'il aille. Seul ou pas, tant pis, elle n'avait plus le cœur à faire la fine bouche. Une heure et demie et toujours rien.

Elle finit par se confier à Jean Vitold qui venait lui proposer de manger un morceau. Il lui conseillait le pâté de faisan, les cornichons doux-amers et la confiture de figues avec un petit foie gras très correct.

Le chaource aussi et puis les cerises, du Chili, hélas...

Elle refusa d'un geste de la main :

– Je n'ai pas faim, Jean, plus tard, peut-être...

– Un verre de vin, alors ? Nous avons un délicieux graves blanc et un buzet rouge remarquable...

– Je ne sais pas qui a fait les courses mais j'espère que cette affaire ne va pas s'éterniser ou nous allons y laisser des plumes. Le budget, Jean, vous le savez, n'est pas extensible...

Jean Vitold plongea sa jolie frimousse sur ses chaussures. C'était lui, le dépensier, mais il était gourmet et il n'était pas question de lésiner sur le rata des guerriers. Comme motivation, c'était imparable. Quand il releva le front pour exposer son point de vue, il surprit une forte dépression dans le regard de la préfète.

– Ce n'est pas si grave, madame, si ?

– Mais non, mon cher, je disais ça comme ça...

– Qu'y a-t-il, alors ?

– Mon fils...

Alors que Jean Vitold se dévouait pour relancer le divisionnaire alsacien de la PP, celui-ci le devança.

– Je regrette que cela ait été si long, madame la préfète, dit-il un peu embarrassé, mais je n'avais pas beaucoup de monde à disposition, hein... En fait, personne durant plus d'une heure, tous occupés à...

– Vous l'avez trouvé ?

– Les recherches n'ont rien donné, je suis désolé. Selon le rapport de la patrouille, il n'y a pas de banque dans la rue...

– Pardon ? s'emballa Anne Morin. Comment ça, pas de banque ? C'est une plaisanterie ?

– Du tout, madame la préfète... La rue Rollin est une petite artère entre la rue Monge et la rue du Cardinal-Lemoine...

— Vous êtes devenu fou, commissaire Schmidt ?

Jean Vitold qui s'était éloigné par discrétion rappliqua quand il comprit que la préfète perdait ses nerfs. Il ignorait tout du premier épisode mais il devina que les choses allaient s'envenimer entre ces deux personnalités diamétralement opposées.

— Madame, je vous en prie ! s'alarma-t-il.

Elle le repoussa d'une main, l'autre crispée sur l'appareil.

— Je vous dis que mon fils est dans le 12e, rugit-elle, vous le cherchez dans le 5e, et tout ça vous prend presque deux heures. Deux heures pour me dire une connerie pareille ! Il n'y a pas de banque dans la rue Rollin ! Mais je m'en fous de la rue Rollin ! Rien à cirer de cette pu… de la rue Rollin ! Je vous ai dit Ledru-Rollin !

— Je regrette, madame, vous m'avez dit rue Rollin. J'ai noté vos propos, très précisément. Vous avez dit rue Rollin.

— Je vous ai dit près de la gare de Lyon ! Est-ce qu'il y a la moindre rue Rollin tout court dans ce quartier ? Non ! Vos zozos peuvent tourner toute la nuit dans un bout de rue de cinquante mètres sans une seule banque, se tromper d'arrondissement et vous… Oh ! c'est pas vrai ! Mais qu'est-ce qu'on peut faire avec des branques de cet acabit ?

Autour de la préfète et de son dircab, les conversations cessèrent. Même les téléphones se turent, vitrifiés. Jean Vitold revint à la charge, tentant d'arracher le téléphone des mains de sa patronne. Elle ne se laissa pas faire :

— Écoutez-moi, Schmidt, s'écria-t-elle dents serrées, je vous ai demandé ça comme un service, à présent, je vous donne l'ordre de retrouver mon fils. Et s'il lui est arrivé malheur, je vous en tiendrai pour responsable. Vous avez cinq minutes.

Elle reposa le téléphone sans brusquerie, fit face à la salle, affronta tous les regards braqués sur elle et vit dans leurs yeux ce qu'elle était : une folle hystérique. Elle, la préfète sur qui reposait la gestion de la pire crise que Paris avait jamais vécue !

Elle avisa Jean Vitold, pour une fois marqué par l'épouvante.

– À vos postes ! ordonna-t-elle. Il s'agit d'une affaire… personnelle. Vous n'avez rien entendu. Jean, je compte sur vous pour calmer Schmidt, chuchota-t-elle à l'oreille de son collaborateur.

– Il va faire un rapport.

– À qui ?

– Eh bien, au préfet, ou alors… je ne sais pas, madame.

– Moi, je sais. Il n'en fera pas. S'il occupe ce poste c'est qu'il ressemble à un serpent. Vous savez, Jean, ce qui caractérise cet animal ? Non ? Il est froid, lisse, il n'a pas de couilles. On ne peut pas l'attraper, il vous glisse entre les doigts.

– C'est possible.., mais là, tout de même…

La préfète gratifia son dircab d'une petite tape sèche sur la main :

– S'il fait un rapport, il va attirer l'attention sur lui… Le serpent préfère se rouler en boule et…

– En boule ?

– Ou s'enrouler en couronne, si vous préférez ! Vous êtes irritant à la fin avec votre manie de la précision et votre souci du détail !

– Oui, madame… donc le serpent est en boule et… ?

– Eh bien, tout glisse alors sur lui, la pluie et le reste. Vous comprenez, ou pas ? Merde à la fin !

Elle s'en fut d'un pas fâché, ses talons frappant le sol à grand bruit.

Avenue Ledru-Rollin. Banque LCL.

L'appel radio repassa sur les ondes alors qu'une patrouilleuse du CP XI — le commissariat central du 11ᵉ arrondissement — faisait demi-tour devant la mairie, place Léon-Blum. Les flics avaient remonté la rue de la Roquette depuis la Bastille. Là, l'eau avait recouvert la chaussée. Le port fluvial de l'Arsenal avait quitté sa base et on ne distinguait plus les contours du bassin. Quelques bateaux mal amarrés dérivaient sur le quai disparu sous les boues chargées de déchets, heurtant le mur de pierres, prêts à basculer sur la chaussée. Un esquif avait traversé la terrasse du restaurant « Le port de la lune », récemment rénové, et enfoncé la vitrine. Les tables et les chaises flottaient ici et là, emportées par le courant. L'embarcadère des bateaux de tourisme, qui sillonnaient toute l'année les rivières et canaux d'Île-de-France, était englouti. Le panneau de 2 mètres de haut ondulait sous la ligne de flottaison. Le véhicule Sierra Papa 12 avait constaté les faits, récupéré et conduit à la salle Voltaire (un des centres d'accueil du quartier) une vieille dame qui cherchait son chien, de l'eau jusqu'aux genoux. Sur la place de la Bastille, une immense piscine s'était formée. L'eau dévalait dans les rues avoisinantes, le faubourg Saint-Antoine était noyé, la rue de la Roquette *idem*, jusqu'à la rue Keller. La circulation automobile était totalement interrompue dans cette partie du quartier. D'ici quelques heures, les patrouilles devraient circuler en barque. Les cafés, restaurants, commerces étaient fermés. Des sacs de sable, des barrières faites de matériaux divers — des installations de fortune dans l'ensemble — en barricadaient les accès, comme autant de remparts illusoires. À l'Opéra-Bastille, les mêmes précautions, en plus costaud, avaient été prises. Un peu plus tôt la patrouille avait assisté à des scènes épiques. Évacuation du matériel sensible, déplacement dans les étages des denrées exposées au rez-de-chaussée des boutiques et des restaurants. Les groupes de zonards — des punks qui pullulaient dans le quartier par paquets de douze ou davantage et autant de clébards — avaient offert leurs services, exclusivement dans les bars. Après quelques heures, leurs réserves d'alcool constituées pour un jour ou deux, ils s'étaient repliés vers le haut de la Roquette, autour de la place du Père-Chaillet. En tenue de camouflage, ils picolaient, abrités de la pluie sous le large auvent d'une banque ainsi que dans le renfoncement d'un commerce alimentaire oriental. La patrouille les observait depuis un moment car des riverains se plaignaient des aboiements incessants des chiens. Dans une heure, ils seraient ivres morts et indélogeables. Si leur prenait l'idée de s'en aller d'eux-mêmes, ce serait toujours cela de gagné. Car une question se posait : où pouvait-on envoyer ces hordes sauvages, imbibées et shootées jusqu'à la moelle et leurs caravanes de chiens miteux ?

L'avenue Ledru-Rollin commençait là. Deux gardiens de la paix descendirent de voiture pour examiner le sas d'une agence LCL. Les mains levées à hauteur des épaules pour signifier aux punks qu'ils n'étaient pas là pour eux, ils se frayèrent un chemin entre les chiens excités, les filles en chaleur et les mecs gorgés de gin.

– Vous devriez aller vous mettre au sec, les gars, dit un des policiers.

– Nous, c'est mouillés qu'on est bien, répliqua un type d'une voix éraillée par les substances et le mauvais alcool. Surtout du gosier, tu vois mon pote ?

Des rires d'ivrognes fusèrent. Le flic ne releva pas. Il scruta l'espace bancaire clos, les automates tapis dans l'ombre.

– Vous n'avez pas vu quelqu'un entrer là-dedans ? On cherche un type enfermé dans un sas de banque.

— C'est bouclé, affirma une fille à l'élocution incertaine. Y a plus de jus…

— Il est comment ton gars ? demanda un gaillard à la peau rouge brique constellée de cratères d'acné.

Le ton était plutôt bon enfant. Tant que les policiers n'étaient pas là pour les faire chier, une pseudo-cordialité était de mise.

— Grand, des cheveux longs attachés en catogan, une veste indienne en peau avec des franges, un jean, des santiags rouges…

C'était le signalement qu'avait donné Anne Morin de son fils, qui ne changeait jamais de tenue, d'un bout de l'année à l'autre. À peine abandonnait-il sa veste de Buffalo Bill l'été, par les grosses chaleurs.

— Je l'ai vu, fit le zonard après s'être enfilé au goulot une longue rasade de gin.

— Où ça ? Y a longtemps ? T'es sûr ?

— Oh la ! doucement, camarade ! éructa l'homme en expulsant un rot à faire dégueuler un rat. Un, j'ai pas de montre, deux, j'ai vu un mec comme tu dis. On redescendait d'Austerlitz, il était en haut de l'avenue, là.

Son bras tendu derrière lui indiquait l'avenue Ledru-Rollin.

— Où exactement ?

— À un carrefour… Au bout de la rue t'as la gare de Lyon… Y a une banque à chaque angle, tu peux pas te gourer.

— Pourquoi tu t'en souviens ? demanda le brigadier pris de soupçon.

— À cause de la fille qu'était avec lui. C'est Lola, une comme nous, mais pas de notre bande, *you know, my friend ?* Je les ai matés parce que j'ai cru qu'il y avait un blème entre eux.

— Et alors ?

— Et alors, que dalle, *my friend*, ils avaient dû se prendre un peu le chou. Mais juste après, ils se bécotaient… Il flottait comme vache qui pisse, j'avais pas envie de m'éterniser pour rien, alors on s'est arrachés.

– On nous a signalé une fille avec le gus de la préfète ? s'enquit le brigadier en remontant dans le véhicule.
– Affirmatif.
– Bon, on a peut-être un tuyau, alors. Remonte par là !
Il indiqua le Monoprix éteint et l'entrée de l'avenue Ledru-Rollin.
– On regarde pas les autres banques pendant qu'on est là ? Y a le Crédit Agricole, la Caisse d'Épargne, le…
– Non, c'est bon, roule !

Le dopé au gin avait raison : deux agences bancaires se faisaient face à chaque angle du carrefour. Il y avait aussi entre 20 et 25 centimètres d'eau sur la chaussée. Les flics commencèrent par explorer les façades des banques depuis la voiture en braquant leurs lampes sur les panneaux vitrés. Le quartier était plongé dans l'obscurité et l'eau tombait drue en giclant sur les flaques étales.
– On y voit que dalle, ronchonna le brigadier, allez, les gars ! Descendez ! Mettez les cirés !
Les deux interpellés s'exécutèrent de mauvaise grâce à cause de l'onde trouble qui allait recouvrir leurs rangers jusqu'au-dessus de la cheville. En une demi-seconde, l'eau s'infiltra dans leurs pompes, mouilla leurs chaussettes, les fit frissonner de dégoût. Le temps de vérifier la BNP qui ne possédait pas d'espace automates, de traverser la rue de Lyon pour explorer l'autre banque, ils furent trempés malgré les cirés placés à la hâte sur leurs épaules. C'est dans le sas de LCL qu'ils aperçurent enfin quelque chose. Coincé entre deux dis-

tributeurs automatiques de billets, quelqu'un était assis. On ne distinguait pas son buste, ni son visage. C'est à peine si, dépassant d'une mare d'eau stagnante, ses santiags rouges étaient visibles.

**La brigade...
22 heures.**

– Qu'est-ce qui se passe ? demanda Valentine en secouant ses mèches détrempées.

Sa question s'adressait à Abadie puisque c'était lui qui l'avait appelée. Elle venait de mettre Nina au lit après lui avoir fait avaler un chocolat chaud et deux biscuits. Et un demi-comprimé d'une pilule miracle qui garantissait un sommeil immédiat et nécessaire pour affronter la suite des événements. Puis Valentine avait pris une douche et mis des vêtements secs trouvés dans l'armoire de Marion. Sans se demander ce que l'intéressée aurait pensé de cette initiative. L'état de siège finissait par tout justifier.

– Nous avons un problème, répondit Guerry-etc. en redressant sa carcasse filiforme.

Il n'y avait que lui et Abadie dans le bureau des officiers. La vie de la brigade se déroulait à côté, rythmée ponctuellement par des voix qui se répondaient, mâles ou femelles, des cris, des rires, des bruits de pas, des sonneries de téléphone. Cette heure était souvent agitée à cause des trains de nuit, les pires. Par la faute des loubards qui montaient à l'assaut, en bandes, telles des hordes de surmulots sortant des égouts. Ce soir, pourtant, impression ou réalité, l'ambiance était différente. La clientèle était tout autre, comme les délits pour lesquels elle se retrouvait en garde à vue. Les interpellés n'avaient pas les mêmes têtes, ils ne portaient pas les vêtements des sauvageons. Ils n'étaient pas des pros de la fauche ni de la mendicité agressive, mais des prédateurs opportunistes, à l'égal de ces maladies qui s'engouffrent dans les brèches d'un organisme affaibli.

Cara chercha Abadie des yeux. Il avait l'air serein. Las, fermé, mais tranquille.

– Des nouvelles de la patronne ? attaqua le lieutenant afin de prendre les devants.

– Rien, répondit Guerry en croisant ses longs bras sur sa poitrine en creux.

Il portait une tenue civile, pantalon gris, chemise blanche, veston bleu marine orné d'un écusson sur la poche. Avec ses lunettes d'intello, on l'aurait dit sorti tout droit d'un collège de Cambridge ou d'Eton. N'eût été le chapeau noir duquel dépassaient ses cheveux trop longs, pas vraiment classe. Valentine eut envie de faire voler cet immuable couvre-chef, rien que pour voir la réaction de Grand corps malade.

– Je reviens de la Crim, poursuivit-il plus sérieux qu'un curé.

Cara renifla du mauvais. Elle s'empressa :

– J'ai vu le commandant Duval, il y a moins d'une heure. Au domicile de Marion. Vous savez, monsieur, qu'ils ont...

– Perquisitionné chez elle. Je suis au courant. Ils n'ont rien trouvé. Ici non plus, en dehors de ce que vous leur avez donné. Et c'est très bien de l'avoir fait...

Le « mais » n'allait pas tarder. Guerry-etc. était anormalement grave.

– Mais vous auriez dû me tenir informé de tout ça.

Abadie, les fesses appuyées à un bureau net de tout papier, intervint :

– Nous n'avons pas pu vous joindre, je vous l'ai déjà dit. La Crim était pressée, nous avons en outre exécuté vos consignes concernant la coopération que vous a demandée Meunier...

– Mme Meunier, le reprit Guerry-etc. Je vous accorde ce point, capitaine. Quand même, je dois être informé de tout, c'est ainsi et je vous demande une stricte observation de cette règle. Ce n'est pas négociable.

Les deux officiers échangèrent un regard furtif avant d'acquiescer à son ordre par une mimique. Le commissaire reprit :

– Il est établi par les témoignages des personnels du service de neurochirurgie de la Pitié et les informations recueillies auprès des différentes structures de soins et de secours qu'il s'agit bien d'un enlèvement par un ou plusieurs individus non identifiés. Pour l'heure, Mme Meunier est persuadée que le docteur Mohica est, à tout le moins, complice des faits.

– Ridicule !

– Pas si on se place du point de vue du traitement des urgences en cas de catastrophe majeure...

En quelques phrases, le commissaire exposa aux deux officiers un aspect du problème qu'ils ignoraient. Contrairement au docteur Mohica, bien au fait du dispositif de crise et des conséquences de l'application du plan blanc. Le docteur Razafintanaly affirmait en avoir débattu avec lui. De même qu'il n'avait rien caché du niveau de classement dans lequel Marion s'était retrouvée, du fait de son état gravissime. Désespéré, aurait dû dire Guerry, puisque c'était l'adjectif employé par le médecin. Il n'osa pas.

– C'est dégueulasse ! s'écria Cara. Elle était sacrifiée alors ? Et l'autre tapette avec ses binocles bleues, il l'a dit à Pierre Mohica ? C'est ça ?

– Oui, soupira Guerry-etc. en raccourci, c'est exact.

– Moi je l'aurais buté d'abord, cet enfoiré !

– Ce n'est pas si simple et ce médecin ne décide pas tout seul de ce qu'on fait des malades. En l'espèce, Razafintanaly affirme qu'il cherchait une solution pour Marion mais que Mohica ne voulait rien écouter...

— Je comprends mieux, souffla Abadie. Qu'est-ce qui va se passer pour Mohica ?

— Pour le moment, il ne reconnaît rien. Les services de voie publique ont vérifié une trentaine de breaks Volvo pouvant correspondre au sien, y compris certains immatriculés dans d'autres départements que le 93. Cette bagnole est introuvable. Mais il a pu la planquer après avoir transporté Marion quelque part. La Crim est en train de conduire des investigations dans ses relations mais autant chercher une aiguille dans une botte de foin. Et le temps ne joue pas en notre faveur...

Le temps qui passait et le temps qu'il faisait, semblèrent préciser ses petits yeux intelligents.

— Vous avez pu lui parler, vous ? chercha à savoir Valentine. Avec un familier de Marion, il se livrerait peut-être.

Le regard fuyant de Guerry-etc. convainquit les officiers qu'il n'avait rien tenté de ce genre.

— Non, confirma-t-il, je ne suis pas assez proche de lui. Ce n'est pas comme vous...

— Oh, nous, c'est même pas la peine d'y penser ! Les deux panthères préféreraient se faire débiter en rondelles plutôt que de nous demander ça.

— Je peux essayer d'intervenir auprès d'elles si vous voulez ?

Ils firent non de la tête, simultanément. Guerry-etc. écarta de son long corps ses longs bras en signe d'incompréhension mais il n'insista pas.

— Qui plus est, reprit-il après un silence, les appels au peuple ont produit peu de résultats. Habituellement, des tas de tarés se manifestent...

— C'était prévisible, assura Abadie avec une pointe d'irritation. Les gens ont d'autres soucis en tête. Avec ce qu'on leur serine à longueur de temps et qui ne va faire qu'empirer dans les heures et les jours à venir, ils se foutent pas mal d'une mourante enlevée par un enfoiré de malade mental...

Guerry bloqua sa respiration, se tourna avec raideur vers Abadie à côté de qui Cara était venue spontanément se ranger.

– Vous n'y croyez ni l'un ni l'autre, n'est-ce pas, à l'hypothèse de l'enlèvement par Mohica ?

– Je n'ai pas d'opinion sur l'enlèvement de la patronne, répliqua Abadie, je ne dispose pas des éléments nécessaires. Mais il y a des chances pour que tous les faits soient liés, non ?

– Vous voulez dire la fusillade et la disparition de Marion ?

Valentine balança un discret coup de coude à son coéquipier. Gaffe, n'en dis pas trop, rappelle-toi, Marion, le souffle dans mon oreille...

– Eh bien... se reprit Abadie, je dis qu'il ne faut pas abandonner l'enquête sur les faits initiaux, c'est tout.

– Bien sûr, bien sûr... Vous avez une idée ? Au sujet de la fusillade ?

Les deux officiers dirent non du bout des lèvres.

– Je pense, reprit Guerry-etc. que Marion voulait savoir ce qui se tramait sur cette plate-forme. Les tensions avaient augmenté ces temps-ci et, selon elle, c'était lié à la drogue. Elle m'en avait touché deux mots sans entrer dans les détails. Elle avait une idée derrière la tête, j'en suis sûr.

– Et cette idée, c'était Bob-Marley Harris ?

– Oui, certainement.

– Il ne dealait pas ici, gare du Nord.

– Qu'est-ce qui vous rend si sûr ?

– Ma main à couper. Je connais le terrain, depuis le temps.

– Je vous l'accorde, mais il essayait peut-être de s'implanter. Vous connaissez la férocité de ces réseaux mieux que moi. Si Harris voulait récupérer une part du marché juteux de la gare, ce n'était pas du goût de tout le monde, forcément.

C'était cohérent. La vision de l'appartement-nourrice de la rue Mathis traversa la pièce. Il y avait pas mal de substances mais pas de quoi alimenter la gare du Nord, un des hauts lieux du trafic parisien, en plus des marchés que le rasta contrôlait déjà. Et puis s'imposait, à travers les phrases de Guerry, l'impression dérangeante que cette version était *la* version qu'il faudrait défendre. La suite confirma cette crainte.

– Quoi qu'il en soit, c'est ce que la Crim prétend. Faisons-lui confiance. Mobilisons nos méninges et nos informateurs pour les aider. Et pas de coup fourré. J'ai entendu quelques rumeurs, à propos...

– Nous avons passé une partie de la journée avec le groupe Duval, rétorqua Cara, Abadie et moi. Les mises au point ont été faites. Il n'y a pas de coup fourré.

– Très bien... Je vais préparer une communication au personnel sur les faits concernant Marion. Je veux que vous organisiez une réunion de crise tout à l'heure, à 8 heures. Point général de situation et préparation des missions pour la journée de demain. J'ai besoin de vous deux pour tenir cette séance et vérifier que le dispositif est carré. Vous trouverez à la salle de commandement les éléments nécessaires et les contacts du PC de crise à la PP.

Sidérés, les officiers ne surent que répondre. Est-ce que par hasard le commissaire fuyait ses responsabilités ou bien avait-il enfilé un uniforme trop grand pour lui ?

– Mais... osa Abadie après un temps, et vous, monsieur, si je puis me permettre ?

Guerry-etc. enfonça ses mains immenses dans les poches de son pantalon. Du jamais vu et peut-être une première pour ce garçon rompu aux règles du savoir bien se tenir en toutes circonstances. Son regard fila vers le plafond :

– L'Institut médico-légal de Paris est inondé et plusieurs autopsies doivent être effectuées sans attendre. On redoute une panne de courant généralisée qui nuirait à la conservation des corps dans de bonnes conditions. Il y a notamment en suspens une opération assez délicate sur une momie...

Les yeux de Cara et Abadie s'agrandirent.

– Une momie ? s'exclama Cara, une vraie momie ou bien... ?

– Oui, enfin non... J'ai compris qu'il s'agit d'un corps récent auquel on a appliqué le traitement que les Égyptiens utilisaient pour conserver leurs défunts... Et qui a tout l'aspect d'une vraie momie. Vous voyez ?

– Une vraie-fausse momie ? suggéra Cara avec un sourire futé.

– Le rapport avec vous ? grinça Abadie que l'affaire semblait amuser moindrement.

– Le quai de la Râpée étant impraticable, il faut transférer les corps, et cette momie en particulier, à Garches, l'autre site médico-légal d'Île-de-France. Compte tenu de la situation, cela va se faire en train. On m'a demandé une escorte et j'ai décidé de superviser l'opération.

– Vous ?

– Mais oui, vous y voyez un inconvénient ?

– Non, grinça Abadie, je ne me permettrais pas. Mais... c'est sensible à ce point ? C'est qui, dans les bandelettes ?

– Je l'ignore et ce n'est pas sensible à ce point. Mais c'est moi qui irai.

– Hugh ! a dit grand chef sioux.

Valentine ne décolérait pas. Non seulement Guerry-etc. les plantait pour une partie de la journée avec le service et les emmerdements sur les bras mais, en plus, c'était pour la pire des raisons qu'elle ait jamais entendue.

— Laisse tomber, la calma Abadie. Aujourd'hui on l'a à peine vu, on se passera de lui. Et puis, de cette manière, on ne l'aura pas dans les pattes. On se démerdera avec les officiers de la tenue et les chefs de groupe...

— Mouais... Je te trouve bien indulgent. Elle t'a pas parlé au moins, Marion ? Et tu m'aurais rien dit ?

— Va savoir, sourit le capitaine avec lassitude. Mais non, elle ne m'a pas causé, c'est des conneries tout ça, tu le sais très bien. Il ne faudrait pas tout lui mettre sur le dos non plus, à la patronne, nous sommes adultes et capables de prendre nos patins. D'ailleurs, là, il faut aller se pieuter, il est tard...

— Je m'installe chez Marion, dit Valentine, avec Nina.

Abadie leva un sourcil surpris.

— Ben, je ne vois pas où elle pourrait aller, la gamine, se justifia Cara. Mohica au trou, sa fille en train de pondre on ne sait pas où, sa mère...

— Oui, je sais tout ça...

— On ne peut pas la mettre à la DDASS, je crois que Marion nous en voudrait.

Ils rirent sans pouvoir se retenir. La soupape de la Cocotte-Minute.

— Tu ne veux pas venir aussi ? demanda Valentine quand ils eurent retrouvé leur sérieux.

C'était tentant. Trois minutes à pied, pas besoin de bagnole, pas d'inondation en vue dans cette partie de Paris. Il songea à Yves, son compagnon, et à leur petite maison sous le viaduc du RER, à Levallois. Loin.

— Oui, c'est pas con, murmura-t-il. Ça va faire drôle d'être chez elle sans elle...

Alors qu'il se tâtait encore, son Motorola vrombit dans sa poche de poitrine. Il prit l'écoute. Il fut surpris d'entendre Ménard, le préposé aux recherches téléphoniques et, au passage, un petit génie autodidacte de l'informatique. Abadie crut que l'homme avait déjà exploité le téléphone mobile et l'ordinateur Sony rapportés de chez B-M. Harris. Confiés à Ménard avec une obligation de totale confidentialité.

– Tu as fait vite... dit le capitaine le souffle court.
– Euh... Tu fais allusion à ce que tu m'as filé tout à l'heure ?
– Hum, hum...
– Tu rêves ! je n'ai pas commencé...
– Je t'ai dit que ça urge ?
– Oui, je sais, bougonna Ménard, je te ferai ça dans la nuit... Je t'appelle parce que je viens de terminer le recensement des communications de la brigade demandées par la Crim. Il faut que je leur envoie le fichier en urgence. Mais je me disais...
– Je suis avec Valentine. On arrive...

Plusieurs pages de chiffres. À son habitude, Ménard avait bossé comme un chef. Le standard de la brigade était relié au système général de la plate-forme de la gare. Un sous-PABX informatisé qui débitait instantanément les numéros sortants et entrants, poste par poste. Les « appelants » étaient inscrits en rouge et Ménard les avait identifiés. C'était un travail important car la Crim avait demandé une remontée sur quarante-huit heures. Dans un premier temps.

– Et son mobile ? demanda Cara qui évaluait le listing d'un regard global.
– Si j'ai bien compris, ils n'y ont rien trouvé d'intéressant, sur sa ligne perso non plus, c'est pour ça qu'ils m'ont demandé de creuser ici.

Marion n'avait pas de ligne directe. Elle recevait les appels comme tout le monde, filtrés par le standard. La Crim avait exigé *toutes* les communications de *tous* les postes, pour le cas où elle aurait reçu l'appel décisif dans un autre bureau que le sien.

Valentine parcourut la liste. Abadie fit de même avec une copie, qu'en homme prévoyant Ménard avait imprimée.

Le matin, à 9 heures, Marion avait accepté un appel sur son poste. Rien avant, rien après. Le coup de fil provenait d'une cabine téléphonique, place du Trocadéro.

– J'ai pensé qu'on gagnerait du temps en la situant plus précisément.

– Et ?

– Elle se trouve à côté de la station de métro Trocadéro. Pile devant l'entrée du palais de Chaillot.

Ménard ne bougeait pas, en attente d'un commentaire qui ne vint pas. Cara et Abadie affichaient des mines songeuses mais le technicien n'avait pas à savoir pourquoi.

– Tu avais une autre commande pour la Crim ? s'enquit Abadie, qui connaissait la musique. Les bandes vidéo, je suppose ?

Ménard acquiesça. Téléphone, vidéosurveillance, les incontournables. La gare et ses différents niveaux étaient truffés de caméras. Les enregistrements constituaient le socle de la plupart des enquêtes. Certains dealers ou prédateurs multicartes le savaient mais, souvent, dans le feu de l'action, zappaient ce « flicage ». Ou bien ne repéraient pas la caméra. Lasse de la destruction systématique de certains engins coûteux placés à des endroits stratégiques donc aisément repérables, la SNCF avait fait installer des mouchards indétectables. Des micro- ou minicaméras, encastrées et inaccessibles, sauf à recourir à une échelle de pompiers. Ces objets ne figuraient pas sur les plans que réclamait périodiquement la CNIL. On ne pouvait pas faire officiellement état de ce qu'ils avaient capté. Mais pour les enquêteurs c'était une manne extraordinaire dont ils ne se privaient pas.

– J'ai fait graver un DVD de toute la matinée, de l'ouverture de la gare jusqu'à midi, des caméras 12A et 12B. Elles couvrent l'extrémité du quai, voies 14 et 15. Au bout, y a l'ancien poste d'aiguillage. C'est ce qui figure sur la réquisition de la Crim. Moi, en plus, j'ai demandé au PC de la SUGE de conserver tout le disponible enregistré, c'est-à-dire la semaine complète qui précède. Les images sont écrasées automatiquement au-delà de huit jours et...

– Oui, oui, on le sait, Ménard, mais tu as bien fait. Tu as envoyé le DVD ?

– Pas encore.

– Tu l'as visionné ?

– Pas eu le temps. Vous voulez y jeter un coup d'œil ?

C'était à peine une question. Ou alors Ménard n'aurait plus rien compris à ces deux-là.

– Le chef est parti ? demanda tout de même Valentine.

– Oui, il y a un bon quart d'heure. Il s'est assuré que j'avais bien fait ce que la Crim avait demandé. Il était drôle ce soir...

– Ah ? Tu trouves ? ironisa la jeune femme.

– Je voulais dire étrange... Limite soupçonneux.

– Il avait peur que tu ne t'aplatisses pas assez vite devant Meunier...

– Comme si j'allais m'amuser à ça !

– Tu lui as montré les listings ? Les images ?

Ménard haussa les épaules.

– Oui. Mais uniquement parce qu'il a insisté.

– Et ?

– Il a pas pipé. C'est pas les compliments qui l'étouffent. En plus, je crois qu'il s'en branle de tout ça, j'avais l'impression qu'il cherchait à se rassurer. Enfin, c'est pas la *patronne*, quoi...

C'était un long discours pour l'homme le plus taiseux de la brigade. Lui, c'est aux chiffres et aux machines qu'il parlait d'habitude. Sa voix flancha légèrement sur les derniers mots. Marion ne le ménageait pas, pourtant. Elle en abusait même, lui confiant des opérations *borderline*, le contraignant à revenir le week-end, la nuit de Noël si elle l'avait décidé.

Abadie s'étira. Il mourait d'envie de s'allonger. Il redoutait d'appeler Yves, son amoureux. Il voulait rentrer et il voulait rester là. Sa tension nerveuse ne chutait pas et il se dit qu'elle allait grimper tant que Marion vagabonderait dans la nature.

– Enfoiré… gronda-t-il dans sa moustache.

– Pardon ? fit Ménard.

– T'inquiète, le rasséréna Valentine, vas-y, envoie… on n'est plus à dix minutes près.

– Dix minutes, tu rêves, y en a pour des plombes !

– Non, on n'a pas des plombes !

– Je vais passer les images en accéléré dans ce cas, on verra bien ce que ça donne.

Lesdites images s'avéraient d'une monotonie affligeante. Quelques voyageurs clairsemés se perdaient au bout de ces quais qui continuaient bien après la dernière voiture du convoi le plus long. On y repérait également des agents de la SNCF, quelques flicards consciencieux qui « montaient » leurs patrouilles jusque-là. Stoïques sous la pluie, car les chapiteaux de protection s'arrêtaient bien avant la fin du bitume. Le tout défilait en accéléré, exposant des postures et des démarches que n'aurait pas renié un film de Chaplin. Soudain, une silhouette familière, en tenue d'uniforme bleu sombre, pressée. Les trois cœurs bondirent à l'unisson.

– Stop, éructa Abadie à Ménard, qui obéit *illico*. À partir de maintenant tu fais avancer à vitesse normale.

Muets, ils contemplèrent Marion avançant vers son destin. L'impression était saisissante. C'était si simple de faire ce travail sur des inconnus. Ou sur des voyous connus dont on n'avait rien à cirer.

Valentine songea à une fille avec laquelle elle avait eu une courte liaison et qui était venue mourir sous un train, dans cette gare, peu après leur rupture. Exprès ou pas, elle ne l'avait jamais su. Mais, pour faire taire sa culpabilité, elle avait demandé à assister à son autopsie. Elle avait mis des mois à s'en remettre. Ensuite, Marion l'avait copieusement chapitrée : ce n'était pas une chose à faire. « Ce n'est pas votre faute si cette fille a voulu mourir et qu'est-ce que cela change pour elle de vous torturer ainsi ? »

– Je sais pas ce que ça me fait de la voir comme ça, chevrota le lieutenant.

La démarche nerveuse, Marion s'arrêtait en bout de quai, vérifiait l'absence de convoi, enjambait les rails, indifférente à la pluie. Un train Thalys occultait la dernière partie de son parcours. Le temps que le convoi soit escamoté par le toit de la verrière, il n'y avait plus personne. Un arrêt sur image permit de vérifier qu'on ne distinguait qu'une partie du poste d'aiguillage. La moitié du côté est, le reste étant hors champ. Au-delà, la plate-forme n'était plus équipée en vidéosurveillance.

– C'est là que ça devient intéressant, murmura Abadie, vas-y, Ménard, accélère…

La monotonie recommença. C'était une période particulièrement creuse dans cette portion de quai car il n'y circulait quasiment plus personne. Aucun des rares passants filmés ne pouvait être confondu avec Bob-Marley, le rasta famélique. Après une longue vacuité, la vie reprenait avec l'arrivée des deux cheminots tournant l'angle du poste à la recherche des lanceurs de pétards. Enfouis sous des imperméables jaunes munis de bandes réfléchissantes gris acier, ils apparaissaient et disparaissaient en moins d'une minute. Un peu plus tard arrivaient les premiers flics de la PP, puis le trio Cara-Abadie-Guerry-etc.

– À tous les coups, il est arrivé par l'autre côté, dit Valentine.

– Qui, Bob-Marley ?
– Oui.
– On n'a pas d'autre prise dans cette portion de la gare, Ménard ? Un autre point de vue sur cette guitoune ?
– Non, hélas. J'ai vérifié. C'est la seule caméra qui en filme une partie.
– Qu'est-ce qu'il y a de l'autre côté ?
– Le bâtiment de la PAF dans le prolongement du quai n° 1. Il y a de la vidéo mais elle ne prend que les locaux de police et l'extrémité du quai. Et de toute façon, à cet endroit, ce sont les voies de l'Eurostar, avec des grillages de 2 mètres de haut.
– Pour moi, il est arrivé par le nord, côté la Chapelle, dit Valentine. Par les voies.
– Possible. Il faudra suggérer à Régine Duval de chercher des témoins dans ce secteur.
– Tu penses que celui qui a tiré sur Marion se trouvait avec Bob-Marley ? Qu'ils sont arrivés ensemble ?
– Comment veux-tu que je le sache ?

Ils continuèrent de fixer l'image sur laquelle s'était arrêté le DVD. Puis, ils demandèrent à Ménard de poursuivre le défilement. L'attroupement était à moitié caché derrière le poste de trafic. On voyait pourtant distinctement Guerry s'agiter. Un moment, il partait en zigzag, le portable à l'oreille. Son allure ne pouvait être confondue avec aucune autre. Une sensation de malaise s'empara d'Abadie mais il n'aurait su en exprimer la cause. Il posa une main sur celle de Ménard qui tenait la télécommande.

– Attends ! reviens en arrière !
– Loin ?
– Non, juste les dernières images.

Ménard effectua la manœuvre. En surimpression, les voix des opérateurs radio leur parvenaient de l'autre côté de la cloison. Le technicien relança la diffusion quand Abadie le lui ordonna. Ils revirent l'attroupement des officiels, des bouts de TSC blancs et de pompiers bleus, un médecin en vert, trempé de pluie. Guerry-etc. avec son téléphone et ses grandes guiboles. Ce qui chagrinait Abadie ne se trouvait pas dans ces images.

— Il faut remonter plus en arrière, souffla Valentine qui cheminait dans les pensées de son coéquipier.

— Oui ? interrogea Ménard avec sa patience inaltérable. Depuis où ?

— Depuis le début. Tu fais des stops sur les gens quand il y en a.

Ménard s'exécuta sans piper mot. Cara, pressentant qu'Abadie avait détecté quelque chose, ne broncha pas davantage. Les images défilèrent et, conformément aux consignes d'Abadie, Ménard marqua des arrêts sur chaque nouveau passant.

— Là ! s'écria tout à coup Abadie. Fais avancer image par image, s'il te plaît !

Un homme marchait sur le quai, légèrement voûté, les bras le long du corps. Un long manteau ou imper, genre chasse-poussière, le couvrait jusqu'aux chevilles. Il parvenait au bout de la partie bitumée. Là, il marquait un temps d'arrêt, une courte pause durant laquelle il semblait contempler le paysage ou hésiter à se lancer sous la pluie. Tout de suite après, il revenait sur ses pas. Son allure, sa gestuelle. Valentine jeta un coup d'œil rapide à Abadie qui, bouche entrouverte, attendait la suite. Quand il fut assez près, l'individu leva le nez vers la caméra.

— Zoom ! ordonna Abadie.

En gros plan, on ne voyait plus rien. Trop de pixels. En zoom arrière, la netteté revenait mais on ne distinguait plus les traits du type. Il aurait fallu un matériel professionnel dont la brigade ne disposait pas. Cependant, l'homme, avec son bonnet enfoncé sur le crâne...

— Tu crois que c'est lui ?
— J'en ai bien peur.

– Mais il était au palais de justice, à ce moment-là, c'est toi qui me l'as dit.
– C'est ce que je croyais.
– Et ce manteau, il ne l'avait pas quand on est allés ensemble sur les lieux ? T'as bien vu les images !
– Il a pu l'enlever, s'en débarrasser entre-temps, faut pas longtemps…
– Mais pourquoi ?
– Et ce coup d'œil à la caméra ? C'est pas le réflexe de quelqu'un qui sait qu'elle est là, la caméra, peut-être ?

Ménard fit quelques tentatives afin de rendre l'image plus précise tout en maintenant un zoom permettant de distinguer le visage avec plus de netteté. Il s'évertua sans plus de succès mais, pour lui, la cause était entendue :
– C'est M. Guerry, non ?

**Bureau d'Anne Morin. PC de crise. Nuit.
Cote de la Seine : 7,60 mètres.**

Le rythme n'avait pas ralenti dans la salle de crise. Mais le climat était différent, comme alangui. Les voix se feutraient, emmêlées aux fils de la nuit. Pourtant l'eau montait toujours, la tension avec. Les incidents s'amplifiaient à chaque minute.

Anne Morin s'était enfermée dans son bureau, résistant à l'envie de partir elle-même à la recherche de son fils. Nathan, vingt-huit ans, un garnement immature, son bébé pour la vie.

– Je ne vous réveille pas, madame ? fit Jean Vitold d'une voix ouatée en passant la tête par la porte.
– Cessez donc de dire des âneries plus grosses que vous, grogna Anne Morin, est-ce que j'ai la tête à dormir ?

– Je vous prie de m'excuser...

Sa voix n'était que chuchotement. Il y avait un gros pépin, la préfète le sentit aussitôt. Elle leva brusquement la tête des papiers sur lesquels elle tentait de fixer son attention.

– Quoi ?

– Schmidt vient de m'appeler...

– Pourquoi vous ? s'enquit-elle avec lenteur, comme pour différer l'annonce de la catastrophe.

– Il n'a pas dû oser s'adresser à vous directement, après ce que vous lui avez dit tout à l'heure... Il ne m'a pas fait de commentaires, notez bien...

– Oh ! Jean, s'il vous plaît, venez-en au fait ! C'est grave ?

– Oui, madame. Les effectifs de la PUP[1] du 11ᵉ arrondissement ont découvert votre fils dans un sas du Crédit Lyonnais...

Les quelques aliments que la préfète avait en définitive consenti à ingurgiter un peu plus tôt entamèrent une salsa débridée dans son estomac. Elle tenta de se mettre debout mais ses jambes lui refusèrent ce service.

– Il est... Il n'est pas... mort ?

– Non, madame, qu'allez-vous imaginer ?

« Seigneur Dieu du ciel et de la terre, je ferai brûler dix cierges pour ça, j'irai à la messe trois dimanches d'affilée... »

Jean Vitold vit que sa patronne avait fermé les yeux et que ses lèvres remuaient. Il ne sut que faire, redoutant un nouvel accès d'humeur.

Le silence s'éternisait.

– Eh bien, fit-elle en relevant les paupières, dois-je utiliser les forceps ou quoi ?

– Pardon, madame, je croyais que vous priiez...

– Ça ne va pas, non ? Allez !

---

1. Police urbaine de proximité.

– Il a été emmené à l'hôpital Lariboisière. Il était inconscient quand la PUP l'a trouvé assis dans 30 centimètres d'eau. Les pompiers sont intervenus…

– Blessé ?

– Rien d'apparent. Plus sûrement très fatigué ou choqué et en état d'hypothermie. Est-ce que… Est-il… ?

– Drogué ? C'est votre question ?

La préfète darda sur son directeur de cabinet un regard qui fit monter le rouge à son front.

– À ma connaissance, dit-elle calmement, il n'est pas toxicomane, du moins au stade de l'addiction. Je pense qu'il tâte juste du shit de temps en temps. Mais je peux me tromper. Qui peut se vanter de connaître parfaitement son enfant ? Vous ne pouvez pas savoir, vous, n'est-ce pas ? C'est bien un chien que vous avez ?

– Oui, madame, murmura Jean Vitold peiné de cette attaque injuste, j'ai un couple de perruches également. Voulez-vous que j'appelle l'hôpital ?

– Je suis encore capable de téléphoner.

Elle posa la main sur le combiné, le souleva. Jean Vitold ne bougeait pas, très embarrassé.

– Eh bien ? Ce n'est pas tout ?

Il fit non de la tête. Elle subodora ce qu'elle cherchait à éviter depuis le début, *entendit* les cris de femme-enfant derrière Nathan.

– La fille ? C'est ce que vous essayez de me dire ?

– Oui, souffla-t-il, il s'agit d'une certaine Lola Laclos, vingt ans. Ils l'ont trouvée à côté de lui. Elle est… morte.

– Oh ! nom de Dieu ! Mais comment est-ce arrivé ?

– Je ne sais pas, madame. Selon les premières constatations effectuées conjointement par la PUP, les pompiers et ensuite la 3e DPJ, il s'agit d'une toxicomane. Ils ont relevé qu'elle présentait de nombreuses traces de piqûres et… enfin, vous savez ce que c'est, ils ont l'habitude.

— C'est la cause de sa mort ? l'interrompit Anne Morin qui savait, au fond d'elle-même, que la réponse était négative.

Jean Vitold évitait son regard d'une façon non équivoque. Évidemment, elle s'en doutait.

— Ses vêtements sont en grand désordre et elle présente des traces suspectes au niveau du cou…

— Vous voulez dire… ?

— Elle a été étranglée. Oui, madame la préfète, c'est ce que je voulais dire.

**Appartement de Marion,
minuit.**

Valentine referma doucement la porte de la chambre de Nina.

— Tout va bien, chuchota-t-elle à l'adresse d'Abadie debout dans le salon. Elle dort, elle va récupérer.

— Pour mieux retomber dans l'horreur au réveil…

— Ouh là, je te trouve bien sombre, toi ! C'est la perspective de partager un lit avec moi ?

Abadie eut un haut-le-corps. Après sa conversation avec son *pacsé*, il n'avait plus guère la tête à rire.

— Je dormirai là, dit-il en montrant le canapé de cuir avachi.

— Tu vas être très, très mal…

— Tant pis. Yves est d'une jalousie… C'est de pire en pire. Alors si je lui dis que je pieute avec toi…

Un jour, longtemps auparavant, Cara et Abadie avaient testé ensemble une improbable expérience hétérosexuelle. Ils n'en avaient tiré aucune révélation fracassante et avaient repris chacun son chemin d'homo « intégriste », selon les propres termes du capitaine béarnais. Leur amitié s'en était trouvée renforcée en même temps qu'une complicité qui suscitait des jalousies. Plusieurs mois plus tard, dans un imbécile élan d'honnêteté conjugale, Abadie avait révélé sa faute à Yves. Qui l'avait très mal pris.

– Qu'est-ce que tu avais besoin de lui dire qu'on avait couché ensemble, aussi ? protesta Valentine. C'est dingue, ça ! Tu voulais le faire souffrir ?

– Non, c'est moi qui souffrais de l'avoir trahi…

– Tu parles ! Une seule fois ! Une pauvre malheureuse fois. Avouer ça, c'est puéril, égoïste et inutile. Moi, ça me dépasse.

Valentine, sans foi ni loi. En amour, du moins.

Ils s'affairèrent un moment dans l'appartement pour préparer leur nuit, cherchèrent quelque chose à grignoter. Un bout de pain rassis et du fromage firent l'affaire, avec une bière blanche qu'ils partagèrent.

– Plus j'y pense, dit soudain Valentine, plus je trouve Guerry-etc. bizarre. Pas toi ?

– Si. Si c'est bien lui qu'on voit sur la vidéo de la gare, je ne comprends pas ce qu'il foutait là…

– Il était au courant du rendez-vous de Marion et il ne nous le dirait pas ?

– Il a peut-être donné des infos à la Crim et pas à nous. Il a la trouille de Meunier, j'ai l'impression.

– C'est pas clair… C'est comme son histoire de momie. Je ne comprends pas pourquoi ils achemineraient les corps en train. C'est du jamais vu. On aurait dû demander confirmation à la SUGE.

– Garches, il a dit ? C'est dans le 92, ça ? Ça part d'où ?

– Saint-Lazare ?

Une vérification éclair au PC de la brigade le leur confirma. En revanche, l'opération transfert des « autopsiables » en train sema le trouble dans la nuit de la brigade. Non seulement personne n'avait entendu parler de cette histoire, mais, de surcroît, la plate-forme de Saint-Lazare — qui venait de fermer — ne rouvrirait pas le lendemain. La place du Havre baignait dans l'eau et les infrastructures situées en contrebas étaient inaccessibles. Il pleuvait toujours aussi fort et aucune accalmie n'était prévue.

– Alors là, fit Abadie en fermant son mobile, c'est la meilleure. À quoi il joue, Grand corps malade ?

Valentine termina son verre de bière, émit un rot discret.

– Ce qui ne va pas, répondit-elle en s'essuyant la bouche, c'est qu'on est déconnectés de ce qui se passe au 36. Il faudrait qu'on puisse savoir ce qu'ils ont comme billes sur la fusillade et sur Mohica, si Guerry-etc. maquille quelque chose là-bas et avec qui...

– Je n'ai pas de contact à la Crim. Pas assez proches en tout cas. Et je me vois pas appeler Meunier ou Duval...

Nouveau silence. Valentine se rendit compte que son ami la fixait sans se gêner. Elle revint en pensée sur le visage de Régine Duval, ses émois inattendus, sa souffrance.

– Je te vois venir, souffla-t-elle en repoussant bruyamment son verre. Hors de question.

– Comme tu voudras, mais c'est quand même toi qui nous a mis dans la merde. Si on n'arrive pas à savoir ce qui se trame, on va le payer cash. Guerry est mal parti pour nous soutenir et je te rappelle que Marion est peut-être...

– Je sais, oui... Alors ?

– Alors, réfléchis.

**Paris, passage Saint-Laurent,
0 heure 15.**

Elle habitait une maison de poupée flanquée d'un jardinet de poche à l'entrée d'une allée privée perpendiculaire à la rue du Faubourg-Saint-Martin, derrière la gare de l'Est. Dans ce quartier de mauvaise réputation, longtemps occupé par des squats et des étrangers en situation illégale, les bobos avaient fini par venir s'installer, à cause des prix exorbitants de l'immobilier dans le reste de la capitale. Se frotter à la populace était devenu à la mode comme de voter à gauche, de manifester pour le droit au logement et de rouler à vélo sous la pluie, tout en palpant de confortables salaires. Petit à petit les squats avaient été vidés et nettoyés. Réhabilités en lofts de luxe, de même que les ateliers et les micro-usines qui peuplaient les allées et passages qu'on appelait aussi « villas » dans d'autres secteurs de Paris.

Valentine vit que la lumière brillait dans la chambre malgré l'heure avancée. Pas un bruit cependant et les rideaux occultants, blancs à l'instar de tout le logement, ne laissaient rien voir de ce qui se passait à l'intérieur. Abritée de la pluie par son ciré dont l'impressionnante capuche lui dissimulait le visage, Cara franchit la barrière informelle que composaient une rangée de pots de fleurs et un *claustra* agrémenté de plantes grimpantes dépouillées. L'allée était en pente et l'eau, en ravinant depuis le haut, avait amassé des monceaux de feuilles et de déchets végétaux ainsi que quelques mégots et emballages de chewing-gums ou de barres chocolatées à la base des végétaux. Trois mètres séparaient le premier pot de fleurs de la porte. Entre les deux, une table en fer et deux chaises rouillées attendaient des jours meilleurs.

Au moment de sonner, Valentine eut une ultime hésitation. Et si elle se faisait jeter ?

« Qui ne tente rien n'a rien », disait Marion quand elle avait besoin d'un petit coup de pouce pour se lancer dans une démarche hasardeuse.

« Tu veux gagner des chances de récupérer Marion, ou pas ? » avait insisté Abadie. Évidemment, l'argument avait fait mouche.

Résolue, elle appuya sur le bouton-poussoir en laiton. La porte s'ouvrit aussitôt, à croire que Régine Duval se tenait embusquée derrière. Elle avait maquillé ses yeux, coiffé avec soin ses cheveux blonds. Un nuage de parfum — *Angel*, tout un programme — émanait de sa robe de soie grise largement échancrée qui dévoilait également ses jambes et ses pieds nus. À la main, elle tenait une coupe de cristal dans laquelle éclataient des milliers de bulles dorées. À côté de cette apparition de rêve, Valentine se fit l'effet d'une pauvre fille oubliée sous la pluie, les pieds détrempés à cause du ciré qui dégouttait dessus, les cheveux collés au front et le Rimmel en débandade. Bien que le visage de Régine n'exprimât ni surprise ni colère, elle se dit qu'elle était venue pour rien, que, telle qu'elle la voyait là, Régine s'éclatait en pleine soirée romantique. Elle bredouilla une phrase sans queue ni tête, se préparant à faire demi-tour pour s'enfuir, lâchement, dans la tourmente.

Au lieu de lui claquer la porte au nez, Régine ouvrit largement le battant avec une ébauche de sourire, mi-heureux, mi-triste. Elle fit un pas en avant et, indifférente au ciré inesthétique qui, à peine effleuré, imprima sur la soie de sa robe des auréoles humides, elle tendit la main, saisit la nuque de son amie, l'attira à l'intérieur.

– Je t'attendais, dit-elle avec une gravité qui colla des frissons à Valentine.

Elle téléphone, elle a mis le haut-parleur. Leurs voix qui se répondent résonnent dans la pièce lugubre.

— Ce n'est pas une requête, mon ami. Vous êtes mon obligé, rappelez-vous !

— Tout de même, Aménaïde, je ne suis qu'un manouvrier de campagne...

— Cessez de vous flageller.

— Non, c'est non.

— Je vous dénoncerai.

— Vous paierez aussi.

— Pourquoi, je vous prie, devrais-je payer pour ce que « vous » avez fait ?

Celui qu'elle appelle « mon ami » ne répond pas. Elle est droite et tranquille dans ce salon glacial. Elle ne frissonne ni ne tremble.

Un bip lancinant rythme le silence et me donne envie de dormir.

— Je vous attends, ne tardez pas !

Elle repose l'appareil, reste là, debout, ses yeux dégoulinant de mépris et de haine braqués sur moi.

— Allez vous débarbouiller, ordonne-t-elle. Je ne veux pas que vous vous approchiez de moi.

11

2ᵉ jour.
Mercredi 21 février 2013.

**Quai des Orfèvres,
7 heures 30.**

Des cernes noirs autour des yeux, Pierre Mohica n'essayait plus de lutter contre l'abattement. Un mal de tête aigu tenait ses tempes en tenaille et il aurait été incapable de dire quelle heure il était, ni depuis combien de temps il croupissait dans cette cellule. Mars l'avait fait sortir deux fois de son bureau, pour l'accompagner aux toilettes et pour l'amener là, dans la cage. On lui avait apporté un sandwich au beurre rance auquel il avait refusé de toucher. Il avait tenté de remettre ses idées en place, de trouver les réponses qu'on attendait de lui. Dans son cerveau, la sarabande était infernale. Tout Paris s'y donnait rendez-vous. Les urgences, la gare du Nord, les rues noyées. Les visages se superposaient, les mots s'entrechoquaient. À la poursuite d'il ne savait plus quel élément crucial, il avait renoncé à organiser la pagaille pour laisser les fantômes vagabonder à leur aise. Marion était venue toucher sa main, elle ne souriait pas et ses yeux étaient blancs. Il s'était entendu sangloter.

Il s'allongea avec précautions sur le bat-flanc de bois en se demandant combien d'individus l'avaient fait avant lui. Étant donné l'âge du bâtiment et son histoire chargée, quelques milliers ? Plus ? Étaient-ils à son image ? Au désespoir, à force de clamer leur innocence ? Exténués, à force de chercher comment embrouiller les flics, faire tenir un alibi vacillant ?

Lui qui n'avait pas besoin d'excuse, scandaleusement, devait se défendre d'accusations ineptes. Et chacune de ses réponses se retournait contre lui. Il percevait crûment combien est fragile celui qui simplement vit, sans y penser, alors qu'il devrait tout noter, tout enregistrer de ses gestes les plus ordinaires. Demander leurs noms, leur affectation aux pompiers qui l'avaient ramassé, relever le numéro de leur camion, l'heure précise de leur rencontre.

Exiger la carte d'identité de la femme en blanc de la maternité Saint-Antoine. La scotcher à son comptoir pour le cas où elle devrait témoigner pour lui, dans quelques heures, quelques jours ou quelques décennies. Connaître l'avenir, avoir des yeux dans le dos et une mémoire d'ordinateur. Tout cela n'avait aucun sens. C'était un cauchemar. Une pointe lui fouilla la poitrine, s'acharna sous son sternum. Son rythme cardiaque s'enflamma. Il comprima ses côtes à deux mains, se releva brusquement. Trente-six chandelles l'éblouirent. Sa tête chavira, heurta le mur. Occiput proéminent, la bosse des sciences, disait sa mère qui trouvait toujours le moyen de valoriser ses défauts physiques. Crâne d'œuf, se moquaient les gamins de l'école aux rentrées des vacances, par la faute de la coupe au bol qu'Eugénie lui infligeait comme une punition injustifiée. Une image surgit au milieu des gosses aux bouches édentées. Amaury Guerry des Croix du Marteroy !

– Ah ! éructa-t-il, bon sang !

Voilà l'image qu'il cherchait au milieu du chaos des ombres ! Et qui se refusait, évidemment, plus on s'obstine à chercher, moins on trouve.

Amaury Guerry-etc. allait le sauver.

Il entendit des bruits de pas au loin et tandis qu'il se frottait la bosse en grimaçant, la tête de Mars lui revint en mémoire. L'angoisse de le revoir en face de lui accéléra un peu plus les battements sauvages de son cœur. Comment allait-il lui résister avec une crise de tachycardie et peut-être un petit caillot en formation décidé à lui enlever ses derniers moyens ?

Comment, déjà, survivre correctement en ne mangeant pas ? Son dernier repas remontait à plus de vingt-quatre heures. À part les deux verres d'eau dans le bureau de Mars, il n'avait rien avalé. Le chagrin et la peur allaient lui faire perdre ses dernières forces.

« Pas question de tomber sans lutter, bouge ton cul, ne les laisse pas t'entamer ! » gronda la chère voix de Marion dominant la cavalcade des fantômes.

Les pas se rapprochaient, il lui sembla identifier le bruit des talons de Mars, hauts et ferrés. D'un geste mécanique, il se saisit du sandwich au beurre gâté abandonné à ses côtés. Il mordit dedans avec rage, les mâchoires douloureuses. Une deuxième bouchée, une autre. Il avala précipitamment, sans respirer, reprit un autre morceau. Finir avant que l'autre n'arrive, quitte à s'étouffer.

– À la bonne heure ! se réjouit l'officier Paul, vous avez mangé, c'est bien !

Il avait l'air sincèrement ravi. Bonhomme, affable. L'odeur de son after-shave effleura les narines du gardé à vue. Un produit bon marché, écœurant.

– Vous avez dormi, reprit l'homme pendant que Pierre Mohica engloutissait — avec un certain plaisir coupable — la fin du casse-croûte, on vous a laissé tranquille.

– Moi ? J'ai dormi ? Vous n'avez pas confondu avec un autre ?

– Il n'y a que vous ici, soupira Paul, et je vous assure, vous avez dormi. Un léger ronflement, même.

Mohica vida son verre en plastique en fouillant sa mémoire. Dormi. Il avait dormi ? C'était impossible qu'il n'en ait pas conscience. Il se souvenait de chaque visage de la valse des spectres, de ses minables manigances pour retrouver celui qu'il cherchait dans ses souvenirs. Qu'il avait enfin retrouvé tout à l'heure, avant l'arrivée de Paul.

– Je n'ai pas dormi, affirma-t-il, vous devez faire erreur. Et je voudrais voir le capitaine Mars, j'ai des choses à lui dire.

– Lui aussi, crut-il entendre Paul murmurer.

2ᵉ interrogatoire de Pierre Mohica.

La pendule jaune et bleue de la poste indiquait 19 heures 30. Pierre Mohica fronça les sourcils. Il aurait juré, que la dernière fois, elle marquait 22 heures 30. Déréglée, elle aussi, à l'instar de la météo ? Par la fenêtre creusée dans le toit, il voyait le ciel presque noir, boursouflé de nuages et les trombes d'eau qui fouettaient les vitres. Pas besoin d'écouter la radio pour savoir que dehors l'apocalypse continuait.

Mars ne lui laissa pas le temps de s'appesantir sur le temps non plus que sur l'anomalie de la pendule. Il enjoignit d'un geste son collègue Paul de faire asseoir le médecin pendant que lui-même, les yeux rivés à son écran, préparait le deuxième round de leur combat.

« Ils ne dorment donc jamais, ces gens », se dit Mohica en observant le visage un peu rond de l'OPJ, impassible, à peine un peu plus coloré et plus brillant sur les ailes du nez et les joues, comme rasé de frais.

S'ils ne dormaient pas, ne fatiguaient pas, en revanche, ils mangeaient.

En témoignaient deux cartons de pizza provenant de chez Rapid Pizza, deux canettes de Heineken vides et des pelures de mandarine abandonnées sur un bureau avec les gobelets et la bouteille d'eau.

– Un café ? demanda Paul de son air prévenant.
– Non, jamais le soir.

Mars leva le nez, vivement. Il examina tour à tour son collègue Paul, imperturbable et reposé, et Pierre Mohica, les vêtements froissés comme au sortir d'un tambour de lave-linge, une barbe grisonnante mangeant son visage décoloré d'angoisse.

– Bien, fit-il avec un petit sourire en coin, nous reprenons l'interrogatoire de M. Pierre Mohica. Nous sommes le 21 février 2013, il est 7 heures 35.

L'effet escompté se produisit. Pierre Mohica se leva, fixa la pendule, la fenêtre et le ciel sombre, fit le tour de sa chaise sous l'œil goguenard de Mars.

– Si c'est une manœuvre pour me déstabiliser, ce n'est pas drôle, dit le médecin ramassé sur lui-même, prêt à bondir.

– Asseyez-vous !

Le capitaine s'était reculé contre le dossier de son siège, poitrail en avant, bras en arrière. Mohica obéit machinalement à l'ordre proféré sèchement. Mars reprit l'avantage :

– Je répète, reprise de l'audition de Pierre Mohica, le 21 février 2013 à 7 heures... 37, puisque nous avons déjà perdu deux minutes.

– C'est impossible, s'énerva Mohica, vous m'avez emmené en cellule il était à peine minuit... Votre pendule déconne ! Ou bien c'est vous !

Mars reprit sa position antérieure. Paul hocha la tête.

– Vous vous êtes endormi aux toilettes, dit-il d'une voix insupportable de compassion. On vous a emmené dans la geôle et... vous avez sombré. Tellement profondément qu'on n'a pas pu vous réveiller. Même manger, vous n'avez pas pu.

Mohica secoua violemment la tête. Est-ce qu'on était en train de le manipuler ?

– Tenez, jetez un œil là-dessus, souffla Mars en faisant glisser un document sur le bureau.

Le papier était signé d'un gribouillis informe. L'en-tête donnait le nom du rédacteur : docteur Marthe Rigolet, du service des urgences médico-légales de l'Hôtel-Dieu. Elle avait visité le gardé à vue à 1 heure du matin. Examen clinique satisfaisant, cœur, pouls, souffle, tension. Le patient n'avait pu répondre aux traditionnelles questions car « plongé dans un sommeil profond ».

– C'est une blague ?

– Vous croyez qu'on a le temps de blaguer ?

– Vous m'avez fait prendre un somnifère !

– Ça suffit !

Mars avait haussé le ton.

– Je veux un autre examen médical. Avec analyse d'urines et…

– D'accord, l'interrompit Paul sur un ton apaisant, on va faire tout ça. Mais d'abord, on avance, OK ?

– Je ne vous trouve pas curieux, attaqua Mars, le sort de votre compagne vous indiffère ce matin ? Ou devons-nous penser que, si vous ne posez pas la question, c'est que vous savez où elle est ?

L'attaque surprit Mohica qui ouvrit la bouche stupidement. Un peu de salive fila à la commissure de ses lèvres. Quel crétin ! Mais quel pauvre type il était ! Marion oubliée ! Engloutie dans le fatras de ses petits ennuis. Et voilà que l'autre en tirait profit, immédiatement.

– Vous n'allez pas recommencer avec ça, protesta-t-il. Est-ce que vous l'avez retrouvée ?

Les deux officiers se consultèrent brièvement du regard.

– Non, hélas, murmura Paul.

– Mais, enfin, c'est insensé ! Vous n'avez rien trouvé ? Rien de rien ?

— Rien de rien. Docteur Mohica, on recommence tout depuis le début.

**Maison de Régine Duval,
passage Saint-Laurent, Paris 10ᵉ,
7 heures 45.**

Un petit jour approximatif filtrait par l'imposte au-dessus de la porte d'entrée. L'air embaumait le café frais et les toasts. Des confitures de figue et de rose voisinaient sur un plateau avec un pot de beurre salé, dont on distinguait les cristaux à l'œil nu. Un truc à se damner. Au radar, Valentine vint s'accouder au comptoir, n'en croyant pas ses yeux. Tout ce qu'elle préférait était là, étalé devant elle. Il y avait même des cookies frais et des muffins au caramel sur une assiette à pied en porcelaine décorée de délicats oiseaux de paradis. Un cadeau d'elle à Régine, au commencement de leurs amours.

Depuis combien de temps Régine renouvelait-elle les stocks des gourmandises préférées de Valentine dans l'attente de son retour ? Combien de fois par semaine astiquait-elle ces objets avec l'espoir insensé que sa belle reviendrait ? Pour celle-ci, qui habitait un studio à moitié vide et sans âme, tout cela n'était que poudre aux yeux, des artifices pour se sentir vivant. Ne rien posséder, telle était sa devise. À vrai dire, cet étalage commençait à lui faire peur et elle se demandait si venir se livrer pieds et poings liés à la concupiscence de Régine n'avait pas été la pire idée de cette journée hors norme. Elle se demanda si son amante était une totale tarée, bloquée sur sa névrose amoureuse, ou bien un agrégat d'orgueil qui n'avait jamais douté de son retour en grâce.

Régine servit le café dans de jolis mugs rose pâle et vint s'asseoir à côté de Valentine sur un tabouret haut.

– Je sais pourquoi tu es venue, dit-elle sur un ton uni, comme si elle disait « tiens, il pleut toujours » ou bien « bois ton café pendant qu'il est chaud ».

Valentine retint sa respiration, le mug à mi-chemin entre le comptoir et sa bouche. En fait, elle s'était gourée. Régine ne l'avait attendue que pour la piéger. Elle tourna lentement la tête. Yeux verts, yeux bleus. Les bleus débordaient de tendresse triste.

– Je le sais, dit Régine sans prendre le risque d'entendre une phrase définitive, mais ça m'est égal. Je te dirai tout ce que tu veux savoir, je ferai mieux que ça, même.

– En échange de quoi ?

– Toi.

**Quai des Orfèvres,
bureau de Maguy Meunier.
8 heures.**

La réunion commença à 8 heures pile. Maguy Meunier était rigoureuse en toutes choses, et surtout intraitable sur le respect des horaires. Une minute après l'heure, elle fermait sa porte. La secrétaire avait l'ordre de faire barrage et il fallait une excuse en béton (genre une grosse affaire qui tombait pendant la traversée du couloir ou une pluie de grenouilles sur Paris) pour qu'elle accepte d'être dérangée. Tout le monde le savait. Aussi, un quart d'heure avant l'heure, étaient-ils tous là dans l'antichambre, à boire le café en attendant qu'elle donne le signal.

– Ordre du préfet et du directeur, attaqua-t-elle sans préambule et après avoir serré toutes les mains, de consacrer le maximum d'effectifs à l'affaire Marion. Il veut des résultats et m'a demandé de superviser l'enquête en direct. Les médias sont au courant par la force des choses et même si la crue fait la une de tous les journaux, on ne perd rien pour attendre. Une fois que les gens seront rassurés sur leur sort, ils vont se réintéresser à nous. Déjà que les hôpitaux étaient sur la sellette, un patient dans cet état qui en disparaît, je ne vous explique pas le topo... Je veux donc la totalité de la SAT[1] à disposition et on ne prend plus d'affaires nouvelles, sauf exception. Le tout-venant ira aux DPJ et aux SDPJ de la petite couronne. La BRI[2] et la BRB se tiennent aussi prêtes à renforcer les équipes. Je vous écoute.

Régine Duval se dressa sur son siège. Elle était un peu pâle, le regard vague, une douceur languide l'enveloppait tel le voile de brume qui recouvrait la Seine ce matin. Comme le fleuve, elle débordait de partout et bien qu'il eût fallu une immense perspicacité pour s'en rendre compte, elle avait l'impression que tout le monde avait compris ce qui lui arrivait.

– Je commence par quoi, madame ? dit-elle pourtant de sa voix habituelle, dénuée d'émotion.

Meunier fit un geste large signifiant qu'elle voulait tout entendre, l'ordre importait peu.

– Bien. Vous êtes au courant, patron, pour les recherches concernant Mme Marion. C'est zéro sur toute la ligne. Aucun témoin n'a vu le break Volvo quitter le pavillon de neurochirurgie de la Pitié et on n'est même pas sûr que ce véhicule a bien été utilisé pour l'enlèvement. À cause du lit-brancard qui tient de la place et du respirateur de transport. Ce type de véhicule est spacieux mais l'est-il suffisamment pour...

---

1. Section antiterroriste, employée ici en renfort.
2. BRI : Brigade de recherche et d'intervention (antigang) ; BRB : Brigade de répression du banditisme.

– Ne perdons pas de temps en conjectures ! abrégea Meunier. Trouvez un véhicule identique et faites une simulation. Il faut être fixé avant d'aller trop loin avec Mohica. Occupez-vous de ça tout de suite, ajouta-t-elle en s'adressant au responsable des services techniques qui se leva sur un bref hochement de tête et sortit sans un mot. À propos de Mohica, on en est où ?

– Pas vraiment avancés. Et, précisément, c'est très étrange... Son comportement, je veux dire.

– En quoi ?

– Hier soir, nous étions en train de l'interroger, il avait l'air épuisé, le capitaine Mars a fait une pause. Il a été emmené aux toilettes à sa demande, il s'y est endormi. Impossible de le réveiller, il a fallu l'installer dans la geôle de l'étage. Il a émergé ce matin vers 7 heures.

– Il n'avait pas un truc sur lui, par hasard ? soupçonna Meunier. Un cacheton qu'on n'aurait pas trouvé au cours de la fouille ?

– Le médecin de permanence est venu le voir, *a priori*, c'est non. D'ailleurs Mohica n'a pas conscience d'avoir dormi et nous accuse de l'avoir shooté. J'ai établi une réquisition pour faire analyser ses urines, à tout hasard.

– Vous avez bien fait, qu'il n'aille pas nous faire d'histoires. Ensuite ? Ce fameux trou dans son emploi du temps, l'après-midi ?

– Le plus bizarre, c'est qu'il a prétendu être allé aux urgences de Saint-Antoine et que personne ne l'a vu. En revanche, une femme de service qui passait par là pour rentrer chez elle affirme qu'un type, correspondant à son signalement, dormait profondément sur les sièges de l'accueil. Elle a essayé de le réveiller pour qu'il parte à cause de l'eau qui montait, elle n'a pas réussi.

– Des accès d'hypersomnie ? De la narcolepsie ? À cause ?

— Du choc émotionnel, selon le docteur Rigolet. Mais ça peut venir d'autre part : une tumeur, des antécédents de blessure, de l'épilepsie. En tout cas, cela s'apparente à des absences de longue durée plutôt qu'à un sommeil classique et...

— Bon, à suivre, donc. En urgence. Imaginez qu'il ait barboté Marion au cours d'une de ces crises, ou juste avant, et qu'il ait tout oublié... Je veux qu'on creuse cette piste à fond. Et aussi celle de ses relations, de sa famille, de tous ceux qui ont pu l'aider. Élargissez la diffusion du break hors d'Île-de-France. Côté gare du Nord, la fusillade ?

— Peu de choses encore. La brigade des trains a transmis dans la nuit ce qu'on leur avait demandé, listings téléphoniques, images de vidéosurveillance. Ils ont fait vite et l'exploitation est en cours.

Maguy Meunier observa attentivement le commandant Duval. Elle était au courant de l'aventure amoureuse qui l'avait ravagée et des soupçons qui pesaient depuis hier sur l'objet de sa flamme. Elle eut peur que les sentiments de Duval n'affaiblissent une hargne qui lui valait une réputation de pitbull mais des succès sans égal à la Crim.

— Du nouveau sur l'indice disparu ? demanda-t-elle pour montrer qu'elle n'était pas dupe.

— Non, répondit Duval en plantant son regard d'acier dans les yeux de la divisionnaire. Je ne lâche pas l'affaire, soyez sans crainte.

À moitié rassurée, Meunier fit un geste qui signifiait « avançons ». Régine Duval reprit, totalement maîtresse d'elle-même :

— La scène de crime a été ratissée avec minutie, plus encore que d'habitude si toutefois la chose est possible. Les prélèvements sont au filtrage. Parmi eux, de multiples empreintes sans grand espoir d'exploitation, une douille venant du Sig Sauer de Marion, trois balles. La balistique étudie les trajectoires et compare les munitions. On aura les premiers résultats dans la matinée. J'attends aussi des nouvelles imminentes des analyses de sang. Pour votre information, on en a une grande quantité à l'endroit où se trouvait le corps de Harris, pareil près de Mme Marion et quelques gouttes entre le fond de la cabane et la porte de sortie. Dehors, on n'a rien trouvé mais avec ce qui tombe...

– C'est tout ?

– Pour l'instant... Ah non, j'oubliais... Une empreinte de pied très nette au fond du poste d'aiguillage, près de la porte. Et naturellement, l'autopsie de Bob-Marley Harris qui aura lieu aujourd'hui.

– Bien, demandez-moi tous les renforts dont vous avez besoin, raclez-moi cette gare et secouez le cocotier côté Harris. Trouvez ses relations, ses contacts, ses adresses, ses lieux de vente. Mohica, bien sûr, vous le mettez à poil.

Elle n'ajouta pas que, sur ce coup, elle risquait sa carrière mais tous l'entendirent clairement malgré leurs cerveaux embrumés de fatigue. Surtout Régine Duval, qui n'avait guère dormi.

– Le personnel rencontre des problèmes pour venir prendre son service, dit un homme assis au fond. Les plus chanceux ont mis plus de deux heures et d'autres ne sont toujours pas arrivés. L'eau dépasse le niveau de la chaussée, sur le quai, ce matin...

– Oui, j'ai vu, s'agaça la divisionnaire. J'ai une réunion dans la foulée avec le directeur, on va parler de cette crue à la noix. On avait bien besoin de ça...

– Faut-il envisager d'ores et déjà une évacuation, madame ? J'attire votre attention sur le fait que les conditions de travail sont, à l'heure qu'il est, très dégradées, car le dépôt est inondé et on ne peut plus utiliser les cellules. Les gardes à vue doivent être transférées dans les centraux et les services de PJ non inondables, du moins en principe parce que avec ces conneries moi, je ne suis plus sûr de rien. On a commencé à mettre au sec dans les étages une partie des archives du sous-sol mais on ne pourra pas tout sortir à temps. On n'a pas assez anticipé, j'avais prévenu.

– Bien sûr, Louis, on aurait dû t'écouter... Mais tout est sur microfilms ou informatique à présent.

– Quand même, la mémoire papier...

– Je sais, c'est chiant, trancha Meunier. Attendons l'issue de la réunion et l'avis du PC de crise... À ce propos, on a une autre affaire emmerdante, ajouta-t-elle avec une grimace de contrariété.

Elle exposa en quelques mots la mort violente de Lola Laclos, petite amie éphémère de Nathan Morin.

– Le fils d'Anne Morin, secrétaire de la zone de défense, précisa-t-elle... La préfète coordonne la gestion de crise « inondation ». Elle est indispensable là-bas et... bon, c'est quand même son fils. Inutile de préciser que le préfet de police est à cran. Il craint qu'elle ne soit trop impliquée à titre personnel et il ne peut pas la remplacer au pied levé en pleine inondation historique.

Elle prononça les derniers mots avec une pointe de sarcasme qui, cependant, ne fit sourire personne. Elle reprit, plus sérieusement :

– La 3e DPJ a pris l'affaire cette nuit en urgence mais je veux en plus un groupe de chez nous à partir de maintenant. Cette fille était une toxicomane mais, selon les constatations de la 3 et le premier examen médico-légal, elle a été étranglée. Le fils Morin pourrait être l'auteur des violences car il se trouvait seul avec elle quand on les a découverts. Ils étaient enfermés dans un sas de banque. On ne sait pas comment ils ont atterri là-dedans ni ce qui s'y est passé car le garçon était inconscient cette nuit. À présent, il a repris connaissance mais il est toujours en état de choc, à Lariboisière. Je veux du monde sur place pour l'entendre dès qu'il émergera. Allez, au boulot, tous.

Le commandant Duval resta assise alors que tous les autres se levaient dans la précipitation. Visiblement, elle n'en avait pas terminé.

– Oui, commandant ? Un problème ?

– C'est-à-dire... J'ai une question à propos des autopsies... Nous en avons plusieurs en prévision et l'IML de Paris est fermé. Le quai de la Rapée est inondé...

– Je le sais, oui, on évacue les corps sur Garches, cette solution avait été prévue de longue date... Pourquoi ?

– Eh bien, j'ai cru comprendre que vous aviez sollicité un transfert des corps en train...

– En train ? Qu'est-ce que c'est que cette fable ? Ah ! Je vois ! C'est machin, là, Guerry quelque chose, qui a avancé cette idée. Il a même proposé ses services pour escorter le corps de la rue Beethoven...

– Je ne suis pas au courant... Quel corps ?

– Une espèce de momie. C'est le groupe Jabert qui a pris l'affaire hier soir. Pour le transport en train, l'IML a dit non, ce n'est pas réaliste et puis, si j'ai bien tout suivi, la gare de départ est sous l'eau également...

– Ah ! très bien. Merci, madame. J'enverrai les OPJ à Garches, en voiture, donc ?

– Évidemment !

Cette fois-ci, il sembla à Duval que Meunier la regardait vraiment d'un drôle d'air, mais sans doute n'était-ce qu'un effet de son imagination.

– J'ai une autre requête, madame la divisionnaire...

– Je vous écoute, dit Meunier, qui avait entrepris de feuilleter d'un doigt nerveux les comptes rendus de la nuit, saisissant l'un après l'autre les parapheurs entassés sur la partie droite de son bureau.

– Compte tenu du caractère particulièrement sensible de l'affaire Marion, je pense que nous aurions intérêt à nous assurer la totale coopération de son service.

La divisionnaire bloqua son geste sur l'ultime compilation des horreurs nocturnes sans lever le nez.

– À quoi pensez-vous ? L'adjoint de Marion ne jouerait-il pas le jeu ainsi que je le craignais ?

– Je… je ne sais pas, mais je crois qu'il n'est pas au point professionnellement et, qui plus est, depuis le début de cette affaire, il est plutôt… déroutant.

– Alors, vous voulez un petit poisson pilote qui sera pour vous la garantie que l'équipe de Marion ne vous fera pas un enfant dans le dos tous les quatre matins…

Régine Duval ébaucha un sourire admiratif.

– C'est à peu près ça, oui, souffla-t-elle.

– Vous avez une idée ? La belle brune ? Vous êtes sûre de vous, commandant, sur ce coup ? Car ce n'est plus d'enquête criminelle qu'il s'agit mais de tactique de guerre. Attention.

– Oui, madame. Mais établir un rapport de force avec eux va nous faire perdre du temps et de l'énergie.

– Vous avez raison, nous sommes très près de la catastrophe et ce jeune commissaire me déplaît, décidément. Il n'est pas franc du collier.

– C'est aussi mon avis.

– D'accord, acquiesça Meunier après avoir longuement examiné ses ongles, allez-y comme ça, mais vous me rendez compte à chaque pas que vous faites. Pas de lézard, n'est-ce pas, ou c'est une mutation pour Nœux-les-Mines, à la circulation.

– Bien reçu. Merci, madame.

Régine Duval s'en fut sur un bref salut de la tête. Elle ravala sa dernière question, sortit, les oreilles bourdonnantes, fière d'avoir emporté le morceau aussi facilement. Le plus dur restait à faire. Convaincre Cara de venir se coller au groupe comme observatrice était une chose, la maîtriser en était une autre. Mais c'était tout ce qu'elle avait trouvé pour faire plier la belle brune, vite et bien. Accessoirement, la ramener dans son lit, reprendre le cours de leur long sanglot amoureux.

Dans le couloir, Duval prit la direction opposée à celle des bureaux de son groupe. L'état-major allait devoir lui raconter l'histoire de cette momie à laquelle Meunier avait fait allusion en toute fin de réunion et dont elle ne savait strictement rien.

**Zone de défense. PC de crise,
8 heures 15.
Cote de la Seine : 7,85 mètres.**

Cette fois, le niveau de 1910 était dépassé et aucune amélioration n'était en vue. Bien au contraire. L'état des lieux s'avérait terrifiant et la panique gagnait tous les niveaux de la politique, des milieux d'affaires et des responsables des grands corps de l'État.

Anne Morin venait de terminer une vidéoconférence avec le ministre de l'Intérieur, le maire de Paris et quelques-uns de leurs conseillers. Un communiqué aux Parisiens avait été rédigé d'un commun accord. Jean Vitold le mettait en forme avant de le balancer sur les ondes. Pour l'essentiel, il prévenait les habitants de la capitale contre certains comportements non citoyens. Les magasins d'alimentation, dont on avait demandé la veille au soir qu'ils restent ouverts le plus tard possible, étaient dévalisés. Pris d'assaut par ce que l'on aurait qualifié en d'autres temps d'émeutiers assiégés et affamés, condamnés à bouffer du rat ou de vieux pigeons. Ils s'étaient rués sur les denrées comme la vérole sur le bas clergé breton, épuisant en quelques heures les réserves et les stocks de sucre, d'huile, de farine, de pâtes, pour ne citer que les principales. La plupart du temps sur fond de scènes dantesques et de comportements indignes. Résultat, les boutiques manquaient de tout et leur réapprovisionnement n'était pas pour tout de suite. De nombreux touristes qui n'avaient pas eu la prudence de quitter Paris assez tôt grossissaient les rangs des réfugiés. Les écoles et les bâtiments publics des quartiers non inondables étaient réquisitionnés mais on allait manquer de place et de matériel. De plus en plus fréquentes, des coupures de courant à géométrie variable compliquaient les choses. De grosses canalisations pétaient sous la pression de l'eau et des quartiers en principe hors d'atteinte de la crue connaissaient des déboires identiques. Deux stations de métro avaient été ainsi inondées, le courant interrompu aussitôt. Deux rames bondées étaient bloquées dans les tunnels, de part et d'autre de la station Charonne. Les usagers attendaient qu'on organise leur évacuation, à pied et dans 50 centimètres d'eau, avec tous les risques induits. L'impatience gagnait les plus placides, l'affolement, les plus téméraires. Le manque de personnel qualifié, la suroccupation des services de secours et la répétition à terme de ces situations venaient de faire prendre aux dirigeants une décision terrible : neutraliser tout le réseau métropolitain. Une véritable bombe.

Ce matin, la crue de la Seine faisait la une de tous les médias internationaux. La première ville touristique du monde frappée par une catastrophe de cette ampleur, le monde entier en était consterné.

– Madame la préfète ?

Anne Morin sursauta.

– Oui, Jean ?

– Le préfet de police, pour vous, sur la ligne sécurisée de votre bureau...

Les côtes ratatinées autour de son cœur qui battait la chamade, la préfète se précipita jusqu'à son antre. Le canapé y était toujours déplié, les draps à peine froissés. Elle avait essayé de dormir un peu, sans succès. Aussitôt allongée, les images de son fils et de sa sinistre aventure venaient la perturber. Dans la nuit, elle avait émis l'idée d'aller le voir à l'hôpital, mais la chef de la brigade criminelle l'en avait dissuadée. Nathan était encore dans les vapes, elle ne pouvait rien faire pour lui sinon le perturber, lui et ses souvenirs de la soirée tragique avec Lola. Personne, en dehors du corps médical, ne lui parlerait ni ne l'approcherait avant la police. Les soupçons qui pesaient sur lui quant à son rôle dans la mort de la jeune punke étaient trop lourds pour que les policiers prennent le moindre risque. Également, en filigrane, Maguy Meunier avait laissé entendre à la préfète qu'il pourrait être fâcheux qu'elle quittât son poste au pire moment de la crise. Elle avait raison, la divisionnaire glaçante, évidemment. Anne Morin avait ravalé sa terreur, se demandant fugitivement si Meunier n'avait pas, elle aussi, un chien et un couple de perruches en guise d'enfant.

Ce matin, alors que la situation empirait dans Paris et ses alentours, c'est fragilisée à l'extrême qu'elle répondit au préfet de police. Elle le connaissait bien, ce n'était pas un grand homme au sens où on l'entend généralement. Celui-là était un haut fonctionnaire sans envergure, sorti de l'ombre comme un lapin d'un chapeau parce que inconditionnellement dévoué au président de la République. Un « aimable benêt », disait de lui Anne Morin. Ainsi qu'il fallait s'y attendre, il n'avait pas bien compris le film de sa nomination au poste convoité de premier préfet de France. Il se prenait pour le grand manitou, le « deus ex machina » de la face cachée de Paris, celui qu'on avait mis là pour sauver la nation à travers sa représentation la plus emblématique. En réalité, il pétait de trouille et savoir Anne Morin déstabilisée par l'histoire de son fils ne faisait pas son affaire. La préfète, de son côté, redoutait chaque échange avec lui.

– On vient de m'annoncer que le Palais-Bourbon est envahi par l'eau, dit-il sans préambule.

– En effet, depuis cette nuit...
– Nous sommes en pleine session extraordinaire !
Comme si elle l'ignorait ! Un débat avait été rouvert sur l'immigration et, en prolongement, sur l'identité nationale. Le sujet faisait polémique depuis longtemps et les tensions n'avaient cessé de s'envenimer, sur fond de crise financière internationale et de marasme économique. Les pauvres étaient de plus en plus pauvres et de plus en plus nombreux dans des régions du monde exposées au moindre incident comme des barils de poudre à une allumette. Pire, on commençait à voir émerger en grand nombre des « clients » d'un nouveau genre, les immigrants climatiques. Ceux qui ne pouvaient plus survivre dans leur zone de vie naturelle, ceux qui avaient trop chaud, plus assez d'eau, plus assez de terre à cultiver parce que bouffée par la mer ou envahie par des sables brûlés. Cent ans plus tôt, en 1910, les députés débattaient d'un sujet crucial pour l'époque et pour la France : l'école laïque. Cela leur semblait tellement important qu'ils avaient tenu à siéger contre vents et marées, dans un froid glacial et à la lueur de bougies. Aujourd'hui, alors que la cité la plus modeste d'Île-de-France pouvait voir cohabiter une cinquantaine de nationalités différentes et presque autant de cultes et de religions, les grandes envolées sur la séparation de l'Église et de l'État auraient paru dérisoires. En ce mois de février 2013, ce dont il était question, c'était de négocier un texte de loi qui établirait des quotas stricts quant à l'acceptation de ces réfugiés inédits, quitte, pour le faire respecter, à utiliser des moyens qui, en d'autres temps, auraient fait hurler d'indignation.

– Nous avons une solution de secours, utilisons-la ! contra Anne Morin, sur ses gardes. Nous avons prévu d'évacuer les ministères menacés et les chambres... Vous connaissez les sites de repli, la liste est sur votre bureau depuis une semaine.

Elle avait envie de hurler : « Ne me prends pas pour une conne, c'est quoi, le problème ? »

Elle se retint, connaissant la réponse.

– Oui, oui, c'est dans votre plan… Très bien, ce plan, d'ailleurs, ma chère… Mais ce n'est qu'un plan, n'est-ce pas ?

Horripilant.

– Jean-Maxime, attaqua-t-elle, cassante, que voulez-vous me dire, exactement ? Vous craignez que je ne sois pas à même de tenir ma place ? Vous êtes au courant pour mon fils, c'est ça ?

– Ne m'agressez pas, chère amie, ce n'est pas moi, le problème !

– Ah ? Qui donc vous pose problème, dans ce cas ?

– La presse. Les médias ont commencé à harceler la PJPP cette nuit. Je ne sais pas comment ils ont su…

« Pauvre con, fulmina la préfète *in petto*, il n'y a qu'à se brancher sur les fréquences de la police, suivre les bagnoles de la Crim, tirer une ou deux sonnettes, ou, plus simplement encore, appeler un copain flic… »

Par moments, elle avait envie de se pincer. Était-il angélique, machiavélique ou plus stupide qu'un troupeau de ruminants ?

– Je ne vois pas en quoi la presse est une difficulté, fit-elle en essayant de s'en convaincre. Je vais convoquer les journalistes et leur expliquer la situation.

– Vous ne convoquez personne, Anne. Je veux au contraire que vous donniez une image de fermeté et de sérénité. Je vous demande de ne pas vous rendre auprès de votre fils, quoi que cela puisse vous coûter.

– Je peux savoir pourquoi ? fit-elle d'une voix dénaturée.

– Les Parisiens sont au bord d'une grande crise d'hystérie collective. Si la presse se répand sur l'histoire de votre garçon, vous allez y être mêlée que vous le vouliez ou non. Or, depuis deux semaines, le battage médiatique autour de la crue s'est fait sur votre nom. Les gens ne vont plus rien comprendre et se demander à qui j'ai confié le gouvernail.

– C'est donc cela... murmura-t-elle, vous avez peur qu'on vous mette en cause aussi...

– Précisément. Le patron, c'est moi, je vous le rappelle. Je suis le garant de la sécurité de Paris, mon nom est un symbole fort pour tous. Je refuse qu'il soit associé à une sordide affaire de règlements de comptes entre toxicomanes.

Le sang se retira d'un coup du visage d'Anne Morin. L'importance que cet homme se donnait dépassait l'entendement. Elle maudit en silence les politiques qui, pour défendre leur territoire et verrouiller leur pouvoir, avaient installé aux manettes de Paris celui qu'en douce certains appelaient le « chaînon manquant ».

– Mais qu'est-ce que vous racontez, voyons, Jean-Maxime ? protesta-t-elle convulsée d'indignation.

– C'est ce que la population entendra. Alors, pas un mot là-dessus, gardez la tête froide et maintenez le cap.

– Sinon ?

– Sinon, rien. Je vous aurai prévenue.

Sinon, aurait dit un autre que lui, plus couillu et moins froussard, va t'occuper de ton garçon et c'est moi qui prends les commandes. Le temps que ça se tasse. Mais Jean-Maxime Tiercelet n'était ni brave ni couillu. Anne Morin se dit en raccrochant que, finalement, elle avait encore le dessus et que ce qu'il venait d'exprimer là n'était que l'immense peur qu'elle le lâche.

Gare du Nord, la brigade,
8 heures 30.

La réunion de crise ne dura que quelques minutes. Les affaires étaient remontées toute la nuit, au coup par coup. Après une période d'accalmie, le nombre de gardes à vue s'était remis à grimper de façon vertigineuse. Les plaintes affluaient, les demandes d'aide tout autant. De nombreux Parisiens, inconscients du danger, continuaient à vouloir coûte que coûte descendre dans le métro. Plusieurs accidents graves avaient pu être évités grâce à la vigilance des policiers et des agents des entreprises de transport, malgré cela les pompiers ne savaient plus où donner de la sirène. Les hôpitaux encore en service ne pouvaient déjà plus absorber de nouveaux patients compte tenu de l'évacuation complète de quatre sites, partielle de trois, et celle, préventive, de Georges-Pompidou.

Les hommes demandèrent des nouvelles de Marion. On ne pouvait toujours pas leur en donner et cette impuissance tapait sur les nerfs. Une gardienne de la paix fit part de son impression irréelle que Marion n'avait jamais existé. Un brigadier rêvait de la patronne dès qu'il s'assoupissait sur un coin de banquette.

Les officiers et chefs de groupe voulurent savoir pourquoi le commissaire Guerry-etc. ne se trouvait pas avec eux à cet instant, à la tête des troupes. Abadie évoqua des problèmes personnels à régler. L'explication ne convainquit pas les gradés. L'un d'eux suggéra de rendre compte à la direction de cette défection au plus mauvais moment. Abadie acquiesça. Balancer ne faisait pas partie de ses principes de base, mais là, tout de même, il exagérait, Grand corps malade.

Le *turn-over* des équipes se faisait dans des conditions encore jamais vécues par ces hommes et femmes engagés au quotidien dans des opérations bien différentes de celles-ci. S'ils montraient de la bonne volonté, ils pouvaient être déroutés par des situations inédites. Ceux qui sillonnaient les réseaux à partir des gares à présent fermées devaient s'adapter à toute allure à de nouvelles infrastructures, à des lieux inconnus. La majorité d'entre eux rencontraient des difficultés pour venir prendre leur service, les transports collectifs étant déréglés, voire interrompus. L'évacuation de Villeneuve-Saint-Georges n'était pas encore achevée que déjà d'autres villes, d'autres gares, prenaient le relais. Les opérations de ce type s'avéraient en général autrement plus longues et plus compliquées que prévu lors de l'élaboration des plans. Pour preuve, plusieurs habitants d'immeubles situés en zone inondable, après avoir refusé catégoriquement de quitter leurs domiciles, en avaient muré les accès, s'emprisonnant avec leurs provisions par peur du vandalisme ou des pillards.

Abadie distribua les consignes, nomma les responsables des opérations, évalua avec ses collègues la quantité de renforts qu'il demanderait au commandant Drouet, *via* le PC de crise de la zone de défense.

Valentine Cara était arrivée à la bourre, essoufflée. Elle avait découché et Abadie avait dû gérer la grogne de Nina.

– Elle m'avait dit qu'elle serait là !
– Elle a été obligée de sortir, pour le boulot...
– Mais bien sûr ! Prends-moi pour une nouille aussi...

Nina était la digne fille de sa mère, en dépit de l'absence de chromosomes communs. Ce qui montrait bien que, en matière d'éducation, l'acquis valait largement l'inné, s'était dit Abadie avec une grosse nostalgie. Nina était tracassée. Par bouffées, elle manifestait de la colère parce que personne n'avait encore le moindre début d'indice pour retrouver sa mère. Tout aussi brusquement, elle s'effondrait, laminée par la peur. Finalement, elle était retournée se coucher après avoir grignoté un des croissants que le capitaine — ne sachant plus quoi faire pour l'aider — était allé acheter chez le boulanger du bout de la rue. Celui-ci en avait profité pour annoncer qu'il allait fermer boutique, affolé par l'affluence de clients inconnus et inquiétants.

Les hommes se dispersaient à présent. Ils partaient vers une nouvelle journée de galère, sans savoir ce qui les attendait au détour des souterrains ennoyés, des escalators immobilisés par les pannes de courant et des trains squattés par une population qui ne savait plus à quel saint se vouer.

— Alors ? Ça va ? demanda Abadie à Valentine tout en lorgnant sa tenue qui n'avait rien de réglementaire.

— T'inquiète pas, je ne vais pas garder ces fringues, j'ai un uniforme de rechange au bureau, le mien était trempé et crade, alors…

— Je ne te demande rien, pourquoi te justifier ?

Cara haussa les épaules.

— Oh ! comme ça ! Tu vas faire comment, toi, pour les vêtements ?

— Yves va m'apporter un sac dans la matinée. Je crois qu'il va prendre une piaule à l'hôtel, dans le coin. Pour lui et moi. Il dit que ce sera plus commode pour aller bosser mais la vérité, c'est qu'il n'a pas confiance.

— Ah… Où est Nina ?

— Elle dort encore, je lui ai proposé de venir à la brigade quand elle émergera. C'est encore là qu'elle sera le mieux.

— C'est une bonne idée.

Ils se retrouvèrent dans le bureau de Marion, le seul endroit à peu près tranquille du commissariat.

— T'as des nouvelles de Ménard ? demanda Valentine qui semblait un peu à cran.

– Non, on va monter le voir, d'ailleurs. Qu'est-ce qui se passe ?

– Il faut faire fissa et retourner chez B-M, tout remettre en place.

– Quoi ?

– Tu as bien entendu. Dès que ce sera fait, je vais refiler le bout de papier et l'adresse de la rue Mathis à Régine Duval.

Abadie croisa les bras sur sa poitrine à la vitesse d'un ralenti de cinéma. Il siffla doucement entre ses lèvres :

– Comment c'est possible, un revirement pareil, en une moitié de nuit, même pas ? Ah, je vois, tu es toujours amoureuse...

– Ne dis pas de connerie ! s'offusqua Valentine. Je ne prétends pas que ça n'a pas été agréable de me retrouver dans un pieu avec elle mais c'est elle qui est dingue de moi. Et puis, l'amour n'est pas le sujet de nos accords, du moins pas complètement.

– Si tu pouvais être plus claire...

Valentine baissa les yeux, ce qui n'était pas non plus dans sa nature. Abadie subodora que les fameux accords allaient leur péter au nez telle une bulle de Malabar.

– Tu lui refiles tout contre une tablette de chocolat, comme le curé de l'histoire ?

– Quel curé ?

Abadie fit un geste qui signifiait « laisse tomber ». Il regarda sa montre, vit que l'heure tournait et qu'ils étaient là à tchatcher comme si Marion n'avait pas été enlevée, comme si la vie continuait et qu'ils l'attendaient dans son bureau pour qu'elle leur paie un Nespresso. Valentine sembla lire dans ses pensées.

– Je ne veux qu'une chose, Luc, c'est retrouver la patronne et buter le salopard...

– Je sais. Allez, accouche.

Valentine expliqua son deal avec le commandant Duval.

– Tu lui as tout balancé ? s'inquiéta Abadie.
– Rien du tout. Elle m'a proposé un poste d'observation dans l'enquête, à ma main. Je vais au 36 quand je veux, je pose toutes les questions qui me passent par la tête.
– Et Guerry, il est au courant ?
– Négatif, elle ne veut pas de lui sur le coup. Elle en parle à Meunier ce matin. Elle se démerde pour écarter Guerry, surtout depuis que je lui ai parlé du transfert des corps à Garches tel que Grand corps malade nous l'a présenté. Elle n'était pas au courant. Elle va également creuser cette histoire de momie.
– Mazette... C'est une volte-face à 180 degrés. C'est quoi le plan, le vrai, je veux dire ?
– Je crois que si elle ne dégotte pas rapidement quelque chose sur Marion, le cul va lui chauffer, à Meunier. Et pas qu'à elle. Le préfet de police leur fout une pression maxi, il pressent du grabuge, une vague qui pourrait l'éclabousser.
– C'est de circonstance...
– Pardon ?
– Non rien.
– Bref... Ils ont besoin de nous et elle craint, à juste titre, qu'on les baise ou qu'on essaie... Enfin, officiellement, c'est de coopération totale et réciproque qu'il s'agit.
– Tu parles, c'est clair comme du jus de chique : ils ont tous la trouille. Qu'est-ce qu'on gagne dans l'opération ?
– Des chances de retrouver Marion plus vite. On additionne les forces au lieu de les opposer.
Abadie réfléchit, pesa le pour et le contre. En psychologie clinique, des observations montraient que les groupes en compétition obtenaient de meilleurs résultats que les groupes en association. Sauf que là, on n'était pas dans un laboratoire de la fac et qu'eux, grouillots de base, n'avaient pas toutes les cartes en main. La mise à l'écart de Guerry-etc. n'allait pas

leur faciliter la vie, surtout après son exigence exprimée au cours de la nuit d'être tenu au courant de tout. Est-ce qu'il fallait lui parler de ce deal ?

– Laisse faire Meunier, affirma Valentine. De toute façon, il n'est pas là…

– C'est vrai !

– T'inquiète pas, reprit Cara, je veille au grain et l'offre de Duval ne me tourne pas la tête.

– Comment tu vas faire ?

– Je veux savoir ce qu'il y a dans le micro de B-M et sur son portable. Après ça, on retourne là-bas, on remet tout en place. Ensuite, je m'arrange pour qu'elle ait le tuyau sur la rue Mathis et que le bout de papier soit miraculeusement retrouvé dans les scellés. Elle fermera les yeux sur nos irrégularités de procédure et nous couvrira.

– Tu es sûre de ça ?

– Non. Mais on n'a pas mille solutions… De plus, avec Guerry qui nous claque dans les pattes et le bordel de la crue, on va manquer de temps et de moyens. Et si Duval nous baise, je saurai quoi faire.

Abadie se garda bien d'approfondir. Connaissant Cara, il n'avait pas de doutes sur sa capacité à réagir à un coup fourré.

Une heure plus tard, les deux officiers étaient en route pour la rue Mathis. De jour, les risques étaient encore plus élevés de se faire repérer mais il n'y avait pas le choix. Ménard avait passé le reste de sa nuit sur le micro-ordinateur de B-M. Sans rien dénicher de fracassant à l'exception de quelques informations sans intérêt apparent, sur des sujets qu'on imaginait mal captiver Bob-Marley Harris. Beaucoup de fichiers avaient été effacés récemment, la trace en subsistait mais le temps et les moyens manquaient à Ménard pour les reconstituer. Il avait noté une identique banalité sur les connexions Internet. Pas de liste de favoris, pas de visites régulières à certains sites. Rien d'illégal ou de sulfureux. L'appareil semblait sans rapport avec le dealer et son trafic. Un volumineux dossier constitué d'une foule de documents et de photos attira pourtant leur attention : il y était question de momies et de techniques de momification. Curieux tout de même que, en moins de vingt-quatre heures, ce sujet revienne autant de fois sur le tapis. À tout hasard, Ménard fit une copie de tout ce qui traînait sur le disque dur.

Quant au téléphone mobile, il était encore plus désertique. C'était un modèle récent, la carte SIM indiquait que l'abonné était Bob-Marley Harris soi-même, qui n'avait pas appelé, pas reçu d'appel, en dehors de celui d'Abadie la veille au soir. Rien que pour cela, il n'était pas question de le rapporter rue Mathis. Pourquoi Marion avait-elle inscrit ce numéro sur un bout de papier ? Était-il destiné à leurs seuls échanges ? Pourquoi dans ce cas B-M l'avait-il appelée d'une cabine pour lui donner rendez-vous ? Parce qu'il avait oublié son téléphone chez lui ? Et le reste du temps, quel moyen utilisait-il ?

– Il n'avait rien sur lui, réaffirma Valentine. Selon Duval, pas de mobile, pas de clefs, pas de papiers.

– Tout cela est bien troublant, fit Abadie, songeur. Je vais avec toi rue Mathis, je peux pas te laisser seule sur ce coup.

Valentine protesta qu'il y avait du taf à la brigade mais Abadie fut intraitable. Un couple, habillé en civil, sûr de soi et connaissant déjà le code d'accès à l'immeuble, passerait inaperçu. Et puis, ajouta-t-il, à deux, on est plus intelligent que seul.

Une fois sur place, ils opérèrent un passage en voiture histoire de vérifier que la voie était libre. D'emblée, ils comprirent que quelque chose était arrivé. Une voiture de police stationnait devant l'entrée, en double file, rampe lumineuse en action. Encombrant la moitié de la chaussée, deux véhicules de pompiers dont les hommes étaient en train de rembobiner leur lance.

– Merde, grinça Valentine. J'espère qu'il s'est rien passé chez B-M...

– Tu rêves ? Où veux-tu qu'il se soit passé quelque chose, sinon chez lui ?

– Je sais pas, à côté, dans le resto, chez le serrurier.

– C'est beau, la candeur à ton âge... Allez, viens, on va aux nouvelles.

Ils trouvèrent une place dans la rue de Crimée et se rendirent à pied jusqu'au numéro 12, camouflés sous un grand parapluie. Ils auraient pu se présenter ès qualités et accéder sans difficulté à l'immeuble. Ils auraient alors pris contact avec l'OPJ de l'arrondissement en charge de l'affaire, si affaire il y avait. Mais cette étourderie pourrait se révéler fâcheuse par la suite. Ils étaient hors de leur champ de compétence et l'OPJ ne manquerait pas de leur poser des questions, voire de mentionner leur visite dans son rapport.

Abadie saisit le bras de Valentine et, la tête penchée vers elle à l'image d'un homme amoureux, il l'entraîna vers le restaurant de couscous.

Plusieurs intervenants — flics, pompiers — plus quelques badauds campaient devant l'établissement, agglutinés sous le store rouge et jaune qui couvrait un bon mètre de trottoir. Depuis six heures, la pluie semblait s'être encore renforcée, au grand dam de tous les médias dont les bulletins météo commentaient de quart d'heure en quart d'heure l'insistance du ciel à se déverser sur Paris.

– C'est fermé ? s'enquit Valentine, candide.

– Si c'est pour manger, oui, fit un homme d'une soixantaine d'années, un tablier à la propreté douteuse autour des reins. Il est trop tôt.

– Oh ! on voulait juste boire un café...

L'homme les examina de la tête aux pieds. Bizarre, semblaient dire ses yeux vifs et curieux. Jamais vu par ici, ces deux-là. Et venir prendre un café dans ce boui-boui alors que des bars nettement plus reluisants s'alignaient sur l'avenue voisine...

– Si vous y tenez, dit-il sans chaleur.

Ils entrèrent à sa suite dans une salle au décor rudimentaire — néon, tables en Formica, chaises dépareillées et bancales — où flottait une tenace odeur de gras de mouton et de harissa. Deux des hommes en uniforme leur emboîtèrent le pas et s'accoudèrent au comptoir. Le couple alla s'asseoir à une table derrière la vitre. Alors qu'ils se demandaient comment engager la conversation avec le taulier revêche, un homme en civil, portable à l'oreille, fit son entrée. Il adressa un signe de tête au marchand de couscous, désignant la machine à café d'un geste impérieux tout en continuant sa conversation téléphonique.

– J'ai besoin d'une équipe de l'IJ, dit-il sans plus de précaution, 12, rue Mathis, dans le 19e, oui... troisième étage... Oui, je suis sur place et je les attends. Pas dans deux plombes, hein, j'ai du taf... Il me faut aussi une équipe du LPS[1], catégorie incendie... OK, merci, dans combien de temps ? Ah bon ? Oui, je comprends, putain de flotte... Bon, d'accord, je ferai garder les lieux de toute façon... Mais si vous pouviez activer, j'ai deux cadavres qui m'attendent au bord du canal... Hein ? Oui, je sais, ils vont pas se barrer... Très drôle ! Salut, joyeux drille !

Il ferma son mobile et balança un rapide coup d'œil autour de lui sans s'arrêter sur les deux tourtereaux qui chuchotaient, front contre front, tellement occupés d'eux-mêmes qu'on ne voyait rien de leurs visages.

– Joue le jeu, murmura Abadie en couvant Valentine d'un regard énamouré. Faut pas qu'il pense qu'on écoute.

---

1. Laboratoire de police scientifique.

– Je suis pas débile, souffla Cara, c'est pas la première fois que je fais ça, je te signale...

Le civil, qui ne pouvait être que l'OPJ du secteur, sembla rassuré. Il composa un numéro pendant que son café coulait. Afin d'éviter les grandes oreilles du restaurateur, il se détourna, se rapprochant ainsi de Cara et d'Abadie. Une aubaine.

– Patron, dit l'OPJ après une courte attente, c'est Bouvier... Oui... je suis rue Mathis... Un début d'incendie... Criminel ? Je sais pas encore, c'est pas sûr. *No victim*, mais des trucs intéressants. Oui, c'est ça, entre autres... Je pense qu'il faut aviser le proc et demander la saisine de la DPJ, ils verront le topo avec les stupes si ça les chante... Il y a beaucoup d'investigations à prévoir et moi, en ce moment... Entendu, merci, patron.

– Tu vois, chuchota Valentine, je te disais que ça sentait le cramé là-haut...

– Ça sentait surtout la clope, objecta Abadie sur le même ton.

Le nommé Bouvier revint s'appuyer contre le bar, s'empara d'un tube de sucre qu'il secoua avant d'en déchirer l'extrémité. Il vida lentement la poudre dans sa tasse, touilla son café à la même vitesse, leva enfin les yeux vers le taulier qui faisait semblant de ne rien remarquer. Un numéro calculé de part et d'autre.

– Monsieur Mektoub, dit-il, vous avez vu ou entendu quelque chose ?

– Rien du tout. Quand j'ai ouvert à 6 heures, j'ai senti l'odeur de brûlé. Ça venait de l'immeuble. Comme j'ai ma réserve dans le fond de la cour, je me suis dit que ces bâtards étaient revenus me faire chier.

– Qui ?

– Oh ! des petits cons qui veulent jouer aux caïds, mais ils connaissent pas Mektoub. J'en fais qu'une bouchée de ces merdeux !

L'OPJ notait dans un calepin ce que l'autre lui racontait. Il releva la tête :

– Bien, on reviendra là-dessus plus tard, continuez...

– De toute façon, marmonna Mektoub, c'est toujours pareil, vous ne faites rien pour les gens qui travaillent...

– Ça sentait le cramé, vous êtes entré dans la cour...

– Oui, ça venait pas de là en fait, mais des escaliers. Je suis monté et au troisième j'ai vu un peu de fumée qui passait sous la porte. Elle était fermée, la porte... Comme ça commençait à débourrer noir, j'ai fait le 18.

– C'est peut-être nous qui avons activé ce feu en ouvrant hier soir, suggéra Valentine dans un souffle.

– Très bien, très bien, dit l'OPJ. Vous savez qui habite là ?

– Non, je connais personne.

– Ben tiens... L'appartement d'à côté, c'est pareil, ils ne voient rien, n'entendent rien... En dessous, on n'en parle même pas. Sourds et aveugles. Un immeuble de handicapés.

Il se pencha en avant, fit signe à Mektoub d'approcher. L'autre s'exécuta de mauvaise grâce. Valentine tourna légèrement la tête sur le côté. De là, elle voyait distinctement le visage tavelé du restaurateur et celui du flic, lèvres minces et nez pointu. Un type pas loin de la retraite, usé, mais encore combatif. Les deux hommes étaient proches à se toucher.

– Vous y tenez à votre bar-couscous, monsieur Mektoub ? Vous ne souhaitez pas prendre de grandes vacances, genre six mois de fermeture administrative ? Non ? Alors je vous conseille d'être un peu plus bavard, sinon...

Il fit de la main un geste sec, poing fermé.

– C'est un type, environ vingt-cinq ou trente ans, qui occupe le logement, dit Mektoub avec un air de martyr. Ça fait un an ou deux qu'on le voit dans le coin.

– Son nom ?

– Il s'appelle Armand, je sais pas son nom de famille. Y a rien sur la boîte et rien sur la porte.

– Exact, murmura Abadie, mais le facteur il fait comment ?

– Courrier poste restante, répondit Valentine sur le même ton, un truc de voyous.

– Il ressemble à quoi ?

– Grand, très grand, maigre, enfin mince… Très mince.

– Le costard accroché à la fenêtre, souffla Abadie.

– C'est sûr que c'est pas le style de B-M… Et les pompes ? Tu te rappelles, les targettes noires, immenses ?

– Quoi d'autre ? aboya le policier en pointant son crayon sur le tenancier.

– Il bossait le soir.

– Pourquoi « bossait » ?

– Il est plus là. Ça fait un moment qu'on le voit plus.

– Il bossait où ?

– Mais j'en sais rien, moi ! Je demande pas aux gens que je connais pas de me raconter leur vie.

– Tu connais son prénom quand même ! gronda le policier en passant au tutoiement, manière de déstabiliser l'aubergiste.

– Il est venu boire un café une ou deux fois, il avait une veste avec un badge, c'est pour ça que je connais son prénom. Armand… en plus, c'est celui de mon beau-frère…

– Son nom était écrit dessus aussi, forcément ?

– Possible, j'ai pas fait gaffe.

Abadie et Cara captaient distinctement les mots du marchand de couscous, agressifs et rancuniers.

– Et depuis ?

– Je sais pas. C'est la vérité. Moi, la nuit, je dors.

– Moi aussi, ça m'arrive. Et le jour, tu dors aussi ?
– Non, mais eux oui, c'est des oiseaux de nuit, ces gars-là.

L'OPJ l'observa quelques secondes en plissant les yeux. Puis, il se rejeta en arrière, estimant sans doute qu'il n'en tirerait rien de plus. Il se dirigea avec lenteur vers le fond du restaurant, écarta une tenture qui marquait la séparation avec la cuisine. Cara le suivit des yeux. La tête d'un petit vieux occupé à éplucher des carottes apparut un bref instant.

– C'est dégueu chez toi, Mektoub, gronda le policier en revenant sur ses pas. T'as jamais eu les services d'hygiène sur le dos ?

L'homme marmonna quelques imprécations. Son regard fila sur la gauche, vers la rue, comme si quelqu'un allait débarquer et tout casser dans son rade.

– Il est mal à l'aise, chuchota Valentine. Il connaît B-M et ses activités, il a la trouille.

– J'ai vu un type, un soir, un petit Black avec des cheveux en antennes de télé…

– En quoi ?

– Ben oui, des cheveux tortillés qui tiennent tout debout… Tous les gamins des cités ont ça sur le crâne…

– Ouais, je vois, des dreadlocks, ça s'appelle… C'est qui, ce petit Black ?

– Je ne sais rien d'autre, je le jure.

– Bon, bon, d'accord. Tu passes au central 19, à l'unité judiciaire, dans une heure, pour faire ta déposition. En attendant, réfléchis, la mémoire pourrait te revenir.

Mektoub protesta qu'il n'avait pas de temps à perdre avec ces conneries mais l'autre s'en fut, le nez sur ses chaussures qui laissaient des traces mouillées dans la sciure répandue sur le sol. Ses vêtements étaient également trempés mais il semblait n'en avoir strictement rien à faire.

Un moment après, le couple d'amoureux quitta à son tour le bar à couscous, sans demander son reste. Ils filèrent vers la rue de Crimée, les objets « prélevés » dans l'appartement-nourrice bien calés dans le sac de Valentine.

Dans la voiture, alors qu'il allait démarrer, Abadie resta la clef en l'air. Ses épais sourcils froncés, il semblait fixer dans la rue un spectacle inquiétant. Cara suivit son regard. Tout avait l'air tranquille. La pluie battait son plein, dissuadant les plus téméraires de mettre le nez dehors.

– Ça te fait penser à quoi ce qu'a dit Mektoub ?
– Excuse-moi ? fit le lieutenant, larguée.
– Le signalement du fameux Armand, ça colle avec la taille des fringues et celle des chaussures qu'on a vues dans l'appartement.
– Oui, j'ai pigé, merci, mais je vois pas...
– Un type qui bosse le soir, qui porte un badge avec son prénom et qui ramène chez lui une pile de programmes d'un spectacle de Chaillot...

Valentine sursauta, s'adossa à la portière.

– Eh, s'exclama-t-elle surexcitée, c'est pas con, ça... Plus le coup de fil reçu par Marion depuis la cabine devant Chaillot...
– Et le bout de papier « il dépend de celui qui passe que je sois tombe ou trésor... ».
– Ça fait beaucoup, non ?
– Oui, ça fait beaucoup trop de coïncidences...

**Quai des Orfèvres.
Garde à vue de Pierre Mohica,
9 heures 30.**

– Je veux voir votre chef !
– Vous l'avez vue, il y a cinq minutes.
– Pas celle-ci, l'autre. La « grande » chef. Vous ne m'écoutez pas, elle m'écoutera peut-être.
– Si c'est pour lui expliquer que vous êtes innocent...
– J'ai une chose à lui dire, à elle seule. C'est très important.
– Vous n'imaginez pas qu'on dérange la patronne de la Crim pour un caprice de...

Mohica se redressa sur sa chaise, un moment son regard flamba alors que le reste de son visage restait figé :

– Écoutez, dit-il, depuis hier vous me faites passer pour un taré, un pauvre type incapable de discerner ce qui est bon pour lui et ce qui ne l'est pas. Vous êtes butés sur l'idée que j'ai enlevé ma femme mourante pour l'amener je ne sais où. J'ai une information qui peut changer le cours de ma vie et de la sienne. Vu la façon dont vous me traitez, je sais que vous n'en ferez rien. Alors, ou vous appelez votre chef de service, ou bien je ne dis plus un mot, je fais la grève de la faim et je me suicide à la première occasion.

Mars sourit avec ironie, semblant dire « cause toujours, tu ne m'impressionnes pas ». Il savait aussi que, son orgueil dût-il en souffrir gravement, il ne pouvait ignorer les instructions de Meunier : tout devait lui remonter sur-le-champ de cette affaire qu'elle pilotait en personne. Une situation suffisamment exceptionnelle pour qu'il tienne compte de la demande de Mohica sans se poser de questions. Il fit un signe à son collègue Paul qui sortit sans un mot.

Meunier fit son entrée quelques minutes plus tard. Elle avait l'air plutôt contrarié.

– Docteur Mohica, on me tire d'une réunion extrêmement importante, c'est la débâcle autour de nous, nous allons bientôt flotter comme des bouchons... Aussi, j'espère pour vous que vous avez une bonne raison de me faire venir jusqu'ici.

Voyant que Mohica ne bronchait pas, le regard fixé sur Mars qui s'affairait sur son ordinateur, elle claqua des doigts sèchement.

– Allez boire un café, vous deux ! enjoignit-elle aux officiers qui obéirent avec empressement. Docteur, allons-y, ne perdons pas de temps !

Il consentit à lever les yeux sur elle. Il vit ses traits tirés, sa bouche amère dont une commissure frémissait par intermittence. Manque de magnésium, diagnostiqua-t-il par réflexe, pas assez de sport, trop d'heures de veille. Trop de pression. Accélération du processus de vieillissement.

– Eh bien, s'impatienta-t-elle, quand vous aurez fini de m'examiner, peut-être me direz-vous ce que vous avez sur le cœur ?

Pierre Mohica s'ébroua, comme au sortir d'un rêve.

– Vos hommes et la femme blonde, raide comme la justice...

– Le commandant Duval, un des meilleurs flics que je connaisse...

– Oui, eh bien, obtuse et plus hermétiquement fermée qu'un caisson de survie. Les deux autres, c'est pire.

– Qu'avez-vous à me dire, monsieur Mohica ?

– J'ai un témoin, pour le laps de temps où l'on m'accuse d'avoir enlevé Marion.

– Ah oui ? Et ce serait ?

– Amaury Guerry des Croix du...

– Tiens donc ! Développez, je vous prie !

– Quand j'étais dans le hall du service de neurochirurgie avec Nina et le lieutenant Cara, je l'ai vu. Il se tenait à 2 mètres de moi. Il m'a regardé, il n'a pas pu ne pas me voir, il n'a pas pu ne pas *nous* voir, tous les trois.

– Et alors ?

– J'étais soulagé qu'il se trouve là car je ne savais plus à quel saint me vouer. J'ai voulu me précipiter vers lui pour qu'il intervienne auprès de ce sale con de Raza... Mais il y a eu un grand moment de panique à cause du courant qui commençait à flancher et des malades qui étaient évacués. Bref, quand ça s'est enfin tassé, il n'était plus là.

– Et vous dites qu'il vous a vus ? Tous les trois ?

– Obligatoirement. Ou alors il est complètement miro.

– Je ne crois pas. Ou bien il ne serait pas flic. Ensuite ?

– Ensuite ? Je l'ai revu une autre fois, dehors, quand je partais pour la maternité.

– Et, rebelote, il ne vous a pas calculé, comme disent les jeunes d'aujourd'hui.

– Exactement. Il m'a bousculé. Je dois dire que c'était à l'extérieur, sous la pluie... Mais je suis certain qu'il m'a vu, en réalité. Il semblait pressé, peut-être qu'il ne voulait pas perdre de temps avec moi.

– En réalité, le singea-t-elle, vous n'êtes pas très sûr de vous ?

– C'est difficile à dire. Ces souvenirs me sont revenus ce matin, dans la phase de préréveil.

– Alors que vous pensiez ne pas avoir dormi et ne vouliez pas croire qu'on était le matin...

– Je souffre incontestablement d'un trouble émotionnel, je vous l'accorde. Mais tout de même, ce souvenir est revenu, très précis et...

– Mlle Cara et la petite Nina ont-elles vu Guerry... quelque chose ?

– Je ne pense pas. Le lieutenant Cara m'a dit qu'il ne *pouvait* pas être là, du moins pour ce qu'elle savait de son emploi du temps. J'ai pensé être l'objet d'une hallucination due au stress...

– Ah ! nous y voilà... Ces... visions, c'est la première fois ?

– Quelles visions ? Qu'allez-vous imaginer ?

– L'imagination n'a pas sa place ici, docteur... Écoutez, pour ne rien négliger, je vais faire poser la question à Amaury Guerry... chose bidule. S'il est bien allé à la Pitié aux heures où vous le prétendez, je reconsidérerai votre cas. Sinon, je préfère vous avertir que cette affabulation vous coûtera une prolongation de garde à vue. Pour commencer.

Hors du bureau, elle croisa Régine Duval qui venait aux nouvelles, alertée par ses deux sbires croisés à la machine à café. Meunier l'entraîna un peu plus loin :

– Il ne va pas bien, il est prêt à tout pour qu'on le laisse partir.

– Dans quel but ?

– Si nous restons fidèles à notre hypothèse, à savoir qu'il a embarqué Marion pour la planquer quelque part, que ferait un homme qui détient une grande blessée et qui ne peut s'occuper d'elle depuis maintenant...

Elle regarda sa montre dont les diamants lacérèrent la pénombre du couloir.

– ... quatorze heures... ?

– Ça n'a pas de sens ! Il n'a pas pu la laisser seule. Ou alors elle est morte et c'est pour ça qu'il perd les pédales.

– À l'heure qu'il est, ce type est prêt à prendre tous les risques pour qu'on le laisse filer, je ne pense pas que ce soit pour organiser les obsèques de Marion, vous me suivez ?

– Qu'est-ce qu'il vous a dit ?
– Il prétend que le commissaire Guerry... chose molle... est venu hier, à la Pitié... Il l'a « vu », à deux reprises. Et l'autre aurait fait semblant de ne pas le reconnaître, ou il ne l'a pas vu, enfin je n'en sais rien, c'est abominablement confus.
– Ah...
Ce « Ah » était lourd de sens. Interprétable de plusieurs manières. Ou bien Mohica était en effet tombé dans un délire inexplicable, ou bien, décidément, ce Guerry faisait un peu trop parler de lui. Et si l'on allait au fond des choses, l'adjoint de Marion se comportait de manière décousue, apparaissant là où on ne l'attendait pas, ne se trouvant jamais où on espérait le rencontrer. Régine Duval revint en pensée sur ce que venait de lui dire l'équipe technique en charge d'exploiter les bandes enregistrées gare du Nord la veille et sur lesquelles la seule personne identifiable se trouvait être précisément le commissaire Guerry.
– On va vérifier tout ça !
– Oui, et *fissa*, parce que, dans cette histoire merdique, tout compte, même les hallucinations d'un pauvre type désespéré. Mais je veux aussi que vous demandiez une expertise psy de Mohica. Négociez une visite à l'I3P[1], en urgence. Ensuite...
Meunier s'interrompit, le regard envolé vers un Velux à travers lequel filtrait une lumière approximative et d'où s'écoulaient deux rigoles parallèles. Une goutte explosa sur le sol. « Le bateau coule », songea-t-elle en s'écartant d'un petit bond maladroit.
– Ensuite, madame ? insista Duval.
– Il faut parler à ce Guerry sans attendre, convoquez-le, je veux le voir.
– Et Mohica ?
– Continuez à le cuisiner, si ça ne marche pas...

---

1. Infirmerie psychiatrique de la préfecture de police.

Elle fit volte-face, son pas décidé martela longuement les dalles de Gerflex gris croque-mort. Le commandant resta un moment immobile, tentant de deviner ce que Meunier avait suggéré. Si Mohica voulait à ce point sortir pour rejoindre Marion, il n'y avait qu'une chose à faire. Le laisser partir et le suivre. Duval se promit de ne rien faire de tel sans que Meunier le lui eût formellement ordonné. Elle fixa la porte derrière laquelle Mohica se morfondait, bien décidée à lui faire cracher le morceau.

Garches, Institut médico-légal, 10 heures.

La momie avait été déposée sur un brancard mobile.

Quatre personnes se tenaient au plus près d'elle tandis qu'un groupe de cinq hommes restait à l'écart. Parmi eux, un technicien de scène de crime et un photographe de l'Identité judiciaire. L'ambiance était étrange dans cette pièce crûment éclairée par des néons où s'alignaient trois tables d'autopsie en Inox, pour l'heure vides d'occupants. À l'évidence, la situation n'était pas habituelle.

– Messieurs, dit une femme qui se tenait à la tête du corps empaqueté, nous allons commencer. Si vous voulez bien approcher !

Le TSC et le photographe s'avancèrent les premiers. Le reste du groupe se mit en mouvement plus lentement, l'un dépassant les deux autres de sa haute taille plus voûtée encore que d'ordinaire. Amaury Guerry des Croix du Marteroy était pâle et ses lèvres serrées indiquaient qu'il ne se sentait pas très à l'aise. L'encadrant comme pour le surveiller, les deux officiers de la Crim le dévisageaient à chaque instant, l'air de se demander pourquoi il avait tant insisté pour assister à cette autopsie. Sa présence à Garches les avait surpris mais ils s'étaient inclinés : la femme médecin légiste en charge des différentes opérations du jour avait donné acte de sa participation à celle-ci en tant qu'observateur. Elle n'avait pas jugé nécessaire de justifier cette décision. Ils avaient bien songé à en informer Duval mais n'avaient pas réussi à la joindre en temps utile. « Après tout, avait capitulé le plus ancien, c'est un "patron", si la toubib est d'accord, on ne va pas en faire un fromage. »

– Je résume les préliminaires, énonça la légiste harnachée de pied en cap à l'instar de son assistant, un homme d'une trentaine d'années au visage poupin. Avant toute chose, nous avons procédé à une radiographie tomodensitométrique…

– Un scanner, traduisit l'un des voisins de Guerry qui le gratifia d'un bref regard glacial.

– … afin de visualiser le contenu de ce… paquet, assez inattendu, je dois dire. Cet examen nous a permis de distinguer des structures de densité différente, des os, de minces masses musculaires et un emballage de « bandelettes » en plusieurs couches superposées. Il y a donc bien à l'intérieur de ce sac un corps formé d'un squelette, conservé dans son intégralité, sans fracture apparente. Le tronc a été vidé de ses organes et de ses viscères. À leur place, plusieurs objets ont été détectés, des contenants composés de matériau opaque, au nombre de quatre, d'une taille d'environ 15 centimètres de long sur 6 à 7 de large. Tous se trouvent rangés dans les fosses iliaques, gauche et droite. Les côtes et les vertèbres sont dans leur position anatomique normale, le cœur et les reins sont absents. Nous avons seulement observé des restes de diaphragme et la subsistance de fragments de l'axe trachéo-œsophagien. Une coupe transversale basse de l'abdomen — dont la peau est tendue et en bon état — a révélé une fente de 15 centimètres parallèle à l'os iliaque gauche et dont les bords s'affaissent légèrement de chaque côté de l'ouverture... L'examen de la moelle osseuse et les mesures effectuées sur le squelette montrent qu'on est en présence d'un sujet jeune, entre vingt et vingt-cinq ans au moment du décès, de sexe féminin... Ce que pourraient confirmer la taille et la conformité des orteils, ainsi que la présence sur ceux-ci de vernis qui recouvre les ongles.

Un murmure consterné des policiers rompit le silence qui avait accompagné l'exposé. Le photographe continua à œuvrer sans signe apparent d'émotion. Les trois compagnons de la légiste ne bronchèrent pas, probablement parce qu'ils savaient déjà ce qu'elle allait dire.

– Pour ce qui concerne le crâne, nous avons observé qu'il est vide, sauf dans sa partie postérieure où subsiste un dépôt opaque. L'image de niveau liquide indique qu'on y a introduit une substance pour l'heure encore non identifiée. Les coupes de l'étage antérieur de la face montrent un défaut de l'os ethmoïde, soit deux perforations d'égale grandeur dont on peut déduire qu'elles ont servi en partie à l'excérébration... De même, la vacuité des orbites derrière les paupières fermées donne à penser à une énucléation bilatérale...

– Oh ! Seigneur, murmura un des deux OPJ, c'est quoi, ce délire ?

– Ce délire, monsieur, fit un homme grand et chauve portant lunettes et armé d'une grosse loupe, est la reproduction très précise des techniques de momification utilisées dans l'Égypte ancienne.

– Professeur Wilfried Ross, égyptologue, expliqua la légiste sobrement. Avec Donald Carré, ici présent et également spécialiste des momies, il nous assiste dans la conduite de cette autopsie pour le moins atypique... à titre amical et bénévole, ce dont nous ne pouvons que les remercier.

Les deux scientifiques se fendirent d'un hochement de tête.

– Si vous en êtes d'accord, messieurs, dit le médecin légiste en remettant en route son enregistreur, nous allons évoquer à présent les constats opérés sur l'emballage du corps que nous venons de décrire avant d'entamer le déroulage des bandelettes et la mise au jour du cadavre. Professeur, je vous prie…

– Hum, hum…

Wilfried Ross s'éclaircit la voix. Il semblait tout autant embarrassé — ce n'était pas tous les jours qu'il se trouvait devant un tel cas de figure — qu'excité — c'était la première fois qu'il effectuait un travail sur une momie qui, à l'évidence, n'avait guère plus de trois ou quatre ans d'âge.

– La momie n'a séjourné dans l'eau que quelques heures, deux ou trois tout au plus, et, seule, sa partie postérieure a été imbibée de liquide. On peut en déduire qu'elle a été mise à l'eau récemment. Son poids étant inférieur à 40 kilos, elle a pu flotter sans s'engloutir. Ce qui nous a permis de relever sur la face antérieure des éléments que j'exposerai ultérieurement. L'emballage du corps est constitué d'une pièce de tissu en un seul morceau. Hérodote rapporte que les Égyptiens appelaient ce linge le linceul du « tumulte guerrier » ou « vêtement de combat », car il constituait la protection suprême lors du rituel de passage des morts dans l'au-delà. Celui-ci est de facture moderne, en coton, sans rapport avec les enveloppes de lin ou de chanvre de l'Égypte antique, mais on a pris soin de le colorer à l'aide de matières naturelles (tanins, boue) afin de lui donner une apparence proche des tissus anciens. Divers éléments ont été prélevés sur ce linge : colle, résine, matières géologiques, du calcaire notamment de type crayeux, quelques amas desséchés et compacts d'une matière jaunâtre…

– Du sperme, précisa la légiste. C'est du sperme.

– Oui ?... Sur ce point, je ne dirai rien, je n'ai pas de compétence. Pour le reste, j'affirme que l'emmaillotement de ce corps n'a pas été effectué dans des temps anciens et que cette momie a séjourné dans un local propre et sec avant d'être plongée dans l'eau. La craie qui macule certaines parties du suaire confrontée au lieu géographique de sa découverte évoque très vraisemblablement les sous-sols de Paris.

Le premier OPJ de la Crim, un certain Renoux, quarante ans, cheveux roux, visage constellé de taches de rousseur, s'avança en levant le doigt, tel un écolier intimidé.

– La montée des eaux aurait-elle pu déloger cette... momie du lieu où elle était conservée ?

– C'est très possible, dit Wilfried Ross.

– Dans ce cas, où se trouvait-elle, selon vous ?

– Ah ça, jeune homme, voilà une question à laquelle je ne peux pas répondre. Paris regorge de sous-sols aujourd'hui inondés et... si vous voulez bien, j'aimerais que nous procédions au débandelettage...

Frustré par cette fin de non-recevoir, le rouquin se tourna vers Guerry dans l'espoir de se trouver un allié. Mais l'autre ne pipa mot, tout entier rivé aux ongles vernis. À présent que le déballage avait commencé, les pieds se laissaient voir en entier. Racornis, parcheminés, d'une étonnante couleur brune.

La pièce de tissu fut enlevée, en dessous apparurent des morceaux de textiles, des vêtements roulés en boule qui furent déposés un à un dans des sacs en plastique étiquetés.

– Ce sont les pièces de bourrage, dit le professeur Ross, une tradition suivie scrupuleusement par les embaumeurs égyptiens pour redonner à la momie une fois achevée l'apparence d'un corps vivant. À présent nous devrions trouver un second suaire, puis les bandelettes qui recouvrent le corps et les membres, bien séparés les uns des autres.

La suite de l'opération prouva qu'il avait raison. Les deux égyptologues observaient le travail de mise à nu progressive du cadavre avec une sorte de fascination. Par instants, un commentaire leur échappait et, ici et là, une interjection admirative.

– Un travail remarquable, murmura Donald Carré qui jubilait en comptant les tampons de remplissage qui jalonnaient le corps. Il n'y a que les pieds qui sont surprenants car très mal empaquetés... Les Égyptiens les entouraient d'une étoffe repliée autour d'eux et en dessous, chacun étant traité séparément lors de la pose des bandelettes...

– Une maladresse volontaire ? suggéra la légiste qui en connaissait un rayon sur la nature humaine.

– Vous suggérez une sorte de fétichisme de la part de... l'embaumeur ? Ce n'est pas une théorie stupide si l'on tient compte de l'excellence des autres manipulations. Tenez, il a même pensé aux raidisseurs...

Apparaissaient en effet de longues bandes d'étoffes longitudinales, raides de colle ou d'une autre matière équivalente, qui servaient, expliqua Ross, à maintenir le corps droit et rigide. Au fur et à mesure que les strates étaient ôtées, la forme du corps se dessinait plus précisément. Les bandelettes proprement dites apparurent, des mètres et des mètres de bandes de 4 à 6 centimètres de large, tenues par des points de collage réguliers, brunies à l'instar des suaires. Deux lignes plus sombres, parallèles, étaient visibles à 5 millimètres des bords.

– Il a utilisé des bandes Velpeau, le modèle le plus courant qu'on trouve dans tous les hôpitaux et les pharmacies, assura le professeur Ross. Les Égyptiens se servaient aussi de bandes qui offraient les mêmes caractéristiques, largeur identique, liseré proche de celui-ci, c'est impressionnant de précision !

Les bandelettes étant partiellement solidaires de la peau, la légiste et son assistant durent recourir à plusieurs reprises au scalpel et, plus parcimonieusement, à de l'alcool, pour les détacher. Le temps paraissait suspendu, la salle baignait à présent dans une ambiance irréelle. Le silence se fit quand le corps apparut. La peau parcheminée, brun clair, plaquée sur un squelette menu auquel n'adhérait plus qu'une infime masse musculaire. La tête encore emballée rendait le tableau surréaliste. Quand enfin le visage fut mis au jour, les spectateurs étaient au bord de la nausée. Non pas à cause des odeurs de corps mort auxquelles ils étaient d'ordinaire confrontés mais à la pensée du travail titanesque accompli par un ou plusieurs individus dans un but inconcevable par un cerveau normalement constitué.

– Nous pouvons à présent procéder à l'examen du corps, annonça la légiste, les doigts serrés à se blanchir les phalanges autour de son micro.

La femme momifiée mesurait 1,65 mètre, sa corpulence avait été mince. Son crâne supportait encore une chevelure auburn, soigneusement coupée et entretenue du vivant de sa propriétaire. Ses yeux avaient été enlevés et les paupières, cousues.

– Terrible méprise, grinça Ross, jamais les Égyptiens n'auraient fait une chose pareille ! Il leur arrivait de remplacer les globes oculaires par des prothèses, mais le maintien des yeux ouverts était indispensable pour que le mort puisse continuer à contempler la beauté de l'Égypte pharaonique... De même, on ne leur peignait pas la bouche ni les ongles.

Ce qui était le cas de la femme allongée, dont les lèvres rouges renforçaient l'hypothèse d'un acte fétichiste avéré et, pour ce qui était de la couture des paupières, de la volonté du meurtrier d'échapper au regard de sa victime. De même, le nez, légèrement affaissé à cause de la pression des bandes, n'avait pas été obturé. Il s'échappait des narines une odeur douceâtre que le professeur Ross décrivit comme étant celle d'une résine employée à chaud, pour emplir partiellement le crâne après l'excérébration. La découpe de la calotte crânienne à l'aide d'une scie oscillante confirma l'absence de cerveau et la présence d'une couche de matière noirâtre qui avait formé un amas dans la partie postérieure de la cavité. Fut mise en évidence la fracture de l'os ethmoïde par lequel le cerveau avait été sorti grâce à des crochets, puis, sans doute définitivement dissous par l'effet d'une solution de soude qui avait eu raison des derniers résidus de matière cervicale. À l'issue de cet examen détaillé, la légiste conclut qu'aucune blessure à la tête n'avait causé la mort de la femme. Non plus qu'au niveau du tronc. Ni les côtes, ni le sternum, très saillant, ni les vertèbres n'avaient été brisés. L'ouverture de la cage thoracique amena à constater que, ainsi que l'avait laissé entrevoir le scanner, tous les organes, poumons, cœur, avaient été enlevés.

– Comment est-ce possible ? objecta le deuxième OPJ de la Crim, un grand brun sec comme un coucou qui s'appelait Mallet. Je veux dire, comment s'y est-il pris, vu que le thorax n'a pas été ouvert ?

– Il est passé par la fente d'éviscération, répondit Wilfried Ross penché sur le corps presque à le toucher, par cette ouverture que vous voyez ici. À ce propos, je vois une autre anomalie : ladite fente d'éviscération n'est pas recousue, ce qui explique l'affaissement des lèvres de la plaie. Elle n'est pas davantage obturée par une plaque ou un morceau de métal ainsi que le voulait le rituel… C'est par là que l'embaumeur extrayait les viscères, du thorax à l'abdomen. Les Égyptiens les enfermaient dans les fameux vases canopes qu'ils plaçaient ensuite dans les cavités iliaques et dans le thorax. Notre homme n'est pas allé au bout du rituel…

– Il était peut-être pressé, suggéra l'OPJ Mallet.

– Possible... Pourtant, le travail est soigné, il doit y avoir une autre explication, moins évidente...

Ce fut dit avec une légère pointe de condescendance que, bien trop chamboulés par ce qui se passait dans la pièce, les policiers ne détectèrent pas.

– Voyons, reprit le médecin légiste, ce qu'il en est de ces boîtes que vous appelez... comment déjà ?

– Les vases ou paquets canopes... Le corps ne devait pas être conservé avec les viscères et les organes mous car c'est par là que la putréfaction commence. En même temps, le défunt ne pouvait prétendre passer dans l'au-delà que s'il était complet, d'où l'enfermement des viscères dans ces récipients hermétiques...

Les quatre boîtes détectées par le scanner firent leur apparition après l'ouverture de la fente d'éviscération pratiquée dans la fosse iliaque gauche. Le choix du côté gauche n'était pas dû au hasard, ainsi que le commenta Ross. Les Égyptiens de l'Antiquité considéraient la gauche de l'abdomen comme le côté le plus accessible pour enfoncer le bras — gauche également — de l'embaumeur, le plus profondément possible, et lui permettre d'atteindre ainsi la totalité des organes à extraire.

Avec délicatesse, la légiste aligna les boîtes sur une paillasse carrelée de blanc. Les deux spécialistes s'y penchèrent avec empressement.

– Rien à voir avec les vases canopes utilisés dans l'antiquité, émit Donald Carré avec regret. Ça ressemble plutôt à ces boîtes hermétiques en métal qu'utilisent les plongeurs...

– Oui, exactement, affirma Renoux qui semblait s'y connaître.

– On ouvre !

L'assistant de la légiste retira ses gants de latex, en enfila une paire neuve. Pas question de polluer ces précieux objets. Le photographe de l'IJ mitraillait la scène sous toutes les coutures, le TSC, qui avait en vain recherché des empreintes sur les boîtes, se tenait prêt pour la suite. Guerry, un peu en retrait, ne mouftait toujours pas.

Le premier contenant révéla un magma indéfinissable de chairs qui sentaient abominablement mauvais. Les professeurs reculèrent en portant la main devant leurs bouches. Le deuxième recelait ce qui apparut comme le cœur, coupé en deux, et tout autant puant. Dans le troisième, qui ne sentait rien, un emballage de plastique gris opaque. La tension était à son comble quand le médecin légiste, après avoir fait prendre plusieurs clichés, l'ouvrit. Elle déploya sur la paillasse les objets contenus dans l'emballage : une chaîne avec un pendentif, une simple pierre blanche cerclée d'or, une bague avec une pierre identique, sans aucun doute un diamant de fiançailles, un téléphone portable de marque Nokia, une carte d'identité.

– Amélie Garcin, née le 15 octobre 1980 à Paris… annonça le TSC après avoir examiné le document.

– Qu'est-ce que ça veut dire ? proféra le professeur Ross d'une voix décalée, on n'a jamais vu ça… Les papiers de la défunte, son téléphone. Pardonnez-moi, mais c'est consternant.

– En effet, confirma la légiste, ça fait vingt ans que je découpe des cadavres, je n'ai encore jamais vu un truc pareil !

Les yeux rivés sur le dernier faux paquet canope, toute l'assistance se demandait quelle surprise les y attendait encore. Ils ne pouvaient pas savoir que l'inimaginable était là, encore à l'abri pour quelques secondes dans une boîte de plongeur.

– Eh bien, mes enfants… murmura le médecin légiste après avoir fait ouvrir l'ultime boîte, c'est invraisemblable… mais vrai.

L'odeur était pestilentielle, renforçant encore le côté effrayant de l'aventure qui se déroulait ici. Le contenu s'offrit à la vue de l'assistance.

– C'est un fœtus, dit la légiste. Au premier abord, je dirais de quatre mois…

Les poings sur les hanches, elle embrassa l'ensemble des horreurs déployées sur le carrelage. Les autres se taisaient, incapables du moindre commentaire.

– Dites-moi, commissaire Guerry, reprit la légiste sans bouger, vous vous attendiez à ça en voulant à tout prix assister à ce carnage ?

Comme elle n'obtenait aucune réponse, elle opéra un demi-tour, vit derrière elle les visages livides et abêtis des participants immobiles. Ils semblèrent s'animer d'un coup quand elle se souleva sur la pointe des pieds en agitant les bras pour les réveiller. Ils constatèrent avec elle que le commissaire Guerry s'était éclipsé sans faire de bruit.

Elle a convoqué son ancien amant. Ils sont ensemble. Ils ne pourront rien. Qu'est-ce qu'elle s'imagine, la châtelaine ? Et lui, avec sa perfusion minable et son matos de médecin de campagne ?

Ici, rien n'a changé. C'est pareil qu'avant, en pire. Tout s'écroule, tout part en morceaux. Un champ de ruines.

Quelle importance à présent ?

La mort est entrée dans la demeure, elle s'est installée partout. Son odeur suinte des murs ravagés par le temps et les infiltrations.

Elle va les prendre, tous.

12

**Théâtre de Chaillot.
11 heures.**

Valentine Cara arrêta sa Honda sur la place du Trocadéro. Une petite 125 trial qu'elle n'avait pas sortie depuis des lustres du garage de la brigade, situé au troisième sous-sol du parking souterrain de la gare du Nord. À cause d'une chute un jour d'excès de whisky, elle avait récolté une fracture de la cheville, longue à restaurer. À la pétoche d'une sanction s'était superposée la honte de trimballer jusqu'à la retraite un accident en alcoolémie positive dans son dossier. Heureusement, Marion était intervenue. Cara n'avait jamais su comment mais elle lui avait sauvé la peau. L'engin était resté sur sa béquille le temps que l'affaire se tasse et la couche de poussière qui le recouvrait indiquait qu'il était là depuis au moins deux ans. Aujourd'hui, la bécane, c'était ce que Valentine avait trouvé de plus simple pour venir jusqu'ici. Elle cala la moto sur sa béquille, négligea l'antivol. Quel intrépide, en dehors d'elle, oserait s'aventurer sur une telle machine en plein déluge ? Elle grimaça : malgré le poncho et la capuche serrée autour de son visage, des rigoles avaient coulé dans son cou, mouillant sa poitrine. Elle frissonna car, pour compléter le tableau, la température avait chuté de plusieurs degrés.

Elle repéra la cabine téléphonique, entre la bouche de métro et les escaliers qui menaient au théâtre et, après quelques pas sur le trottoir, Valentine gagna l'aile droite du palais. À cause du déluge, il n'y avait strictement personne aux alentours et la plupart des bars et restaurants qui faisaient face à l'édifice étaient fermés. Le lieutenant s'avança sur la grande dalle balisée de statues dorées sur ses côtés. Habituellement, les skateurs s'y donnaient rendez-vous pour se tirer la bourre sur leurs boards, à grands coups de virevoltes et de figures acrobatiques. Quotidiennement aussi, des centaines de touristes se pressaient au pied de la tour Eiffel, partaient à l'assaut des deux étages mythiques avant d'escalader la colline en vis-à-vis. Aujourd'hui, la tour avait les pieds dans la flotte et la tête dans les nuages. Un lac s'était formé, englutant le Champ-de-Mars, jusqu'aux Invalides, noyant les buildings du front de Seine qui se reflétaient dans des eaux pourries, jonchées de déchets.

Cara, la tête levée vers le fronton du palais, tenta de distinguer le sommet des tours d'angle et les inscriptions en lettres d'or qu'elle avait vues sur Internet. Impossible, la brume avait tout avalé. Sans perdre plus de temps, elle revint sur ses pas. Elle passa devant l'entrée du musée de l'Homme, plongé dans l'obscurité d'un jour malade. « Fermé pour travaux », c'était ce qu'indiquait un panneau accroché à la porte monumentale. Parvenue à l'entrée du théâtre de Chaillot, elle eut la sensation déplaisante que ses pieds baignaient dans ses rangers tout en constatant que, comme son voisin, le bâtiment était fermé. La main en visière devant les yeux, elle se pencha pour regarder à l'intérieur à travers les barreaux de fonte et les vitres sales de la façade. Il y avait de la lumière dans le fond. Elle poussa sur la porte qui résista et, alors qu'elle se demandait comment signaler sa présence, un homme vêtu d'un uniforme bleu se matérialisa derrière les carreaux. C'était un Black d'une quarantaine d'années, bedonnant, la chemise débraillée à cause d'un bouton qui avait rendu l'âme au-dessus de son estomac. Il portait un trousseau de clefs à la ceinture. Un appareil de transmission énorme et démodé pendait à son cou. Un badge indiquait en lettres noires sur fond doré qu'il s'appelait Éric Labrise. Il considéra Valentine d'un œil réprobateur, faisant de l'index un signe de négation. Cara lui montra la porte d'un geste qui signifiait qu'elle voulait entrer. « Fermé », articulèrent les grosses lèvres du gardien. Elle hésita. Sa démarche n'était pas autorisée. Elle était venue pour se rendre compte, tâter le terrain, sentir le vent avant de lancer Régine Duval et ses fauves à l'abordage. Pour entrer là-dedans, ou du moins obtenir autre chose du gardien qu'une attitude aussi verrouillée que la porte, elle devait montrer patte blanche. Ensuite, elle le savait, ce serait l'engrenage. Elle pensa à Marion qui agonisait quelque part, à sa fille, désespérée. Elle n'eut pas à se forcer beaucoup pour se décider.

« Je me suis quand même pas tapé toute cette merde pour m'en aller la queue entre les jambes », grommela-t-elle en fouillant sous son ciré pour en extraire sa carte tricolore.

Elle la plaqua contre la vitre et constata avec satisfaction que le gros Black quittait instantanément son air important.

Il trifouilla la serrure, s'arc-bouta sur la porte qui devait bien peser une tonne et consentit à l'entrouvrir.

– C'est pourquoi, lieutenant ? fit-il en roulant les yeux qu'il avait aiguisés pour avoir d'un seul coup d'œil identifié le grade de Cara sur le rectangle de plastique.

– Vous êtes fermés ? éluda Valentine.

– Ben oui, on est en alerte rouge, rétorqua l'homme, son assurance en partie retrouvée.

– Je sais, oui...

Elle fit la moue, regarda autour d'elle.

– En fait, se lança-t-elle comme si elle sautait d'une falaise, je voulais voir Armand…
– Armand ? Lequel ?
– Pourquoi, vous en avez plusieurs en magasin ?
Le gardien partit d'un rire sonore.
– Non, enfin j'en sais rien, je connais pas tout le monde ici, y a deux cent cinquante personnes qui travaillent et…
– Un grand, maigre, le coupa Valentine.
– Oui, bien sûr…
– C'est à lui que vous pensiez, non ?
L'homme rit de nouveau, moins joyeusement toutefois. Il y avait même une forme d'appréhension dans son regard qui n'échappa pas à Cara. Elle se rembrunit, le front plissé :
– Bon sang, j'ai encore mangé son nom ! Ça doit être Alzheimer.
– Non, non, le grand Armand, c'est Delacroix, son nom à lui…
Cara se retint de sourire. Sa blague à deux balles marchait à tous les coups.
– Voilà, c'est ça, Delacroix… Je pourrais le voir ?
– Ah non, lieutenant, ça risque pas.
– Pourquoi ?
– Parti, y a un bon bout de temps.
– Combien de temps ?
– Ouh… Ça ! Je ne sais plus trop…
Le lieutenant scruta l'œil fuyant du gardien. Regard à gauche, gêne ou mensonge. Il tritura son talkie pour se donner une contenance.
– Qu'est-ce qu'il faisait ici ? reprit-elle.
– Il travaillait, ronchonna Éric Labrise.
– Oui, je me doute bien qu'il ne faisait pas qu'arroser les pots de fleurs. Quoi, comme travail ?
– À l'accueil spectacle. Le soir. Il faisait aussi sonner les trompettes.
Cara crut que, cette fois, il se payait sa tête pour de bon. Mais, à bien considérer son visage crispé,

elle comprit qu'il n'en était rien. Elle n'osa pas lui demander des précisions sur ces mystérieuses trompettes, se convainquit qu'elle n'en tirerait rien de plus, là, sur ce pas de porte où elle commençait à claquer des dents. Elle fit un pas en avant :

— J'aurais besoin de voir quelqu'un de l'administration. Ou un responsable.

Cara le vit hésiter, peser le pour et le contre. Affirmer qu'il n'y avait personne dans l'espoir de se débarrasser d'elle semblait d'autant plus stupide qu'elle ne cessait de regarder vers les lumières qui brillaient dans le ventre du théâtre.

— Ben, c'est-à-dire... J'ai des consignes...
— Pas pour la police, mec, les consignes, OK !

Elle passa le pied entre la porte et le chambranle, poussa un coup sec, faisant reculer le garde qui se mit à transpirer, mal à l'aise. Pas besoin de lui infliger un lavage de cerveau pour comprendre qu'il y avait un loup entre le dénommé Armand et lui.

— C'est votre nom, ça ? demanda Valentine presque agressive, en désignant le badge.
— Oui...
— Éric ?
— Labrise, oui, je suis de Nouméa... Vous n'allez pas me faire d'histoire, hein, lieutenant ? J'ai une famille...

« Ben voyons », songea Cara en le fusillant du regard. Toujours la même rengaine ! Qu'est-ce qu'il fricotait avec cet Armand Delacroix, le bon père de famille ?

— Armand, fit-il à voix basse en rentrant la tête dans ses épaules massives, c'est un drôle de gars, vous savez... Mais il faisait rien de mal ici...
— Ah bon ? Pourquoi vous mettre dans cet état, dans ce cas ?
— Je le laissais dormir ici des fois, et il lui est arrivé de rester plusieurs jours...

Ce qu'il fallait traduire par plusieurs semaines, voire pire.

– Et où ça ?

– En bas, dans le couloir...

Valentine Cara le considéra de nouveau avec suspicion. Ou il la baladait pour une raison mystérieuse, ou il subissait des bouffées délirantes, genre syndrome Gilles de La Tourette. Les trompettes, le couloir... Labrise devança ses questions :

– C'est tout en bas, ça s'appelle le couloir des gazés. Pour le moment, on peut plus y aller, c'est inondé.

Elle renonça à demander davantage d'explication. Ce que lui racontait Labrise faisait partie de son quotidien depuis combien ? Dix, quinze ans ?

– Et c'était quoi, la contrepartie ?

– Excusez-moi ?

– En échange de quoi le laissiez-vous dormir dans ce fichu couloir ?

Nouveau regard flottant à gauche. Une petite gâterie de temps en temps, les nuits de garde, ni vu ni connu ? C'était un truc qui prenait aussi les bons pères de famille. Fréquemment, même, il n'y avait qu'à voir la file d'attente aux camionnettes des galants et galantes du bois de Boulogne ou de Vincennes, le matin, avant le boulot, ou le soir, juste avant le repas familial. Il n'y avait qu'à aller sur Internet, aussi, où tous les pédophiles masqués sous des apparences bon chic bon genre se donnaient rendez-vous.

– Rien, dit Éric Labrise les lèvres humides.

– Ouais... Bon, il faut quand même que je voie quelqu'un de la maison, soupira Valentine sans insister. Je ne dirai rien, je vous le promets, mais vous ne me faites pas un petit dans le dos, si vous voyez ce que je veux dire.

Il roula des yeux un bon moment, comme terrassé par un vilain pressentiment. Valentine revint à la charge :

– OK ?

– OK, fit-il à contrecœur en ouvrant plus grande la porte.

**PC de crise,
11 heures 30.
Cote de la Seine : 7,90 mètres.**

Dans la salle de crise, la sérénité de la nuit avait fait place à l'énervement. Des équipes fraîches étaient arrivées tôt le matin mais le niveau de saturation des consoles et des réseaux d'information indiquait que la situation empirait de manière aberrante.

En ce deuxième jour de crise majeure avérée, le périphérique, intérieur et extérieur, était saturé de la porte de Versailles à… la porte de Versailles. Les accès à Paris étaient intégralement bouchés, notamment les autoroutes A1 et A10. Les autoroutes A14, A15, A3, non contentes de dépasser tous les seuils de satiété, étaient en plus coupées à plusieurs endroits. Le trafic, reporté sur les autres axes, provoquait une situation dantesque. Les camions de ravitaillement étaient bloqués dans d'inextricables embouteillages et, dans plusieurs quartiers, l'angoisse des habitants créait une situation quasi insurrectionnelle.

Les sites officiels, abandonnés dans la nuit (ministères, bâtiments publics, lieux sensibles), étaient gardés grâce à des moyens humains et techniques arrivés de tout l'Hexagone, et la salle de commandement de la préfecture de police venait d'établir qu'il fallait mille quatre cents hommes de plus pour sécuriser les zones évacuées et assurer le maintien de l'ordre dans les quartiers préservés où les comportements incivils se multipliaient. Tous les types de commerces étaient exposés. En particulier, les bijouteries, boutiques d'électronique, pharmacies, mises en coupe réglée. Sans parler des particuliers ne pouvant, à l'évidence, bénéficier de dispositifs de sécurité publique. Les pillages s'amplifiaient un peu partout, les cambriolages avaient lieu dans des circonstances que l'on aurait jugées cocasses en d'autres temps. À l'inverse, nombre de déclarations abusives détournaient les forces de l'ordre des vrais problèmes. Dans la nuit, cent trente individus avaient été arrêtés et seraient déférés au parquet dans la journée. Le nombre paraissait énorme et, pourtant, ce n'était qu'une goutte d'eau dans l'océan de la criminalité sauvage qui prenait possession de la capitale.

La conférence de presse donnée conjointement par la préfète, le ministre de l'Intérieur et le maire de Paris, appelant Parisiens et Franciliens à la raison et au calme, n'avait pas produit les effets escomptés. À voir l'état du réseau routier ce matin, ce n'était rien de le dire.

— Phase suivante du plan, décréta Anne Morin qui venait de recevoir l'accord du ministre, on interdit toute circulation de véhicules particuliers dans Paris à compter de maintenant. Les contrevenants devront être verbalisés et leurs véhicules mis en fourrière jusqu'à ce que les eaux redescendent. On ne peut pas continuer à les regarder se foutre de nous et empêcher les transports en commun et les camions de ravitaillement de circuler. Regardez-moi ce cirque !

Elle désigna la carte de l'Île-de-France et ses axes principaux et secondaires : du rouge partout. Quatre cents kilomètres de bouchons, il était plus que temps de casser le cycle infernal.

Anne Morin serra sa veste de tailleur contre son torse en frissonnant. Était-ce la nuit blanche ou bien…

— Nous avons une coupure de chauffage, madame, dit Jean Vitold qui avait surpris son geste. Les équipes techniques sont sur place mais la chaufferie est noyée et je ne suis pas sûr qu'on puisse la remettre en service.

– Vous êtes en train de me dire que nous allons devoir partir d'ici ?

– J'en ai peur, madame, l'électricité fonctionne grâce aux groupes électrogènes mais si l'eau continue à monter…

– Elle va continuer. Même si la pluie s'arrêtait maintenant, elle continuerait à monter. C'est mécanique.

– Dois-je envisager notre transfert ?

La préfète imagina l'opération avec déplaisir. Ici, elle était chez elle. Le site de repli de la salle de crise, dans une des annexes du ministère de l'Intérieur à Vélizy-Villacoublay, serait un pis-aller. La solution qu'elle utiliserait en dernier ressort.

– Attendons encore un peu, dit-elle la mort dans l'âme.

Elle fit dans la foulée le tour des opérateurs pour un point de la situation. Un œil sur la pendule, le cœur oppressé à force d'espérer des nouvelles de son fils et de ne pas oser relancer la Crim ou appeler l'hôpital. À la fin de la nuit, elle avait laissé un message à maître Bringer, l'avocat de la famille, afin qu'il assiste Nathan et, à tout le moins, qu'il prenne attache avec les enquêteurs puisqu'elle ne pouvait pas se permettre la démarche elle-même. Qu'il aille à Lariboisière puisqu'elle n'avait pas le droit de s'y rendre, et son mari, complètement ignorant de l'affaire, encore moins. Deux heures s'étaient écoulées, Edgar Bringer n'avait pas donné signe de vie et ses tentatives pour le joindre se heurtaient au désormais sempiternel message : « Votre appel ne peut aboutir. »

Elle dut se botter les fesses pour rester concentrée sur le déroulement de la crue. Elle constata que la situation s'était beaucoup détériorée en quelques heures. Le chauffage urbain était en panne en de nombreux endroits et les gens commençaient à avoir froid. En 1910, on se chauffait principalement au bois et au charbon. On s'éclairait encore à la bougie et au pétrole. Aujourd'hui, tout était dépendant de l'électricité. La panique jetait hors de chez eux des habitants avec enfants, jeunes pour la plupart, en quête de lieux chauds, secs et éclairés.

Hélas, à ce propos, la mairie de Paris s'avouait dépassée. Les centres d'hébergement étaient saturés par l'afflux des sinistrés provenant des zones inondées et de celles qui ne l'étaient pas mais où le courant était coupé et où la peur de voir la ville entièrement engloutie commençait à poindre.

– Il manque cinquante mille lits, annonça le représentant du maire. Seuls les arrondissements 14, 17, 18, 19, 20 ne sont pas encore touchés mais on ne sait pas pour combien de temps. Le Maire a lancé un autre appel au peuple pour inciter les habitants non menacés dans l'immédiat à proposer des hébergements à domicile. Ensuite...

Ensuite ? La solidarité allait-elle jouer ? C'était là un mystère dont on ne connaîtrait la réponse qu'après la bataille.

– L'eau monte trois fois trop vite, déplora Jean Vitold. Notre plan a déjà dépassé ses limites.

La question qu'il évitait de poser tenait en quelques mots : avons-nous la moindre chance de gagner cette course contre la montre et la météo ?

La préfète frissonna encore plus fort en songeant à l'eau qui se frayait un chemin par tous les trous du gruyère, qui engloutissait les rues les unes après les autres. Elle visionna sur les écrans de contrôle des images de gens hébétés, se déplaçant sur des passerelles de fortune, des planches jetées entre deux murs, d'autres circulant en barques, un mince viatique serré contre eux. Au fur et à mesure que l'eau montait, Paris changeait de visage. Elle s'arrêta à plusieurs reprises sur des images, des lieux qu'elle ne reconnaissait plus.

Elle vaqua ainsi longuement à ses activités de secrétaire générale de la zone de défense de Paris, entendit que la pluie tombait toujours, que la température allait chuter de quelques degrés supplémentaires. À la fin, exténuée, à bout de patience, elle retourna se cloîtrer dans son bureau. Sourde aux exigences de Jean-Maxime Tiercelet, préfet de police, qui lui avait ordonné de ne pas le faire, elle prit le téléphone et appela la divisionnaire Maguy Meunier.

– On ne vous a pas contactée, madame la préfète ? fit semblant de s'étonner la chef de la Crim, jointe sur une des lignes secourues et, en principe, réservées aux cas d'extrême urgence.

– Non, qui l'aurait donc fait ?

– Le patron de la 3ᵉ DPJ. C'est lui qui dirige l'enquête.

– Première nouvelle. Vous avez des informations ?

Le ton de la préfète indiquait clairement que l'autre n'avait pas intérêt à continuer à lui faire prendre des vessies pour des lanternes.

– Oui, répondit Meunier, de l'embarras dans la voix.

Anne Morin raccrocha dans un brouillard, la tête à l'envers, une vague nausée au fond de la gorge. Son fils avait en partie retrouvé ses esprits, suffisamment pour raconter sa soirée de calvaire et le moment où, rendu fou par les insultes et les cris de Lola, il avait voulu qu'elle se taise. Il lui avait fermé la bouche, elle l'avait mordu. Il avait tenté de la maintenir au sol pour qu'elle ne se fasse pas mal, elle l'avait griffé, à moitié éborgné. Il l'avait frappée à la tête mais elle était pire qu'un animal enragé. Il avait serré son cou, juste pour ne plus entendre cette voix démente qui réclamait sa dose. Pour abréger ses souffrances, avait-il ajouté, désespérant de voir quelqu'un les secourir et parfaitement informé de ce qui attendait Lola — un coma au minimum — au stade d'addiction et de manque où elle se trouvait.

– Mais où est-ce qu'ils allaient ainsi, sous ce déluge ? demanda Anne Morin comme s'il était primordial qu'il fût répondu à cette question sans attendre.

– Au ravitaillement, asséna Meunier sans précaution. Votre fils consommait aussi de la drogue, vous le saviez ?

– Non, fit la préfète avec toute la sincérité du monde. Je ne le voyais pas souvent et ça ne sautait pas aux yeux... Cette fille l'a entraîné, je pense...

Meunier émit un petit rire sournois :

– Cette fille est morte, madame, on peut bien lui faire porter le chapeau en effet...

– Ce n'est pas ce que je voulais dire.

« Non, mais tu l'as fortement suggéré », sembla-t-elle entendre dans la pause vaguement réprobatrice qu'observa la chef de la Crim.

Les parents étaient souvent angéliques ou de mauvaise foi quand il s'agissait de la toxicomanie de leurs enfants. Anne Morin, tout de même, n'était pas une mère lambda. Elle était une professionnelle de la sécurité, elle connaissait la musique.

– En tout cas, reprit Maguy Meunier pour éviter de se lancer dans une discussion sur la sociologie des familles de toxicomanes, ils étaient mal partis pour refaire leurs stocks, le dealer de Lola Laclos était mort le matin...

– Ah bon, lui aussi ?

– Oui, dans un poste de la gare du Nord, à 2 mètres du commissaire Marion.

Anne Morin mit un certain temps à assimiler ce que Meunier lui balançait, en vrac. Elle se demanda quel rapport il y avait entre son fils, sa compagne junkie, son dealer et cette commissaire plutôt sympathique qu'elle avait croisée parfois et qui avait pris une balle dans la tête. La préfète réalisa que, toute à sa gestion de crise, elle avait peut-être fait trop peu de cas de cet événement. Puis elle abandonna, songeant que tout cela était bien compliqué mais que, à coup sûr, cet élément nouveau ne présageait rien de bon pour Nathan.

– Pas possible ! murmura-t-elle à défaut de trouver autre chose.

– Eh oui, le monde est petit, voyez-vous. Contactez un avocat, madame, si je puis vous donner un conseil. Votre fils est en garde à vue, il va sans doute être placé en détention dans la foulée, à l'hôpital Lariboisière, jusqu'à ce que la crue nous fiche la paix. Je suis désolée.

« Faux jeton », faillit crier Anne Morin dès lors convaincue que, à la façon dont, déjà, *on* lui parlait, son étoile commençait à pâlir. À travers les actes de son fils, c'est elle qui serait — qui était — jugée, salie, amoindrie. Le préfet de police, pourtant bas de plafond, avait été le premier à le saisir et à le lui envoyer dans les dents. Cela ne s'arrêterait pas à Maguy Meunier, elle devait s'y préparer.

Quand elle fut à même de répliquer, elle constata que la flic avait coupé la communication, sans lui dire au revoir.

Palais de Chaillot, Théâtre national, 11 heures 30.

Chantal Koskas, responsable du personnel selon le badge accroché autour de son cou, avait dans les quarante ans renfrognés, d'épais cheveux déjà gris peignés en arrière. Elle gratifia Valentine d'un regard froid, sans quitter son siège. Ostensiblement contrariée qu'on la dérange ainsi en pleine gestion de crise, elle croisa les bras sur une poitrine abondante, planquée sous un pull deux fois trop grand. Une manière de placer d'emblée de la distance avec cette jeune flic dégoulinante qui allait lui pourrir sa moquette et sa matinée. De cela, elle était sûre, il n'y avait qu'à voir la tête que faisait le gardien Labrise.

– Merci de me recevoir, fit Cara en s'appuyant des deux mains sur le bord du bureau encombré.

Chantal Koskas ne sembla pas s'apercevoir de l'ironie appuyée du lieutenant.

– Je vous en prie, marmonna-t-elle, quasiment inaudible. C'est pourquoi ?

– Armand Delacroix.

– Ah ! Il n'est plus ici.

Elle lâcha l'information avec une sorte de soulagement et une petite lueur impatiente dans ses yeux qui ressemblaient à deux lacs sombres et étales. Valentine ne se laissa pas entamer par l'invitation tacite à prendre la porte sans attendre.

– J'ai bien compris cela. M. Labrise a eu la bonté de me l'expliquer mais j'ai besoin d'en savoir plus.

– À quel sujet ?

– Vous écoutez la radio ? biaisa Valentine.

– Ben... oui... Bien obligée, on est en alerte rouge...

Cara approcha sa tête de celle de Chantal Koskas :

– La femme commissaire enlevée à l'hôpital de la Pitié, ça vous parle ?

Koskas pâlit sous sa carnation naturellement hâlée. Elle décroisa les bras et se mit à trifouiller les objets jonchant son bureau. Ses ongles rongés laissaient déborder des bourrelets rougeâtres au bout de ses doigts et elle ne portait aucune bague. « Encore une qui baise pas », songea Cara.

– En quoi Armand Delacroix...

Nouveau mouvement de Valentine en avant, les deux têtes à présent se touchaient presque :

– Je répète : une femme commissaire, très gravement blessée a été enlevée à l'hôpital de la Pitié-Salpêtrière. Je n'ai pas le temps de vous refaire le film, je veux juste que vous répondiez à mes questions sans perdre une minute. C'est compris ?

– Oui, oui, bien sûr, dit la femme ébranlée. Que voulez-vous savoir ?

– Tout sur Delacroix.

Tout sur Delacroix ne prit que quelques instants. Le garçon avait travaillé comme intérimaire plusieurs saisons de suite, pas de façon très régulière. Discret, bien élevé, il était apprécié de tous et faisait correctement son travail, à l'accueil spectateurs, le soir. Sa dernière période de travail avait pris fin quelques semaines plus tôt, à son initiative. La femme se tut et Valentine entendit dans le silence du bureau vitré le fracas de ses neurones en plein *brain-storming*.

– Quoi d'autre ? insista-t-elle.

– Comment ça ?

– Oui, il y a sûrement des choses que vous ne me dites pas. Qu'est-ce qu'il fabriquait avec Labrise par exemple ?

Chantal Koskas chassa une mouche devant son visage.

– Je ne sais pas trop, fit-elle en s'efforçant de dissimuler sa gêne. Armand Delacroix est quelqu'un de… singulier.

– Il lui arrivait de squatter dans le théâtre, vous êtes au courant ?

– Je ne veux pas le savoir, s'empressa la DRH, cet endroit est un labyrinthe, c'est gigantesque, impossible à contrôler. Nous ne disposons d'aucun moyen technique et je suis DRH, pas flic ni nounou…

– Je ne vous attaque pas, la coupa Valentine en douceur, je répète juste ce que m'a dit Labrise.

– Oui, oui, je sais, il y a eu des rumeurs. Delacroix est familier avec beaucoup de gens ici, certains prétendent même qu'il animait un trafic de drogue. Je n'ai jamais creusé la question, ce n'est pas mon problème tant que les employés sont à leur poste et qu'ils font leur boulot.

Elle s'agitait. Cara la recadra en revenant à sa question initiale. La femme soupira, recroisa les bras :

– Il est exact qu'il connaissait le théâtre à fond, c'est un type qui peut aller et venir sans qu'on le remarque, il est... discret, pire qu'un fantôme. Mais je ne suis pas à même de confirmer ces on-dit, vous savez...

– Où pouvait-il se planquer, selon vous ?

– Mais comment je le saurais ? Vous êtes au courant que ce bâtiment comprend 27 kilomètres de couloirs ? Qu'il faut une journée entière pour en explorer tous les étages et encore, on ne sait jamais où on est, on peut repasser trois fois au même endroit sans s'en rendre compte...

– C'est quoi, le fameux couloir auquel Labrise fait allusion et où Delacroix dormait parfois ?

– Le couloir des gazés ? C'est un couloir qui a été conçu lors de la construction du théâtre. C'était entre les deux guerres et les gens étaient traumatisés par l'usage des gaz au moment du conflit de 1914-1918. Afin de créer une zone de repli pour quelques personnages importants de la République, on a installé des cellules, des douches, tout l'équipement destiné à se protéger des gaz de combat ou à en effacer les effets... Bien sûr, on ne se sert pas de ces pièces, sauf pour entreposer des vieux matériels et encore...

– Vous voulez dire que quelqu'un peut s'y installer sans que personne ne le sache ?

– Personne, c'est beaucoup dire, mais... oui, c'est envisageable.

– Je peux voir ce couloir ?

– Aujourd'hui ? Ça va être difficile... Il est sous l'eau depuis hier soir...

– Mais, comment ça ? demanda Valentine qui n'avait pas cru Labrise un moment plus tôt. Nous sommes sur une colline, ici, la Seine est loin...

– Les fondations du théâtre descendent à plus de 25 mètres sous terre et les derniers niveaux sont inondés. Je ne sais pas comment c'est arrivé, mais c'est ainsi, que voulez-vous que je vous dise ?

Cette flotte, décidément, compliquait tout. Valentine sentit qu'elle n'y arriverait pas, que Marion était peut-être là sous ses pieds, engloutie dans la Seine en folie. Peut-être là, mais peut-être pas, comment savoir ? Un seul mot lui vint dans le désarroi qui la gagnait :

– Les trompettes ?

– Pardon ?

– Labrise m'a dit que Delacroix faisait sonner les trompettes... Il s'est fichu de moi ?

Chantal Koskas considéra Valentine d'un air apitoyé.

– Vous n'allez jamais au théâtre.

Ce n'était pas une question mais un constat entre condescendance et mépris. Cara faillit lui répondre qu'elle y était beaucoup allée au temps de sa liaison avec Régine Duval, quand celle-ci était de service de « théâtre ». Une particularité parisienne qui impose que chaque représentation dans un établissement de spectacle soit couverte par deux pompiers, un médecin et un officier de police. Un dispositif ancien qu'à l'instar d'autres institutions inébranlables on n'avait jamais remis en question. Le « tour de théâtre » est établi par un service spécialisé de la PP, ensuite, les officiers peuvent s'échanger leur soirée ou remplacer ceux qui n'ont qu'un goût modéré pour les spectacles imposés. Régine Duval, libre et sans famille, raffolait de ces soirées dont le principal avantage était de disposer, sans aucune démarche préalable, de deux places idéalement situées et gratuites. Valentine l'y avait accompagnée parfois, mais elle n'avait pas le temps d'expliquer tout cela à Koskas qui la traitait sur le mode dont on traite les flics souvent : comme une sorte de demeurée juste bonne à trimballer un énorme pétard à sa ceinture.

– Non, en effet, dit-elle pour couper court.

– Eh bien, avant le lever de rideau, dans un théâtre, on frappe les trois coups, ça, vous le savez ? Ici, Jean Vilar a changé les choses, c'est un morceau de trompette composé par Maurice Jarre qui remplace le « brigadier », le bâton qui...

– Ça va, abrégeons...

– Si vous le dites... Alors, oui, il entre dans les attributions du guichet d'accueil de faire sonner les trompettes, deux fois. Une première...

– OK, OK... C'est bon, c'était juste pour savoir. Une dernière chose...

Koskas leva la tête vers le plafond, mit à plat ses deux mains aux ongles bouffés jusqu'au sang sur les papiers posés devant elle, l'air de dire « mais c'est pas vrai, elle va me faire chier encore longtemps, celle-là ? ».

– Oui ? fit-elle d'une voix impersonnelle.

– Vous avez un dossier sur Delacroix, une photo ?

– Évidemment.

Elle leva ses fesses prospères de son fauteuil et, se tenant les reins, gagna une armoire béante, emplie de dossiers suspendus. Elle demeura un moment plantée devant l'alignement de chemises orange et vertes, les mains toujours crochées au milieu des bourrelets de sa taille. Puis, le geste sûr, elle saisit une enveloppe cartonnée parmi les autres, le numéro 325.

Koskas ouvrit le fascicule, en tira une fiche rigide qu'elle tendit à l'officier. Celle-ci évita la partie écrite pour poser les yeux directement sur la photo. Ce qui lui arracha un sursaut involontaire.

– Quoi ? s'inquiéta Koskas à qui rien n'échappait.

Valentine parcourut à toute vitesse les éléments signalétiques de Delacroix, âge, date de naissance, taille, poids, pointure (à cause de l'uniforme qu'il portait, l'administration avait sans doute besoin de ces informations), adresse…

– Quoi ? redit la DRH de plus en plus alarmée par la pâleur du visage de la policière. Il y a un problème ?

Valentine n'entendit pas la question. Elle secoua ses mèches humides avec la sensation très nette qu'une enclume venait de lui percuter l'occiput et que ce vertige qui faisait se déformer l'infâme moquette bordeaux en vagues nauséeuses n'avait rien à voir avec sa nuit presque blanche et son estomac vide.

– Vous m'en faites une copie, s'il vous plaît, dit-elle d'une voix râpeuse.

**Berges de la Seine, passerelle Debilly,
11 heures 30.**

L'embarcation des pompiers remonta lentement la partie située entre la passerelle Debilly et la berge. Le fleuve se confondait à présent avec le premier étage des immeubles de la rive. Un appel angoissé avait signalé au standard du 18 une femme coincée avec ses deux enfants dans leur appartement. Elle avait trop tardé, à présent, il n'était plus question de partir de chez elle sans le secours d'une équipe en bateau. Elles devaient être quelques centaines, les familles dans ce cas, et les prochaines heures allaient encore accroître le phénomène.

L'équipe en était à sa douzième ou treizième heure de travail et, malgré leur bonne volonté sans faille, les trois hommes commençaient à s'irriter de l'irresponsabilité des habitants.

– Un gosse de trois ans et un de six mois, tu vas pas me dire qu'elle pouvait pas y penser plus tôt, cette conne, quoi... gronda un pompier qui s'exprimait avec un fort accent du Sud-Ouest.

– Je suis de ton avis, mais on va aller la chercher quand même, elle et ses lardons, hein, Pipou...

Ils se turent tandis que le Zodiac manœuvrait pour se trouver à l'aplomb de l'immeuble concerné. D'une fenêtre ouverte par laquelle la pluie s'engouffrait de bon cœur, ils aperçurent quelqu'un qui leur adressait des signes impatients. Fort heureusement, l'ouverture ne se trouvait qu'à 50 centimètres du ras de l'eau, ce qui allait faciliter les opérations d'évacuation. Sur la radio du chef de bord, les appels ne cessaient pas. La liste d'attente des Parisiens en perdition quelque part dans la capitale s'allongeait et Pipou se demanda à quel moment il pourrait rentrer se mettre au sec dans son deux pièces de Montreuil. Sans doute pas avant plusieurs jours. Probablement qu'il devrait se contenter d'un lit Picot, d'une douche tiède — voire froide — et du rata de la caserne Champerret jusqu'à ce que la situation se stabilise. Une, deux semaines ? Alors qu'il se penchait à la recherche d'un point d'amarrage pour le canot dont son collègue venait de placer le moteur au ralenti, il aperçut un objet étrange. Cela ne manquait pas dans le secteur. Malgré les appels au maintien de la propreté et de l'hygiène, les détritus pullulaient sur la Seine, s'accrochant au plus petit obstacle, s'amoncelant dans les recoins, attirant des bestioles qu'il valait mieux ne pas identifier. Ce déchet-là était imposant au point de gêner l'accostage du canot. Pipou s'inclina davantage pour le dégager. Le mouvement fit basculer l'objet sur le côté et, affranchi de ce qui le retenait, il commença à dériver lentement. La chose ressemblait à un tronc d'arbre mouillé et dépouillé de ses branches. Pipou eut un haut-le-corps quand il se rendit compte que le tronc avait des pieds, bien visibles au bout d'un emballage en toile brunie par l'humidité. Il avait entendu, la veille, dans la salle de garde où il se reposait quelques heures, qu'un équipage avait été requis suite à la découverte d'une « momie » dans le bas du Trocadéro. Les collègues commentaient cette affaire pas banale sans trop savoir de quoi il retournait.

– Merde ! fit-il en retenant le paquet avant qu'il ne soit emporté par le courant, c'est une épidémie ou quoi ?

Ses deux collègues vinrent à son secours et s'exclamèrent à leur tour malgré l'habitude qu'ils avaient des situations loufoques. En prenant soin de ne pas faire chavirer la barque, ils y hissèrent la momie. La toile d'emballage s'était gorgée d'une eau boueuse qui se mit à dégouliner dans le fond du Zodiac. Le corps occupait toute la place, obligeant les pompiers à se faire petits. Le chef de patrouille se gratta le menton avant de s'emparer de son appareil radio protégé par une enveloppe amphibie. Il reçut l'ordre de rapatrier sa trouvaille séance tenante au premier point d'accostage possible sans perdre de vue sa mission initiale.

À sa fenêtre, la femme avait interrompu ses appels, curieuse du spectacle, se demandant toutefois ce qu'attendaient les pompiers pour la secourir. Elle vit l'un des hommes — harnachés de cirés bleus à bandes réfléchissantes qui leur donnaient l'air de scaphandriers un peu empotés — s'emparer d'un porte-voix :

– Attendez-nous ! Nous allons revenir dans quelques minutes. Surtout ne bougez pas de là ! D'accord, madame ? Vous m'avez entendu ?

Elle ne comprit pas grand-chose à ses propos mais elle lui renvoya un geste qui voulait dire oui. Il en avait de bonnes, ce pompier ! Ne bougez pas de là ! La peur au ventre mais résignée, elle referma la fenêtre derrière laquelle elle se posta tandis que le bateau des pompiers s'éloignait. Occupés à leur manœuvre, ils ne songèrent guère à détailler leur baroque découverte.

Seul Pipo risqua un œil angoissé sur les pieds dénudés et les ongles vernis de rouge. Il se dit que cela dépassait tout ce qu'il avait croisé jusqu'ici.

**La brigade, zone de la salle d'information
et de commandement,
12 heures 45.**

Abadie traversa la salle animée des habituels échanges, avec, en plus, une tension qui s'accentuait d'heure en heure. Montée des eaux, absence de nouvelles de Marion, tout concourait à faire surgir à tout bout de champ des microcrises dans la crise. Des situations qu'en d'autres temps on n'aurait pas eu à connaître. Par chance, les infrastructures résistaient : électricité, téléphones — dégradés, mais encore fonctionnels.

L'officier parvint à la porte de Guerry-etc., fermée, forcément. Il faillit frapper mais se retint. Depuis plusieurs heures, le commissaire n'avait pas donné signe de vie et il n'y avait pas de raison pour qu'il se trouve là, qu'il ait traversé le service une fois de plus sans se faire voir ou, mieux encore, qu'il soit passé à travers les murs. Machinalement pourtant, il pesa sur la poignée. Contre toute attente, il ne rencontra aucune résistance et le battant s'entrouvrit. De surprise, Abadie s'arrêta net. Sans faire le moindre bruit, il glissa un œil à l'intérieur de la pièce. Le commissaire lui tournait le dos, un bonnet de laine noire enfoncé loin dans son cou. Affalé dans son fauteuil, il avait allongé ses immenses gambettes sur le bureau. Abadie vit ses grands panards croisés, telles deux énormes barques que l'eau aurait lessivées, laissant derrière elles des marques blanches de calcaire. C'était impressionnant, des pieds pareils.

Puis, le capitaine capta les mots que prononçait le commissaire, visiblement bouleversé, dans le téléphone.

– Mère, mère ! pourquoi ne me dites-vous pas la vérité ? J'ai le droit de savoir ! Je ne vous ai jamais rien demandé mais à présent...

Puis le silence, recueilli, d'un fils respectueux. Ni mièvre ni obséquieux. Juste attentif, tendu vers l'invisible personne qui semblait le terrifier à distance. Car il était apeuré aussi, cela se voyait à la manière dont il redressait ses pieds, les orteils dessinés sous le cuir, bandés comme des arcs. Et à la lividité de ses doigts agrippés au téléphone.

– Je vous en prie, mère, dites-moi la vérité ! Je l'exige !

Le ton avait pris de la hauteur, la montée dans les aigus indiquant un télescopage de sentiments contradictoires. Le commissaire lâchait le ton déférent, il ordonnait et c'était si effroyable ce qu'il osait là qu'Abadie en ressentit la secousse jusque dans sa propre chair. La réaction de « mère » dut être à la hauteur du séisme déclenché car Guerry se redressa soudain, tel un petit soldat au garde-à-vous. Abadie recula, tirant doucement la porte à lui, la tête en feu à l'idée que son chef de service puisse s'apercevoir qu'il avait assisté à cette scène intime. Il déglutit, se dit qu'il devait cogner au battant, manifester sa présence, exprimer haut et fort pourquoi il était monté jusqu'ici. À la place, fasciné par l'étrange partie qui se jouait derrière la porte, il n'eut pas le courage de l'interrompre. Au contraire, il fut submergé par l'envie malsaine de connaître la suite. Lentement, en priant pour qu'aucun grincement ne le dénonce, il réentrebâilla la porte.

– Mère, je vous en conjure... je vous en supplie, j'ai vécu tantôt le moment le plus abominable de ma vie...

Silence. Un bruit suspect sortit de la gorge de Guerry. Un sanglot, un râle de colère, de chagrin ?

En tout cas c'était d'une telle intensité, d'une telle violence qu'Abadie eut, une nouvelle fois, honte de ce qu'il faisait.

– Très bien, mère. Vous l'aurez voulu. Je vous aurai prévenue...

– ...

– Non, ce n'est pas une menace en l'air. Ce n'est pas une menace du tout. Mais cette fois, je vous jure que vous me direz la vérité.

Le téléphone claqua sur son support. Abadie battit en retraite, retournant en vitesse le plus près possible des pupitres où les opérateurs faisaient de leur mieux pour canaliser le flot des mauvaises nouvelles.

– Capitaine ! s'exclama l'un d'entre eux, le lieutenant Cara cherche à vous joindre. Je lui dis quoi ?

– Je la rappelle dans cinq minutes, fit Abadie assez fort pour être entendu au sommet du Sacré-Cœur.

Puis, sans plus de discrétion, il retourna sur ses pas, cogna contre le bois de la porte qui n'avait pas été refermée. N'obtenant aucune réponse, il renouvela sa tentative. En vain. Alors, il poussa le battant qui s'ouvrit sans douceur et alla buter contre le mur avec un bruit sec. Abadie entra dans la pièce borgne de 3 mètres sur 3, qui ne disposait d'aucun cagibi ou réduit attenant et qui, il fallait se rendre à l'évidence, était vide. Il fit le tour de l'espace, allant même jusqu'à examiner le bureau, derrière, dessous, pour le cas où Guerry s'y serait effondré ou roulé en boule tel un enfant terrifié. Rien. Éberlué, Abadie se frotta longuement les ailes du nez, se demandant si tous les événements survenus depuis la veille n'étaient pas en train de le rendre fou.

Cara mit un temps fou à essayer de regagner la brigade. Malgré les relances des autorités et les sanctions, les gens continuaient à vouloir circuler et vivre comme si de rien n'était. C'est du moins l'impression que donnait le gigantesque empilement de véhicules qu'était devenue la capitale. Même les axes non inondés se laissaient difficilement traverser, et se frayer un passage entre les camions, voitures surchargées, taxis klaxonnant et autres bus pleins à craquer virait au cauchemar. On aurait dit un exode sans fin de gens qui ne savaient plus où aller. À chaque instant, Valentine s'arrêtait pour téléphoner. Un véritable défi à la technologie que de surmonter le plantage quasi généralisé des réseaux. Elle parvint une seule fois à entrer en contact avec la salle de commandement de la brigade, mais on lui fit savoir qu'Abadie était occupé. Elle avait eu beau l'engueuler, l'opérateur n'avait rien pu faire pour elle. Pourtant elle devait rendre compte sans attendre de ce qu'elle avait mis au jour à Chaillot. Une chose à laquelle elle n'arrivait pas encore à croire. De rage, elle avait failli balancer le téléphone sous les roues d'un bus qui l'empêchait de traverser la place de Clichy. Elle avait eu plus de chance avec Nina, qu'elle avait réveillée et invitée à se mettre en route sans tarder pour la gare du Nord où elle serait en bonne compagnie et en sécurité. Elle avait entendu dans le silence taciturne de la jeune fille les questions qu'elle n'osait plus poser. Par exemple : « On a des nouvelles de ma mère ? » Valentine n'avait pas eu le courage d'aborder la question. Après avoir hésité un long moment, Cara décida d'appeler Régine Duval puisqu'il était convenu entre elles, selon les nouvelles règles établies, qu'elles devaient « rester en contact ». Et tout se dire. Ce qui, à la lumière des dernières découvertes, n'allait pas sans amplifier le malaise de Valentine.

Elle finit par obtenir le commandant après un incalculable nombre d'essais. La conversation fut brève car la Crim était en plein transfert. Il était primordial de régler les aspects matériels avant toute chose. Comme d'aller s'installer au central 10

— par chance proche de la gare du Nord — où Régine Duval demanda à Valentine de la rejoindre en fin d'après-midi. Comme elle insistait, le jeune officier s'entendit répondre qu'il n'y avait toujours rien sur Marion, rien qu'un vide désespérant. À la question de savoir si Mohica était maintenu en garde à vue, Régine Duval confirma que la divisionnaire Meunier s'était opposée à sa remise en liberté en raison des circonstances et tant que le parquet n'aurait pas donné son accord formel et écrit. Pendant cet échange, Valentine entendit Régine parler à quelqu'un dans le bureau, s'exclamer : « Oh ! merde ! c'est pas vrai ! » Elle crut à une mauvaise nouvelle concernant Marion. Duval s'empressa de la rassurer :

– On vient de trouver une autre momie un peu en aval de la première, mais dans le même secteur, en contrebas du Trocadéro…

– Ah ! fit Valentine soulagée.

Que de momies, décidément. Et ce quartier de Paris, le Trocadéro, avec son point culminant, Chaillot, qui lui revenait sans cesse dans la poire.

– Il faut que je te dise… se lança Valentine, subitement effrayée par les dimensions que lui semblaient prendre les informations qu'elle dissimulait à son amie.

Mais celle-ci, à cran, lui coupa la parole. Elles se parleraient en fin d'après-midi, elle ne pouvait pas faire mieux. Au moment d'interrompre la communication, le commandant Duval prit quand même le temps de demander à Valentine où on pouvait joindre le commissaire Guerry qui devait, toutes affaires cessantes, contacter Maguy Meunier. Cara répondit, d'une voix mal assurée, qu'elle allait passer le message dès son arrivée au service mais n'ajouta rien ni ne tenta de savoir ce que la Crim voulait à Grand corps malade. Il fallait avant tout qu'elle en parle avec Abadie, qu'ils essaient de comprendre ensemble pourquoi l'homme pris en photo pour les besoins d'un dossier administratif au théâtre de Chaillot, cet homme qui se faisait appeler Armand Delacroix, n'était autre, précisément, que le commissaire Amaury Guerry des Croix du Marteroy.

**PP. 36, quai des Orfèvres,
15 heures.**

Les OPJ Mallet et Renoux avaient mis plus de deux heures pour effectuer le trajet retour de Garches au 36, deux-tons hurlant. Assourdis, épuisés par le stress de trois heures d'autopsie — entre celle encore inédite d'une momie et celle de B-M Harris, petit dealer accédant à la gloire posthume pour avoir fricoté avec Edwige Marion, chef de la brigade de sécurité des trains et des gares de Paris —, ils furent horrifiés de constater que s'approcher du bâtiment relevait d'une improbable gymnastique. Des véhicules garés à la va-vite bouchaient l'accès au quai. Ils avaient de l'eau jusqu'au milieu des roues. Les officiers laissèrent le leur en travers de la chaussée, clefs sur le tableau de bord. Ils rejoignirent le 36 à pied, de l'eau aux chevilles, les jambes de pantalon relevées.

À l'entrée de la PJ, c'était la débandade. Les véhicules sortaient de la cour à la queue leu leu, chargés jusqu'à la gueule de matériel, de dossiers et de flics encapuchonnés, les traits tirés, le visage fermé.

— Mais où est-ce qu'ils vont comme ça ?
— On va le savoir.

Ils obtinrent la réponse trois étages plus haut quand, hors d'haleine, ils croisèrent, à l'entrée du sas de la Crim, quelques collègues affairés à transporter des piles de dossiers et du matériel informatique.

– On évacue, confirma un gardien, il paraît que ce soir on ne pourra plus accéder aux quais.

– Mais où on va ? fit l'OPJ Renoux en secouant ses vêtements trempés.

– Une partie du service s'installe à la 2e DPJ, rue Louis-Blanc, le reste va à Saint-Denis, avec les stupes, la BRI...

– Et comment on sait où on va, nous ?

– Vois avec ton chef de groupe, mec...

Bras ballants, décontenancés, ils suivirent des yeux le gardien qui descendait l'escalier, serré de près par une troupe d'hommes identiquement chargés.

– Alors, vous attendez la décrue ou quoi ?

La voix métallique de Régine Duval, celle des mauvais jours, les cueillit en plein débat intérieur (comment on va faire, je vais plus retrouver mes affaires, que fait le syndicat, j'ai horreur du changement...).

– Rappliquez ! intima le commandant, la patronne vous attend pour un point de l'affaire... Je viens de l'informer de la découverte d'une seconde momie, dans le même secteur...

– Oh ! merde ! lança Mallet qui se voyait déjà retourner le lendemain à Garches. Et alors, on...

– Je n'en sais pas plus, trancha Duval, allons-y !

– Mais je croyais qu'on devait se tirer d'ici, objecta Renoux.

– Après. J'ai fait enlever vos dossiers et vos bécanes, y a plus que vos m..., enfin vos affaires perso à récupérer...

Elle avait failli dire vos « merdes perso ». Elle se fendit d'un geste vague signifiant que ces affaires personnelles n'avaient strictement aucun intérêt de toute façon. Duval était sûrement un grand enquêteur mais, sur le plan humain, un bac à glaçons aurait été plus chaleureux.

Les deux hommes se dirent, une fois de plus, qu'ils n'aimeraient pas l'avoir pour chef de groupe. Le leur était malade depuis deux semaines — une saleté de grippe qui ne voulait pas guérir — et Duval avait été chargée de superviser l'activité des six fonctionnaires momentanément délaissés. Superviser seulement, car le boulot d'enquête et la coordination des investigations avait échu au second de groupe. Un peu mou, pas franchement meneur d'hommes, il s'était vite laissé déborder par l'intraitable Régine.

Les officiers se gardèrent bien de la contrarier et lui emboîtèrent le pas jusqu'au bureau de Maguy Meunier.

Un silence épais comme une tranche de pain à l'ancienne s'abattit sur le petit groupe réuni dans le bureau de Maguy Meunier. Le capitaine Mallet et le lieutenant Renoux étaient restés debout pour leur compte rendu, la divisionnaire en profitant pour rassembler ses affaires puisque c'était ce qu'elle devait faire dans les plus brefs délais, avant de ne plus avoir la moindre chance de quitter son bureau et l'immeuble. Au fur et à mesure que les officiers relataient les éléments recueillis, ses gestes ralentirent pour cesser complètement quand ils en arrivèrent au point culminant de l'exposé. Muette, la bouche sèche, plus raide qu'une statue, elle écouta les abominables révélations de l'autopsie de la « momie du Trocadéro », ainsi que les enquêteurs l'avaient baptisée.

– Nom de Dieu ! fut le seul commentaire de Meunier quand la parole lui revint.

– Nous n'avons pas grand-chose encore sur la victime, dit Régine Duval. L'adresse de la CNI, rue Godefroy-Cavaignac dans le 11e arrondissement, n'est plus valable. L'actuel locataire habite là depuis quatre ans, ce qui semble correspondre à la date à laquelle cette jeune femme est décédée. N'est-ce pas, Mallet ?

– Oui, d'après la légiste, la date de la mort est difficile à estimer à cause de l'embaumement et des conditions de conservation qu'on ne connaît pas. Mais la déduction est réaliste, si on se réfère aux organes putréfiés et… au fœtus.

– Mais quelle horreur, protesta Meunier qui, pourtant, en vingt ans de PJ, en avait vu des vertes et des pas mûres. De quoi est-elle morte ?

– Ni arme à feu ni arme blanche. Pas de strangulation, pas de traces de coups. Mais des abrasions sur ce qu'il reste de matière organique autour des poignets et des chevilles. Elle a dû être attachée et vidée de son sang… Lentement, ce qui correspond aux techniques égyptiennes, sauf qu'eux travaillaient sur des gens déjà morts…

– On a affaire à un barjot ou quoi ?

– C'est une bonne piste, hasarda l'OPJ Renoux.

– Bien, labourez la piste ! L'entourage de la victime dans un premier temps. Commandant, prenez attache avec Marine Devesme, elle nous fera gagner du temps. Je n'aime pas ces histoires abracadabrantes. Paupières cousues, ongles vernis… Ça sent le fétichisme sexuel et vu qu'on en a une autre sur les bras, ça annoncerait une série que je ne serais pas étonnée.

– Je suis d'accord, dit Duval en songeant à la psychocriminologue dont la divisionnaire venait de citer le nom et qu'elle acceptait difficilement sur son terrain de chasse, leur vision des enquêtes s'avérant la plupart du temps diamétralement opposée.

– On a une idée du lieu de stockage de cette momie ? s'enquit encore la divisionnaire. Je veux dire, d'où elle sort, comment elle a atterri là ? Et l'autre, celle de la passerelle Debigny ?

Régine Duval fit non de la tête, accablée. En d'autres temps, elle aurait déjà envoyé sur place une escouade qui aurait commencé à ratisser les environs du lieu de découverte de cette vraie-fausse momie par un certain Firmin Lefort, dit Fifi. Et de la seconde, sortie de l'eau par les pompiers. Des momies contemporaines, un anachronisme. Là, il fallait des bateaux, des moyens techniques et humains exceptionnels, hélas tous requis à des tâches de secours et d'assistance autrement plus urgentes.

– S'il n'y avait pas cette putain de crue, objecta Meunier en écho aux doléances de Duval, on n'aurait sûrement pas ces trucs-là sur les bras. Alors, changez de point de vue, posez-vous la question différemment, voulez-vous ? Comment la montée des eaux a-t-elle pu les faire arriver là et, en remontant encore plus avant, d'où ont-elles bien pu sortir. Vu ?

– Oui, patron. Mais...

– Mais quoi ? Je ne vous apprendrai pas que Paris est construit sur un réseau de galeries, de tunnels et autres boyaux, la plupart d'entre eux, on les connaît, mais beaucoup restent méconnus, secrets même. C'est là qu'il faut chercher, commandant.

Maguy Meunier vit à son expression défaite que son exposé déstabilisait Régine Duval, un vrai produit de la Crim, formatée jusqu'au fond du slip. Pour enquêter elle suivait une logique immuable, déroulait la procédure et rien d'autre. C'était une coriace, et lui demander d'adopter une autre méthode sapait tout l'édifice sur lequel elle était construite.

– La mairie de Paris, insista Meunier. Envoyez quelqu'un là-bas pour consulter les plans des sous-sols, le cadastre, tout ce qui peut nous aider à comprendre le cheminement de cette jeune femme déguisée en momie depuis quatre ans... Je sais que ça va être compliqué parce que les personnels municipaux ont d'autres chats à fouetter mais on ne peut pas ne pas essayer. Ça ira ?

Régine Duval approuva avec toutefois une infime grimace qui tira le côté gauche de sa bouche vers le bas. « Est-ce que j'ai le choix ? » semblait-elle dire.

Le silence retomba. Mallet le rompit après avoir consulté le grand bloc où il avait pris des notes :

– Tous les tests biologiques concernant le fœtus et le sperme découvert sur les bandelettes vont être effectués à Versailles, pour plus de commodité. De même pour l'exploitation du téléphone portable d'Amélie Garcin. Entre parenthèses, la carte Sim a été retirée, on n'aura donc pas d'infos sur son contenu…

– Bien vu, fit Meunier, on ne va pas s'amuser pendant cette inondation, c'est moi qui vous le dis. Si on a fini, je voudrais qu'on se tire d'ici…

Les OPJ échangèrent un coup d'œil. Après l'autopsie de la momie — il était plus juste à présent de dire d'Amélie Garcin — ils avaient assisté à celle de Bob-Marley Harris et ils se demandaient s'il fallait en parler tout de suite. Régine Duval, déjà mise au courant par téléphone de l'essentiel, vola à leur secours :

– Il y a peu de choses à dire au sujet de Harris, patron, dit-elle, les prélèvements sont en cours d'examen, et la cause de la mort est une balle, tirée à bout portant dans la tête.

– Une exécution ?

– Cela ressemble, en effet. C'est un calibre .9 et l'expertise balistique penche pour un Beretta. Pas de rapprochement cependant avec d'autres faits ou homicides, l'arme est vierge.

– Bien, montrez-moi le compte rendu quand vous l'aurez. Ça ne nous fait pas avancer en ce qui concerne Marion, je suppose ?

Le silence des trois officiers répondit à sa question.

– Je vous rappelle que la retrouver est la priorité des priorités.

– Oui, madame, souffla Régine Duval, nous avons entendu tout le personnel du service de neurochirurgie de la Pitié. Il y avait un tel remue-ménage que personne n'a fait attention. Il est donc probable que celui ou ceux qui ont enlevé le commissaire sont passés inaperçus parce qu'ils étaient vêtus en infirmiers. J'ai laissé une équipe là-bas qui élargit le champ des recherches et interroge tout ce qui bouge. La salle de commandement de la PP examine les vidéos urbaines ayant pu enregistrer les mouvements dans le secteur de l'hôpital au moment de l'enlèvement. Nous avons également de nombreux appels à trier mais pour le moment cela ne mène à rien.

– Bien, bien. Continuez.

Meunier regarda sa montre avec ostentation.

– Juste une dernière chose, madame, osa timidement Mallet.

– Eh bien ?

– Est-ce vous qui avez autorisé un commissaire d'un autre service à assister à l'autopsie ?

– Ma foi non ! Qu'est-ce que c'est que cette histoire ? Quel commissaire ?

Le capitaine Mallet replongea dans ses notes :

– Un certain Guerry des Croix du...

– Quoi ?

Elle se tourna vers Duval qui avait pâli, outragée par la nouvelle :

– Non, se récria le commandant avec empressement, je n'y suis pour rien, je vous assure, patron !

Maguy Meunier s'abîma dans la perplexité, les yeux écarquillés comme si cela pouvait l'aider à comprendre cette nouvelle énigme.

– Ça, par exemple, c'est la meilleure ! Je vous disais que je ne le sentais pas, cet échalas !

**Gare du Nord, la brigade,
15 heures.**

La dernière partie du trajet s'avéra plus aisée pour Cara qui emprunta les trottoirs systématiquement, jouant du klaxon et de son brassard de police serré autour de son bras. Elle avait dû relever son poncho imperméable, du coup, c'est trempée de la tête aux pieds qu'elle arriva à la brigade. Elle fonça directement dans le bureau de Marion où elle savait trouver des vêtements secs. Nina y était installée. Elle avait mis en marche la chaîne hi-fi et écoutait Jeff Buckley, les yeux dans le vague.

Valentine s'attarda un moment avec elle, lui recommandant de changer de musique, mais la petite refusa, butée.

– Tu sais, Valentine, hier soir je n'arrivais pas à dormir, j'ai supplié Marion de me faire un signe si elle était vivante…

Le lieutenant sentit son cœur dérailler.

– Il ne s'est rien passé mais, dans la nuit, j'ai rêvé d'elle. Elle marchait vers moi, très lentement, et… elle m'a prise dans ses bras. Elle est vivante, Valentine, je le sais.

– Nina… Il ne faut pas…

– Tais-toi, chuchota la fillette, tais-toi… Elle va revenir, j'y crois, je ne bougerai pas d'ici tant qu'elle ne sera pas revenue.

Bouleversée, Cara vit Nina s'enfoncer dans le fauteuil de sa mère et fermer les yeux. Qu'allait-il se passer ensuite ? se demanda-t-elle avec angoisse. Combien de temps faudrait-il attendre et se morfondre ? Jusqu'à quand Marion pouvait-elle survivre sans soins ? Et si la Crim avait raison ? Si Mohica avait réussi à la soustraire à l'armada des médecins et des flics ? Puis, avec brutalité, la fouettèrent les images d'un couloir dans les bas-fonds de Chaillot, un lieu qu'elle supposait glacé, plein d'une eau noire. Marion, au fond...

La porte s'ouvrit et Valentine faillit hurler. Abadie fit un bond, pas préparé à trouver sa collègue en compagnie de Nina.

– Ça fait une demi-heure que j'essaie de te joindre, s'exclama-t-il comme s'il trouvait enfin la bonne personne sur laquelle vider son sac. T'étais où ? Et ton téléphone, tu l'as coupé ou quoi ?

– Tu te fous de moi ? Tu m'as bien regardée, là ?

Alors, Abadie prit conscience de l'état de Valentine. De sa peau livide émaillée de plaques rouges, de ses cheveux aplatis sur son crâne, de ses dents qu'elle n'arrivait pas à empêcher de claquer. Un chien pelé qui aurait passé trois semaines attaché à un piquet sous une pluie battante.

– Tu devrais te changer, dit-il, sa hargne retombée.

Quelques minutes plus tard, Valentine, revêtue d'un survêtement et de baskets dénichés dans le cagibi de Marion, alla rejoindre Abadie dans le bureau qu'il partageait avec deux autres officiers.

– Où est Guerry ? s'enquit-elle, et Abadie entendit cette question avec le sentiment aigu qu'une nouvelle catastrophe venait de leur tomber dessus.

– Qu'est-ce qui se passe ?

Cara lui fit part de ses découvertes à Chaillot. Abasourdi, Abadie tentait de comprendre comment tout cela était possible. Comment Amaury Guerry, commissaire de police en fonction dans un grand service, pouvait aussi occuper un emploi subalterne dans un théâtre ?

– Le soir, il ne travaillait que le soir, précisa Cara, ça devait être une sacrée gymnastique mais, bon, j'ai réfléchi en cours de route, c'est jouable. Il n'y allait pas tous les jours, seulement les soirs de représentation et...

– Écoute, c'est dingue… Il a peut-être un frère ou un sosie… Ou bien quelqu'un a utilisé sa photo… Parce que, franchement, je me demande pourquoi il aurait fait ça. Quel intérêt ?

– Le site.

– Quoi ?

– Chaillot. Il y a quelque chose là-bas qui l'intéresse. Le gardien lui laissait la possibilité de squatter sur place et… qu'est-ce que j'en sais ? Il est peut-être passionné de théâtre…

– Tu parles !

Abadie se tut, plongé dans ses pensées.

– En tout cas, fit-il après un temps, je sais comment il nous blousait pour entrer et sortir d'ici sans qu'on s'en aperçoive.

– Comment ?

– Viens, je vais te montrer.

La pièce était dans l'état où Guerry l'avait laissée. Dans le prolongement du bureau, Valentine aperçut un meuble métallique, à moitié décollé du mur.

– Vise un peu ça ! dit Abadie en invitant sa collègue à progresser jusqu'au fond de la pièce.

Entre le mur borgne du fond et le meuble classeur, Cara vit une porte que l'enfilade du mobilier ne permettait pas de distinguer depuis l'entrée. Abadie l'avait trouvée ouverte, comme si le commissaire avait oublié de la refermer derrière lui en quittant les lieux un peu plus tôt. Ensuite, c'était limpide. Un escalier conduisait au rez-de-chaussée. Il suffisait alors de traverser une courette pour se retrouver dans un autre bâtiment, puis franchir une seconde cour et déboucher directement sur un quai de la gare. Ces labyrinthes et autres passages, désaffectés ou non, pour beaucoup méconnus, se trouvaient être d'une grande banalité dans une des emprises ferroviaires les plus vastes du monde. Quand Guerry avait pris possession de son bureau, un ancien local d'archives bourré de boîtes, de classeurs et de matériel divers, sans doute avait-il découvert cette porte et où elle conduisait.

— Je comprends pourquoi il était toujours bouclé là-dedans, murmura Valentine. On ne pouvait jamais savoir où il était ! L'enfoiré… Comment t'as trouvé ça ?

Abadie le lui expliqua. Il relata aussi le trouble extrême qui agitait le commissaire alors qu'il s'entretenait au téléphone avec quelqu'un qu'il appelait « mère ».

— Il la vouvoie et l'appelle mère ? s'exclama Valentine, incrédule. C'est quoi, cette famille ?

— Grande noblesse fin de race ? hasarda Abadie.

Valentine croisa les bras sur la veste de survêtement qui avait conservé une vague odeur de Marion, de savon ou de shampooing.

— Finalement on ne sait pas grand-chose de lui… murmura-t-elle.

— Non, mais je connais Marion, elle a sûrement des billes…

— Hum, hum… Au moins un dossier administratif dans un tiroir puisqu'elle en a un sur nous tous. Je vais voir, j'espère que la Crim n'a pas tout embarqué.

— Ouais… Moi je vais chercher ici.

Cara rassembla le peu qui restait dans le coffre de Marion ainsi que dans les tiroirs de son bureau où elle gardait quelques dossiers. Essentiellement des feuilles éparses sur lesquelles elle prenait des notes qui, pour la plupart, n'avaient de sens que pour elle.

Nina, casque sur les oreilles, jambes allongées sur la table, s'était rendormie. Le lieutenant s'esquiva en douce, sans la réveiller.

— Voilà tout ce que j'ai trouvé, lui dit Abadie en montrant un gros livre posé sur le bureau du commissaire Guerry qui, si l'on en jugeait par l'ordre et le dépouillement des lieux, menait une vie de moine.

À part des éléments de son uniforme et quelques couvre-chefs que le commissaire portait pour cacher — disait-il — des problèmes de cuir chevelu, les outils de travail classiques (menottes, bombes lacrymogènes, matraque) et le matériel informatique, il n'y avait presque rien. Ni appareil de transmission ni téléphone portable...

– Son arme ? s'enquit Valentine qui faisait le tour de la pièce, les mains sur les hanches, le regard affûté.

– Pas trouvée, il a dû la garder avec lui.

Valentine agita les quelques documents récupérés en bas non sans jeter un coup d'œil à l'imposant ouvrage relié de cuir brun, usé jusqu'à la trame.

– L'ordre de la noblesse, l'éclaira Abadie. Je te dis pas le beau monde qu'il y a là-dedans. La famille Guerry des Croix du Marteroy occupe la moitié de la page 201. Ils possèdent un château en Eure-et-Loir, à côté de Dreux, amené dans la dot de madame, née Bazeloche.

– Tu n'as pas perdu de temps, admira Valentine.

Abadie leva les épaules avec modestie.

– Dans le bouquin il y a un tableau généalogique de la famille. Leurs ancêtres sont identifiés jusqu'au XIIe siècle...

Le capitaine s'exprimait avec une pointe de respect. Cara n'en revenait pas. Elle, elle ne savait même pas qui était son père. Du côté de Moustey, son village natal enfoui dans la forêt landaise, les vieux avaient coutume de rigoler au café en affirmant qu'elle était née d'un père inconnu et d'une mère trop connue. Ça ne l'avait pas empêchée de grandir, adorée — et l'adjectif était faible — par une mère qu'au moins elle n'était pas obligée de vouvoyer.

– Les parents d'Amaury Guerry s'appellent Anselme Guerry des Croix du Marteroy et Aménaïde de

Bazeloche, reprit Abadie. Il n'y a pas de trace de leur descendance. Tu as quelque chose, toi ?

– Non, répondit Cara qui, tout en l'écoutant, passait en revue les différents bouts de papier trouvés dans les tiroirs de Marion. Amaury est fils unique, selon son dossier.

– Donc, l'hypothèse qu'il aurait un frère ne tient pas…

– Exact. Il est né à Saint-Médard, dans le 28.

– Oui, c'est le nom du village d'Eure-et-Loir où se situe le château. C'est le nom du château aussi, d'ailleurs.

– Célibataire, pas pacsé. Il a une adresse à Paris, rue Lecourbe dans le 15e.

– Rien à voir avec la rue Mathis, commenta Abadie les poings sur les hanches.

Cara approuva. C'était après leur seconde visite qu'ils avaient identifié le locataire de la rue Mathis : Armand Delacroix. Grâce à Mektoub puis à la visite du lieutenant à Chaillot. Armand Delacroix était-il un pseudo utilisé par Amaury Guerry-etc. ? Ce n'était pas totalement stupide : Armand Delacroix, Amaury des Croix… Si oui, cela signifiait que le commissaire avait eu des liens avec Bob-Marley Harris et, que, vraisemblablement et de manière incompréhensible, ils avaient partagé l'appartement de la rue Mathis. Que Guerry-etc. apparaisse sur la vidéo de la gare du Nord juste avant les coups de feu tirés contre Marion devenait dès lors plausible. C'était en se rendant au poste d'aiguillage qu'il avait été filmé. Qu'allait-il y faire ? Rencontrer B-M Harris ? Et Marion ? Pourquoi était-elle allée là-bas, après un coup de fil reçu d'une cabine téléphonique placée devant Chaillot ? S'agissait-il d'un guet-apens ? Organisé par qui ? Harris ou Guerry ? Ou les deux ensemble ? Une affaire qui aurait mal tourné et au sujet de laquelle, de toute évidence, ni eux, ni personne ne savait rien.

Les deux officiers se regardèrent longuement, se demandant ce qu'il fallait penser de tout cela. Abadie émergea le premier, passa la main dans sa brosse grisonnante :

– Si ça se trouve, dit-il soucieux, on est en train de se monter le bourrichon... Il y a probablement une explication tout autre et Guerry n'a peut-être rien à voir dans tout ça. T'imagines qu'il rapplique, là, maintenant, Grand corps malade ? On n'aurait pas l'air con, tiens !

Valentine se mit à rire nerveusement.

– T'as raison, dit-elle, ce serait con. Mais ce qui le serait encore plus, ce serait qu'il nous ait monté un chantier, tu vois ? Parce que, s'il était totalement étranger à tout ça, comment tu expliques qu'il ne soit pas là en ce moment avec nous à se creuser le gadin pour trouver la clef de l'énigme ? Hein, dis, pourquoi ?

Abadie acquiesça.

– Je vais donner ces éléments à la Crim, tout à l'heure, conclut-elle en désignant le dossier. Meunier le cherche aussi, t'es au courant ?

– Non. Tiens, file-leur ça également.

Le bonnet de laine qu'il avait vu sur la tête du commissaire un moment plus tôt. En enquêteur avisé, Abadie le manipula avec précaution pour le placer dans une enveloppe de papier kraft.

– D'ac, fit Valentine en s'emparant de l'objet.

C'est alors qu'Abadie souleva la fameuse bible de la noblesse et qu'ils entrevirent ce qui se cachait dessous : le classeur constitué par Ménard en imprimant le contenu du micro-ordinateur de la rue Mathis. Tout ce qu'il fallait savoir sur les momies, les techniques d'embaumement et le reste.

C'est alors qu'ils replongeaient dans leur abîme de questions sur la personnalité cachée de leur commissaire que la lumière s'éteignit.

Des clameurs contrariées s'élevèrent de la salle de commandement.

Les locaux étant dépourvus de fenêtres, seuls les lumignons indiquant les issues de secours et fonctionnant sur piles permettaient aux hommes de ne pas être plongés dans le noir intégral. Plusieurs officiers et gradés apparurent, portant des lampes torches. Par chance, les ordinateurs continuaient à fonctionner, à l'inverse des écrans de la télésurveillance qui étaient devenus noirs.

– Mais quelle merde ! jura Abadie en rejoignant le petit groupe. C'est pas possible, un bordel pareil !

Il fallut attendre que les groupes électrogènes se mettent en marche, quelque part dans les entrailles de la gare, pour que la lumière revienne.

– Tu veux savoir la dernière ? lança un des opérateurs à qui le capitaine répondit par un regard assassin en aboyant un « quoi » qui fit ravaler au gardien son sourire ironique. Le trafic est interrompu au départ de toutes les gares de Paris, sauf celle-ci, mais la SNCF annonce qu'elle ne va pas pouvoir assurer la continuité des convois gare du Nord parce qu'il y a des problèmes avec les affluents du nord de l'Île-de-France qui débordent aussi. Ce soir, y aura plus un train, plus un Rer qui quittera Paris ou y rentrera !

– Oh, nom de bleu de nom de bleu, gronda le major Gigue qui avait la charge de la logistique, des déplacements des hommes et de leur rapatriement dans leurs foyers.

– Faites le tour des patrouilles ! ordonna Abadie à la ronde. Je veux un point précis de leur position et de leur situation dans l'heure qui vient. Tous ceux qui ne seront pas employés ou seront susceptibles d'être coincés par l'arrêt du trafic devront faire mouvement ici et attendre les ordres. À mon avis, on va nous demander de suppléer les autres services. Le métro ?

– J'en sais rien, fit le gardien dont les informations venaient de mettre la panique dans le service.

– Renseigne-toi. Et prenez contact avec la cellule de crise de la PP et du ministère. On refait le point dans une heure.

Il aperçut le major Gigue qui restait planté, les bras le long du corps, les épaules affaissées, tel le géant Atlas portant le poids du monde sur son dos.

– Quoi ? s'étonna Abadie, tu vas pas me dire que tu craques, toi, grand Gigus ?

Embarrassé, l'homme secoua sa tête ronde et vaguement rougeaude de buveur de bière.

– C'est-à-dire… Je peux te parler, Luc ?

**Zone de défense, PC de crise,
15 heures 30.
Cote de la Seine : 7,92 mètres.**

Jean Vitold considéra avec inquiétude l'allure de la préfète. Elle était retournée s'enfermer dans son bureau, donnant l'impression qu'elle n'en pouvait plus, qu'elle allait lâcher prise et s'effondrer. Elle avait accepté un café et un pain aux raisins mais n'en avait pas mangé la moitié. Son estomac se contracta à la pensée de ce qu'il était monté lui exposer. En bas, avec les opérateurs tétanisés, il venait de regarder les informations nationales qui ne lui avaient pas appris grand-chose, sinon que toutes les chaînes, pas seulement celles du service public, si elles ne sous-estimaient pas l'ampleur du désastre, se montraient solidaires avec les pouvoirs publics en affirmant qu'il était primordial d'unir les forces de la nation. En revanche, les digests qu'avait produits la salle sur les infos de la BBC, de CNN, de CBS, pour ne citer que les principales sources, avaient de quoi faire bondir le plus blindé et le plus aguerri des gestionnaires de crise. Ce que n'était pas Anne Morin à cet instant. Se rendant compte qu'elle n'était plus seule, elle leva vers son directeur de cabinet un regard fixe et clair qui lui fit comprendre qu'il s'était trompé : elle ne baissait pas les bras, elle récupérait. Il soupira de soulagement.

— Eh bien, Jean ?

Elle ne l'appelait plus mon petit Jean, c'était un progrès qui le comblait d'aise. Subitement, l'abandon de l'adjectif qui, de toutes les manières, le rabaissait lui rendit un peu de confiance et de courage pour lui asséner son compte rendu.

— La presse internationale nous attaque, madame.

— Tiens donc ! Qu'est-ce qu'ils disent ?

— Ils disent que la situation se détériore à Paris, que nous vivons une catastrophe naturelle majeure...

— Jusque-là, tout va bien...

— Oui, la suite est moins... compassionnelle.

— Normal, la communication est ainsi faite. D'abord, on présente ses condoléances, ensuite on passe aux coups bas. Alors que disent-ils ?

— Ils se posent des questions sur l'efficacité de notre plan. Comment pouvons-nous avoir été assez niais (je traduis, mais le sens y est) pour ne pas prévoir que l'eau monterait si vite et si haut ? Ils parlent à mots couverts d'incompétence des responsables et...

Le front d'Anne Morin s'empourpra tandis que ses doigts blanchissaient, crochés au rebord du bureau de faux acajou.

— Mais quelle bande de rapaces... ! Ah, ils sont bien placés pour donner des leçons de gestion de crise, les Ricains, c'est moi qui vous le dis. Et les Anglais, ça va leur tomber sur le nez, une bonne crue de la Tamise, un de ces quatre, vous allez voir ! Et là, on va rigoler, Jean, je vous le garantis ! On les verra, ces prétentieux d'Anglo-Saxons avec leurs plans tellement détaillés qu'ils en sont inapplicables. Comme s'ils ignoraient qu'une catastrophe naturelle, c'est avant tout une collection de facteurs inattendus, d'imprévus. Bande de salopards...

Elle n'acheva pas. Elle considéra Jean Vitold qui se faisait tout petit, pour une fois dépouillé de son air impassible. Elle savait que c'était dans l'ordre des choses. Si tout marchait comme sur des roulettes, une demi-douzaine de hauts responsables de l'État, volant au secours de la victoire, s'attribueraient le mérite de la réussite. Dans le cas contraire, ces mêmes personnages se tairaient, dans un premier temps. Ils finiraient pas répondre aux attaques en déglinguant les concepteurs du PSSI, lequel, basé sur des données obsolètes, n'avait pas suffisamment tenu compte de l'augmentation de la population de Paris ni du développement de ses infrastructures. Ils épingleraient la préfète et la vireraient pour l'exemple. Elle partirait à la retraite dans la honte mais avec une promotion. Les responsables, les vrais, retourneraient à la préparation de leur prochaine campagne électorale, l'âme en paix. Du moins, ceux qui en avaient une.

– Vous voyez, Jean, dit-elle très maîtresse d'elle-même, ce que nous vivons, c'est comme une bonne gastro. En ce moment nous sommes en plein dans le pic. La phase aiguë où on dégueule tripes et boyaux et où on se dit qu'on va crever et que, sans doute, il vaudrait mieux crever que vivre ça.

– Quand même...

– Non, non, pas « quand même », Jean. Ne me dites pas que vous n'avez jamais eu de gastro ?

– Si, c'est une horreur...

– Ah, vous voyez ! Mais moi, je vous le dis, Jean, flotte ou pas, on va se battre. Se battre, tous ensemble. Allez ! Tous ensemble, tous ensemble !

Jean Vitold se demanda si elle pourrait tenir encore longtemps dans cet état, et s'ils n'allaient pas tous sombrer avec elle dans les flots déchaînés. Il remit sous son bras le feuillet récapitulant les dernières remontées du terrain sur l'évolution de la crue. Il refusa de lui annoncer que la paralysie du trafic avait gagné la grande banlieue, rendant impossible le ravitaillement des populations. Que deux des trois stations d'épuration d'Île-de-France étaient noyées, que les usines de traitement des eaux usées ne pouvaient plus fonctionner parce que saturées. Que l'eau du robinet était devenue imbuvable, voire carrément indisponible à cause des baisses vertigineuses de pression. Qu'en attendant il fallait la chercher, cette eau, à 650 mètres sous terre, dans la nappe phréatique de l'Albien, une réserve stratégique prévue pour les situations de guerre. Que l'on avait mis en route des convois d'eau qui allaient se positionner devant les bureaux de vote afin que les citoyens les trouvent aisément mais que les rations seraient limitées à 3 litres par jour et par personne. Que les points de vente étaient depuis longtemps vidés de leurs réserves, certains opportunistes ayant constitué à bon compte des stocks qu'ils revendaient déjà à prix d'or dans les rues. Qu'il fallait s'attendre à la survenue de maladies opportunistes, voire d'épidémies qu'en aucun cas les hôpitaux encore ouverts, surchargés et déjà en état de quasi-décomposition ne pourraient contrôler.

Que tout arrivait de tous côtés et en même temps, comme, par exemple, l'interruption de la circulation des trains, des lignes RER et, depuis dix minutes, de l'ensemble du réseau métropolitain.

– Donnez-moi ça ! ordonna la préfète en tendant la main vers la feuille cachée sous son bras.

**Commissariat central 10,
site de repli de la Crim,
16 heures.**

Normalement, elle aurait dû attendre la fin d'après-midi pour se rendre au central 10. Mais c'était trop lui demander. Entre Abadie qui se débattait pour faire fonctionner le service comme il pouvait, Nina qui n'allait pas très bien, les heures qui tournaient, ajoutant à la nervosité ambiante leur propre impuissance à retrouver ne serait-ce qu'une vague trace de Marion, Valentine n'en pouvait plus. Son angoisse grandissait d'heure en heure. Car le cataclysme qui sidérait Paris semblait abolir toute chance de retrouver la « patronne ». Le sentiment d'irréalité prenait de l'ampleur, occultant jusqu'à la conscience de la douleur.

Les premières patrouilles mises au chômage technique après la fermeture des lignes étaient revenues tant bien que mal prendre de nouvelles instructions. La plupart des forces disponibles allaient être engagées au service des populations en détresse. Elles auraient en outre à colmater les brèches béantes ouvertes dans le respect des personnes et des biens. À présent, les gens se battaient pour un pack d'eau, pour une lampe de poche, une bougie ou une entrée dans un gymnase chauffé.

Et puis, telle une cerise sur ce gâteau faisandé, il y avait la dernière nouvelle que le major Gigue avait lâchée à Abadie.

– Je vous ai vus, Cara et toi, dans le bureau de M. le commissaire Guerry et j'ai bu le café avec Ménard ce matin...

– Vas-y, Gigue, perds pas ton temps à me raconter ta vie ! Qu'est-ce qui te met dans cet état ?

– Ménard dit que vous avez un problème avec M. Guerry, enfin peut-être...

Abadie avait eu envie de secouer le bon major Gigue. Il s'était contenté de pousser un soupir impatient.

– Je me suis souvenu d'un détail...

– Accouche, merde !

Le major se jeta à l'eau :

– Pas longtemps après son arrivée dans le service, M. Guerry a perdu son arme, son Beretta.

– Quoi ? bondit Abadie, et tu trouves que c'est un détail ?

– Non, mais la patronne n'avait pas voulu qu'on en fasse un plat.

« Ben voyons, songea Abadie avec amertume et un rien de rancœur, il venait d'arriver, l'adjoint, il n'était pas encore titulaire, Marion ne voulait pas ébruiter un *incident* qui aurait ruiné sa carrière. »

– Comment il a fait son compte ?

– Il a dit qu'en courant après un voleur à la tire dans la gare son calibre était tombé sans qu'il s'en aperçoive. On a cherché partout, lui et moi, finalement on s'est dit qu'un branleur l'avait trouvé et se l'était mis dans la poche.

– Et la patronne ?

– Elle m'a dit d'arranger le coup.

– C'est-à-dire ?

– J'ai fait un rapport d'incident, arme défectueuse à remplacer.

– Et c'est passé ?

– Ben oui. Ce sont des choses qui arrivent. On neutralise l'arme et on la garde en réservoir de pièces. C'est pas très réglo mais ça se pratique couramment.

De la même façon qu'on garde les avions périmés comme magasins de pièces détachées pour réparer ceux qui volent encore. Les vieux modèles, forcément.

– Fffff, siffla Abadie entre ses dents. Et la patronne a signé le rapport ?

— Exact. Elle a pris ses patins, quoi. Comme elle est plus là, et que Guerry est quand même un peu dans le collimateur, je me suis dit...

Cette nouvelle les avait plongés dans la consternation. Ils en arrivaient à se demander ce qu'il y avait *exactement* entre Marion et le jeune commissaire pour qu'elle ait pris de tels risques pour lui. On ne pouvait ignorer son côté « mère du régiment », une émanation de l'archaïque besoin des femmes de protéger leur couvée. Ni sa perpétuelle absence de discernement quand il s'agissait de ses petits et qu'ils étaient en danger. Mais là, tout de même, ce qu'elle avait fait pour Guerry, c'était énorme, comme si elle l'avait adopté. Au sens le plus maternel qui soit. Et puis, il fallait se rendre à l'évidence : l'arme qui avait tué B-M et probablement aussi blessé Marion était, selon Régine Duval, un 9 millimètres, un Beretta, justement.

Il n'était plus question de garder pour eux leurs conneries de la rue Mathis. Il fallait faire quelque chose. Ils s'étaient torturés pour trouver une porte de sortie honorable. C'est en définitive Cara qui avait eu l'idée de contacter l'OPJ du 19e arrondissement qui avait procédé aux constatations dans l'appartement-nourrice, suite à l'incendie. Le capitaine Bouvier était en train de boucler sa procédure car il passait la main à la DPJ pour la suite de l'enquête. Cara s'annonça au téléphone et elle sut d'emblée qu'il était au courant de ce qui était arrivé à Marion. Il compatit pour la forme, déplorant que ce ne soit pas son propre taulier qui ait disparu.

— Chacun sa croix, murmura Valentine après que l'autre lui eut dressé de son chef de service le portrait d'un abruti alcoolo, tortionnaire et raciste.

Elle se lança ensuite dans un exposé vaseux sur un type camé, interpellé dans la gare, qui citait le 12, rue Mathis comme un point d'approvisionnement.

Bouvier observa un silence méfiant.

– Qu'est-ce que tu veux savoir ? éructa-t-il entre ses dents qui devaient serrer un cure-dents ou autre chose du même tonneau.

– Ben tout, mon gars, répondit Valentine, se forçant à la jovialité.

Elle s'aperçut aussitôt de sa bévue.

– Enfin, si tu as des billes sur cette taule, évidemment, tenta-t-elle de se reprendre.

– Ouais, ouais... Tu serais pas déjà allée traîner tes guêtres là-bas, par hasard ? Ce matin, tiens, chez Mektoub ?

Le cœur de Valentine sauta dans sa poitrine. Elle choisit de ne pas s'enfoncer.

– Je faisais juste une vérif...

– *Juste* une vérif... Même Mektoub vous a reniflés, toi et ton pote moustachu. Vous avez *juste* oublié dans quel quartier vous êtes tombés, vous êtes des rigolos. Là-haut, ils changent jamais les facteurs ni les employés du gaz ni ceux qui relèvent les compteurs EDF, ça foutrait trop le bordel. Vous auriez mieux fait de vous annoncer, parce que, franchement, votre petit numéro à deux balles...

– Bon, ben, ça va, s'insurgea Valentine, pas la peine d'en remettre trois couches. On a merdé, OK, plates excuses, mais tu peux me rencarder ou pas ?

– Écoute, fillette, ce pataquès de la rue Mathis, c'est plutôt sensible. Il t'a balancé un nom, ton toxico, en plus de l'adresse ?

Une infime nuance d'ironie indiquait que l'OPJ ne croyait pas un instant à la fable de Valentine mais qu'il était prêt à jouer le jeu avec elle, en échange d'une bonne manière en retour. Elle décida d'y aller franco.

– Oui. Bob-Marley Harris. Ça te parle ?

L'autre observa un silence pendant lequel Cara l'entendit suçoter son cure-dents, en évacuer des bribes en crachotant entre ses dents.

– Tu es toujours là ? s'inquiéta-t-elle, craignant que la ligne ait lâché.

– Une petite minute, dit-il enfin. Je vérifiais un truc. Mais oui, Harris, tu parles, c'est une figure du quartier. Je l'ai perso serré deux ou trois fois pour des bricoles. Là, on dirait qu'il a monté en grade… Et, attends… Ah ! voilà, je l'ai…

– Oui ? demanda Cara.

– J'ai sous les yeux la synthèse de la Crim qui cherche des renseignements sur ce gonze. T'es au parfum ? Ah ! mais j'y suis, le lien, c'est ta patronne, exact ?

– Exact. Ils ont été butés en même temps, au même endroit.

– Putain… C'est bon, je pige mieux… Mais t'aurais pu me le dire tout de suite… Qu'est-ce que tu veux savoir ?

– Je t'ai dit, tout ce que tu as sur l'appart.

Bouvier farfouilla dans ses papiers. Il avait dû poser le combiné sur le bureau car on aurait juré qu'il cassait des noix. Quand il reprit la parole, Cara se dit qu'elle avait bien fait de tenter le coup à la loyale avec lui. C'était un vieux singe qui n'avait plus envie de jouer avec les jeunes guenons. Son élocution sifflante lui apprit qu'il venait sans doute aussi de coller un cure-dents neuf entre ses vieilles ratiches.

– L'appart est loué au nom d'Armand Delacroix, depuis un peu plus d'un an. Ce type bosse à Chaillot. D'après ce que je sais, on ne le voit plus depuis un moment rue Mathis mais le loyer est régulièrement payé. Je pensais qu'il était tombé dans la dope mais maintenant que tu me parles de Harris, je pige mieux.

– T'as trouvé quoi dans l'appart ?

– Un bon stock de came. Plus quelques millions en liquide.

– D'euros ?

– M'emmerde pas avec tes euros. De francs.

– Ah… Donc, ça confirme le trafic.

— Oui, mais c'est tout. À part quelques fringues à Delacroix, quasiment rien.

— Tu sais d'où il vient ce Delacroix ? Je veux dire avant qu'il s'installe là ?

— Non, pas la moindre idée. Tu verras ça avec la 2…

— Mais cet incendie… Il n'a rien détruit, finalement ?

— Correct, on peut même pas parler d'incendie. C'est une sorte de feu qui a couvé dans le matelas et qui a surtout dégagé de la fumée. Le laboratoire de la PP dit que c'est un mégot parce qu'on en a trouvé dans la cambuse. Entre nous et le pont Notre-Dame, je vais te dire, je comprends rien à ce délire. J'ai l'impression que quelqu'un est venu dans la nuit et que c'est ça qui a attisé le feu couvant. Maintenant que tu me parles de Harris, si ça se trouve c'est un de ses associés qu'est venu planquer son business là de peur qu'on mette la main dessus dans le cadre de l'enquête sur sa mort…

Valentine savait bien qu'il n'en était rien mais elle garda l'information pour elle. Bouvier, de son côté, ne poursuivit pas son introspection plus avant. Il crachouilla un ou deux bouts de cure-dents, soupira avec force :

— Écoute, miss, moi j'ai fini mon taf, là. La 2 va continuer l'enquête sur l'incendie mais à mon avis y a rien à gratter sinon pour les stupes. Moi, je vais répondre à la demande de la Crim. Tu vois pas d'inconvénient à ce que je leur file les infos sur Harris et Delacroix ? Je vais leur dire que j'ai eu le tuyau par un de mes tontons. Ça t'arrange ?

Bouvier était un finaud. Un de ces vieux flicards de base, tanné par des années de coups tordus — pris et donnés — et au raisonnement peaufiné par trente ans d'un boulot au ras des pâquerettes. Il allait se faire mousser auprès de la Crim en leur filant une information de première main. Ce faisant, il tirait une épine du pied de Cara et d'Abadie. Régine Duval aurait le renseignement qui lui permettrait de débouler rue Mathis et Valentine évitait de s'exposer. N'empêche que l'affaire devenait de plus en plus tordue. Voilà pourquoi le lieutenant s'était mise en route pour le central 10, distant de 200 mètres de la gare du Nord, bien avant l'heure fixée par Régine Duval.

Le bâtiment en verre des années 1950 paraissait encore plus décati sous la pluie. Malgré l'heure — on n'était qu'au milieu de l'après-midi — il faisait nuit. Les nuages avaient investi la ville. On ne distinguait plus qu'une immensité d'eau d'où n'émergeaient que des formes incertaines. Une sorte d'océan gris désespérant. Cara ne cessait de frissonner, les pieds recroquevillés dans ses rangers qu'elle avait dû remettre avant qu'ils aient eu le temps de sécher. Elle pénétra dans le bâtiment sans qu'on lui demande quoi que ce soit. Pas un flicard à l'horizon, seulement quelques véhicules d'où les occupants sortaient en courant pour se protéger de la pluie, les bras chargés de cartons. À l'intérieur, c'était une véritable ruche. Des allées et venues, des interpellations.

Cara se fraya un passage jusqu'à l'accueil où une gardienne de la paix plus très jeune paraissait dépassée par les événements. Elle ouvrit de grands yeux quand le lieutenant demanda le chemin de la brigade criminelle.

– L'eau vous est entrée dans le cerveau ou quoi ?

Alors qu'elle prenait sa respiration pour expliquer à cette femme ce qu'elle aurait dû savoir à la place qu'elle occupait, Valentine ressentit le poids d'un regard lourd sur sa nuque. Le capitaine Mars était là, à 1 mètre derrière elle. Deux pas en retrait, Pierre

Mohica, menotté, enchaîné à un flic en tenue, la tête basse, accablé.

– Le commandant Duval m'attend, dit Cara en s'avançant.

Mars recula d'un pas comme si elle allait lui sauter à la gorge.

– Ça, j'en doute, fit l'autre, obligé de lever le menton pour la regarder en face.

Reconnaissant la voix du lieutenant, Pierre Mohica sursauta, perdant instantanément son air d'animal traqué.

– Dites-moi que vous avez des nouvelles, Valentine ! Je vous en prie, ils ne veulent rien me dire !

Valentine ouvrit la bouche pour répondre, mais Mars enjoignit d'un geste impérieux l'accompagnateur d'évacuer Pierre Mohica. Celui-ci eut beau résister, l'autre l'entraîna tandis qu'il criait sa colère et son dépit.

– On n'a toujours pas de nouvelles… s'exclama Cara. Tenez bon, Pierre !

Puis elle vit que Mars faisait demi-tour pour s'éloigner d'un pas pressé vers l'aile gauche du bâtiment. Elle le suivit. Il courait presque en arrivant à l'ascenseur. Quand l'appareil arriva, Mars fit volte-face.

– Qu'est-ce que vous me voulez, à la fin ?

– À toi, rien, pauvre minable. Je vais voir le commandant Duval et je la verrai, crois-moi !

Il proféra quelques imprécations mais ne put s'opposer à ce que Valentine lui emboîte le pas le long d'un couloir dévasté par des années de mauvais traitements et où s'entassaient des caisses et des piles de dossiers.

Régine Duval apparut, la coiffure en débâcle. Ses vêtements portaient des traces d'humidité et son visage accusait une incommensurable fatigue. Elle gratifia Valentine d'un regard mitigé. Heureux et contrarié à la fois. Ce qui n'échappa pas au capitaine Mars qui, après une brève hésitation, choisit d'intégrer la pièce d'où sa chef de groupe venait de sortir. Un grand bonhomme maigre apparut, de la buée sur les lunettes, lançant à la ronde des jurons d'où il ressortait globalement qu'il était entouré d'une bande de branquignols. Il marqua une pause entre les deux femmes :

– « Ils » ont oublié de vider le séchoir, ces cons ! Et qui c'est qui va retourner se taper le boulot, c'est bibi. Font chier !

Il fixa Régine Duval comme pour la prendre à témoin mais elle semblait ne pas l'avoir entendu. Il poursuivit sa route en maugréant.

– Je t'avais dit « en fin d'après-midi », protesta Régine. Tu vois un peu dans quel binz on est...

– Je sais, mais c'est superurgent...

– Et ton chef, Guerry, tu l'as trouvé ?

– Ben non, justement...

Régine Duval dut faire sortir les deux officiers qui partageaient un bureau exigu avec elle. Paul s'exécuta sans broncher mais Mars trouva encore le moyen de marmonner une indélicatesse en passant, ce qui lui valut une menace non déguisée de sa chef de groupe.

– Il est vraiment infect, ce petit roquet, en profita Valentine.

– Bon, je t'écoute, abrégea Duval une fois qu'elles furent seules.

Valentine lui tendit les deux chemises qu'elle avait placées dans des enveloppes plastifiées pour les protéger de la pluie. Elle ouvrit la première, le dossier de Guerry-etc. trouvé dans le bureau de Marion.

– Ça te fera gagner du temps, assura-t-elle en réponse au regard interrogateur de Régine Duval. Regarde le reste !

Le commandant s'exécuta. L'habitude qu'elle avait d'éplucher les documents les plus variés et les plus

farfelus l'empêcha de manifester une excessive surprise.
– Je ne comprends pas... C'est quoi, ça ?
– Mate la photo !

Régine Duval était bien le bon flic que décrivait Meunier. D'un geste nerveux, elle étala les deux feuillets portant une photographie qu'à l'évidence on ne pouvait associer qu'à un seul et même individu.

– Attends... Delacroix, c'est le nom que m'a filé le type du 19... fit-elle en fronçant les sourcils.

Valentine se maintint dans un silence prudent.

– Qui ? demanda-t-elle au bout d'un moment voyant que Duval restait plongée dans ses pensées.

– Un OPJ du 19ᵉ arrondissement. Il a réagi à une demande de renseignements au sujet de Bob-Marley Harris. On a une adresse, rue Mathis, j'ai envoyé une équipe là-bas. Mais ça, c'est quand même incroyable ! Comment t'as eu ça ? ajouta-t-elle avec une pointe de soupçon en fixant la fiche obtenue à Chaillot.

– L'amie d'un collègue travaille là-bas, répondit Cara évasivement.

Régine Duval ne se laissa pas impressionner :

– Non, ma question est : comment tu es tombée là-dessus ? L'idée d'aller à Chaillot, si tu préfères...

– Un tuyau...

– Tu te fous de moi ?

– Écoute, s'irrita Valentine, c'est pas le moment de pinailler, tu ne crois pas ? On mettra tout ça à plat plus tard, pour l'instant, ce qui urge c'est qu'on retrouve Marion, non ? Et là, ce que je t'apporte, c'est un putain de pas en avant, alors, évite les questions inutiles, s'il te plaît !

Régine Duval la considéra longuement. Si elle avait pu lire ce que cachaient ces magnifiques yeux verts, décrypter tout ce que ce cerveau affûté essayait de lui dissimuler...

– OK ! dit-elle encore comme si elle n'avait plus d'autre vocabulaire disponible. Mais tu ne perds rien pour attendre.

– Tout ce que tu veux, mais plus tard, par pitié, Régine, avançons.

– OK. Récapitulons.

Ce qu'elles firent pendant un bon quart d'heure. La Crim avait d'ores et déjà obtenu quelques réponses. L'empreinte de pied du poste d'aiguillage correspondait à une pointure 51 ou 52, une taille suffisamment exceptionnelle pour qu'on s'y arrête. Les chaussures de la rue Mathis traversèrent la pièce en silence, Valentine se fit toute petite.

– Guerry chausse du 52, dit Régine.

– C'est vrai, c'est sur sa fiche d'habillement. Comment tu le sais ?

– Meunier, c'est elle qui me l'a dit. Ne me demande pas comment elle a eu l'info, j'en sais foutre rien.

Les techniciens de la PJ avaient exploité les bandes vidéo enregistrées dans la gare, ils étaient arrivés aux mêmes conclusions que Cara et Abadie : c'était, à une infime marge d'erreur près, Guerry-etc. que l'on voyait au bout du quai peu avant l'apparition de Marion. À une heure où il était censé se trouver au palais de justice, ou sur le trajet. Ce point n'avait pas pu être recoupé, le juge que le commissaire était supposé rencontrer étant injoignable jusqu'ici.

– On a les résultats des prélèvements effectués dans le poste d'aiguillage, dit la chef de groupe. Il y a l'ADN de Marion, celui de Harris et un inconnu.

Valentine sortit de sa poche un sac en plastique et le tendit à Duval.

– C'est un bonnet qui appartient à Guerry, expliqua-t-elle. Il a toujours un truc sur la tête, casquette, calot, bonnet... Il prétend avoir un problème cutané mais je ne sais pas lequel. Fais-le comparer avec ton ADN inconnu. Mais vite, si tu vois ce que je veux dire...

Régine Duval fit la grimace. Déjà qu'elle avait dû faire intervenir Meunier pour obtenir un passage en force, au milieu de la débâcle de la crue, et faire exploiter les prélèvements en vingt-quatre heures là où, en temps normal, il fallait une semaine. Et encore, quand la direction de la PTS à Écully n'était pas débordée.

— Franchement, objecta-t-elle, je ne pige pas tout dans cette histoire. Pourquoi Guerry ? Et c'est quoi, ce micmac, Chaillot, Harris, tout ça ?

— Tu recommences...

Régine Duval secoua la tête, une façon qu'elle avait de remettre ses idées en ordre de marche.

— Tu as une idée de son emploi du temps d'hier ? demanda-t-elle enfin comme s'il était primordial qu'elle revienne à des considérations objectives.

— J'y ai pensé. Mon collègue Abadie s'en occupe, tu vas avoir les plages de temps où il était avec nous, celles où il était dehors avec témoins et les autres où on ne sait pas ce qu'il fabriquait.

— Très bien. Quoi d'autre ?

Cara évoqua la perte du Beretta de service sans s'attarder sur l'étrange complaisance de Marion dans cette affaire.

— Comme par hasard, marmonna Duval en se souvenant de l'expertise balistique. Ça commence à faire beaucoup...

Valentine raconta la porte dans le bureau de Guerry qui lui permettait d'aller et venir à sa guise, sa disparition après le coup de fil à sa mère et leur conversation surprise par Abadie juste avant.

— Je me dis que sa mère sait peut-être où il est ou qu'elle pourrait nous en dire plus à son sujet. Ça vaudrait le coup de l'appeler, non ?

La suggestion de Valentine plongea Régine Duval dans un nouvel embarras. Tout ce que lui proposait son amoureuse était si éloigné de sa façon de conduire une enquête ! Tout était tellement brouillon, incohérent. Que Guerry ne soit pas clair, soit, mais qu'on en arrive à le soupçonner d'avoir tiré sur Marion puis de l'avoir enlevée dans un hôpital, le tout à partir d'une collection de faits subjectifs et sans logique apparente, la mettait extrêmement mal à l'aise. Si elle se trompait, les conséquences seraient terribles.

– On n'a pas le temps de se prendre la tête, lança Valentine qui voyait sa compagne en pleine confusion, je t'en prie...

En effet, le temps passait et retrouver Marion valait bien quelques petites entorses méthodologiques.

– D'accord, soupira Duval, appelons la mère...

– Il vaudrait mieux que ce soit moi, poursuivit Valentine soulagée que reculent les tourments procéduraux du commandant, si c'est toi, la Crim, rien que le nom va lui foutre les jetons.

– Comme tu veux, murmura Régine de plus en plus désorientée.

Le téléphone sonna longuement, au point que Valentine, la mort dans l'âme, allait se résigner à renoncer. *In extremis*, une voix de femme, sèche et sans chaleur fit : « Allô ? » La conversation fut brève. Aménaïde de Bazeloche, épouse Guerry des Croix du Marteroy, n'avait pas de nouvelles de son fils, c'est à peine si elle admettait en avoir un. Visiblement, le choix professionnel de son rejeton la torturait encore et ce n'était pas demain la veille qu'elle allait digérer l'affront. Valentine essaya de faire durer l'échange en espérant lui tirer les vers du nez mais la dame ne s'en laissa pas conter. Sa façon de parler, les mots utilisés, même dans la plus parfaite banalité, dénotaient une éducation élevée, une maîtrise de soi exceptionnelle. Elle prit finalement congé de Valentine qui raccrocha, gagnée par une pénible sensation.

– Ça va ? Tu as appris quelque chose ? la pressa Régine.
– Non, elle ne sait rien, c'est tout juste si elle se souvient qu'elle a un fils, qu'elle n'a pas vu depuis… une éternité. Mais…
– Quoi ?

C'était indéfinissable. La femme mentait, c'était une évidence. Mais il y avait autre chose. Quelque chose que Valentine ressentait sans pouvoir mettre le doigt dessus. Comme un mot, un nom que l'on a sur le bout de la langue et qui se dérobe.

– Non, rien, concéda-t-elle, persuadée que plus elle réfléchirait, moins elle trouverait ce qu'elle cherchait. C'est une vieille toupie, elle nous balade, j'en suis sûre.
– Ça ne nous avance guère.
– En même temps, un fils de grande famille dans la flicaille, y a de quoi lui coller les boules, à mémé… Je vais mettre tout le service au cul de Guerry. On va le trouver.
– Si tu le dis… Tu as une idée ?
– Chaillot.
– Je ne peux pas te suivre sur ce terrain. Franchement, je vois mal un commissaire se dédoubler et mener deux vies de front… diamétralement opposées… C'est stupide.
– On en a parlé, déjà. Je partage ton avis mais je *sens* qu'il y a un truc là-bas. Je *sens* la présence de Marion dans ce dédale. Je vais y retourner. Maintenant.
– Je ne cautionne rien de ce genre, tu le sais. Mais, bon… Je ne peux pas te ligoter. Vas-y mollo, n'en parle à personne qu'à moi, tu n'as pas de couverture officielle…
– Mais oui, Régine…, n'aie crainte, je marche sur des œufs. Je voudrais te demander autre chose.
– Hum, hum… soupira Duval méfiante.
– C'est à propos de Mohica…

– Ah, oui, Mohica… Il ne peut pas sortir, la proc veut qu'on le garde encore et personne ne prendra le risque de le libérer et d'essayer de le filocher avec le bordel qu'il y a partout.

Comme pour lui donner raison, toutes les lampes du bureau se mirent à clignoter, s'éteignirent, se rallumèrent. Les ordinateurs émirent des plaintes indéterminables, quelque part dans le bâtiment des alarmes se mirent à hurler. Les deux femmes retinrent leur souffle jusqu'à ce que la situation se stabilise. Régine soupira.

– Tu parles si c'est commode de bosser dans ces conditions ! Pour Mohica, je ne peux rien faire.

– Laisse-moi le voir, supplia Valentine. Peut-être qu'il me parlera, à moi.

Régine Duval contempla la petite bonne femme qui lui faisait face, prête à remuer ciel et terre sans lâcher prise une seconde. Elle se prit à envier Marion pour qui elle la sentait capable de déplacer des montagnes.

Avant qu'elle ait eu le temps de dire oui ou non, quelques coups frappés à la porte les interrompirent. Un grand type brun et sec passa la tête, agitant un papier qu'il tenait à la main.

– Qu'est-ce qu'il y a, Mallet ? demanda Régine Duval sèchement.

– Je peux te parler ? répliqua le capitaine en louchant sur Cara qui, les yeux au-delà de la fenêtre noyée dans la brume sale de la fin d'après-midi, paraissait ignorer l'intrusion.

– Oui… Eh bien, vas-y ! s'énerva-t-elle alors que l'homme restait prudemment muet. C'est une collègue, souffla-t-elle en désignant Valentine d'un coup de menton.

Mallet fit son compte rendu à voix basse au commandant qui l'avait rejoint à la porte. Le silence qui suivit était si lourd qu'il finit par tirer Valentine de sa contemplation. Elle se retourna, mesura d'un coup d'œil la pâleur de Régine. Son cœur cogna douloureusement contre ses côtes. Cette fois, ça y était. Marion.

– Tu as entendu ? s'enquit Régine.

Cara fit non de la tête, incapable de parler.

– La fille dans la momie…

– Hein ?

Régine Duval faillit sourire de l'air hébété de son amie. Puis elle réalisa que Valentine avait interprété de travers son air tragique et elle s'empressa de corriger le tir : Marion n'était pas le sujet.

– Tu sais, redit-elle, la momie dont on a parlé ensemble ce matin, eh bien, il y avait une fille à l'intérieur, une certaine Amélie Garcin. On a fait des vérif… Vas-y, Mallet, explique !

– Amélie Garcin a disparu il y a quatre ans, s'exécuta le capitaine, elle était alors en fin de formation à l'École nationale de la magistrature. Elle devait effectuer un dernier stage au TGI de Créteil, elle a fait parvenir une lettre de démission, sans donner d'explication quant au motif de l'abandon de sa carrière.

– Qui t'a rencardé ? l'interrompit Duval.

– La seule personne qui s'intéresse encore à elle. Sa sœur, Anna. Elle a dix-huit ans aujourd'hui, les parents sont morts au cours d'un voyage en Afrique quand elle était petite. Les deux filles ont été élevées par une grand-mère, décédée elle aussi peu avant le départ brutal d'Amélie. C'est Amélie qui s'occupait de la jeune Anna.

Valentine faillit d'abord se pincer pour s'assurer qu'elle ne rêvait pas. Pourquoi lui racontait-on cette enquête, à elle ? L'étonnement fit place à une nouvelle montée d'angoisse quand elle comprit que la suite de l'histoire allait la concerner.

– Continue, Mallet ! intima Régine à l'OPJ plus lugubre qu'un croque-mort.

– Un jour, Amélie est partie travailler et, le soir, la petite Anna a trouvé un mot de sa sœur disant qu'elle devait s'absenter quelque temps. Et plus rien.

Anna a contacté le fiancé de son aînée qui lui a dit avoir également reçu une lettre... de rupture. Amélie avait rencontré quelqu'un d'autre, le plan classique. Anna a reçu une autre lettre — de Suisse — deux semaines plus tard, Amélie disait qu'elle avait trouvé l'homme de sa vie et qu'elle ferait venir sa sœur auprès d'elle dès qu'elle serait installée. La gamine a attendu, et *basta*. Plus aucun signe de vie.

– Elle n'a pas signalé la chose aux flics ? s'étonna Valentine.

– Si, mais on ne l'a pas prise au sérieux. Anna avait été recueillie par les parents d'une amie de classe, il y avait pas mal de blé de l'assurance vie et de l'héritage de la famille, ils n'étaient pas pressés de voir partir la poule aux œufs d'or. La petite sœur a continué à attendre...

– Et le fiancé ?

– Justement, le fiancé n'a pas bronché plus que ça, et comme c'est un flic...

– Non ? s'exclama Valentine.

– Tu ne vas pas le croire, murmura Régine Duval.

– Tu me fais peur.

– Il y a de quoi... Le fiancé, c'est, enfin c'était, Amaury Guerry des Croix du Marteroy...

Il y eut un moment de flottement. Valentine crut avoir reçu une nouvelle grande claque derrière la tête. Elle entendit que Régine parlait :

– Je comprends mieux qu'il ait été mal dans ses pompes au moment de l'autopsie.

– À mon avis, acquiesça Mallet, s'il a insisté pour y assister, c'est qu'il se doutait de ce qu'on allait trouver à l'intérieur...

– Qu'il *savait*, tu veux dire... On a trouvé dans son bureau tout un dossier sur les techniques de momification, fit Valentine d'une voix pas très sûre.

– Et c'est maintenant que tu le dis ?

– Excuse-moi, mais jusqu'ici je ne savais pas qu'il avait assisté à l'autopsie de cette momie.

– Il est où, ce dossier ?

– Gare du Nord… Mais je te rassure, il n'y a rien dedans, rien de personnel du moins. C'est une collection de trucs techniques. Je te le ferai apporter si tu veux.

Valentine évita d'entrer dans les détails quant à la façon dont ce dossier avait vu le jour. À présent, elle comprenait mieux pourquoi Guerry l'avait subtilisé chez Ménard et emporté dans son bureau.

– Nom de Dieu ! réagit Régine Duval, c'est quoi, ce type ? Qui est-ce qu'on va trouver dans la seconde momie, tu crois, Mallet ?

Le grand brun sec haussa les épaules. Chaque chose en son temps, semblait dire son regard blasé.

– On verra ça plus tard, parce que là…

– Non, pas question, je veux que tu prennes contact avec Garches et la légiste qui a autopsié la première. Tu lui fais livrer le paquet et vous l'ouvrez. Tout de suite.

– Mais… Qui ? Moi ?

– Selon toi, Mallet ? Qui d'autre ?

L'intéressé avala sa salive. Putain de boulot, dirent ses yeux sombres largement cernés. Conscient qu'il ne servirait à rien d'exprimer tout haut ces commentaires amers, il soupira :

– On fait quoi pour Guerry ?

– Avis de recherche, alerte générale.

– Eh ben, bon courage… On vient de me dire que toute la PP est évacuée, la salle de commandement rejoint le site de secours et…

– Et alors ?

L'OPJ Mallet se retira avec raideur. Valentine, sonnée, tentait de recoller les morceaux d'un puzzle qui promettait de dévoiler un tableau terrifiant.

– Je préviens mon service, on va le trouver, cet enculé. Je peux aller voir Mohica ?

Régine Duval regarda sortir le lieutenant, qui ne prit pas le temps de lui dire merci ni au revoir. Elle savait que Valentine ne lui avait pas tout déballé. Pourquoi cette obstination à aller à Chaillot, à chercher quoi, là-bas ? Songeuse, elle rassembla les pièces éparses du « dossier » de Guerry, ramassa l'enveloppe kraft qui contenait le bonnet. C'est dans le mouvement qu'elle aperçut un autre sachet. Un de ces contenants plastifiés qu'utilisent les services d'enquête pour y placer les pièces à conviction. Elle le saisit du bout des doigts et lut ces quelques mots sur le papier quadrillé enfermé à l'intérieur : « Il dépend de celui qui passe... ami n'entre pas sans désir. »

Quand elle parvint aux cellules de garde à vue, à l'issue d'un périple digne d'un gigantesque jeu de piste, Valentine s'aperçut que Pierre Mohica dormait profondément. Elle eut beau faire, rien ne parvint à le réveiller.

**PC de crise zone de défense,
17 heures 30.
Cote de la Seine : 8,19 mètres.**

Anne Morin fut la dernière à quitter le site de la préfecture de police. À plusieurs reprises, des pannes affectant divers réseaux avaient gêné le bon déroulement de la gestion de crise mais elles n'avaient pas duré, jusqu'à ce que le système informatique lâche pour de bon. Cette fois, la pression dans les sous-sols était telle que plus rien ne tenait. L'eau avait envahi la cour d'honneur de la préfecture et les véhicules peinaient à s'en extraire. Jean Vitold et les permanents de la salle de crise étaient partis depuis un bon moment avec le matériel et les vivres. Ils avaient emporté en même temps le fatras des dernières mauvaises nouvelles dont il était à présent illusoire de tenir un état détaillé. À Poissy, par exemple, les groupes électrogènes de la maison centrale de détention, située en plein centre de la vieille ville, étaient tombés en carafe. Les équipements de base d'un tel site n'étant plus à même de remplir leur rôle (caméras, alarmes, fermeture des portes), il avait fallu en urgence organiser le transfert des détenus vers d'autres prisons déjà surpeuplées. Personne n'ignorait les risques engendrés par le transbordement dans des conditions dégradées de détenus réputés difficiles. L'opération était en cours, à bord de canots, entre pompiers, CRS et forces d'intervention rameutées de bric et de broc. À chaque instant, la préfète s'attendait à ce qu'on lui annonce une évasion, une mutinerie, des morts.

Le zouave du pont de l'Alma était à présent entièrement submergé et la panique, le désespoir aussi avaient raison des plus optimistes.

Quand elle parvint à sa Citroën de fonction, Anne Morin vit Denis, son chauffeur, debout au milieu de la cour. En compagnie de plusieurs de ses collègues, également en attente de leurs patrons, il tenait une discussion animée, les yeux levés au ciel comme pour y chercher une inspiration. Avec leurs cirés assortis de chapeaux en plastique et leurs bottes en caoutchouc à moitié immergées, ils ressemblaient davantage à des fermiers endimanchés qu'à des chauffeurs de maître mais au moins ils avaient les pieds au sec, contrairement à elle qui avait gardé ses mocassins. La préfète remarqua leurs visages presque réjouis et, quand Denis la salua, elle lut dans ses yeux une sorte d'allégresse insolite.

– Allons-y, Denis ! ordonna-t-elle.

Le chauffeur ne bougea pas, se contentant d'afficher un air content de lui, parfaitement agaçant. Alors qu'elle se disposait à lui secouer les plumes, il devança le coup de semonce :

– Pardon, madame, mais vous ne voyez rien ?

– Qu'est-ce que je devrais voir ? Sinon un groupe d'ahuris que la situation semble ravir, étrangement ?

– Mais enfin, madame, regardez !

Il tendit la main comme les paysans d'autrefois le faisaient en sortant de chez eux le matin. Afin de savoir s'il allait pleuvoir et ce qu'ils feraient en conséquence, moissonner, faner ou couper le bois à l'abri. Elle le considéra avec inquiétude. Il insista :

– Mais enfin, madame, vous ne remarquez rien ?

Elle consentit un gros effort pour évacuer l'espèce de glu qui collait ses neurones depuis qu'elle essayait d'éviter de penser à Nathan. Elle regarda autour d'elle, ainsi que l'en implorait son chauffeur. Elle réalisa que les gens circulaient nu-tête, qu'il n'y avait plus un parapluie à l'horizon.

– Il ne pleut plus, madame ! exulta Denis, ça y est, c'est fini !

Elle n'eut pas la réaction qu'il attendait. Bien que ce constat la soulageât, forcément, elle savait qu'il n'y avait pas de quoi pavoiser.

– C'est une bonne chose, dit-elle avec mesure lorsque enfin il se décida à démarrer en projetant des gerbes d'eau autour du véhicule, mais rien n'est fini, mon pauvre ami.

– Ah bon ? le niveau de l'eau va baisser, quand même ?

– Mais non, au contraire, l'eau va continuer à monter, à cause des affluents de la Seine.

– Flûte, alors ! Et pendant combien de temps, madame, si je puis me permettre ?

– Si je le savais... Un certain temps, mon pauvre ami...

Il faudrait au moins deux semaines pour revenir à la situation standard à condition que la pluie ne se remette pas à tomber. C'était énorme. Un million de personnes vivaient dans les zones inondées. Comment allaient-elles gérer le manque de tout, l'arrêt de la vie économique ?

– On va passer tout ce temps-là à Vélizy, alors ? s'inquiéta Denis.

– Je le crains, oui.

La poitrine de la préfète se serra violemment. Elle avait averti son conjoint qu'elle ne rentrerait pas de sitôt au bercail. Il n'était plus très vaillant depuis son AVC mais encore tout à fait capable de se débrouiller sans elle. Il avait néanmoins gémi sur son sort de pauvre homme seul, livré à lui-même. Elle était restée sourde à ses récriminations de mari assisté, trop gâté. Ce qui la torturait et l'empêchait même de respirer, c'était de savoir Nathan dans un hôpital, coupé de tout. Elle imagina un instant sa solitude et sa détresse, et les larmes montèrent à ses yeux. Meurtrier d'une femme qu'il avait sans doute aimée à sa façon, prisonnier de ses propres excès. Isolé, aux prises avec la broyeuse policière et judiciaire, sans soutien — il ne fallait pas trop compter sur maître Bringer, qui ferait son boulot mais rien que son boulot —, le pauvre garçon devait ressentir le silence de sa mère comme un désaveu, pire, un abandon. Comment pouvait-on désavouer et abandonner son enfant ? Même s'il avait commis le pire ? Comment ne pas s'interroger sur ce qu'elle, sa mère, avait fait — ou n'avait pas fait — pour qu'il en arrive là ? Elle se souvint d'une discussion qu'ils avaient eue alors qu'il avait une dizaine d'années, juste avant la bascule dans l'âge ingrat, quand elle pouvait encore lui dire « je t'aime » sans qu'il pique une crise. Ils avaient vu ensemble à la télévision un reportage sur un délinquant sexuel récidiviste qui pleurait en prison parce que sa mère l'avait rayé de sa vie à sa première arrestation, considérant, en le clamant haut et fort, qu'elle ne pouvait avoir engendré un tel monstre. Nathan avait voulu savoir ce qu'en pensait sa mère. Elle lui avait juré que, jamais au grand jamais, elle ne ferait une chose pareille. Quoi qu'il arrive, elle l'aimerait et le soutiendrait, même si ses actes devaient lui trouer le cœur. Et là, qu'est-ce qu'elle faisait, exactement ? Quelle terrible conclusion son fils tirerait-il de son silence ? Cette pensée lui fut soudain insupportable. Elle s'acharna plusieurs minutes sur son portable, entra finalement en communication avec un des sbires de Maguy Meunier. La divisionnaire était partie chez le préfet de police avec le directeur de la PJ, à Saint-Denis, puisque c'était là qu'une autre partie importante de la PP s'était repliée. Elle ne se vit pas appeler Jean-Maxime Tiercelin ni essayer de joindre la chef de la Crim chez lui, ce qui aurait aussitôt mis l'aimable benêt en alerte. Elle ne se vit pas davantage quitter Paris en laissant derrière elle ce grand imbécile qu'elle chérissait plus que tout au monde.

– Nous allons passer par l'hôpital Lariboisière, Denis, décida-t-elle avec une fermeté qu'elle reconnut comme un heureux présage.

– Bien, madame, souffla le chauffeur, habitué à ne jamais poser de questions inutiles.

**Théâtre national de Chaillot,
17 heures 30.**

Mis à part qu'il faisait presque nuit et, l'éclairage public étant éteint dans le secteur, plus sombre que dans l'estomac d'un ruminant, rien n'avait changé depuis le matin. En regardant bien, Valentine aurait constaté que l'eau de la Seine avait dépassé le pied de la colline, que des embarcations diverses et variées sillonnaient le Champ-de-Mars et que, sur la place du Trocadéro, les bars et commerces étaient à présent tous fermés. Envolées aussi les guérites des marchands de souvenirs et tout le petit peuple d'ambulants — pour la plupart clandestins — qui se pressaient là par tous les temps. En revanche, les lumières brillaient toujours dans les profondeurs du théâtre et il ne fallut pas plus de quelques secondes d'appels et de gesticulations de Cara pour que le gardien Labrise se matérialise derrière la porte. Il lui ouvrit dès qu'il l'aperçut :

– J'étais sûr que vous alliez revenir, murmura-t-il. Aujourd'hui ou demain...

– Pourquoi ? Vous m'avez caché des faits intéressants ?

Il ne répondit pas, se contentant de s'effacer pour la laisser entrer.

– J'ai parié avec Mme Koskas que vous voudriez voir le couloir.

– Bonne pioche. Elle est là, la DRH ?

– Elle est partie se reposer, elle m'a dit de vous attendre ici.

– Bien. Allons-y alors !

Labrise referma à clef derrière eux.

– Il n'y a que vous ici ? demanda-t-elle, luttant contre une impression désagréable.

– Évidemment, rétorqua le garde en brandissant une grosse lampe torche, vous vouliez une haie d'honneur peut-être ?

– Oh là, du calme, mon petit bonhomme, hein ! Je te signale que tu n'es pas en position de force dans cette affaire ! Alors baisse d'un ton, vu ?

C'était un peu excessif comme réaction mais elle avait appris qu'il faut mordre les roquets avant qu'ils ne vous mettent en pièces. Avec le capitaine Mars, un beau spécimen de la race, elle se contenait tout juste. Avec celui-là, elle n'avait aucun gant à prendre. Reste sur tes gardes quand même, ma belle, s'exhorta-t-elle en le suivant à travers un dédale de couloirs glacés, d'escaliers roulants à l'arrêt, de coursives juste éclairées par des lumignons diffusant une lumière moribonde. Labrise fonçait, plus sûr de lui qu'un poisson dans son bocal. Vingt-sept kilomètres de corridors, avait dit Koskas, cinq niveaux, des passages impossibles à mémoriser avant une dizaine d'années de pratique quotidienne. Après quelques tours, détours et retours, Valentine considéra qu'elle était définitivement perdue. Si le gardien la plantait là, pour une raison ou pour une autre, elle ne pourrait jamais s'en sortir. En haut d'une volée de marches, Labrise s'arrêta pile.

– C'est là, en bas, dit-il en tendant le doigt vers le fond obscur de l'escalier. Vous entendez ?

Il se tut, elle retint sa respiration. Des sons divers lui parvinrent : le claquement de l'eau contre les murs, le choc d'objets à la dérive, d'autres bruits indéfinissables. Il lui sembla distinguer le ronflement sourd d'une pompe jusqu'à ce qu'elle réalise que c'était le souffle de son compagnon. Soit il fumait trop, soit la tension liée aux circonstances lui emballait le sifflet.

Valentine s'engagea dans l'escalier.

– Eh ! râla Labrise, arrêtez, lieutenant, c'est imprudent d'aller en bas…

Elle stoppa, remonta les trois marches, prit la torche des mains de Labrise et reprit sa descente, sourde aux protestations du garde. Parvenue au dernier niveau auquel il était possible d'accéder avant d'entrer dans l'eau glauque, Cara se pencha pour apercevoir une partie du couloir sur laquelle elle braqua la lampe. Estimant que l'eau était montée aux deux tiers des portes, elle jugea qu'il y avait environ 1,50 mètre d'eau. Sous la ligne de flottaison, elle lut le mot « douche » sur une porte, les lettres rouges déformées par le mouvement aquatique. En se retournant, elle vit que le couloir se prolongeait de l'autre côté de l'escalier. Noyé aussi.

– Qu'est-ce qu'il y a au bout ? demanda-t-elle, et sa question résonna lugubrement dans les lieux désertés.

– À droite, rien, c'est un cul-de-sac, à gauche, au bout, il y a une rampe d'accès...

– Une rampe d'accès ? Pour ?

– Ben, les véhicules, tiens. Pour accéder depuis la rue.

Alors qu'elle se penchait en se retenant au mur et que Labrise rouspétait de plus belle, elle aperçut un objet coincé sous la marche d'escalier où elle se tenait. Curieusement, il ne flottait pas de détritus sur l'eau si l'on exceptait quelques menus morceaux de bois, de feuilles ou de poussières agglomérées. Elle se baissa pour voir la chose de plus près et son cœur fit un bond. D'un geste prudent, elle saisit une extrémité de ce qui ressemblait à un morceau de tissu verdâtre et le tira hors de l'eau.

– C'est quoi ? s'enquit Labrise d'une voix rauque.

– Nom de Dieu ! fut la seule réponse de Valentine.

Elle l'obligeait à courir et son embonpoint le gênait. Plus ahanant qu'une locomotive en fin de parcours, il l'entendait, tout aussi essoufflée que lui, parler dans son téléphone.

– Elle est là, criait-elle à quelqu'un qui ne voulait pas l'entendre, je te dis qu'elle est là-dessous ! J'en suis sûre à cent pour cent, bordel !

Ils étaient sortis du théâtre, avaient descendu l'escalier d'honneur et, à présent, ils fonçaient sur le trottoir. Ils ne se rendirent même pas compte que la pluie avait cessé de tomber.

– Un masque chirurgical, ça te suffit pas ? Tu crois que c'est un truc qu'on trouve dans tous les coins d'un théâtre ? Surtout là, dans ce couloir où Delacroix, ou bien Guerry, je sais plus comment l'appeler, squattait ! C'est son domaine, tu comprends ça ? Il l'a amenée là. Écoute-moi, bon sang ! Elle est là, dans cette putain de flotte !

Labrise faillit dire au lieutenant hors d'elle que l'on trouvait de tout dans ce théâtre, des costumes de toutes tailles et de toutes époques, des accessoires inimaginables et des objets introuvables ailleurs. Il ne connaissait pas la personne dont elle parlait quand elle disait « elle est là, dans cette putain de flotte », mais Chantal Koskas avait fait allusion à une histoire de femme enlevée par Delacroix dans un hôpital. Cette évocation l'avait mis mal à l'aise, bien que supposer Armand capable d'un acte aussi aberrant le dépassât complètement. Selon la DRH, c'était pour cette raison que le lieutenant Cara, plus têtue et plus agrippée à son os qu'un fox-terrier, était revenue. Il devait lui demander si tout cela avait un rapport avec Armand et s'inquiéter de savoir ce que lui, Labrise, en récolterait comme emmerdements.

Mais ils étaient en train de dévaler la rampe et même un mot, un seul, il n'aurait pas pu le prononcer.

– C'est là, fit-il à moitié asphyxié en montrant un de ces volets basculants d'un autre âge qui se maniait à la main.

– Ouvrez ! ordonna-t-elle. Non, je parle au gardien. On est en bas de la rampe. À l'accès véhicules… C'est hyperfastoche de venir là avec une bagnole. Vous avez les clefs ? Les clefs ! hurla-t-elle dans les oreilles de Labrise, de plus en plus dépassé par les événements.

Fébrilement, il tâta sa bedaine, ses reins, l'air totalement ahuri. Il trouva enfin le trousseau de clefs quand il comprit que Cara allait lui arracher les yeux.

Ils descendirent, toujours au pas de course, dans les entrailles du théâtre et Valentine comprit mieux l'espèce d'impuissance qu'avait décrite la DRH face à la complexité du site. En arrivant au niveau du fameux couloir des gazés, ils constatèrent que l'eau n'avait pas pu entrer par là. La partie la plus enterrée du théâtre n'avait pas été inondée par le haut. Il y avait une autre source à l'ennoiement du couloir.

– Qu'est-ce qu'il y a de l'autre côté ? demanda Valentine à Labrise. Tu es toujours là ? fit-elle à l'intention de Régine Duval, qu'elle ne voulait lâcher sous aucun prétexte. Ne raccroche pas, surtout, j'ai peur que ce putain de réseau ne tienne pas longtemps ! Il faut que tu envoies du monde ici, les pompiers, la fluviale, je sais pas, moi, des plongeurs...

– Y a rien, de l'autre côté, bredouilla Labrise se demandant pourquoi le lieutenant voulait amener toute la police et même l'armée dans un théâtre inondé et fermé, je vous l'ai dit, c'est un cul-de-sac.

– Il est pas franc du collier, dit Valentine au téléphone en fouillant le regard fuyant de son vis-à-vis, il ment, il sait quelque chose. Oui, évidemment le gardien, pas le pape !

– C'est-à-dire... bredouilla Labrise, je sais pas si ça a un rapport...

– Mais quoi, bordel, un rapport avec quoi ?

Elle vit qu'il grelottait, de froid, sans doute, mais aussi de peur.

Elle sortit son arme de son étui et lui colla le Beretta sous le menton en appuyant avec férocité :

– Écoute-moi bien, Lafrime, ou tu me balances ce que tu sais, ou je te bute, c'est clair ?

Elle entendit Régine s'égosiller à l'autre bout du fil, puis capituler quand retentit le bruit de l'armement de la culasse.

– OK, OK, arrête ça ! hurla Régine à travers les balises. Je m'en occupe...

– Je remonte avec le gardien, dit Valentine aussitôt en rangeant son arme. J'attends tes mecs.

Une fois remontée à l'air libre, elle détailla le volet de fermeture. Puis son regard fouilla l'espace autour de l'engin surmonté d'un panneau « Accès interdit à toute personne étrangère au théâtre ».

– Y a pas de caméra, ici ?

Labrise, encore tourneboulé par le coup de sang du lieutenant, roula des yeux apeurés.

– Non, coassa-t-il avec des trémolos, y a qu'une seule caméra qui filme la caisse.

– Et Delacroix, il a les clefs de cette porte ?

– Oui... Mais, de toute façon, c'est ouvert toute la journée, on ferme que le soir.

– N'importe qui peut donc entrer dans ce bazar ?

– Ben...

– Et la grille, là ?

Il secoua encore la tête. La grille qui longeait le trottoir ne faisait pas plus de 1 mètre de hauteur et le portail béait à tous les vents, toute l'année.

– On pourrait pas rentrer ? gémit Labrise, je me les gèle...

Il faisait noir à présent et le froid se faisait plus incisif. S'en rendant compte subitement, Valentine frissonna. Elle leva le nez vers le ciel et réalisa une chose incroyable : la pluie avait cessé de tomber.

– Le couloir des gazés communique avec des galeries souterraines qui sillonnent cette partie de la butte. Entre autres, elles conduisent au musée de l'Homme, juste à côté. Elles n'étaient plus en très bon état et, pour éviter des balades sauvages et dangereuses, l'accès en a été neutralisé il y a quelques années.

C'est Labrise, le gardien du théâtre, qui le dit, et il a connu l'époque où on pouvait aller d'un site à l'autre par ces passages enterrés.

Sans éloigner le téléphone de son oreille, Régine Duval fit signe à l'officier Paul de s'approcher. Pendant que Valentine continuait à parler, elle lui commanda par gestes de réunir une équipe toutes affaires cessantes. Bizarrement, elle qui d'ordinaire refusait toute allusion à toute espèce d'intuition, *sentit* que Cara avait mis le doigt au bon endroit. Surtout depuis que l'équipe en perquisition rue Mathis avait découvert des programmes de Chaillot et que l'indice disparu lors des constatations et portant une des citations de Paul Valéry inscrite au fronton du palais avait miraculeusement fait sa réapparition. Un miracle sur lequel son amoureuse devrait s'expliquer, à un moment ou à un autre.

– Tu m'entends ? râla Valentine. Qu'est-ce qu'on peut trouver comme infos sur ces galeries ?

Duval se souvint de l'enquêteur qu'elle avait envoyé à la mairie de Paris, puis aux archives de la ville, pour étudier le cadastre ainsi que le lui avait *suggéré* Meunier. Elle n'avait aucune nouvelle de lui ni de ce qu'il avait pu trouver.

– Il sait, ton Lacrise, où vont ces galeries ? demanda-t-elle en faisant un effort de concentration.

– Je viens de te le dire, la butte en est truffée…

– J'ai entendu, mais celles qui relient Chaillot au musée de l'Homme, elles mènent à quoi, à quel endroit exactement ?

Il y eut un temps qu'elle mit à profit pour préciser à Paul ce qu'elle attendait de lui. Justement, annonça-t-il, les copies des plans cadastraux de cette partie de Paris étaient arrivées avec l'officier en charge de les rassembler. Fallait-il les emporter ? Elle fit « oui » d'un geste irrité de la tête. Valentine revint en ligne :

– Labrise dit qu'il existe plusieurs salles au dernier sous-sol du musée de l'Homme où sont stockés des matériels et des archives. Celle qui communiquait avec le théâtre n'existe plus, elle a été fermée définitivement. Il y avait des infiltrations et le musée ne voulait pas y faire de travaux. Et... attends, écoute ça. Tu sais comment ils l'appelaient cette salle ? Je te le donne en mille !

– Oh ! Valentine, s'il te plaît !

– La salle des momies ! C'est là que le musée stockait les momies !

– Les... Quelles momies ?

– Quelles momies ? répercuta Valentine au gardien de plus en plus ratatiné sur son siège.

Valentine faisait les cent pas dans l'espace réservé aux gardiens du théâtre. Labrise, assis, la surveillait du coin de l'œil, pas rassuré. Elle fit volte-face et frappa violemment du plat de la main sur le comptoir derrière lequel il planquait quelques magazines olé olé.

– Quelles momies ? répéta-t-elle plus fort.

– Les vieilles momies... Celles que le musée ne voulait plus exposer parce qu'elles étaient en trop mauvais état.

– Tu pouvais pas me dire ça hier ?

– Je pouvais pas savoir que ça vous intéressait...

– Ça va te coûter cher, Lafrime !

– Labrise...

– Hein ?

– Je m'appelle...

– Je m'en tape, de comment tu t'appelles, ça va te coûter cher quand même. Pourquoi ils ont fermé cette salle, les gens du musée ?

– Je vous l'ai dit, plus personne ne voulait y travailler à cause des infiltrations.

– Et les momies ? Ils en ont fait quoi ?

– Je sais pas, je crois qu'elles y sont restées, c'étaient des vieilles reliques, ils ne pouvaient plus les exposer, et...

– Ça, tu me l'as déjà dit... Mais dis donc, sursauta brusquement Cara, comment tu sais tout ça, toi ? C'est pas ton secteur, le musée ? Tu connais quelqu'un là-bas ?

– On mange tous à la même cantine.

En l'observant, elle vit de nouveau son visage se défaire et son regard fuir au-dessus de sa tête. Elle approcha son visage du sien à le toucher :

– Qui t'a raconté tout ça ? Les galeries, la salle des momies ?

Comme il tardait à répondre, elle posa la main sur la crosse de son Beretta. Le temps qui fuyait à toute vitesse, la sensation de perdre pied en attendant une mobilisation qui tardait, des renforts qui n'arrivaient pas, lui faisaient perdre la tête.

– Armand… souffla Labrise affolé à l'idée de sentir une nouvelle fois le froid du canon sur son cou.

– Armand… Delacroix ? dit-elle d'une voix blanche.

– Oui, il a travaillé quelque temps au musée avant de venir ici.

Quand l'équipe de la Crim débarqua avec un tandem de l'IJ, elle trouva Labrise menotté dans le dos et le capitaine Abadie en train de le secouer comme un cocotier. Pourtant, l'homme semblait avoir craché tout ce qu'il savait. Y compris qu'il n'était jamais allé plus loin qu'au milieu de la galerie, un jour avec Delacroix, terrifié à l'idée de se trouver face à face avec des morts, même refroidis depuis des milliers d'années.

– Je vous le laisse, énonça Abadie avec un rien de mépris à l'égard des épées de la Crim.

Bien qu'informé par Valentine longtemps après eux, il les avait devancés d'un bon quart d'heure. Il avait roulé comme un fou, circulé sur les trottoirs, trouvé des rues non inondées, un circuit presque sec. Bref, il avait réalisé un exploit mais pour Marion il aurait fait bien pire, escaladé l'Everest en babouches et à genoux.

– Il a fallu qu'on s'équipe et qu'on prévienne la fluviale et les plongeurs, se justifia un Mars plus en rogne que jamais. Pour ce que ça va servir...

« Et mon poing sur ton groin, il va servir, tu crois ? » faillit lâcher Abadie qui se contint à grand-peine, conscient qu'une algarade ne ferait qu'envenimer une tension déjà à son comble.

– Je vous laisse avec ce monsieur, dit-il à Labrise, répétez-lui ce que vous avez spontanément déclaré à ma collègue... À propos de Delacroix et de sa visite surprise, hier...

– Quoi ? fit Mars décontenancé, quelle visite ?

– Hier, répéta Labrise avec un soupir consterné, je suis sorti pour m'acheter un casse-croûte, j'ai vu une voiture s'engager dans la descente...

– Et alors ? C'est un événement ?

– Non, mais hier, le théâtre était fermé, il n'y avait aucune raison pour que...

– Quelle heure ?

– Vers 13 heures, 13 heures 15, 30, je sais plus...

– Ensuite ?

– J'ai vu le conducteur.

– Il faut que je vous tire les vers du nez ?

– C'était Armand Delacroix.

– Vous en êtes sûr ?

– Oui, murmura Labrise en baissant la tête.

Mars sentit le vent d'un affreux pataquès survoler sa petite personne.

– Continuez !

– Je me suis dit que Delacroix venait nous rendre visite ou bien qu'il venait récupérer des affaires.

– Vous lui avez parlé ?

– Non, je suis allé acheter mon déjeuner, j'ai eu du mal parce que rien n'était ouvert et...

– Abrégez !

– Je pensais le trouver là en revenant... Mais la voiture était partie. J'ai demandé à Mme Koskas si elle avait vu quelqu'un, elle a dit : « Non, personne, pourquoi ? »

— Vous êtes bien sûr que c'était lui ?
— Évidemment que je suis sûr !
— Quelle voiture conduisait votre… Delacroix ? fit Mars d'une voix décomposée.
— Une vieille Volvo marron, un break.

À force de crier, de tempêter, de menacer, Valentine avait fini par contacter un responsable du musée de l'Homme. Abadie l'avait rejointe sur le site, flanqué de l'officier de la Crim porteur des relevés cadastraux. Mars était resté de l'autre côté, encore sous le choc des révélations de Labrise mais pas disposé à rendre les armes pour autant.

— Mohica et lui peuvent être complices, soutenait-il à qui voulait l'entendre, il faut vérifier les horaires, tout le monde peut se tromper. Dans cette confusion, qui croire ?

Finalement, Abadie l'avait planté là, le menaçant d'appeler lui-même la divisionnaire Meunier pour qu'il soit mis un terme, enfin, à la stupide garde à vue de Mohica. Dans un sursaut d'orgueil, Mars s'était tout de même résigné à s'en charger.

— Comment accède-t-on à ces salles ? demanda Valentine dont le stress grimpait dangereusement.

Le sous-directeur du musée, un certain Jérôme Martineau, en charge notamment de la conservation des quatre grandes collections permanentes de l'établissement, ne comprenait rien à ce qu'elle lui racontait. Tiré de chez lui — par bonheur, il habitait le 16e arrondissement — alors qu'il regardait *Des chiffres et des lettres* sur France 3, il n'avait pas entendu grand-chose au débit précipité de cette femme flic qui l'enjoignait de la rejoindre au musée avec les clefs. Le site était fermé, pas seulement à cause de l'inondation mais aussi parce que, depuis deux ans, il était en chantier de rénovation et ne rouvrirait pas au public avant plusieurs mois. Il avait essayé de tergiverser mais avait finalement obtempéré quand elle l'avait menacé de faire sauter la porte du musée à l'explosif.

– On ne peut pas y aller, fit-il, la gorge nouée d'appréhension quand il finit par comprendre de quoi il retournait. Le chantier est interdit, même moi, je ne peux pas vous y faire circuler. Et ces salles, celle de stockage des momies notamment, ont été condamnées et les accès murés. Définitivement.

– Quand ?

– Au début des travaux, on a commencé par là.

– Où se trouvent ces accès murés ? insista pourtant Valentine.

– Je vous dis qu'on ne peut plus y accéder par le musée !

– Fais voir les plans ! ordonna Abadie à l'homme de la Crim pour empêcher Cara d'arracher la tête de Martineau.

Ils les déployèrent au milieu du hall d'accueil encombré de matériaux de construction et de grands coffres en bois.

– Je connais ces relevés cadastraux, affirma Jérôme Martineau vaguement dédaigneux. Ils datent de Napoléon avec une remise à jour en 1900, ou quelque chose comme ça. Ce sont des archives, pas des outils de travail…

– Mais ces salles… insista Valentine qui sentait monter le désespoir.

Martineau l'examina comme on observe l'ombre de la mort sur le visage d'un malade en phase terminale et que vous prend l'envie de lui faire un ultime plaisir.

– Je vais vous emmener aux anciens accès, céda-t-il, mais je vous préviens, vous ne verrez rien.

Ils se retrouvèrent au milieu d'un chantier gigantesque dont le sous-directeur leur communiqua quelques données — enveloppe budgétaire : cinquante-huit millions d'euros, durée des travaux : trois ans, temps passé à déplacer toutes les collections : six mois — sur le ton d'un guide touristique. Tout en l'écoutant d'une oreille distraite, ils parvinrent au dernier niveau accessible. Sous leurs pieds, les anciennes salles condamnées. Il leur fallut se rendre à l'évidence, les accès en étaient bien fermés par une chape de béton et personne n'était venu récemment tenter de les ouvrir.

**Hôpital Lariboisière,
17 heures 40.**

L'accueil de l'hôpital grouillait comme jamais. Toute la misère du monde se concentrait ici avec, en plus, nombre de Parisiens en bonne santé mais chassés de chez eux par la crue et qui n'avaient pas trouvé d'autre solution de repli. Il y en avait partout, assis pas terre, allongés entre les sièges. Des femmes avec des enfants de tous âges, des vieux au bout du rouleau, des gens de la rue venus se mettre momentanément au sec. Entreprise illusoire car, même à l'abri, l'eau était partout. Traînée à la semelle des godasses, dégoulinant des imperméables et des parapluies, s'égouttant des vêtements détrempés. En prime, le chauffage tournait au ralenti et une lumière diffuse, restreinte en raison des pannes fréquentes, donnait à ce hall une allure de cour des miracles d'un autre siècle. Confrontée à une réalité qu'en d'autres circonstances elle aurait totalement ignorée, Anne Morin mesura tout le poids qu'on lui faisait supporter en la plaçant à la tête de l'institution chargée d'organiser la riposte à cette crue. Son titre, sa fonction et même son rôle de coordinatrice des secours lui semblèrent tout à coup vains et dérisoires. Jusqu'à sa tenue, son tailleur impeccable, son foulard de prix, ses chaussures sur mesure bien que ratatinées d'humidité, qui lui donnaient l'impression d'être déguisée et désuète. Au milieu de ces gens perdus, de cette indigence palpable, elle se sentit aussi désarmée qu'un nourrisson. Une forte houle secoua sa poitrine et elle dut faire appel à toutes ses ressources naturelles — son caractère trempé et sa légendaire rigueur — pour ne pas éclater en sanglots parmi ces miséreux. Après un long moment de stupeur, elle entendit quelqu'un lui parler et la conscience lui revint d'un coup. Elle sentit qu'on la tirait par la manche et, baissant les yeux, elle vit une vieille gitane qui s'accrochait à ses vêtements de ses doigts décharnés. Anne Morin, totalement revenue à elle, se dégagea avec empressement et s'enfuit vers le fond du hall. Là, la panique était moins sensible à cause des doubles portes qui barraient l'accès aux services de soins. Une infirmière débordée, les yeux battus de fatigue, repéra sans doute sur la préfète les stigmates d'une position importante car elle s'arrêta à sa hauteur, l'air interrogateur.

— Je suis procureur de la République, mentit Anne Morin avec un aplomb qui lui était revenu d'un coup, je viens voir un détenu en garde à vue.

— Son nom ? demanda la jeune femme avec une pointe de respect.

Une minute plus tard, Anne Morin parvenait au bout du couloir indiqué par l'infirmière. Elle avisa le gardien assis devant la porte et s'avança vers lui d'un pas décidé. Elle se présenta — communiquant cette fois sa vraie fonction — et exhiba sa carte tricolore. Il y eut une ou deux secondes de flottement. Le gardien de la paix connaissait les consignes, il ne devait laisser entrer personne mais là, sous le regard impérieux de la haute personnalité, il hésitait.

— Je suis responsable de la cellule de crise inondation, dit Anne Morin, je n'ai pas la journée, ajouta-t-elle sèchement pour le décider.

Il s'était levé et, par réflexe, avait rectifié la position. Sans attendre davantage, la préfète se fendit d'un bref salut de la tête et, en quelques enjambées déterminées, elle atteignit la porte. L'homme n'osa pas s'interposer.

Quand elle aperçut le grand corps de Nathan abandonné sous un drap d'hôpital, le tangage reprit dans sa poitrine. Il dormait, les mains posées à plat sur la couverture. Elle s'avança sans bruit et, la gorge nouée, contempla son enfant. Elle s'attendait au spectacle affreux d'un visage ravagé par la drogue, l'alcool et Dieu sait quoi d'autre encore, d'un corps couvert de pustules ou de traces inavouables. À la place, elle voyait un ange. Un Jésus avec ses cheveux longs et sa barbe de trois jours. Avec retenue et douceur, elle saisit les doigts de son fils dans les siens et les pressa en murmurant son prénom. Un sourire effleura les lèvres de Nathan tandis que sa peau se détendait comme celle d'un petit enfant. Elle ne sut pas vraiment s'il était endormi ou éveillé, mais ses doigts serrèrent les siens et, sans ouvrir les yeux, il chuchota « Maman ».

Anne Morin laissa la houle déborder son corps et les larmes couler sur ses joues.

**Théâtre de Chaillot,
18 heures 30.**

La nuit était tombée depuis longtemps. Dehors, avec la fin des précipitations, le temps semblait s'être arrêté. Paris allait s'endormir sous son linceul flottant, engourdi dans le froid qui lui dégringolait dessus comme la misère sur le pauvre monde. Dans les bas-fonds de Chaillot, l'agitation s'éternisait sous la lumière violente des gros projecteurs de la brigade fluviale. Puisqu'il n'était pas question d'accéder aux salles souterraines par le musée de l'Homme, il semblait évident que la seule voie possible était celle qui les reliait au couloir des gazés. Si Delacroix, *alias* Guerry (ou non, comment savoir ?) avait amené Marion là avec le break Volvo de Pierre Mohica, l'hypothèse qu'il l'avait abandonnée sur place, même si elle n'était pas la seule, restait forte. Vivante ou non, les équipes en place évitaient de se le demander.

– Exploration du couloir terminée, RAS, rendit compte un homme habillé en plongeur et qui venait de remonter la volée de marches où un des enquêteurs de la Crim attendait.

Ils avaient ouvert les portes du couloir une à une. Du fait de l'absence d'étanchéité, l'eau avait pu s'infiltrer dans les cabines et, la pression devenant la même de part et d'autre des battants, les effets s'étaient annulés, permettant une ouverture suffisante pour l'exploration de cette zone et de ses alvéoles. Pas de Marion ou de trace de son passage par ici. L'officier de la Crim répercuta l'information par radio à ses collègues qui, sous la houlette pressante de Cara et d'Abadie, menaient leurs recherches dans d'autres secteurs du théâtre. Les équipes mixtes flics-pompiers utilisaient des caméras thermiques pour gagner du temps mais elles devaient entrer dans chaque espace, salle, pièce, recoin, les ondes des caméras étant incapables de traverser les murs ou d'opérer à distance ainsi que le donnait à croire l'invincible Jack Bauer dans *24 Heures chrono*. Certains, comme le capitaine Mars, avaient rechigné à lancer ce processus lourd au prétexte que Marion était sûrement morte à présent et que son corps n'était plus en état de fournir la chaleur nécessaire à sa détection. Il avait fallu la hargne de Cara, le soutien de Régine Duval arrivée avec la deuxième vague de secours et l'engagement sans faille d'une Maguy Meunier pour une fois surprenante de compassion pour convaincre le préfet de police du bien-fondé de ces investigations hors normes.

L'officier de la Crim revint à son plongeur après avoir relancé les équipes dans les étages supérieurs et reçu de Régine Duval l'ordre de continuer les recherches, y compris dans les boyaux nauséabonds qui plongeaient vers la salle des momies. Le spécialiste en avait vu d'autres mais il savait qu'il exposait son équipe à des périls énormes dans un environnement instable, altéré par l'eau.

— OK, bien reçu, dit-il en simulant un garde-à-vous, on y va.

— Ne prenez aucun risque superflu, l'avertit l'officier, ordre du patron. Si c'est pas bon, si vous ne le sentez pas, vous laissez tomber.

Il faillit ajouter qu'exposer des sauveteurs à la mort pour retrouver des morts était la chose la plus absurde à laquelle il avait jamais assisté mais il se tut, certain que les deux chiens de garde de Marion lui en tiendraient rigueur.

Les plongeurs trouvèrent facilement la porte en fer qui avait sans doute, dans un passé récent, condamné l'accès des galeries. C'était une porte de bonne qualité munie d'une serrure en état de marche et d'une grosse clef qui se trouvait encore dessus. Elle était grande ouverte et ils en conclurent très vite que, bien qu'énorme, la poussée exercée par l'eau amassée dans le boyau n'avait pas pu en venir à bout toute seule. La présence de la clef était aussi un signe : quelqu'un avait ouvert cette porte, libérant ainsi la masse d'eau qui avait, en quelques minutes, inondé le couloir. Le responsable des plongeurs hésita à faire demi-tour pour aller transmettre cette information. Finalement, il opta pour la rapidité et fit signe à deux de ses gars de se lancer à l'assaut de la galerie.

Régine Duval, Valentine Cara et quelques autres étaient massés sur les marches, le plus bas qu'ils pouvaient, au ras de l'eau. Le chef plongeur, après une heure d'investigations silencieuses — du moins ne pouvait-il pas communiquer avec la surface — était revenu, annonçant qu'après un périple plus simple qu'il n'aurait cru ils avaient pu pénétrer dans une salle, la seule qu'ils avaient trouvée. S'il y en avait d'autres, elles n'étaient pas ou plus accessibles et il conviendrait d'attendre la décrue pour aller explorer les tréfonds de ces galeries. Déjà, pour entrer dans celle-là, ils avaient dû en dégager l'entrée bouchée par un panneau de bois vermoulu posé contre des soutènements de pierre formant une arche épaisse de 1 mètre au moins dans sa partie supérieure. Pour l'heure, le passage était obstrué par des obstacles imposants qu'ils avaient rapidement identifiés comme étant des momies. Les cœurs des assistants avaient bondi dans les poitrines et, rameutées par la nouvelle, les équipes en train de sonder les étages avaient rappliqué, toutes affaires cessantes.

— Il y en avait deux coincées dans l'entrée, expliqua l'homme-grenouille. On les a dégagées pour pouvoir passer. La salle est entièrement noyée, seule la voûte émerge encore mais j'ai l'impression que l'eau continue à monter.

— Qu'est-ce que vous avez trouvé dedans ? le questionna Régine Duval, la voix enrouée.

— Dans quoi ? Les momies ?

— Mais non, enfin, j'imagine bien que vous ne les avez pas déjà dépiautées ! Je voulais dire, dans la salle !

— On a libéré le passage et arrimé ces deux momies comme on a pu. On est en train d'explorer plus à fond l'intérieur de la pièce mais, d'après ce que j'ai vu, il y en a encore au moins cinq ou six.

– Rien d'autre ?

– Non, pourquoi ? Vous vous attendiez à quoi, au juste ?

« Une femme sur un brancard à roulettes, avec un respirateur portable sur le ventre », faillit hurler Cara. Elle se retint sous la pression de la main de Régine Duval sur son épaule.

– À rien, fit sèchement le commandant.

– Qu'est-ce qu'on fait maintenant ?

Il y eut un moment de flottement. Cinq ou six momies, plus les deux qui bloquaient l'accès... Sans doute s'étaient-elles immobilisées là, interdisant aux autres de suivre le cheminement des deux premières, Amélie Garcin et celle de la passerelle Debigny qu'on n'avait pas encore identifiée. Probablement que, si l'obturation de la galerie avait été immédiate, on ne les aurait pas trouvées, elles non plus. Jamais trouvées, à vrai dire, car qui aurait eu l'idée d'aller explorer ces boyaux à jamais enfouis ?

– Il y a un détail, dit le sergent qui venait subitement de s'en souvenir, la porte d'accès était ouverte.

– Pardon ?

– La porte qui ferme la galerie depuis ce couloir a été ouverte, volontairement.

– Vous êtes sûr ?

– À cent cinquante pour cent.

Régine Duval se retourna, cherchant Labrise du regard. Le gardien stationnait en haut des marches, effrayé par la tournure des événements et anéanti par la présence de ses supérieurs, convoqués au théâtre.

– C'est pas moi ! jura-t-il précipitamment. Y a pas de clef, y en avait une autrefois, elle a disparu depuis longtemps !

– Qui a ouvert, dans ce cas ?

La question résonna dans le climat humide du couloir. Elle n'appelait pas de réponse, tout le monde savait ce qu'il fallait en conclure. L'image d'Armand Delacroix-Guerry s'engouffrant dans la rampe avec le break Volvo de Mohica et poussant jusqu'au couloir des gazés le brancard de Marion s'imposa, brutale, évidente.

– Il faut ramener les momies ici, décréta Régine Duval après un long silence consterné.
– Toutes ?
– Évidemment, toutes. On les monte dans le hall.

L'opération prit encore quelques heures. Le théâtre n'étant plus chauffé, l'air glacé sifflait dans les couloirs, figeant les intervenants et sapant leurs dernières forces. Dehors il s'était mis à geler. Reliés aux PC de suivi de la crise, les membres des divers services présents à Chaillot apprenaient au fur et à mesure l'amplification de la tension dans Paris. Les centres d'hébergement saturés, les quartiers plongés dans le noir et le froid, les scènes d'émeute pour une boîte de conserve ou une boisson chaude. Le seul point positif était le rétablissement progressif de la circulation automobile sur les grands axes. Ailleurs, la panique avait laissé place à une collection de situations anachroniques, pour ne pas dire abracadabrantes : voitures abandonnées sur la voie publique, camions ouverts et pillés, bus à l'arrêt au milieu de nulle part, en travers des places ou dans les squares.

– Au moins, dit Régine Duval avec son sens de l'à-propos, nos momies seront-elles conservées dans des conditions de froid acceptable.

Il y en avait six en tout, que les nageurs, aidés par des pompiers suffisamment équipés, avaient pu remonter à l'air libre. Les bandelettes détrempées ne livraient pas beaucoup d'informations sur le contenu des paquets oblongs si bien ficelés qu'ils avaient résisté au séjour dans l'eau, à la manipulation et au voyage à travers les galeries où il fallait parfois s'allonger pour franchir les éboulis. Les momies se ressemblaient toutes dans leur apparence, à l'exception d'un détail : deux d'entre elles avaient les pieds à l'air libre et les ongles vernis de rouge. Le sous-directeur Martineau, maintenu sur place malgré ses protestations, confirma, après avoir fouillé dans sa mémoire et surtout dans les archives du musée, que c'était bien quatre antiques momies que l'on avait abandonnées en dessous de leurs pieds. D'obscurs et anonymes Égyptiens amenés là au moment de la campagne napoléonienne d'Égypte et à qui, autrefois, des plaisantins avaient donné des noms. Iset-nofret, Merytamon, Bentana, Henoutmire. Des noms issus de la dix-neuvième dynastie, des épouses, parmi les nombreuses qu'il honorait, du grand Ramses II. Évidemment, les corps emmaillotés n'avaient rien à voir avec ces illustres femmes. Martineau écarquilla les yeux à la vue des deux momies supplémentaires.

– C'est quoi, celles-là ? bredouilla-t-il d'une voix incertaine, redoutant de comprendre, enfin, les raisons de toute cette agitation.

– J'aimerais bien le savoir, répondit Régine Duval sur le même ton confidentiel.

– Il faut les déballer ! intervint Valentine qui s'agitait de plus belle, tant pour résister au froid que pour éviter de s'écrouler.

– *Elle* n'est pas là, tenta de la rassurer Abadie.

– Qu'est-ce que t'en sais ? Il a très bien pu l'amener là et la fourrer dans un de ces sacs...

– Non, c'est impossible, dit Régine Duval avec fermeté en se remémorant le rapport d'autopsie d'Amélie Garcin. En vingt-quatre heures, il n'a pas eu le temps de la planquer là-dedans... En plus, en bon fétichiste psychopathe, il ne l'aurait pas emmaillotée sans l'embaumer, la préparer...

– Mais de qui parlez-vous, à la fin ? gronda Martineau contre qui était venu se coller le responsable de Chaillot, comme s'il était soudain vital pour eux de se serrer les coudes.

— D'une femme enlevée hier dans un hôpital, asséna Cara avec colère, enlevée comme ces deux-là (elle pointa l'index sur les momies aux ongles peints), tuée et emballée dans ces sacs par un foutu dingue !

— *Elle* n'est pas là, insista Régine en prenant Valentine par le bras. Regarde leurs pieds, la couleur de la peau... Ces femmes sont mortes depuis longtemps. *Elle* n'est pas là.

Elle m'a entravé les mains et les pieds et enfermé dans le grenier, là où, autrefois... Les souvenirs me torturent. Je sais pourquoi elle fait ça. Il va venir, elle le sait, je le sais. Elle a donné des ordres à son amant, leurs voix étouffées sont montées jusqu'ici. J'ai entendu sa voiture partir et le silence s'est installé. Plus de bip, bip, bip...

Ils ont dû arrêter la machine. Une ligne verte rectiligne sur un écran éteint.

La gueule noire du pistolet ne se réchauffe plus à ma peau. Mais j'ai vu où ils l'ont posé.

13

3ᵉ jour.
Jeudi 22 février 2013.

**Appartement de Marion,
rue Saint-Vincent-de-Paul,
6 heures.**

Une ombre flottait au-dessus de Valentine, noire et dégoulinante. Des giclures d'eau sale aspergèrent son visage. Elle tenta de s'y soustraire mais son corps n'était qu'un bloc de pierre. « Je suis morte », songea-t-elle sans peur et sans regret. Elle fit glisser son regard vers ses pieds dont elle vit la peau parcheminée et noire marbrée de brun irisé, les ongles rutilants. À ce moment elle sentit le froid la mordre et voulut ramener ses bras sur sa poitrine. Impossible, la rigidité cadavérique avait commencé. Bientôt, les effluves de sa propre décomposition allaient l'assaillir. Elle connaissait intimement cette odeur. Elle ne l'aimait pas mais l'accueillait avec résignation. Elle ferma les yeux pour se laisser aller quand une caresse sur sa peau rendit subitement des couleurs à son rêve. Un bruit lancinant percuta ses tympans. Bip, bip, bip... Elle secoua violemment les bras, bondit en avant, se dressa sur le lit, au bord de l'infarctus.

– Ah ! cria-t-elle, faisant vaciller la flamme de la bougie restée allumée sur la table de chevet.

Régine bougea à ses côtés.

– Nom de Dieu ! rugit Valentine.
– Qu'est-ce qui se passe ? se dressa sa compagne, tu es malade ?
– J'ai fait un putain de rêve à la con ! J'étais morte, tu te rends compte !
– Oui… Mais non, tout va bien, tu n'es pas morte. D'ailleurs quand on est mort, on ne rêve pas.

Valentine eut envie de lui demander comment elle savait cela. Elle loucha sur son amie, allongée comme elle, à moitié vêtue, sur le lit de Marion. Une situation des plus incohérentes. C'était pourtant la seule idée qu'elles avaient eue, ensemble, quand, de retour de Chaillot, Valentine avait trouvé Nina en pleine crise de désespoir à la brigade. Il était plus de minuit. Régine Duval était repartie pour le central 10 pour un dernier tour d'horizon avec ses équipes. L'appeler avait été la seule idée qui lui était venue. Abadie allait camper à la brigade pour faire face au surplus de travail. Il ne pouvait pas tenir compagnie à Nina et il n'était pas question de laisser l'adolescente continuer à broyer du noir dans le bureau de sa mère.

– Accompagne-la chez elle, avait suggéré Régine Duval, et reste là-bas, je te rejoins dès que possible.

Cara n'en était pas revenue. L'amour avait changé Régine ou alors elle préparait en catimini une revanche cuisante. Nina s'était laissé embarquer après une razzia dans les distributeurs de boissons et de barres chocolatées de la gare, un des derniers endroits où, miraculeusement, on pouvait trouver de la nourriture. Rue Saint-Vincent-de-Paul, l'appartement était froid, le courant coupé.

Nina s'était effondrée après avoir englouti les provisions. Enfouie sous la couette et secourue par un léger somnifère, elle avait plongé dans l'oubli.

Valentine se leva d'un bond et enfila en vitesse son pantalon bleu d'uniforme.

– Qu'est-ce que tu fabriques ? s'inquiéta Régine, il est à peine 6 heures, où tu vas comme ça ?

– Habille-toi aussi ! Vite !

Elle marqua une courte pause pour fixer son amie.

– Mais bon sang...

– Je sais où est Marion. Grouille-toi !

Bien qu'encore assommée par les quelques heures de sommeil volées, Régine Duval s'extirpa du lit comme propulsée par un ressort.

– Qu'est-ce que tu racontes ? marmonna-t-elle en s'emparant des vêtements qu'elle avait abandonnés sur le parquet, ce qui, pas plus que remettre des fringues de la veille, ne faisait partie de ses habitudes.

– Mon rêve...

– Ton rêve ?

– Il y avait un engin qui faisait bip, bip, bip dans mon rêve.

– Et alors ?

– Tu te souviens, hier, quand j'ai appelé la mère de Guerry-etc. dans son château ? Eh bien, après avoir raccroché, j'ai ressenti un truc bizarre. Sur le coup, j'ai été incapable de situer ce qui me gênait... En fait c'est ça que j'ai entendu !

Régine suspendit tout mouvement. Figée dans une posture improbable, elle tourna la tête vers Valentine.

– Ça, quoi ? Si tu pouvais être claire, pour une fois !

– Je te remercie, c'est toi qui as du mou dans le cigare, je dirais plutôt ! Le bip, c'est ce que j'ai entendu, en arrière-plan quand je parlais avec la vieille baronne ou je ne sais quoi. Bip, bip, bip, ça va ou tu as besoin d'un masque à oxygène ?

**Sur la route entre Paris et Dreux,
7 heures 30.**

Maguy Meunier avait décidé que des renforts de la BRI appuieraient la Crim. C'est à bord d'une de leurs grosses cylindrées que Régine Duval et Valentine Cara avaient pris place, conduite par un spécialiste des situations extrêmes. Et c'en était une que de devoir accomplir l'exploit de quitter Paris inondé et de couvrir les 65 kilomètres entre la capitale et les environs de Dreux en un temps record. Après avoir retourné le problème dans tous les sens, c'était sur la bonne vieille bagnole — pas n'importe laquelle cependant — que le choix de Meunier s'était finalement fixé. Le préfet avait refusé d'engager des dispositifs lourds pour se précipiter au château de Saint-Médard sous prétexte qu'un des lieutenants de Marion faisait des cauchemars et entendait des voix. La protection des populations était prioritaire et l'engagement des hélicoptères, destiné aux situations les plus graves. Il avait suggéré de mettre les gendarmes du coin sur l'affaire, ce qui avait définitivement convaincu Meunier de prendre les choses en main.

– Les pandores vont patauger avec leurs chaussettes à clous, pas question de perdre du temps à leur expliquer le topo ! avait-elle dit.

La BMW — suivie par une autre voiture de la même marque et une Audi A4 — avait mis plus d'une heure pour quitter Paris et roulait à présent à tombeau ouvert. Une heure de zigzag dans la capitale où les rues encore praticables ressemblaient à des patinoires, le thermomètre étant descendu à moins quatre dans la nuit. Il faudrait une heure encore avant d'espérer arriver à Saint-Médard. C'était beaucoup trop long. Sous la pression fiévreuse de Valentine,

Régine Duval s'était employée à convaincre Meunier d'appeler la gendarmerie de Dreux, compétente sur le secteur géographique du château de la famille Guerry des Croix du Marteroy. La patronne de la Crim pensait que, si Marion avait bien été amenée au château familial par Guerry, elle était certainement morte à cette heure. Mais, s'il restait une chance de la revoir vivante, autant ne pas la gâcher :

– OK, les gendarmes vont établir un périmètre de sécurité, assez loin pour qu'on ne les repère pas du château, si toutefois c'est dans leurs cordes, avait-elle abdiqué, sarcastique. Ils vont s'assurer que personne ne quitte la place. Ils feront un tour dans le voisinage pour trouver d'éventuels témoins avant que vous foutiez le château à sac. J'espère qu'on ne se trompe pas, parce que ici il y a le feu, mes enfants.

– Mes enfants, commenta Régine Duval avec un sourire équivoque après avoir coupé la communication, c'est bien la première fois...

– Pourquoi il ralentit ? demanda Valentine, à cran, alors que la BMW perdait de la vitesse.

– Travaux, dit sobrement le chauffeur, le regard fixé par intermittence sur son GPS.

Son collègue assis près de lui, écouteurs sur les oreilles, suivait les échanges radio, une façon commode de laisser les deux femmes tranquilles pour téléphoner et parler entre elles à l'arrière.

– Pourvu qu'on arrive à temps, murmura Valentine qui s'était remise à se ronger les ongles compulsivement, quitte à se trouer les boyaux ainsi que l'en avait avertie sa grand-mère.

– Arrête de t'agiter, la supplia Régine, ça n'avance à rien et ça me stresse...

– Je voudrais t'y voir...

– Mais j'y suis, tu n'as pas remarqué ?

Cara coula un œil à son amie, vêtue comme la veille, pas coiffée, qui s'était lavé les dents avec un peu de dentifrice sur un doigt. Elle avait bu un Nescafé froid puisque, dans l'appartement de Marion, il n'y avait plus ni eau chaude ni électricité. Elle n'avait rien mangé de sérieux depuis la veille et il faudrait attendre encore un peu pour retrouver un semblant de vie ordinaire. C'était elle qui, au moment de partir, avait suggéré d'avertir Nina de leur départ. L'adolescente dormait encore profondément et elles avaient finalement décidé de lui laisser un mot bien en vue sur la table de la cuisine, l'invitant à rejoindre Abadie à la brigade pour une nouvelle journée d'attente.

– Pardon, excuse-moi, dit Valentine en effleurant sa main.

– Il y a beaucoup trop de choses que je dois te pardonner, soupira Régine.

– Commence pas !

Valentine adoptait sa posture favorite : attaquer avant d'être vraiment en danger. Régine laissa passer un temps en regardant par la vitre les champs et les bois couverts de givre. Un spectacle lunaire et figé sous un ciel uniformément gris, à faire dégringoler le moral dans les chaussures.

– Tu savais depuis le début de l'affaire pour Chaillot, énonça-t-elle sur le même ton uni.

Ce n'était pas une question et Valentine jugea prudent d'attendre la suite.

– Tu es consciente, reprit le commandant, que les conséquences auraient pu être désastreuses ? Pourquoi tu as fait ça, Valentine ?

Régine ne la regardait toujours pas, son profil fin tourné vers le paysage qui défilait à grande vitesse à présent que le chantier routier était derrière eux. Elle avait les traits tirés et une expression douloureuse qui ébranla Valentine. Le lieutenant céda, bêtement remuée :

– Je ne sais pas. J'avais peur, il y avait un grand trou au fond de moi. Marion me parlait... Je sais, c'est ridicule… Je ne peux pas t'expliquer ça autrement mais il fallait que je fasse quelque chose d'important pour elle, même une connerie…

Régine avait retenu son souffle jusque-là. L'aveu implicite de son amie, l'émotion puissante qui se dégageait de ses mots la firent chavirer. Elle ressentit la force de l'attachement de Valentine à Marion et, pour la première fois depuis qu'elles se connaissaient, elle n'en conçut ni jalousie ni envie. Au contraire, ce qui la submergeait à cet instant, c'était de l'empathie. Et c'était comme si un poids énorme libérait soudain sa poitrine. Elle entrevoyait enfin ce que Valentine s'était escrimée à lui démontrer, à savoir qu'on pouvait aimer plusieurs personnes en même temps. Que chaque amour enrichissait l'autre, lui donnait de la force. Ça n'était jamais tombé sous le sens pour elle.

La sonnerie de son téléphone la sauva d'un abandon dangereux.

Elle écouta, se contentant de commentaires sibyllins. Elle posa quelques questions énigmatiques, donna des consignes sobres. Quand elle referma le clapet de son portable, elle surprit le regard inquiet de Valentine.

– Rien sur Marion, je te rassure, enfin si on peut dire ça… C'était mon groupe, du moins ce qu'il en reste à Paris. Autopsie de la deuxième momie terminée…

– Alors ? se dressa Valentine, une autre copine de Guerry ?

– Non, dit Régine avec une moue qui voulait dire « je n'y comprends plus rien », il s'agit d'une femme de quarante-cinq ans au moment de sa mort, les papiers d'identité dans le bide comme l'autre mais absolument aucune similitude dans le profil. Morte depuis sept ans par strangulation et emballée dans la foulée.

– C'est qui ?

— Une certaine Janine Duclos, sa CNI indique une adresse à Toul en Meurthe-et-Moselle. Les gars s'occupent de retrouver qui elle était.
— Ben dis donc... fut le seul commentaire de Valentine. Ça se corse, on dirait. Sept ans, tu dis ? Il était étudiant, Guerry à cette époque... Si je me souviens bien, il a fait son droit à Paris. C'était peut-être une de ses profs de fac ?
Régine haussa les épaules :
— On va le savoir bientôt, affirma-t-elle. Autre chose concernant Bob-Marley Harris...
Cara lui lança un regard de biais, craignant qu'elle ne remette ses mauvais gestes sur le tapis.
— Oui, quoi ?
— D'après le légiste, il est mort environ une heure avant Marion, enfin je veux dire, avant que Marion ait été touchée. Tué par une balle de 9 millimètres mais pas par elle, cette fois, c'est sûr.
— Tu vois ! lança Valentine soulagée.
Même si cela n'avait plus guère d'importance, elle préférait que Marion n'ait pas buté B-M.
— On a aussi un élément intéressant avec la balistique, ajouta Régine Duval. Le coup de feu tiré par le Sig Sauer de Marion a sans doute atteint son agresseur. La balle a été retrouvée fichée dans le mur du poste d'aiguillage à une hauteur de 1,90 mètre environ. Le sang qui nous a donné le troisième ADN est donc — peut-être — celui du tueur.
— Ça colle avec la taille de Guerry et le fait qu'il portait un bada ! C'était pour planquer la blessure ! Salopard !
— T'enflamme pas, Valentine, la calma Régine. Tu sais qu'il faut...
— Confirmer, oui, je sais. Tu as du nouveau sur la comparaison ADN ? demanda-t-elle par association d'idée avec Grand corps malade.
Régine fit non de la tête. L'affaire était en cours, à Paris, dans un laboratoire privé auquel recourait

parfois la Crim, officieusement. Cet établissement, de plus en plus sollicité par les particuliers pour des comparaisons en vue de recherche ou de déni de paternité, faisait ainsi quelques entorses à la loi — gratuitement qui plus est — dans l'espoir de rafler une partie du marché judiciaire.

– Dans une heure, on aura un résultat, dit-elle. Quand même, tu ne trouves pas bizarre, toi, cette insistance à nous coller sur la route de Chaillot ?

Elle voulait remettre l'affaire sur le tapis, c'était évident. Valentine se rencogna sur le siège en cuir, bras croisés, observant un silence morose.

– Je n'ai pas eu le temps d'en parler avec Marie Devesme, la psychocriminologue, reprit Régine comme si elle n'attendait pas de réaction de sa voisine, mais j'ai l'impression que tout ça est truqué...

– Je n'ai pas l'habitude des tueurs en série, grogna Valentine, mais j'ai lu quelque part qu'à un moment de leur parcours ils font en sorte de se faire prendre. C'est vrai ?

– Tout ça, c'est de la théorie. J'en ai connu, moi, des tueurs multirécidivistes, un paquet. C'est souvent plus terre à terre que ça. Et personne n'a envie de se faire prendre ou d'aller en taule. C'est de la fable de trucologue...

– Tu n'es pas cliente, on dirait.

– Chacun à sa place. Moi, je travaille sur les preuves et je sors ces gens du circuit social pour protéger mes concitoyens. Le reste n'est pas mon problème.

– Pourquoi alors t'interroger sur le fait que le salaud qui a buté Marion et au passage son indic voulait nous amener à Chaillot ? relança Valentine malgré elle.

– Justement, je me demande... Je dirais plutôt qu'il est arrivé à la fin de son parcours de tueur. Marion est la cerise sur le gâteau, l'apothéose de son tableau de chasse et il va peut-être se tuer ou s'arranger pour se faire tuer. Il faut se méfier, ça risque de chauffer.

Sans attendre la réponse de Cara qui l'avait écoutée avec attention, elle se pencha en avant, tapota l'épaule du copilote qui s'empressa de retirer ses écouteurs :

– Transmets ces consignes aux véhicules suiveurs, dit-elle d'une voix ferme. On intervient en douceur, pas de tir sans ordre. S'il y a menace avec arme, on vise les jambes, on le neutralise… Je veux lui parler à ce type. C'est reçu ?

L'officier leva le pouce en signe d'assentiment et remit son casque pour s'adresser à ses collègues. Les coffres étaient emplis du matériel d'intervention, armement lourd, protections, béliers. En général, le choix de la méthode revenait à la BRI. Là, les circonstances étaient exceptionnelles.

– Ben dis donc, admira Valentine, pour quelqu'un de rationnel…

– J'ai eu une intuition, railla Duval.

– Tu vois, rien n'est irrémédiable…

Elle se demanda avec angoisse comment elle allait gérer la suite de leur histoire. Ce n'était pas exactement le moment de se poser cette question mais, une fois passée la phase paroxystique, elle savait qu'il faudrait se décider. Elle croisa en douce les doigts en priant pour que l'évolution spectaculaire de Régine aille jusqu'à l'acceptation de ce qu'elle était, elle, la fantasque et infidèle Valentine. Peut-être, alors, un avenir s'ouvrirait-il pour elles deux.

La sonnerie du téléphone de Duval l'arracha à ses pensées. La tension imprima deux traits verticaux sur le front du commandant qui se redressa sur son siège.

– Oui, je vous écoute, commandant…

Elle posa ses doigts aux ongles courts sur le haut-parleur de son téléphone.

— Gendarmerie de Dreux, chuchota-t-elle à l'intention de Valentine. Je vous écoute, commandant... Oui, elle a bien fait de vous donner mon numéro, on ira plus vite en direct... Quoi de neuf là-bas ?

À cet instant, la voix électronique du GPS ordonna au conducteur de prendre la sortie. « Prenez la sortie, à 200 mètres, prenez la sortie. » Le conducteur baissa le son avant qu'on ne lui demande de le faire.

La BMW s'engouffra dans la bretelle qu'elle négocia en trombe, parvint à un rond-point. « Saint-Médard, 10 km », indiquait un panneau à moitié recouvert de glace. Tout autour, le paysage était désolé, accablé sous une tenace couche de neige ou de givre, on ne savait pas bien.

Valentine serra ses mains entre ses cuisses pour les empêcher de trembler. Elle aussi était gelée, dedans et dehors. Elle entendit à peine ce que Régine disait au gendarme, elle capta ses exclamations, pourtant, sur la fin.

— Merci, dit le commandant à son homologue militaire, on est là dans... ?

— Deux minutes, affirma le conducteur en appuyant sur l'accélérateur.

— Tu avais raison, dit Duval.

— C'est-à-dire ? Raison sur quoi ?

— Les gendarmes ont trouvé des témoins qui ont vu des mouvements de bagnoles du côté du château, depuis avant-hier.

— Quelles bagnoles ?

— Tu permets ? protesta Régine, j'y arrive... Une Peugeot grise, immatriculée à Paris...

— C'est la bagnole de Guerry... Je t'avais dit qu'il irait là-bas ! Putain de vieille salope, elle me l'aurait craché, tu crois ?

— Ce n'est peut-être pas aussi simple pour elle... On a également le docteur Mouchel, le médecin de la famille, qui est venu plusieurs fois.

— Oh, Seigneur !

– C'est d'autant plus notoire que la propriétaire du château ne fait plus appel à lui depuis longtemps.

– Bon, ça me paraît clair. Magnez-vous ! fit Valentine à l'adresse du chauffeur, obligé de ralentir dans la traversée du village de Saint-Médard.

À ce moment, elle sentit que Régine n'avait pas encore tout dit. Elle se tourna vers elle, la fixa avec intensité :

– Quoi ?

– Un témoin a vu partir un véhicule, hier, assez tard dans la soirée. Une caisse qui était arrivée la veille et dont il a noté l'immatriculation. Depuis hier soir, rien n'a bougé. Pas un mouvement, ni de bagnole ni de personnes.

– C'est quoi, ce véhicule ?

– Un break Volvo, avec des plaques du 93.

L'air sombre de Régine indiqua clairement le fond de sa pensée. Si le break était parti, il y avait bien des chances pour que Marion fût repartie dedans.

**Central 10, base de repli de la BC,
8 heures.**

Pierre Mohica devait quitter la brigade criminelle et ne s'y résignait pas. On venait de lui notifier la fin de sa garde à vue. Un officier qu'il ne connaissait pas lui avait expliqué que Mars et Paul étaient partis pour une mission dont il ne savait rien. Il avait compris que c'était en dehors de Paris. Avec une pointe d'envie, l'homme avait ajouté qu'ils avaient bien de la chance d'échapper momentanément au casse-tête de l'inondation. Mohica eut beau insister, l'OPJ ne lui livra rien d'autre pour la bonne raison qu'il n'avait rien de plus à dire.

– Qu'est-ce que vous attendez ? lui demanda le policier gentiment alors que le médecin dansait d'un pied sur l'autre dans le couloir, bousculé par des flics qui avaient, eux aussi, perdu leurs repères.

– Je voudrais voir un responsable, dit Mohica pour la trente et unième fois au moins. Je dois savoir ce qui est arrivé à ma compagne.

– Je crois que personne n'en sait rien, objecta l'autre. Et je ne peux pas... Enfin, il n'y a personne...

Des pas décidés se firent entendre en provenance de l'escalier, une cage entièrement carrelée qui résonnait affreusement. Essoufflée par sa montée quatre à quatre, Maguy Meunier apparut, blafarde et coiffée avec les pieds du réveil.

– Il ne pleut plus, dit-elle à la ronde, mais on est trempés quand même, nom d'un chien, quel bazar ! Il paraît que dix-sept arrondissements sont inondés et que l'eau monte toujours. Quand est-ce que ça va s'arrêter, ce cirque ?

L'officier se détourna de Mohica pour la saluer. Dans le mouvement, elle aperçut le médecin et fonça sur lui.

– Venez, dit-elle en le prenant par le bras.

Il faisait peine à voir avec ses vêtements défraîchis et sa barbe de trois jours. On comprenait bien aussi qu'il n'avait pas ou peu mangé car sa bouche avalait ses joues. Maguy Meunier, habituellement peu portée sur les sentiments, ressentit pourtant une profonde mansuétude pour lui. Mêlée d'une pointe de méfiance, dont sa nature profonde était finalement empreinte.

– Désolée, dit-elle d'une voix douce, nous avons merdé, je vous l'accorde. Je vous présente mes excuses à titre personnel mais je n'irai pas au-delà. Sachez que, si vous voulez intenter un recours contre cette garde à vue, vous perdrez. Nos procédures sont bétonnées...

– Ce n'est pas mon intention, dit Mohica sidéré.

– Vous savez, je connais bien les victimes, d'abord la sidération et le chagrin, puis vient le temps où le bruit des billets de banque couvre la voix de la douleur. Alors, on exige réparation. Le *pretium doloris*, ça s'appelle...

– Vous devriez avoir honte de penser ça...

– Je ne pense pas, j'observe. Qu'est-ce que je peux faire pour vous, docteur, là, tout de suite ?

– Marion ?

Elle secoua ses cheveux ternes et défaits :

– Pas retrouvée encore mais je pense qu'on est sur la bonne voie.

– Où ?

Meunier fit un geste vague dans l'air du bureau exigu et encombré qu'elle avait piqué à son collègue de l'arrondissement.

– Hors de Paris. Nous ne sommes sûrs de rien. Je ne vous cache pas notre pessimisme quant à son état actuel, même si on la récupère bientôt.

– C'est-à-dire ? Vous savez où elle est, vous ne voulez pas me dire la vérité !

– Je vous jure que non. Ça vous suffit ?

Il fit une moue qui signifiait « non » mais il jugea qu'il n'était pas en position de la contredire.

– Rentrez chez vous, docteur, allez vous reposer et vous occuper de votre famille, de la petite Nina qui est bien seule et...

Soudain, il ne l'écouta plus. Brutalement, comme un coup de poing dans la figure, tout son monde reprit sa place dans son cerveau épuisé. Il constata avec effarement que, depuis ses accès de sommeil profond, proche du coma, il avait effacé les souvenirs des siens, Marie, Nina, Jenny... Jenny !

– Ma fille ! cria-t-il en se dressant tel un lutin libéré de sa boîte enchantée. Jennifer !

Meunier se leva aussi, de crainte qu'il ne fasse une bêtise. Dans ce bureau qui ne voyait sans doute jamais passer aucun gardé à vue, les fenêtres n'étaient pas barreaudées et on était au troisième étage.

– Calmez-vous, docteur ! Qui est Jennifer ?
– Mais c'est ma fille, voyons, celle qui devait accoucher ! Je veux savoir, je vous en prie.

Meunier se souvint alors de l'incroyable fable qu'il avait racontée, sa visite à Saint-Antoine, une maternité fermée et évacuée, les pompiers qui l'y avaient conduit sous le déluge...

– Calmez-vous, redit-elle en le considérant avec perplexité, je vais vous confier à quelqu'un qui va vous aider. Vous n'êtes pas en état de vous débrouiller seul.

Il s'était assis dans le couloir et attendait. Par les portes entrebâillées, il captait des mots, des phrases, des interjections. Tout se mélangeait et il craignit de s'endormir à nouveau, là, dans ce décor absurde et déshumanisé. Deux fois, il alla prendre un café au distributeur. La seconde fut la dernière car l'appareil vide se mit à clignoter de tous ses feux. Son approvisionnement n'était pas pour demain, si ce qui se disait ici et là était exact. La débâcle, les horreurs d'une ville assiégée par l'eau, l'élément le plus difficile à contenir et à maîtriser.

Un officier affairé le contourna, des papiers entre les mains. Il frappa à la porte de Meunier en face de laquelle Mohica était assis, et la laissa ouverte. Le médecin entendit sans le vouloir que la femme de la deuxième momie était formellement identifiée. Elle s'appelait Janine Duclos et avait toujours habité Toul. Elle avait été éducatrice ergothérapeute dans un établissement psychiatrique de la région d'où elle avait démissionné brutalement, il y avait de cela environ huit ans. Divorcée, sans enfants, cette femme qui menait une vie libre — sous-entendu, elle avait la cuisse légère — avait quitté la région et n'y était jamais revenue. Une recherche dans l'intérêt des familles à la demande de sa mère n'avait abouti à rien, comme neuf fois sur dix. La mère était morte peu après et les Toulois avaient oublié Janine Duclos. Mohica capta que Meunier demandait une enquête approfondie auprès du service en charge de la RIF et de l'établissement où la victime momifiée avait travaillé, puis il sentit qu'on lui touchait l'épaule.

— Monsieur, dit une jeune femme blonde vêtue de bleu marine et chaussée de rangers, on a retrouvé Mme Jennifer Devers. C'est votre fille, je crois ?

— Mais oui, Seigneur, bien sûr que c'est ma fille ! Qu'est-ce que...

— Elle est à la maternité de Clamart. Vous êtes grand-père, monsieur, une petite Carla, à ce qu'on m'a dit... Félicitations.

Mohica ouvrit la bouche, aspira l'air nauséabond du couloir. Une énorme vague le submergea, ses dernières défenses lâchèrent. Tel un enfant trop longtemps martyrisé, il se mit à pleurer, à grands sanglots bruyants.

Saint-Médard, Eure-et-Loir, 8 heures 15.

Après un ultime virage, la route se sépara en deux. La BMW freina en souplesse face au panneau rongé par la rouille qui indiquait « Château de Saint-Médard ». Derrière la voiture de tête, les deux autres s'arrêtèrent aussi. Presque aussitôt, trois véhicules bleus de la gendarmerie surgis de nulle part rejoignirent le convoi. Un officier à la tenue soignée, cheveux bruns courts et yeux bleus, remonta le convoi jusqu'à la voiture qu'il avait immédiatement identifiée comme celle du chef. Régine Duval en descendit, reçut le salut du militaire en même temps que l'intensité de son regard cobalt. Il se présenta : commandant Yves Paccioli. Les autres voitures libérèrent les officiers de la Crim et les renforts de la BRI. Tous vêtus de combinaisons noires et de rangers, les cagoules dépassant des poches de poitrine, prêtes à être enfilées aussitôt donné le signal de l'intervention. Les gendarmes de Dreux restèrent à l'écart, comme en observation.

– Rien n'a bougé, affirma le commandant Paccioli.
– Le break ?
– Pour l'instant, rien. On a confirmation que c'est bien celui qui a été diffusé mais on n'en a plus aucune trace depuis cette nuit.
– Qui vous a renseigné ? s'enquit Duval, soucieuse de la fiabilité des tuyaux.

Paccioli désigna une petite maison de l'autre côté de la route, pile en face de l'entrée de l'allée qui conduisait au château. Un mince fumet sortait de la cheminée.

– Il y a un vieux bonhomme qui vit seul dans cette baraque, il n'a pas grand-chose à faire. Je ne sais pas exactement ce qui vous amène ici mais il faudra lui parler à ce papy, il habite là depuis une bonne cinquantaine d'années et il sait tout sur tout le monde. Et, si j'ai bien compris, il a travaillé au château...
– J'y penserai, affirma Duval, peu désireuse de continuer à discuter le bout de gras dans le froid ambiant.

Elle montra l'allée flanquée de deux rangées d'arbres immenses qui tendaient vers le ciel plombé leurs branches nues qu'on aurait dites mortes.

– Ça se présente comment ?

– C'est le seul accès carrossable, dit l'officier de gendarmerie. Il y a un chemin qui se perd dans les bois, derrière les bâtiments, j'en ai fait sécuriser l'accès malgré la faible probabilité que quelqu'un l'utilise, en tout cas pas une voiture de tourisme.

Valentine montra les champs qui séparaient le château, dont on distinguait vaguement la masse, de l'emplacement où ils stationnaient.

– Et par là ?

Le commandant eut un mince sourire, agaçant.

– C'est un château fortifié, il est entouré de douves, larges et profondes et archipleines en cette saison, alors à moins…

– C'est bon, le doucha Valentine, j'ai compris.

– En revanche, enchaîna le militaire imperturbable, il y a une porte d'entrée, au bout du pont-levis, très vieille et très lourde, fermée à clef, en principe.

Le chef du groupe de la BRI se rapprocha de Régine Duval.

– Explos ? demanda-t-il à voix basse mais pas suffisamment pour échapper à la sagacité de Paccioli.

– C'est un endroit classé, objecta-t-il. Vous êtes sûrs que… ?

Valentine le toisa et, sous son regard débordant de tout un tas de sentiments qu'il valait mieux ne pas connaître, l'homme se sentit penaud.

– Vous savez ce qu'on cherche ? demanda Régine Duval pour interrompre le conflit qui grandissait, je devrais dire « qui » on cherche ?

– Oui, je sais, marmonna le commandant. Je disais ça pour votre information.

– Bien, alors on y va ! Commandant, vous pouvez envoyer vos hommes chez le docteur Mouchel, à Dreux ?

– Pas de problème ! On en fait quoi ?

– Vous l'interpellez. Vous jetez un coup d'œil chez lui au cas où…

– Au cas où… ?

– Vous avez besoin d'un dessin, commandant ? Un médecin, une grande blessée…
– Compris.

– Si Mouchel est chez lui, vous l'amenez ici. Allez, c'est parti ! Déploiement, mise en place. À mon signal, intervention ! Et rappelez-vous, tir interdit sauf nécessité absolue.

Dans la petite maison délabrée, de l'autre côté de la route, l'air froid circulait à son aise, à peine réchauffé par le feu qui brûlait en continu dans la cheminée. Depuis la mort de sa femme qui lui avait pourri la vie pendant quarante ans, le petit Léon, ainsi surnommé en raison de son gabarit miniature, n'avait plus levé le petit doigt pour entretenir sa masure. Il en avait bien assez fait du temps de la virago qui le houspillait sans cesse « fais ci, fais ça, fainéant ! ». Petit, fort comme un taureau, arc-bouté sur ses jambes torves, il avait réparé le toit, remonté les murs en ruine, nettoyé le jardin, vidé le puits des gravats que ceux du château balançaient là sans vergogne. À leur bénéfice, il devait reconnaître que, sans eux, il ne sait pas ce qu'ils seraient devenus, lui et sa femme, sèche de partout, un vieux pruneau stérile. Les Guerry des Croix du Marteroy les avaient fait travailler au château, la femme au ménage et à la cuisine, Léon au parc et aux travaux d'entretien. Les châtelains n'avaient pas de quoi les payer correctement mais ils leur avaient offert cette ancienne maison de guet, délabrée et sans confort. À cheval donné on ne regarde pas les dents, et c'était mieux que rien. La maison n'avait que deux pièces, aucune des commodités modernes, exception faite de l'eau courante, de l'électricité et d'un vieux téléphone à cadran, une idée de la vieille qui avait la folie des grandeurs. Pas de radio, pas de télévision, pas de livres, juste le journal, *La République du Centre*, que le facteur apportait tous les jours. L'occasion de boire un petit coup car, en dehors du facteur et du docteur Mouchel, personne ne venait jamais voir Léon. Deux fois par mois, l'épicier de Saint-Médard lui livrait un carton de vivres, toujours la même chose, et l'été, il bricolait encore dans son potager, malgré ses quatre-vingt-cinq ans.

Le petit Léon vivait au rythme de la lumière, se levait avec le jour et se couchait en même temps que lui. La plupart des heures, il les occupait à regarder le château. Comme toute maison de guet, légèrement en surplomb, la sienne embrassait la route à perte d'horizon, des deux côtés. Elle disposait d'un point de vue imprenable sur l'allée du château et la porte monumentale qui, au bout, ouvrait sur la cour intérieure de l'édifice. Carrée et pavée, cernée de corps de bâtiments. De hauts murs austères pourvus d'étroites fenêtres et d'échauguettes à chaque angle.

L'hiver, le paysage était lugubre, et Léon, assis derrière ses carreaux, une couverture mitée sur les genoux, continuait à mater, plus par habitude que par intérêt. La châtelaine, seule occupante des lieux, ne sortait quasiment jamais et quand elle exhumait sa vieille Citroën poussive, c'était uniquement pour se rendre à l'église de Saint-Médard, à Noël et à Pâques. Alors, du coup, ce qui se passait depuis deux jours était époustouflant. Des allées et venues de voitures inconnues, des visites du docteur Mouchel qui ne mettait plus les pieds chez Aménaïde depuis quinze ans. Il avait vu rôder les gendarmes, tôt ce matin, alors que le jour peinait à se lever. À présent, il y avait ces grosses voitures et ces hommes en tenue de commando. Quand il vit les équipes se former, les flics et gendarmes se déployer et partir à l'assaut du château, il n'hésita plus. Il chercha fébrilement le petit carnet de la vieille avec les numéros de téléphone, le feuilleta jusqu'à la lettre M. De ses doigts engourdis par le froid, il forma sur le cadran un numéro et attendit. Après quatre ou cinq sonneries, un déclic se produisit et la voix du docteur résonna dans son oreille.

– Docteur ? dit-il d'une voix cassée par les paquets de tabac qu'il avait infligés à son organisme pendant cinquante ans, je ne sais pas si vous êtes intéressé, mais comme j'ai vu que vous êtes venu plusieurs fois au château ces jours-ci, je voulais vous prévenir. Il y a des flics partout.

Il ne comprit pas pourquoi Mouchel gardait le silence et personne ne lui avait jamais parlé de répondeur. Soupçonnant le toubib de faire semblant de ne pas le reconnaître, il continua à parler comme si de rien n'était.

Quand il entendit le bruit sans équivoque d'une explosion, il rentra la tête dans les épaules et serra les fesses. Il regarda dehors et vit de la fumée ou de la poussière en haut de l'allée de platanes. Il perçut les bruits de bottes et les rugissements des hommes qui envahissaient la cour pavée.

– Vous avez entendu, docteur ? ils viennent de faire sauter la porte du château.

Valentine Cara avait l'impression de se trouver dans une scène de film historique. Un décor ahurissant de cape et d'épée avec des chevaliers d'un nouveau genre, vêtus de noir, bardés de matériel d'assaut et encagoulés. Ils se heurtèrent à un problème majeur. Les lieux n'ayant pas été repérés faute de temps et aucun des gendarmes ne connaissant la disposition de la demeure, ils se retrouvèrent enfermés dans la cour carrée, où les pavés du sol, disparus par larges plaques, avaient laissé pousser des herbes folles. Au milieu, incohérente, la Peugeot grise de la brigade, attribuée à Amaury Guerry-etc. Habitués à des situations plus extravagantes, les hommes de la BRI, suivis pas les gendarmes, se déployèrent tandis que, de loin, Régine Duval et son équipe évaluaient la structure des bâtiments. À droite, ce qui ressemblait à des dépendances, avec des portes pleines, en face, un mur aveugle avec seulement des ouvertures en hauteur, étroites et démunies de vitres. Sans doute une partie abandonnée de l'édifice ou jamais aménagée depuis les temps anciens où elle servait de tour de guet et de salle de garde pour les soldats. À gauche, deux portes en bois qui avaient perdu leurs couleurs depuis longtemps et, au-dessus d'elles, des fenêtres à petits carreaux, à peine plus larges que celles du cantonnement des gardes mais derrière lesquelles on distinguait des rideaux. Régine Duval fit signe au chef du commando qu'il fallait aller par là, ce qu'il s'empressa de faire non sans laisser au commandant de gendarmerie le soin d'assaillir le reste des bâtiments. En deux coups de bélier, les portes cédèrent, et deux groupes d'hommes s'engouffrèrent dans la bâtisse en criant « police ».

La femme était debout au milieu d'une grande pièce à laquelle conduisait l'escalier de pierre que les hommes de la BRI avaient avalé à grandes enjambées. Elle ne broncha pas quand les armes se braquèrent sur elle. Elle n'eut aucun frémissement, aucun cillement de ses yeux étonnamment clairs lorsque le premier des intervenants lui ordonna de lever les mains et qu'il s'approcha d'elle pour palper ses vêtements sévères mais impeccables. Elle ne dit pas un mot malgré la cavalcade qui s'amplifiait dans les pièces voisines, à l'unique étage et, elle s'en doutait bien, dans la totalité du château.

Régine Duval et Valentine Cara firent leur entrée dans la pièce et évaluèrent d'un seul coup d'œil le mobilier ancien, les tapis usés, la cheminée éteinte et le froid polaire qui régnait là. Elles virent qu'aucun brancard ou corps martyrisé ne gisait entre ces murs austères et s'approchèrent de la femme. Grande et maigre, les cheveux gris tirés en un chignon strict, elle portait un ensemble de laine grège décoré de boutons d'ébène, des bas et des chaussures, une double chaine d'or en sautoir. Il sautait aux yeux que soit elle vivait dans un monde inaccessible au commun des mortels, soit elle s'attendait à recevoir de la visite.

– Déclinez votre identité, madame, s'il vous plaît ! choisit d'attaquer Régine Duval.
– Je me nomme Aménaïde, Joséphine, Marie-Louise de Bazeloche, répondit la femme d'une voix ferme et indifférente.
– Êtes-vous mariée ?
– Veuve.
– Le nom de votre mari ?
– Mon époux défunt s'appelait Anselme Guerry des Croix du Marteroy.
– Savez-vous ce que nous sommes venus chercher ici ?
– Pas le moins du monde.
– Vous attendiez de la visite ?
– Ma foi, non.
– Où est votre fils ?
– Je n'ai pas de fils.

Valentine s'avança, menaçante.
– Elle se fout de nous, là... Et la bagnole en bas dans la cour ? Elle est arrivée par l'opération du Saint-Esprit ? Et Marion ? Où est Marion ? Hein, espèce de vieille greluche...

Régine Duval attrapa le bras de Valentine pour l'empêcher de poursuivre dans cette voie. Le lieutenant se dégagea avec humeur :
– Quoi ? On va pas lui faire des courbettes jusqu'à la nuit, si ? Elle sait très bien de quoi on lui parle,

et pourquoi on est là. Elle n'a même pas demandé qui on est ! C'est nous qu'elle attendait, tu piges pas ?

Le commandant la tira en arrière et lui parla à voix basse comme on s'adresse à un enfant en pleine terreur nocturne.

– Laisse-moi faire, je t'en prie, ce n'est pas une bonne méthode...

– Avec cette vieille peau, si, siffla Valentine.

Du coin de l'œil, elle vit Mars approcher, un téléphone à la main.

– J'ai rendu compte à la patronne, dit-il sans s'occuper du lieutenant avec qui, décidément, le courant ne passait pas.

– C'est bien... Autre chose ? souffla Duval sans quitter la femme des yeux et les doigts crochés sur le bras de Cara pour l'empêcher d'étriper la châtelaine.

– Oui. L'ADN... on a la réponse du labo de Paris. Ça correspond.

Valentine se raidit sous les doigts de Régine qui hocha la tête sans commenter. On était décidément bien au cœur du problème.

– Et ici ? On a trouvé quoi, à part la bagnole ?

– Rien encore, fit Mars sur le même ton monocorde.

Duval lui glissa quelques consignes à voix basse et revint à la femme impassible.

– Madame, je vous donne trente secondes pour dire où se trouve le commissaire Marion, blessée et enlevée par votre fils. Également, où se cache actuellement celui-ci.

Aménaïde de Bazeloche veuve Guerry remonta sa main jusqu'à son collier qu'elle se mit à triturer avec classe, son regard clair posé au loin sur la ligne bleue des Vosges. Elle sembla réfléchir à l'injonction de Régine Duval, peser le sens profond de ses mots. Puis, elle eut un vague sursaut, un de ces éveils soudains que Valentine avait souvent observés chez « Grand corps malade ». Elle fixa Duval, ses lèvres s'ouvrirent sur un semblant de sourire poli :

– Je ne sais pas de qui vous parlez et je vous l'ai déjà dit, je n'ai pas de fils.

Régine Duval fit un pas en avant sans lâcher Valentine qu'elle sentait prête à péter les plombs.

– Bien, dit-elle froidement, dans ce cas je vous place en garde à vue à partir de maintenant. Nous allons perquisitionner votre maison et, à l'issue, nous vous conduirons dans nos locaux pour y être interrogée et confrontée aux différents témoins. C'est une affaire grave et vous risquez de gros ennuis. Complicité d'homicide, peut-être d'assassinat, vous allez partir en détention pour vingt ans, vous comprenez, ou toujours pas ?

La femme ne broncha pas. Tout le temps que Régine Duval parla, elle fixa au mur un tableau représentant une scène familiale, une allégorie comme on se plaisait à les peindre dans les siècles passés. Une sorte de *pietà* était assise au centre, épanouie, auréolée d'une grâce énigmatique. Debout à côté d'elle, un homme vêtu d'une toge blanche, la main posée sur son épaule en un geste protecteur. Devant ces deux personnages à l'expression attendrie jouaient trois angelots joufflus et turbulents, identiques, même pas gênés par les petites ailes qu'ils portaient dans le dos. Valentine les trouva ridicules, tous ces personnages bébêtes évoquant un bonheur inaccessible. Comme si on les avait peints dans une vie idyllique, au milieu d'arbres, de fleurs et de ruisseaux chantants pour se convaincre, contre vents et marées, que le monde pouvait offrir cela à quelqu'un, ici en particulier. En même temps, la ferveur du regard de la femme la troubla.

– Vous pouvez demander à voir un médecin, un avocat et passer un coup de téléphone, ajouta le commandant mécaniquement.

Aménaïde de Bazeloche fit un geste de refus englobant l'ensemble des propositions, une subtile et indéfinissable expression sur le visage. Après un temps de silence martelé par les bruits des hommes en action dans les corps de bâtiment, elle demanda la possibilité d'aller à la cuisine boire un verre d'eau et sans attendre l'autorisation se dirigea d'un pas raide vers le fond de la pièce. Duval fit signe à un officier de son équipe de la suivre. Il agita ses menottes avec un air interrogateur et Duval lui dit :

— Oui, tu lui fous les pinces une fois qu'elle aura bu.

— On perd du temps, râla Valentine, il faut la secouer, cette salope !

— Non, répliqua fermement Duval, on ne secoue personne. Laisse-la digérer, on va aller regarder ce qui se passe dans le reste du château et tu vas voir qu'elle va se déballonner...

— Et si on ne trouve rien ?

— Dans ce cas, évidemment, ça va être un peu plus compliqué. Mais fais-moi confiance, on va trouver.

Valentine n'entendit pas la fin de la phrase car son téléphone sonnait. Abadie venait aux nouvelles. Ils échangèrent quelques phrases. Cara, surtout, avait des choses à raconter. Au moment de se séparer, une idée vint subitement au lieutenant, une de ces évidences qui vous frappent sans préavis mais dont vous savez qu'elle était là depuis longtemps, embusquée derrière des piles de pensées parasites.

— La vieille folle n'arrête pas de dire qu'elle n'a pas de fils.

— Ses relations avec Amaury devaient être rompues, dit le capitaine.

— Sans doute... Mais c'est la façon dont elle dit ça qui me chagrine. Je pense qu'elle noie le poisson, je ne comprends pas pourquoi.

— Moi, ce qui me turlupine, objecta Abadie, c'est pourquoi Grand corps malade aurait amené Marion chez sa mère s'il était en froid avec elle ?

— Parce qu'il n'avait pas d'autre endroit où aller ?
— Attends, je pige pas bien la chronologie ! Il aurait amené Marion au château avec le break de Mohica, ensuite il serait revenu à Paris dans ce même véhicule au risque de se faire choper puisqu'il était bien placé pour savoir que la bagnole était recherchée ? Il aurait récupéré la Peugeot de la brigade et serait retourné chez sa mère. Tu trouves pas ça un rien tarabiscoté, toi ?
— Il a pu utiliser un autre véhicule pour revenir à Paris, celui de sa mère par exemple. Je vais vérifier si elle a une caisse, la vieille salope... En tout cas, un témoin a vu le break sortir tard dans la soirée d'hier...
— Ouais, c'est bien ce que je dis, c'est pas clair.

Pendant un temps difficile à évaluer, les deux policiers restèrent silencieux. Puis, alors que Valentine allait couper la communication pour rejoindre les équipes en perquisition, Abadie, le cartésien qui revenait à la réalité quand celle-ci le dépassait, reprit la parole.

— L'état civil, dit-il. Personne n'a vérifié, si ?...

Effectivement, personne n'avait vérifié. Valentine n'eut pas le loisir d'y songer davantage, laissant à Abadie le soin de procéder à cette démarche pourtant élémentaire et étonnamment occultée. Pour eux, la confiance en Marion et en ses dossiers justifiait l'oubli, mais pour la Crim ? Elle entendit qu'il se passait quelque chose à l'extérieur du grand salon à présent déserté. Elle aperçut Régine qui regardait dans sa direction depuis le palier et la porte entrouverte. Une fois de plus, et c'est sûr son cœur n'y résisterait pas, elle sentit, à l'air soucieux de son amie, qu'à force de la redouter la mauvaise nouvelle allait finir par tomber. Les pensées en désordre, elle se dirigea vers la porte.

– Deux découvertes, dit Régine Duval avec sa sobriété coutumière. Viens.

Dans le grenier situé juste au-dessus de la pièce qu'elles venaient de quitter, il y avait des traces d'une occupation récente par une personne au moins. Des liens défaits encore attachés à une grosse poutre et un seau d'aisance qui dégageait une puanteur significative flanquaient un matelas posé à même le sol. Constellé de taches, il avait été également attaqué par des rongeurs et la laine débordait par des dizaines de minuscules cratères. Les hommes de la BRI avaient évité de s'avancer trop près, laissant à Régine Duval le soin de procéder aux premières constatations. L'espace était vaste, les tuiles disjointes laissaient filtrer un air glacial et on voyait, à de larges taches sombres, qu'elles ne faisaient plus barrage à la pluie depuis longtemps. Le fond du grenier était occupé par divers instruments étranges que Valentine examina avec curiosité malgré les battements désordonnés de son cœur, affolée à la pensée de découvrir le corps de Marion planqué derrière un de ces objets. Après quelques instants de perplexité, elle comprit qu'il s'agissait d'instruments de torture qui avaient traversé les âges mais semblaient encore en bon état.

– Qu'est-ce que c'est que ça ? marmonna-t-elle en examinant une sorte de sarcophage posé debout et muni d'une porte creuse entrouverte.

Sur la partie visible, on devinait l'image en relief d'une femme aux yeux baissés, comme honteuse des secrets qu'elle abritait. Par l'entrebâillement de la porte, Valentine distingua des pointes acérées positionnées en quinconce à l'intérieur du capot et au fond du caisson.

– C'est une vierge de fer, dit Régine à voix basse, un instrument de torture qui doit avoir l'âge de ce

château. On l'a beaucoup utilisée pendant l'Inquisition. Les pointes que tu vois étaient destinées à transpercer les corps des suppliciés qu'on plaçait à l'intérieur. Ils y entraient vivants, chaque jour on repoussait la porte de quelques centimètres jusqu'à ce que mort s'ensuive.
– Arrête ! supplia Valentine.
Régine s'avança vers la vierge de fer et constata que personne ne se trouvait à l'intérieur. Valentine soupira avec force. Le commandant se pencha pour examiner le caveau vide.
– Il y a des traces de sang séché, on dirait, fit-elle.
– Brrr, frissonna Valentine, ça fout les jetons ! Comment tu connais ça, toi ?
– C'est la première fois que j'en vois une, dit Régine songeuse. Elle a fasciné beaucoup de monde cette vierge de fer… Le groupe Iron Maiden lui a emprunté son nom parce que son fondateur Steve Harris avait vu le film *Le Masque de fer*. Elle apparaît dans un film de Tim Burton et dans de nombreuses BD et jeux vidéo, dans *La Famille Adams* aussi. Tu ne savais pas ?
Valentine haussa les épaules, vaguement mal à l'aise.
– Et les autres… bidules, là ? fit-elle sur un ton provocateur, tu sais t'en servir aussi ?
– Bien sûr. Là, tu as un chevalet, tu vois cette sorte d'échelle ? On y attachait le supplicié par les bras en haut et par les pieds en bas. Grâce à ces roues au milieu, les gens étaient écartelés. Ça pouvait durer plusieurs jours si on voulait. Là, tu as une roue… Le supplice le plus répandu à une époque, réservé aux grands criminels comme Louis Mandrin par exemple. On attachait le type bras et jambes en croix, le bourreau faisait tourner la roue et à chaque passage il frappait les membres avec un fouet clouté… Cette torture protéiforme a connu plusieurs variantes. Ah ça ! c'est intéressant, très rare…

Régine Duval montrait une série de petits objets posés sur une sorte d'établi. En métal, de forme oblongue, apparemment articulés, ils étaient munis à une extrémité d'une clef identique à celles qu'on trouvait sur les anciens jouets mécaniques.

– Ce sont des poires d'angoisse, admira Duval. On introduisait la partie articulée dans la bouche, le vagin ou l'anus selon ce qu'on voulait punir, tu vois, ensuite il n'y avait plus qu'à tourner la clef. Les espèces de pétales s'ouvraient et… bon, tu comprends, je suppose ? On ne pouvait pas l'enlever, il fallait une clef spéciale pour ça et la douleur était atroce, la mort, lente.

Elle se pencha, examina attentivement les objets :
– Il y a des traces suspectes sur ces poires.

Figée devant cet étalage en compagnie d'une demi-douzaine d'hommes rendus muets par ce qu'ils devinaient de l'usage qu'on avait pu en faire en des temps récents, Valentine mit un moment à réaliser que Régine parlait avec le commandant de gendarmerie, lui demandant de faire venir une équipe de techniciens en investigations criminelles. Après les constatations, ils devraient emporter ces instruments pour les analyser à fond. Fascinée par la vierge de fer, Cara s'en approcha. Alors qu'elle semblait sur le point de la manipuler, Régine s'interposa.

– Non, n'y touche pas, tu n'es pas équipée, murmura-t-elle en agitant ses propres mains protégées par des gants chirurgicaux.

La façade de la vierge de fer s'ouvrit sans difficulté, sans un grincement, à croire que quelqu'un en avait huilé les gonds. Duval repéra dans l'excavation vide une masse blanche, du tissu, selon les apparences. Avec précaution, elle attrapa à deux doigts un bout de la chose et la déploya. Sale, froissée, maculée de sang, c'était une blouse. Une blouse d'hôpital qui, le doute n'était pas permis, n'avait pas l'âge de la vierge qui l'abritait.

Abrutie par la violence de ses sentiments, Valentine regarda autour d'elle, à la recherche d'indices indiquant que Marion était bien passée par là.

– Il n'y a pas de trace d'elle dans ce grenier, dit Régine Duval qui cheminait dans ses pensées. Si Guerry est venu ici, dans cette pièce, je ne suis pas sûre qu'il était consentant... On dirait même qu'on l'y a *retenu* d'une certaine façon.

Avant qu'elle puisse poursuivre, le capitaine Mars fit son apparition, très agité. Il adressa un signe à sa chef de groupe et s'entretint à voix basse avec elle.

– Dans quelle partie du château, tu dis ? émit Régine d'une voix étranglée en jetant un coup d'œil à Valentine.

Celle-ci, qui ne la quittait pas des yeux, fit trois pas mécaniquement. Le bras secourable d'un homme en noir l'empêcha de s'affaler sur le plancher en mauvais état.

– Elle est où ? gronda-t-elle d'une voix mourante.

– Je n'en sais rien, s'empressa Régine. On a juste trouvé de drôles de choses dans l'ancienne salle des gardes.

Son air et le ton altéré sur lequel elle s'exprimait décrivait la progression de l'angoisse qui les torturait tous depuis qu'ils étaient arrivés dans ce château. Hanté était l'adjectif qui le qualifiait le mieux après ce que venait de lui annoncer Mars. Ils avaient mis la main sur un hypogée, rien de moins. Enfin pas tout à fait si l'on considère la définition exacte de l'hypogée : une tombe souterraine, une grotte ou toute excavation susceptible d'accueillir des corps. Dans la salle des gardes il y avait bien des corps empilés, entassés. Une bonne cinquantaine, avait dit Mars, provoquant une aphasie générale de l'auditoire.

– Des momies, précisa-t-il, conscient de l'effet qu'il produisait, de toutes les tailles... C'est... ouah ! ajouta-t-il avec une sorte de gourmandise.

– Humaines ? s'enquit le commandant de gendarmerie lui aussi très excité à la pensée de la bonne affaire qui allait faire parler de lui.

– Je ne sais pas... Si c'est le cas, il s'agit de petits humains... de petite taille, je veux dire.

– Des enfants ? Quelle horreur !

– Je vous dis que je n'en sais rien, s'empressa Mars, je pense qu'il y a des animaux...

– Bien, trancha Régine Duval voyant que le climat s'envenimait entre le difficile Mars et le trop voyant Paccioli, on va voir tout ça dans le détail. En attendant, je vais aller dire deux mots à Mme de Bazeloche. Tu viens, Valentine ?

Mars les regarda partir en faisant la gueule. Elle lui paierait ce revirement spectaculaire, le commandant, cette façon de l'écarter au profit de sa maîtresse. Elle avait beau être une sorte de dame de fer elle aussi, il trouverait le moyen de la faire ployer. Sale gouine, songea-t-il avec haine en suivant des yeux la silhouette sportive de Valentine. Elle aussi, elle passerait à la caisse.

– N'imagine pas que je suis une accro de la torture, dit Régine alors qu'elles descendaient l'escalier de pierre dont les marches se creusaient vers le centre, je suis passée par la BRP, l'ancienne brigade mondaine. J'ai bossé quatre ans dans ce monde et j'y ai vu l'usage moderne de tous ces instruments. Il y a un musée secret de la Mondaine à la PP, ça vaut la visite, je t'assure. La poire d'angoisse par exemple, on en a plusieurs modèles. J'ai enquêté à une époque sur une revue de bondage qui s'appelait *LPDA*, la poire d'angoisse. L'homme est un barbare, tu sais, quels que soient ses motivations et son degré de civilisation, il n'a jamais évolué dans son goût pour la souffrance des autres et la mort.

– J'ai horreur de ça, dit Valentine alors qu'elles pénétraient dans le grand salon polaire, désert.

Elles furent étonnées de ne pas voir Mme Aménaïde de Bazeloche ni l'officier en charge de la surveiller. Régine se souvint qu'ils étaient allés dans la cuisine et une brusque montée d'adrénaline lui indiqua que le temps écoulé était beaucoup trop long et que, par-dessus tout, le calme qui régnait ici était suspect. Elle accéléra jusqu'à la cuisine qu'on atteignait après avoir traversé le salon, longé une salle à manger au décor dépouillé et descendu quelques marches d'un escalier de pierre creusé d'usure. L'officier chargé de garder la propriétaire des lieux gisait au pied des marches, recroquevillé, une importante flaque de sang autour de la tête. Son appareil de transmission radio était encore dans sa main et son arme avait chuté au sol, comme s'il avait tenté de s'en servir sans y parvenir.

– Merde, merde, merde ! cria Régine Duval en se penchant sur lui tandis que Valentine, entrée à son tour, embrassait la pièce du regard, une de ces cuisines monumentales pourvue d'imposants fourneaux et d'un nombre impressionnant de gamelles, chaudrons et casseroles couverts de poussière.

Assise à la longue table de chêne noirci et martyrisé par des siècles de rapports indélicats avec différents produits alimentaires et autant d'instruments culinaires, Aménaïde de Bazeloche tournait le dos à la porte. Ses bras immobiles pendaient de chaque côté de son corps et son buste était penché en avant au point que sa tête était entrée en contact avec la table. Régine Duval gueula des ordres dans son téléphone, appelant des secours, une ambulance, de l'aide pour son coéquipier qui, hélas, n'avait plus besoin de personne. Une lame très efficace avait ouvert sur trois centimètres sa carotide gauche. À en juger par le sang répandu en vastes éclaboussures dans toute la pièce, l'agression avait dû se produire près de l'évier, une longue pierre brune surmontée d'un robinet, anachronique dans le décor moyenâgeux. L'officier avait titubé dans la pièce pour tenter de rejoindre la porte et appeler au secours. Il n'en avait pas eu le temps et s'était effondré au pied des marches. Valentine s'avança prudemment du côté de la châtelaine sur laquelle elle braqua son Beretta, à tout hasard. Elle la contourna sans la lâcher des yeux. Quand elle fit face à la table, elle vit la flaque de sang qui s'était répandue sur le bois, l'imprégnant lentement. La coagulation accélérée par la fraîcheur ambiante l'avait empêchée de s'écouler sur le sol. Valentine dut se pencher pour se rendre compte de ce qui maintenait la femme dans cette position de prière. En dehors du sang elle ne vit rien. C'est quand Régine, ayant abandonné l'espoir de faire revenir son collègue à la vie, s'approcha à son tour de la châtelaine et la fit basculer sur le côté qu'elles aperçurent le manche du couteau. La lame était enfoncée jusqu'à la garde dans le cou de Mme de Bazeloche, le manche appuyé contre la table qui lui avait servi de point d'appui. Le commandant avait connu une affaire de même nature, quelques années auparavant. C'était une façon barbare de se suicider mais elle en valait une autre. Poser le manche du couteau sur la table, le plus droit possible, poser la pointe de la lame à l'endroit idoine et se laisser pénétrer par elle en appuyant dessus de tout son poids. C'était une manière inouïe de se faire violence, qui nécessitait quelques connaissances anatomiques et probablement de longues heures de préparation mentale. On retrouverait sûrement sur la lame le sang mêlé du malheureux officier à qui, pas plus qu'à elle-même, la femme du château n'avait laissé la moindre chance. Valentine vit passer dans le regard de Régine une avalanche de sentiments divers, elle la vit se mordre les lèvres et lutter contre les larmes. Avant que les autres ne rappliquent, elle la prit contre elle et la laissa poser son front contre le sien. Une phrase entendue dans son enfance monta à sa mémoire.

– Je communie avec toi dans la douleur, souffla-t-elle d'une voix de fillette.

Les deux commandants se replièrent dans un coin du salon pour tenir conseil. L'ampleur de ce qu'ils avaient découvert au château de Saint-Médard et, pour finir, la mort d'un policier de la Crim et le suicide de sa meurtrière débordaient le cadre des investigations d'origine. Il fallait des renforts, ce que Paccioli s'employa à obtenir tandis que Régine Duval rendait compte à Maguy Meunier des derniers développements. La divisionnaire s'étrangla quand elle apprit les mauvaises nouvelles auxquelles il fallait ajouter la persistance de la disparition de Marion et — les deux faits étaient sûrement liés — l'évaporation tout aussi consternante de Guerry-etc.

– J'aurais dû aller là-bas moi-même, gueula Meunier, une façon de crier sa colère et son dépit autant qu'une mise en doute de la capacité de Duval à gérer une affaire aussi complexe.

Valentine Cara profita de la pause forcée pour aller faire un tour dans la salle des gardes. Elle n'avait pas confiance en Mars et le soupçonnait de ne pas tout dire. Une équipe de gendarmes était à l'œuvre dans la salle, haute de plafond et ouverte à tous les vents. Ils étaient pour l'heure occupés à dénombrer les objets stockés contre un mur borgne à l'abri de la lumière et des intempéries. Ils avaient déjà fait plusieurs tas de ces espèces de momies dont certaines étaient enfermées dans des simulacres de sarcophages fabriqués à partir de morceaux de bois grossiers, ornés de hiéroglyphes maladroits. Ils en avaient déjà étalé une trentaine et plus ils avançaient en besogne, plus les momies étaient imposantes. Comme si celui qui les avait mises là avait voulu constituer une pyramide en plaçant les plus volumineux morceaux à la base. La force de la symbolique en devenait caricaturale. Valentine observa les ultimes manipulations sans poser une question, la gorge nouée d'appréhension. Les deux derniers paquets mesuraient entre 1,60 mètre et 1,80 mètre. Une fois les objets dégagés, il était visible que le procédé d'emballage était grossier, la toile utilisée provenant de ces anciens sacs de chanvre qu'on trouvait dans les fermes et dans lesquels on transportait et stockait le blé ou l'avoine. Des morceaux de tissu d'un noir délavé avaient été cousus par-dessus à grands points rustiques, l'ensemble formant un *patchwork* surréaliste. Les deux gendarmes qui avaient déplacé la plus longue des deux momies entrevirent Valentine courbée en deux, les mains à hauteur du diaphragme, cherchant son souffle derrière ses côtes.

– Ça ne va pas ? demanda l'un des deux hommes, plein de sollicitude.

– Si, si, murmura-t-elle. Il y a quelqu'un là-dedans, vous croyez ?

– Ah ça ! Comment on le saurait ? C'est possible mais ça peut être aussi une grosse plaisanterie. En tout cas, s'il y a un gonze dans ces bandelettes, il doit pas être frais…

– Vous êtes sûr ?

Le gendarme releva la tête après un temps au cours duquel il sembla soupeser mentalement la momie à la manière d'un marchand de bestiaux évaluant la qualité d'une viande.

– Au bas mot quinze, vingt ans, je dirais. Et puis, regardez… La pile de… momies n'a pas été touchée depuis longtemps. Il y a une abondante poussière interstitielle, des toiles d'araignées avec des spécimens bien dodus que personne n'a dérangés depuis des années…

Un soupçon lui vint quand il perçut la respiration saccadée de Valentine :

– Vous pensez que votre patronne peut être là-dedans ? Alors là, lieutenant, je vous arrête tout de suite, c'est im-pos-si-ble. Et, si vous voulez mon avis, elle n'est pas dans ce château. On l'aurait déjà découverte.

Valentine chercha de l'air, ne trouva que celui de la salle morbide en se demandant ce qui pouvait bien se cacher sous ces morceaux de toile disparates. Elle se souvint des momies du musée de l'Homme, de leurs pieds découverts et de leurs ongles vernis. Celles qu'elle avait sous les yeux étaient entièrement emballées, beaucoup moins raffinées. Le gendarme avait peut-être raison en évoquant un simulacre. Même s'il existait un lien évident entre les deux séries de momies, celles-ci n'étaient probablement que des montages. Ou un entraînement. Puis, la pression se relâcha et elle décréta qu'elle n'en avait rien à faire du moment que cela ne concernait pas Marion. Elle salua distraitement les militaires qui continuaient leur inventaire sans émotion et repartit vers les appartements. Alors qu'elle franchissait la porte donnant sur la cour, son téléphone sonna.

– Comment on a pu passer à côté de ça ? s'exclama-t-elle après avoir écouté Abadie.

– On s'est fié à ce que Guerry avait écrit sur sa fiche, j'ai vérifié son dossier administratif à la DAPN[1], c'est *kif-kif*.

– Quand même, nom de Dieu !

Elle notait les informations qu'Abadie avait obtenues — malgré la surcharge de travail et ce qu'il nommait plaisamment « un bordel innommable » — quand un remue-ménage du côté de l'entrée des appartements l'avertit qu'un nouvel épisode était en

---

1. Direction de l'administration de la police nationale.

cours. En effet, Régine Duval apparut, flanquée de Mars et de Paccioli. Le commandant aperçut Valentine et lui fit signe d'approcher.

— On va chez le docteur Mouchel, dit-elle d'une voix altérée.

Cara remarqua sa pâleur et ses traits tirés.

— Pourquoi ? Tu crois qu'il détient Marion ? supposa Valentine que rien d'autre que sa patronne ne semblait intéresser désormais.

— Je ne crois rien, je sais juste qu'il est venu ici et que ça faisait des années qu'il n'y avait pas mis les pieds. Les gendarmes disent qu'il n'est pas chez lui mais je veux voir sa baraque de plus près...

— C'est pour ça que tu fais cette tronche ?

Régine Duval poussa un soupir désabusé :

— Je fais cette tête parce que ça commence à chiffrer, tu vois. Je me suis fait redresser grave par Meunier, j'ai un collègue au tapis et... c'est la première fois que ça m'arrive.

Elle réprima une sorte de sanglot rauque mais se ressaisit sous l'œil réprobateur de Mars qui semblait ne ressentir aucun trouble d'aucune sorte. Elle ajouta que les gendarmes se chargeaient des constatations et de l'organisation des secours pour le double décès dans la cuisine du château étant donné que cette « incidente » était arrivée sur leur zone de compétence. Le procureur de Dreux allait arriver d'une minute à l'autre et Régine n'avait qu'une hâte : sortir de ce maudit château.

— Je vois de moins en moins où chercher Marion, ajouta-t-elle pour recentrer son propos. Alors, je vais voir ce toubib. Tu viens ou tu restes ici ?

— J'arrive, j'ai du nouveau, moi aussi.

La campagne s'alanguissait sous une mince couche blanche. Les deux femmes frissonnèrent en s'enfonçant sur les sièges de cuir de la BMW glacée. Mars s'était assis à l'avant, à côté du conducteur qui avait conservé sa cagoule noire sans que personne ne semble s'en rendre compte. Quand ils parvinrent au bout de l'allée arborée, Valentine aperçut la maison de guet et, derrière la fenêtre la plus à gauche, la forme d'un visage qui disparut quand le véhicule tourna à droite, en direction de Dreux. Le GPS indiquait 6 kilomètres jusqu'à la résidence du médecin et sept minutes pour y arriver.

– Alors ? demanda Régine à cran, c'est quoi, tes infos ?

Valentine lui jeta un coup d'œil et crut entendre un gloussement venant de l'avant. Mars et son mépris. « Rien à foutre », songea Valentine qui savourait d'avance son effet.

– Tu te rappelles ce que disait la vieille Bazeloche ? Je n'ai pas de fils... Et Guerry, fils unique selon sa fiche et même son dossier administratif...

– Oui, je sais, c'est quoi le scoop ? Une famille nombreuse ?

– Quasiment, oui... Guerry a deux frères !

– Qui t'a dit ça ? bondit Mars comme s'il était primordial qu'il puisse émettre un doute, n'importe lequel.

– L'état civil. Ça, t'aurais pu le trouver, c'est ton boulot, ajouta Valentine histoire de renvoyer la balle au capitaine.

– Ça va, coupa Duval, arrêtez de me faire chier tous les deux. Accouche, Valentine, s'il te plaît !

Sa voix était lasse et elle semblait n'avoir même plus la force de séparer les deux officiers, les crocs découverts par la haine réciproque qui les animait.

– Aménaïde de Bazeloche a eu trois enfants, trois garçons, des triplés. Amaury, Abel et Ambroise. Ils sont nés au château il y a vingt-huit ans. Si on en croit l'état civil, ils sont vivants, tous les trois.

Régine Duval se mordit fortement la lèvre inférieure, exprimant ainsi des sentiments mitigés. Désarroi, interrogation. Beaucoup d'événements arrivaient en même temps, l'obligeant à changer de point de vue, désorganisant sa fameuse méthode d'investigation. Jusqu'à lui faire oublier le B.A.-BA d'une enquête.

– Ça explique pas mal de choses, murmura-t-elle après un interminable silence. Le commissaire Guerry n'est peut-être pas le bon cheval...

Un abîme se creusa dans sa tête. Mettre en perspective les implications de cette nouvelle donne lui flanquait le vertige. Trois Guerry pour le prix d'un. Qui avait fait quoi, au juste ? Et où étaient-ils à cet instant, ces triplés ? Et pourquoi personne ne voulait en parler, des deux frères d'Amaury, ni le commissaire ni sa mère ?

– Bon, pour l'instant, reprit-elle avec effort, notre priorité, c'est de retrouver Marion, après on essaiera de débrouiller cette histoire de famille.

Les deux autres ne commentèrent pas. D'ailleurs, dans un crissement de pneus inutile, la BMW stoppait devant une maison imposante entourée d'un mur de pierre. Deux autres propriétés de même style occupaient la rue au bout de laquelle on entrevoyait l'entrée d'un lotissement en construction. Des engins de chantier et des camions allaient et venaient, et on percevait nettement les bruits des moteurs. En dehors de cela, la rue était vide. Seul un véhicule de gendarmerie stationnait, à cheval sur le trottoir, devant un portail grand ouvert. Sur le pilier gauche était fixée une plaque de cuivre qui avait connu des jours meilleurs. « Docteur Mouchel, consultation sur rendez-vous », suivi du numéro de téléphone. Valentine évalua d'un coup d'œil la maison en mauvais état qui commençait à perdre ses tuiles et dont les volets auraient apprécié un coup de pinceau. Dans la cour, un véhicule utilitaire blanc orné de caducées sur les portières arrière voisinait avec une Ford grise d'un modèle récent. Régine Duval apprit des gendarmes en surveillance que le docteur Mouchel venait juste d'arriver à bord de sa camionnette. La sensation de toucher au but fit accélérer son rythme cardiaque tandis qu'elle s'engageait dans l'allée, suivie de Valentine et de Mars.

**Central 10, site de repli de la CRIM,
10 heures.**

Maguy Meunier fourrageait dans ses cheveux qui n'avaient pas connu tel traitement depuis les temps lointains où elle laissait parfois ses amants jouer avec. Un souvenir moisi d'une vie amoureuse qu'elle regrettait parfois. L'ambition a son revers : la solitude et le dessèchement. Maguy Meunier, en devenant divisionnaire, avait coupé ses cheveux et renoncé aux emballements charnels. En ce matin morose et mouillé, elle se demandait si elle n'aurait pas mieux fait de réaliser un autre choix. Un de ses hommes était mort, égorgé par une vieille bonne femme qui collectionnait les momies et, pompon du marin, se trouvait aussi être la mère d'un commissaire de police bien étrange. Un frisson de déplaisir la parcourut en songeant à lui, ce grand échalas que, d'emblée, elle avait ressenti comme un problème en gestation. Trois problèmes, se dit-elle en éternuant — nom d'un chien, manquerait plus qu'elle s'enrhume —, après le coup de fil du capitaine Abadie, un des membres éminents de la brigade de Marion. Elle était encore sous le choc de la nouvelle de l'existence de triplés dans la famille Guerry. Trois Grands corps malades. Elle avait connu des jumeaux dans sa jeunesse mouvementée. Totalement identiques. Elle était sûre à présent qu'elle avait, sans le deviner alors, couché avec les deux. Certains signes le lui faisaient soupçonner, avec le recul. Ce nouvel éclairage de l'affaire Marion que ses équipes n'avaient pas réussi à découvrir elles-mêmes lui faisait craindre une mauvaise réaction de la hiérarchie. Elle essayait de joindre le préfet de police depuis une demi-heure et n'y parvenait pas. À cause de cette eau qui les submergeait, tous les repères avaient explosé. Il fallait bien qu'elle lui parle pourtant. Qu'elle lui dise à quel point toute l'affaire Marion avait foiré, de bout en bout.

L'entrée en coup de vent de l'officier de garde à l'état-major faillit la faire sortir de ses gonds. Elle détestait les surprises et tout le monde le savait. Dans un de ses premiers postes, elle avait fait installer un feu tricolore à la porte de son bureau. Puis, une série policière télévisée bas de gamme s'était emparée du concept, et, à force de se faire chambrer, elle avait renoncé à cette barrière hautement chargée de signification. Pour autant, ne pas frapper à sa porte exposait l'impertinent à de sévères représailles.

– Pardon, madame, dit l'homme avec une mimique d'excuse, c'est urgent.

– J'imagine, oui, fit-elle acide.

– Je viens de recevoir un appel du commissariat central de Dreux. Ils ont été alertés par l'hôpital...

Maguy Meunier, toute morosité envolée, se dressa, les doigts crispés jusqu'à la douleur sur le rebord du bureau de son collègue du central 10.

– On leur a déposé un grand blessé...
– Qui ?

Cette question appelait au moins deux réponses. L'officier resta la bouche ouverte, ne sachant pas ce que voulait la patronne et redoutant de s'attirer ses foudres en cas de mauvaise sélection.

– Eh bien, choisit-il, personne ne sait exactement. Un homme a été aperçu de loin entrant avec un brancard, puis il s'est volatilisé...

– Qui est le blessé ? le cassa Meunier puisque, à l'évidence, il avait choisi la réponse incorrecte.
– Une femme. La quarantaine. Blessée à la tête…
– Grands dieux !!! s'écria Meunier, totalement désorientée, promettant à ceux qu'elle invoquait de courir à l'église la plus proche avec une pleine brassée de cierges. Est-ce qu'elle est vivante ?
– Je n'ai pas trop de détails, madame. J'ai le numéro de l'hôpital et je me suis dit…
– Donnez ! ordonna la divisionnaire.
Elle tendit la main et se rendit compte qu'elle tremblait plus fort qu'un trois-mâts dans la tempête.

Domicile et cabinet du docteur Mouchel, 11 heures.

Plus rien ne pouvait surprendre Valentine Cara. C'était vrai en temps ordinaire mais plus encore depuis deux jours. Pourtant, quand elle se trouva en présence du docteur Mouchel, elle resta sans voix. Grand et filiforme, voûté et dégarni, il était, avec trente ans de plus, la copie conforme d'Amaury Guerry des Croix du Marteroy. Jusqu'au timbre de voix qui présentait des analogies hallucinantes avec celui du commissaire, et sa tenue vestimentaire compassée que l'autre aurait pu adopter tout aussi bien. Il ouvrit la porte lui-même et il sembla à Valentine que leur arrivée ne le surprenait pas. Si Régine Duval fit le même constat, elle n'en laissa rien paraître. Elle se présenta brièvement et le médecin s'effaça pour les laisser entrer dans un vaste vestibule carrelé d'où partait un escalier de pierre orné d'une rampe en fer forgé. Plusieurs portes fermées balisaient l'espace, sur l'une figurait une plaque « Salle d'attente ». De part et d'autre du battant à la peinture écaillée étaient punaisées de vieilles réclames aux bords racornis.

Une odeur de produits pharmaceutiques flottait dans l'air, dominant celle du café dont Mouchel tenait une tasse fumante à la main.

– Vous en voulez ? demanda-t-il avec une amabilité destinée à cacher la tension que l'on devinait à la façon dont il se cramponnait à sa tasse.

Régine Duval refusa d'un geste malgré l'envie que le fumet corsé déclenchait. Le médecin les précéda vers le fond de la maison jusqu'à un salon dont on voyait bien qu'il ne servait pas souvent. Il y avait beaucoup de poussière partout et aucun des signes habituels d'une occupation régulière et appréciée. Il proposa aux trois policiers de s'asseoir mais ils restèrent debout, Mars les bras croisés dans une posture défensive.

– Monsieur Mouchel, attaqua Régine Duval, omettant volontairement de l'appeler « docteur », nous recherchons une femme très gravement blessée et beaucoup d'éléments nous donnent à penser que vous auriez pu vous trouver en contact avec elle.

– Moi ? s'exclama le médecin en écarquillant les yeux derrière ses lunettes de myope. Qu'est-ce qui vous fait croire une chose pareille ?

Valentine songea que ce n'était pas ainsi qu'il fallait attaquer le médecin, apparemment décidé à « chiquer ». Elle se demanda aussi pourquoi il les recevait ici dans ce salon frigorifique plutôt que dans son cabinet et, comme elle était restée près de la porte, elle amorça une subtile manœuvre de repli.

– Les toilettes ? s'enquit-elle, consciente que son mouvement n'avait pas échappé au docteur Mouchel.

– La porte du fond, en face de celle-ci, dit-il affable mais vaguement contrarié de la voir quitter la pièce.

– Qu'avez-vous fait ce matin, monsieur Mouchel ? entendit-elle Régine reprendre, satisfaite qu'elle ait changé d'angle d'attaque.

– Ce matin ? Je suis allé rendre visite à mes patients, ceux qui ne peuvent pas se déplacer. Nous sommes en plein pic de grippe saisonnière et de gastro et c'est…

– Avec quel véhicule ?

– Mais voyons, pourquoi ces questions ? Pouvez-vous me dire exactement ce que vous attendez de moi ?

Valentine n'écouta pas la suite. Elle passa devant la porte des toilettes sans s'arrêter, entra dans la salle d'attente, une pièce à l'égal de toutes celles qu'elle avait fréquentées, vouée à la même fonction. Quelques chaises sans style, une table basse, des revues dépenaillées vieilles de deux ou trois ans, des affiches et prospectus distribués par les représentants. Elle avisa deux portes qui donnaient dans la pièce. De l'une lui parvenaient les voix de Régine et de Mouchel se répondant sur un ton qui commençait à monter.

– Vous avez pris votre utilitaire, ce matin, monsieur Mouchel, entendit-elle. Nous avons des témoins.

– Ah ? Oui, oui, vous avez raison… Je devais transporter du matériel pour un patient.

– Il vous arrive souvent d'utiliser cette camionnette pour vos visites à domicile ?

L'autre porte s'ouvrit sur le cabinet du médecin et Cara ne distingua pas la réponse. Ici, l'odeur d'antiseptiques était encore plus forte. Valentine huma l'air ambiant à la manière d'un chien de chasse. Elle repéra sur le sol à la propreté douteuse des traces entrecroisées du passage d'un engin qui devait être pourvu de roulettes et, abandonnées sur une desserte en Inox, des seringues, des compresses tachées de sang et un flacon vide sans étiquette. Elle renifla l'ensemble sans y toucher et en conclut avec certitude que ces objets avaient servi récemment. Un tour complet du cabinet ne lui apprit rien de plus sinon que, vu l'état des lieux et la vétusté du matériel, le médecin était en fin de parcours. Ce qu'il lui confirma l'agenda ouvert à la date du jour et sur lequel ne figuraient que deux rendez-vous, l'après-midi. « Pic de grippe saisonnière, mon cul », marmonna Valentine qui ne vit rien d'inscrit le matin. Aucune visite à domicile. Cela ne prouvait rien cependant, Mouchel pouvait avoir une mémoire d'éléphant ou des patients tellement familiers qu'il n'avait pas besoin de noter leurs appels. Elle détailla ce qui se trouvait sur le bureau, plus vide que la culotte d'un eunuque, à la recherche d'un bout de papier ou d'un autre carnet. Elle ne vit que le téléphone flanqué d'un vieux répondeur comme on en utilisait au début de cette technologie. Sans hésiter, elle enfonça la touche « Lecture des messages ». L'historique lui livra deux appels enregistrés la veille pour les rendez-vous du jour et un troisième du matin même, à 8 heures. « Docteur, c'est Léon, je ne sais si vous êtes intéressé... Il y a des gendarmes partout... ils viennent de faire sauter la porte... Pensez à passer me voir un de ces matins, hein, je compte sur vous... Au revoir, docteur. »

Valentine sentit monter une intense jubilation qui lui embrasa le cuir chevelu.

**Central 10, site de repli de la Crim,
11 heures.**

Une heure s'écoula avant que Maguy Meunier puisse entrer en contact avec l'hôpital de Dreux. On lui apprit que la grande blessée d'une quarantaine d'années, abandonnée par un inconnu dans le hall de leur modeste établissement, avait été évacuée en hélicoptère. À cet instant, elle arrivait au service de neurochirurgie de Versailles où une équipe l'attendait, l'accès à Paris et à ses services spécialisés étant impossible. La divisionnaire échangea quelques considérations avec le responsable du service de réanimation de Dreux qui avait bien identifié Edwige Marion et qui n'en revenait toujours pas qu'elle fût encore en vie. Pour combien de temps ? Il n'en savait fichtre rien car, déjà, là, il était prêt, lui le plus cartésien parmi les cartésiens, à crier au miracle. Pendant sa « fugue », la blessée avait reçu des soins, c'était incontestable. Cela lui avait permis de tenir le coup, mais ce qui semblait prévaloir, c'était une constitution physique exceptionnelle et une rage de vivre à l'identique. Il mit un bémol cependant, quant aux suites de l'affaire et, en cas de survie, aux séquelles qu'il fallait en attendre. Inévitables et sévères.

Meunier dut encore patienter, dans un état d'énervement indescriptible, pour pouvoir répandre la nouvelle à tous ceux qui devaient être informés. Dans l'incapacité d'entrer en relation avec le commandant Duval à cause d'une nouvelle défaillance des réseaux, Maguy Meunier envoya quelqu'un à la gare du Nord, prévenir le capitaine Abadie avec qui elle avait eu plusieurs échanges le jour même. Un bon gars doublé d'un flic efficace. Il faudrait qu'elle songe à lui proposer un poste, une fois que tout serait remis sur les rails. En tendant l'oreille, après avoir raccroché, elle aurait presque pu entendre le rugissement qu'il expulsa, toute retenue envolée.

**Domicile et cabinet du docteur Mouchel,
11 heures 30.**

Valentine Cara appela Régine Duval et le docteur Mouchel pour leur faire écouter le message du petit

Léon. Sans s'inquiéter des protestations du médecin, considérant qu'elles attentaient à la règle sacro-sainte du secret médical. Un long silence suivit la fin des propos du vieux bonhomme à l'accent rocailleux. L'évocation d'une menace ou d'une forme de chantage y était évidente. Jean Mouchel ne broncha pas pour autant. Il ne comprenait pas ce qu'on lui voulait et il n'avait même pas écouté ce message absurde. Cara le trouva particulièrement gonflé mais, comme elle avait manipulé le répondeur, elle ne put rien objecter. Malgré les questions précises que lui posa Régine Duval sur ses relations avec les châtelains, sur son emploi du temps des jours précédents, l'homme garda une attitude stoïque.

Puis le capitaine Mars revint de l'extérieur où il était allé examiner le véhicule utilitaire du médecin et s'entretenir avec les gendarmes chargés d'une rapide enquête de voisinage. Il chuchota ses découvertes à l'oreille de Duval qui décida alors de placer le médecin en garde à vue et de lui faire passer les menottes. Il eut beau protester une nouvelle fois qu'il était protégé par le secret professionnel, rien n'y fit. Duval demanda à Mars de contacter le procureur de la République de Dreux et le conseil de l'ordre des médecins pour la bonne règle puis, d'un coup sec, elle tira sur la chaîne d'accompagnement pour faire avancer Mouchel.

– Je veux un avocat, s'écria-t-il nettement moins fanfaron. Où m'emmenez-vous ?

– Au château. Je vais vous montrer des choses qui vont vous plaire.

Valentine Cara et le capitaine Mars avaient pu pénétrer sans encombre dans la maison du petit Léon, dont la porte n'avait pas été verrouillée depuis des lustres. Régine Duval les avait missionnés, ensemble. Une décision qui restait en travers de la gorge du capitaine de la Crim. Au contact de Valentine, sa misogynie naturelle prenait de la consistance et il avait violemment protesté. Il n'avait pas besoin de poisson pilote, encore moins de cette brune incendiaire qui tourneboulait les sens de sa chef de groupe. Régine Duval avait sans doute sous-estimé le degré d'hostilité de son second, mais Valentine, elle, éprouvait une forte jubilation à se retrouver ainsi à égalité ou presque avec un membre éminent de la prestigieuse Crim.

Le vieux bonhomme assis sous sa couverture crasseuse derrière ses carreaux tout aussi repoussants ne manifesta aucune surprise à voir ce couple disparate débarquer chez lui. Il s'était même demandé à plusieurs reprises, depuis qu'il avait vu arriver les gendarmes, pourquoi personne n'était encore venu tailler une bavette avec lui.

Valentine alla se placer à ses côtés afin d'embrasser la perspective qu'il avait depuis son fauteuil.

– Impressionnant, se murmura-t-elle tandis que Mars déballait son ordinateur portable, cherchant des yeux une prise pour le brancher.

– Monsieur, nous avons besoin de savoir ce que vous avez vu ces derniers jours, dit-elle sans préambule en montrant l'allée d'arbres et le château au bout.

– Ce n'est pas à toi de conduire l'audition, protesta Mars sur un ton désagréable. Tu n'es qu'observatrice et, ici, c'est moi qui commande, vu ? Monsieur, déclinez votre identité, je vous prie, nom, prénom, date et lieu de naissance, filiation, profession…

Stupéfaite, Valentine fut d'abord dans l'incapacité de réagir. Elle entendit le capitaine nabot répéter trois fois ses questions d'usage au petit bonhomme qui était, en plus, sourd comme un pot.

– Mais t'es malade ! s'insurgea-t-elle cependant que, laborieusement, Mars persistait avec une quatrième tentative pour se faire comprendre du vieillard.

– Laisse tomber, dit Mars, mauvais, ou je te colle l'IGS au cul, tu piges ?

Le rouge de la colère et de l'indignation monta au front de Valentine. Ce roquet leur faisait perdre un temps précieux et, en prime, se montrait menaçant. Elle comprit en un éclair qu'il ne céderait jamais et que, quoi qu'elle fasse, il le ferait, son rapport à l'IGS.

– Monsieur Léon, s'exclama-t-elle assez fort pour être entendue jusqu'au château, le docteur Mouchel à qui vous avez téléphoné ce matin vient d'être arrêté. Il est complice de l'enlèvement d'une femme très gravement blessée. Si vous ne me dites pas immédiatement ce que vous savez, vous finirez vos jours en prison, c'est clair, ça ?

La panique apparut dans le regard de Léon qui, cette fois, comprit ce qu'on attendait de lui. Atterré par le culot de Valentine, Mars en perdit momentanément la voix.

– Alors, ça vient ? rugit Valentine en se penchant vers le vieux bonhomme, recevant du même coup les effluves de ses dents gâtées et d'une haleine putride.

– Le docteur, il a rien fait... bredouilla le petit Léon. C'est les garçons...

– Quels garçons ? Les triplés ?

Léon leva sur Valentine un regard voilé par la cataracte. Elle y lut une interrogation.

– Vous parlez de qui, monsieur ? Des trois frères Guerry ?

– Mais non, quels trois frères ? Les deux...

Valentine sentit la situation lui échapper. Elle vit du coin de l'œil Mars qui se rapprochait dangereusement, après avoir repris ses esprits.

– C'est Ambroise qu'est arrivé le premier, éructa le petit Léon, dans une voiture marron. Après, le docteur Mouchel est venu et hier, c'est Amaury qui s'est ramené avec une autre bagnole, grise. Ils sont partis tous les deux cette nuit. C'est tout ce que je sais.

— Et Abel ? fit Valentine un peu étourdiment.

— Arrête, ordonna Mars, tu vas tout faire foirer, merde !

— Abel ? répéta Léon ignorant l'intervention de Mars, mais vous ne savez donc rien de rien ?

— Qu'est-ce qu'on doit savoir, monsieur ?

— Abel, il est plus là depuis quatorze ans, alors...

Il se tut, tournant la tête pour s'intéresser au loin à de nouveaux mouvements du côté du château. Il devait bien y avoir à présent entre douze et quinze véhicules dans cette cour pavée, qui n'avait jamais connu une telle agitation depuis l'époque lointaine des carrioles à cheval.

— C'est-à-dire ? reprit prudemment Valentine, ça signifie quoi, il est plus là ?

— Il a disparu un jour, mais moi, je sais qu'il a pas vraiment disparu, vous voyez...

« Non, je ne vois rien du tout », sembla dire le regard perdu de Valentine tandis que Mars triomphait dans sa barbe.

— Bien, monsieur Léon, dit le capitaine en cherchant une chaise libre parmi le fatras de la maison, nous allons reprendre depuis le début. Nom, prénom...

— Tu fais chier, cria Valentine à bout de nerfs. Monsieur Léon, les deux frères, cette nuit, où sont-ils allés ? Vous le savez puisque vous savez tout !

— Ma foi, non, j'en sais rien... Ils auront été se cacher, par là, si c'est eux qu'ont fait la connerie... Enlevé la dame que vous parliez, là...

— Se cacher ? Mais où ?

— Ah ça ! Pour moi, ils sont pas loin...

— Où ? beugla Valentine exaspérée.

— Criez pas, mademoiselle, je suis pas sourd... Tout ce que je sais, c'est que, quand le père Guerry les tabassait, ils allaient se planquer... Ils avaient un coin dans les bois, une ancienne carrière... Si ça se peut, ils sont là-bas...

Valentine n'écouta pas les protestations de Mars. Avant qu'il ait pu dire ouf, elle courait dans l'allée à la recherche d'un militaire pourvu d'une carte d'état-major.

Je les entends. La terre gelée tremble sous les rangers, les aboiements des chiens répondent au ronflement des moteurs et aux interpellations assourdies de voix mâles.

Il est grand temps qu'ils arrivent, le froid a engourdi mes doigts et mon visage n'est qu'un bloc de granit. L'autre est couché sur le flanc, raide pour toujours. Je me colle à lui, dans la même position. Je boucle les menottes autour de mes poignets.

Il est passé de l'autre côté du miroir. Moi, je suis là, vivant.

14

ÉPILOGUE...

Le drame de la police, de la justice, des administrations en général est que, précisément, ce sont des administrations. On prétend qu'en France tout se termine par des chansons, mais, dans ces antres du service public et de la bureaucratie, tout se termine par des rapports. Le dénouement de cette histoire complexe sera donc délivré à travers les comptes rendus rédigés par les différents intervenants. Certains ne se recouperont jamais, il faut le savoir, tant le cloisonnement entre les différentes strates de l'administration de l'État est hermétique. C'est vrai de tous les services qui vivent dans une verticalité immuable et plus encore des instances préfectorales et des magistrats qui, outre qu'ils ne communiquent pas bien entre eux, se méfient les uns des autres.

Si on mettait bout à bout les éléments écrits relatifs à « l'affaire Marion », tous aspects confondus, on obtiendrait une pile de documents de 2 mètres de hauteur.

Tous les comptes rendus, toutes les notes de service, tous les descriptifs, devis, toutes les factures et expertises, tous les exposés et rapports concernant la crue centennale de la Seine survenue en 2013 nécessiteraient une pièce spéciale d'une trentaine de mètres cube.

Seuls quelques extraits permettant de se faire une idée de la genèse, du développement et de la conclusion de ces deux événements ont été retenus.

**1. Synthèse criminelle établie
par le commandant Régine Duval,
officier de police judiciaire,
chef de groupe à la brigade criminelle,
direction régionale de la PJ de Paris.**

Rappel des faits

Le 20 février 2013, à 10 heures, le commissaire divisionnaire Edwige Marion, chef de la brigade des chemins de fer de la Police nationale était abattue d'une balle de 9 millimètres dans la tête alors qu'elle se trouvait dans un poste d'aiguillage désaffecté situé à 300 mètres des bâtiments principaux de la gare du Nord à Paris. Très gravement atteinte, la victime était transportée à l'hôpital de grande garde neurochirurgicale de la Pitié-Salpêtrière.

Lors de nos constatations à la gare du Nord, nous découvrions la présence d'une seconde victime — décédée suite à des blessures par balles — dans le poste d'aiguillage, un homme identifié plus tard comme étant *Bob-Marley Harris*, né le 15 juillet 1985 à Aubervilliers, domicilié chez ses parents, cité des 4000, à La Courneuve.

Le même jour, 20 février 2013, aux environs de 13 heures, alors qu'elle se trouvait en zone de soins intensifs à l'hôpital de la Pitié-Salpêtrière, Mme Marion disparaissait dudit établissement, dans des circonstances mal établies, facilitées par la désorganisation des services hospitaliers en raison d'une importante crue de la Seine qui nécessitait, en particulier, l'évacuation du service de neurochirurgie de la Pitié-Salpêtrière. Après des recherches assidues dans différents secteurs, force était de constater que Mme Marion avait été enlevée par une personne non identifiée et pour un motif inconnu.

L'enquête

L'urgence de retrouver Mme Marion nous conduisait, dans un premier temps, à procéder à l'interpellation de M. *Pierre Mohica*, médecin ORL, compagnon de la victime, et à le placer en garde à vue. En effet, l'intéressé, en désaccord avec le docteur Razafintanaly (chef du service de réanimation de l'unité neurochirurgicale de la Pitié-Salpêtrière) quant aux soins à prodiguer à Mme Marion, s'était absenté de l'hôpital à un moment correspondant à celui de la disparition de la susdite et pendant un laps de temps au cours duquel il ne pouvait ni justifier d'une activité ni identifier de témoins pouvant valider ses allégations. M. Mohica se montrait de plus très perturbé et présentait des signes de fatigue laissant planer des doutes sur son équilibre général et mental (*cf.* rapport du docteur Marthe Rigolet qui l'a examiné au cours de sa garde à vue et celui des OPJ Mars et Paul qui ont constaté de longues phases d'endormissement profond chez M. Mohica). En outre, le véhicule break Volvo immatriculé 722 KB 93, de couleur marron, propriété de M. Mohica, avec lequel il s'était rendu à la Pitié-Salpêtrière, s'était également volatilisé, renforçant l'hypothèse d'un enlèvement de Mme Marion par le docteur Mohica dans le but de lui donner des soins qu'il aurait pu juger plus appropriés. Pour autant, l'absence de témoignages concernant ce véhicule et les dénégations véhémentes de M. Mohica ne nous permettaient pas de confirmer ou d'infirmer cette hypothèse. Aucune autre piste n'était envisagée dans un premier temps, les recherches se trouvant fortement compliquées par la météo et la crue de la Seine.

Dans un deuxième temps, plusieurs indices graves et concordants faisaient peser des soupçons sur le commissaire *Amaury Guerry des Croix du Marteroy*, adjoint de madame le commissaire divisionnaire Marion. Les références à ces indices et leur détail figurent aux PV.

– n° 32, portant sur l'examen de bandes de vidéo-surveillance de la gare du Nord,

– n° 35, portant sur l'expertise du laboratoire SYGMA, mettant en évidence la corrélation entre un ADN découvert gare du Nord sur les lieux du double homicide et celui de M. *Amaury Guerry des Croix du Marteroy,*

– n° 36, concernant le transport de la brigade criminelle au 12, rue Mathis à Paris 19ᵉ, au domicile d'un certain Armand Delacroix, logement occupé également par *Bob-Marley Harris* et abritant un commerce de stupéfiants, lieu dans lequel plusieurs traces d'ADN correspondant à celui de M. *Amaury Guerry des Croix du Marteroy* ont été prélevées,

– n° 37, relatif au transport au Théâtre national de Chaillot où le nommé Armand Delacroix avait été employé, d'où il appert que, au vu de son dossier, des photographies jointes et des témoignages de M. Éric Labrise, gardien, et de Mme Chantal Koskas, DRH de l'établissement public, Armand Delacroix et *Amaury Guerry des Croix du Marteroy* pouvaient n'être qu'une seule et même personne. Sont mentionnés aussi la découverte d'un masque chirurgical dans un lieu nommé « le couloir des gazés » ainsi que le témoignage d'Éric Labrise faisant état d'une visite d'Armand Delacroix à Chaillot peu après l'heure supposée de l'enlèvement de Mme Marion. Delacroix utilisait alors le break Volvo marron décrit ci-dessus mais n'a pas tenté d'entrer en contact avec Éric Labrise ou Chantal Koskas. Aucune autre trace pouvant confirmer la venue de Delacroix n'a été découverte, de même, les recherches approfondies diligentées sur place n'ont pas permis de découvrir la présence de Mme Marion dans le théâtre, ni aucune trace d'un éventuel passage ou séjour. Les recherches ont été étendues au musée de l'Homme et n'ont pas donné plus de résultats.

La suspicion pesant sur le commissaire Amaury Guerry des Croix du Marteroy s'est trouvée renforcée par la corrélation établie dans une affaire incidente également suivie par la brigade criminelle (*cf.* rapport du capitaine Renoux). Plusieurs momies ayant été découvertes dans Paris, à proximité du Trocadéro et, par la suite, dans les sous-sols du musée de l'Homme communiquant avec le Théâtre de Chaillot, la relation intime d'Amaury Guerry des Croix du Marteroy avec une des victimes était établie. La nommée Amélie Garcin avait été, avant qu'elle ne disparaisse il y a quatre ans, la « fiancée » du commissaire et était enceinte de lui (*cf.* contrôles ADN) au moment de sa mort.

D'autres renseignements nous étant parvenus concernant le comportement de M. Amaury Guerry des Croix du Marteroy et son absence de son service à un moment particulièrement crucial, la décision de nous transporter au domicile de sa mère, Mme Aménaïde de Bazeloche veuve Guerry des Croix du Marteroy, château de Saint-Médard dans l'Eure-et-Loir, était prise. Son fils Amaury était susceptible de s'y être réfugié et — sans certitude encore à ce stade — d'y avoir transporté et dissimulé Mme Marion.

Sur place, les gendarmes de la brigade de recherches de Dreux, sous l'autorité du commandant Paccioli, ayant recueilli un témoignage selon lequel un break Volvo correspondant à celui du docteur Mohica avait été aperçu aux abords du château, une intervention était déclenchée. Aucune trace de Mme Marion n'apparaissait clairement, mais le véhicule Peugeot de la brigade des chemins de fer affecté au commissaire Guerry des Croix du Marteroy était découvert dans la cour. La présence de Mme Aménaïde de Bazeloche était constatée. Aucun élément susceptible de faire progresser les recherches n'était cependant obtenu de cette personne. Pire, laissée à la garde de l'officier Ambuis, Mme de Bazeloche réussissait à tromper sa vigilance et à le poignarder avant de se donner la mort.

Les constatations sur place font l'objet d'une procédure séparée et, les explications d'Amaury Guerry des Croix du Marteroy n'ayant à ce stade pu être recueillies, un rapport complémentaire sera établi ultérieurement.

2. Rapport du commandant Paccioli, chef de la brigade de recherches de gendarmerie de Dreux.

Après avoir apporté le soutien technique et l'assistance judiciaire des effectifs de la BR au commandant Régine Duval de la brigade criminelle de Paris, nous avons été saisi par Mme le procureur de la République de Dreux d'une affaire incidente d'homicide ayant pour auteur Mme Aménaïde de Bazeloche, veuve Guerry des Croix du Marteroy, sur la personne du lieutenant Jérôme Ambuis, décédé des suites d'une blessure à la carotide par arme blanche. Après cet acte, l'auteur des faits s'est elle-même donné la mort en utilisant le même couteau de cuisine qu'elle s'est planté à la base du cou. Cette affaire n'étant pas susceptible de connaître d'autres développements, le dossier a été transmis au parquet en l'état, l'action publique se trouvant éteinte du fait du décès de Mme de Bazeloche.

Par ailleurs, les perquisitions effectuées dans les divers bâtiments du château ont amené la découverte de multiples et importants éléments ayant justifié deux autres procédures incidentes et l'ouverture d'informations distinctes par Mme le procureur de la République de Dreux.

– Dans un grenier situé au-dessus des appartements de la famille Guerry des Croix du Marteroy, des traces d'occupation récente — par une personne au moins — ont été mises en évidence : un matelas en mauvais état, des morceaux de cordelette tachés de sang, une paire de menottes, un seau hygiénique rempli d'excréments, une assiette et un verre en plastique, une bouteille d'eau. Les prélèvements et analyses effectués démontrent la présence dans ce grenier, avant notre arrivée, d'un des fils Guerry des Croix du Marteroy. Si l'on s'en tient à la stricte chronologie des faits, cet individu pourrait être Ambroise Guerry des Croix du Marteroy.

À l'opposé de la pièce, nous avons également découvert des instruments identifiés comme d'anciens moyens de torture (liste en pièce jointe), certains portant des traces de sang et de matières organiques dont l'ancienneté, après saisie et examen par l'IRCGN[1], a été évaluée à quinze années environ. Aucune de ces traces n'a été située dans les jours ou heures proches de notre enquête. Les prélèvements font l'objet d'un profilage ADN afin de tenter d'identifier leur origine.

– Dans un bâtiment perpendiculaire à la construction servant d'habitation, au dernier niveau (utilisé autrefois pour loger les gardes et soldats), il a été découvert un nombre important d'objets présentant les caractéristiques des anciennes momies égyptiennes. Trente-deux pièces ont été répertoriées, de tailles variables (de 20 centimètres pour la plus petite à 1,80 mètre pour la plus grande). L'ensemble de ces momies a été transporté à l'IML de Garches pour y être examiné avec le soutien et la collaboration de

---

1. Institut de recherches criminelles de la gendarmerie nationale.

l'IRCGN, celui du Laboratoire de police scientifique de la préfecture de police de Paris, ainsi que par des experts commis par M. le juge d'instruction. La plupart des emballages contenaient des animaux (oiseaux, chats, écureuils, un chien de race setter irlandais) momifiés selon des procédés rudimentaires mais efficaces ainsi qu'en témoigne l'état de conservation des squelettes. Dans la plus grande de ces momies, il a été découvert des restes humains, attribués à un individu de sexe masculin qui a pu être identifié ultérieurement comme étant Anselme Guerry des Croix du Marteroy, décédé en 1997 (certificat de mort naturelle établi à cette date par le docteur Jean Mouchel). Les auditions de M. Jean Mouchel, médecin de la famille Guerry des Croix du Marteroy, de M. Léon Verdelet, ancien employé de la famille, ont contribué à éclairer partiellement les circonstances dans lesquelles le corps de M. Anselme Guerry des Croix du Marteroy a pu se trouver enfermé dans ce linceul.

– À noter enfin que, dans cette pièce appelée « salle des gardes », trois gros appareils de chauffage à air pulsé ont été découverts, en état de marche. Il est vraisemblable qu'ils aient été utilisés pour le séchage des corps après leur éviscération et avant la pose des bandelettes. Cette opération destinée à éviter le pourrissement nécessite l'emploi d'une grande quantité d'air chaud et sec, ce qui peut justifier la présence de ces ventilateurs.

3. Rapport du capitaine Tardy, chef de groupe à la BRI de Paris.

Le 22 février 2013 à 11 heures 45, sommes intervenus avec le soutien des militaires de la BR de Dreux et de leur brigade cynophile au lieu-dit « les Vieilles Carrières », point situé à 2 kilomètres nord-nord-ouest du château de Saint-Médard, dans les bois de Mirepot. Selon une information communiquée par un voisin, M. Léon Verdelet, les frères Amaury et Ambroise Guerry des Croix du Marteroy étaient susceptibles de s'y trouver, à proximité de l'entrée d'une ancienne exploitation de calcaire. Sur place, avons remarqué la présence d'un break Volvo, de couleur marron, immatriculé 722 KB 93, correspondant au véhicule signalé dans le cadre de la disparition de Mme Edwige Marion. Celui-ci était vide d'occupants, portières avant ouvertes. Après avoir sécurisé les abords, nous avons pénétré dans un espace creusé dans la roche où des mouvements étaient décelés par les chiens de recherche. Nous avons alors constaté la présence de deux personnes couchées sur le sol à proximité de l'entrée de la grotte. Près de la main droite de l'un des deux individus gisait une arme de poing. Celle-ci (un Beretta 14 coups) récupérée et neutralisée (deux cartouches dans le chargeur), nous avons pu approcher les individus et les placer en position de sécurité. Nous nous sommes rendu compte que l'un des deux était décédé et portait une plaie importante à la tête, vraisemblablement due à une balle de pistolet (entrée temporal droit, sortie limite zone occipitale basse). L'autre individu était menotté, en état de choc et à un stade d'hypothermie avancé mais sans blessure apparente à l'exception d'une estafilade au cuir chevelu de 4 à 5 centimètres.

Une faible quantité de sang coagulé était visible sur les vêtements de l'intéressé. Celui-ci a été évacué par ambulance et conduit à l'hôpital de Dreux. Selon nos premières constatations sur les deux hommes (tenues vestimentaires) et les papiers d'identité découverts, la personne décédée serait Ambroise Guerry des Croix du Marteroy... et la personne blessée hospitalisée M. Amaury Guerry des Croix du Marteroy, commissaire de police à Paris.

Le véhicule Volvo a été laissé à disposition de la brigade criminelle de Paris.

4. Rapport de Régine Duval, commandant de police.

Le 22 février 2013, nous sommes transportés au domicile de M. Jean Mouchel, docteur en médecine, demeurant à Dreux. La mauvaise volonté de l'intéressé à s'exprimer sur ses relations avec la famille Guerry des Croix du Marteroy ainsi que sur le motif de sa visite au château la veille, 21 février 2013, nous a contraints à effectuer une perquisition à son domicile. Les éléments suivants ont été découverts :

– Dans le cabinet du docteur Mouchel, deux flacons vides de Bacampicine, antibiotique à large spectre, deux ampoules vides de morphine, des compresses tachées de sang, deux seringues usagées. Des traces sur le sol indiquant les passages répétés d'un lit mobile ou brancard à roulettes (clichés n°s 22 et 23 de l'album photo n° 2), *idem* dans la cour et dans le véhicule Ford Transit, modèle 1997, immatriculé 334 ADN 28.

– Un enregistrement prélevé dans le répondeur téléphonique du docteur Mouchel contenant un message téléphonique d'un certain « Léon » indiquant un important déploiement de forces de l'ordre aux abords et dans le château de Saint-Médard, et mettant Mouchel en garde contre une probable visite de la police à son domicile,

De plus, les gendarmes placés en surveillance devant la maison de Mouchel aux environs de 8 heures ce jour ont noté que le véhicule Ford Transit ne se trouvait pas dans la cour à ce moment-là mais qu'il y était arrivé à 9 heures 15. Aucun témoignage n'a été recueilli dans le voisinage sur les éventuels mouvements de ce véhicule au cours de la soirée d'hier ou de la nuit. En revanche, il est patent que le docteur Mouchel n'utilise jamais ce moyen de locomotion pour ses visites, ainsi qu'il l'a prétendu quand nous lui avons posé la question.

À l'issue de la perquisition, M. Mouchel a été conduit au château de Saint-Médard pour la poursuite des investigations et une audition.

Alors que nous parvenions dans la cour du château, un message de notre état-major parisien nous a informés qu'une personne occupant un brancard mobile avait été déposée le matin, entre 8 heures 15 et 9 heures, dans le hall des urgences de l'hôpital de Dreux par un inconnu qui n'avait pas révélé son identité mais pouvait correspondre au signalement du docteur Mouchel. Dans le même laps de temps, sur la rampe desservant les urgences de l'hôpital de Dreux, un véhicule Ford Transit a été aperçu (description correspondant à celui de Mouchel). Quant à la personne blessée, la certitude était rapidement acquise qu'il s'agissait de Mme Edwige Marion.

Dès lors, le docteur Jean Mouchel était placé en garde à vue. Confondu par les divers éléments en notre possession, il se disait alors disposé à révéler ce qu'il savait sur ces différentes affaires et à expliciter le rôle et la part qu'il y avait pris.

Audition de Jean Mouchel, docteur en médecine, célibataire, âgé de soixante et un ans, exerçant 8, rue des Mésanges à Cherisy (28) et y demeurant.

« Je suis médecin et j'exerce dans ce cabinet, depuis 1979. J'ai succédé à mon père qui avait une clientèle importante et dont j'ai repris la plus grande partie. La famille Guerry des Croix du Marteroy était du lot et, en plus d'être leur médecin, je me suis lié d'amitié avec eux.

Question : Précisez la nature de ces liens.

Réponse : Nous nous fréquentons en privé, j'ai assisté à leur mariage, je chassais avec Anselme…

Question : Selon M. Léon Verdelet, vous étiez l'amant de Mme de Bazeloche. Ses enfants seraient également de vous. Qu'en est-il de cette paternité supposée ?

Réponse : J'étais en effet plus proche de Mme Aménaïde de Bazeloche, je reconnais avoir été épris d'elle, mais nos rapports n'ont pas été aussi intimes. Elle avait de l'amitié pour moi mais ne partageait pas mes sentiments amoureux. Quant aux enfants, je reconnais ma paternité, mais elle n'est pas cachée, au contraire, et je peux l'expliquer. Pendant les premières années de leur mariage, les Guerry ont tenté d'avoir des enfants. Ils n'y parvenaient pas, et Aménaïde y a mis beaucoup d'acharnement jusqu'au moment où des tests plus approfondis ont révélé la stérilité de son mari. Après de nombreux échanges avec eux, Aménaïde refusant de renoncer à la maternité, ils m'ont demandé de leur servir de géniteur.

Question : Vous avez prétendu n'avoir jamais eu de relations sexuelles avec Mme de Bazeloche ?

Réponse : J'ai dit la vérité. Je n'ai fait que fournir le sperme. La fécondation a été effectuée *in vitro* dans un service spécialisé parisien où j'avais mes entrées. C'était encore le début de ces manipulations, l'opération a bien marché, mais il y avait trois embryons qui, selon la volonté d'Aménaïde et pour honorer ses convictions religieuses, ont été conservés *in utero* et amenés à terme. C'étaient des garçons, parfaitement homozygotes, Abel, Ambroise et Amaury, dans l'ordre de leur venue au monde. J'ai suivi la croissance de ces garçons. Il est très vite apparu que, en dehors de leur apparence physique d'une similitude confondante, ils étaient très différents. Abel présentait un retard mental assez conséquent, Ambroise a très vite montré des troubles du comportement. Une importante morbidité et une propension pathologique à la violence, dirigée contre lui-même et contre les autres. Amaury était des trois le plus "sain". Plus intelligent que la moyenne et parfaitement socialisable, contrairement à ses frères. Pour eux, les choses sont allées très vite de travers. Par choix, leurs parents ne les envoyaient pas à l'école, c'est leur mère qui les instruisait au château. Quand Amaury a eu dix ans, j'ai conseillé à Aménaïde et à Anselme de l'envoyer dans une vraie école. Ils l'ont placé dans un internat confessionnel à Versailles et il ne rentrait que pour les vacances scolaires, et encore, pas tout le temps. Son éloignement a été catastrophique pour ses deux frères, que sa présence contribuait à maintenir à un niveau certes moyen mais acceptable. Abel s'est mis à régresser, si toutefois la chose était possible car il n'avait jamais vraiment évolué. Énurésie chronique, diurne et nocturne, encoprésie... D'abord un petit caca-culotte, puis des relâchements nocturnes, enfin, un laisser-aller permanent. C'était très dur pour tout le monde et, personnellement, j'ai très vite atteint mes limites dans la gestion de ce syndrome, Aménaïde refusant avec force de soumettre le cas d'Abel à un spécialiste ou à un psychiatre. Volontaires ou non, ces problèmes déclenchaient la colère d'Anselme.

Question : Comment réagissait-il ?

Réponse : Mal. Cet enfant était sévèrement atteint et il aurait fallu pour lui une structure spécialisée.

Mais tous les moyens de la famille allaient à l'instruction d'Amaury, et les deux autres ont été en quelque sorte sacrifiés.

Question : Je répète ma question. Comment réagissait le père Guerry des Croix du Marteroy avec son fils Abel ?

Réponse : Il le punissait… (silence).

Question : Soyez précis. S'agissait-il de châtiments corporels ?

Réponse : … Oui… Mais je tiens à préciser que je n'en ai rien su à l'époque où cela s'est produit. Je ne voyais pas Abel, même s'il était souffrant ou malade. Sa mère se chargeait de lui et quand il avait besoin d'une prescription je la rédigeais sans l'examiner. J'avoue que ce n'était pas très éthique mais mes rapports avec cette famille étaient de toute façon particuliers et je confesse l'influence importante qu'avait Aménaïde sur moi.

Question : Parlez-nous de ces rapports, plus précisément. Ces enfants étaient les vôtres, génétiquement du moins, comment viviez-vous cette situation ?

Réponse : Je n'ai jamais voulu penser en terme de paternité. Ces enfants me ressemblaient, c'était le seul point gênant. Pour le reste, j'ai très bien géré la situation et n'avais pour eux aucun sentiment, quel qu'il soit. Du reste, Abel et Ambroise avaient des personnalités peu attachantes, c'est le moins qu'on puisse dire. Leur mère ne les aimait guère non plus. De fait, les Guerry ont tout investi sur Amaury.

Question : Qu'est-il arrivé à Abel ?

Réponse : Je l'ignore. Les triplés devaient avoir douze ans, peut-être treize, quand Aménaïde m'a appelé un jour au chevet d'Ambroise. Il avait une forte fièvre, des réactions convulsives. L'enfant délirait, il réclamait ses frères. Mais surtout Abel dont il scandait le prénom avec un mélange de colère et de désespoir. J'ai compris qu'il s'était passé quelque chose de grave mais Anselme a refusé de s'expliquer. Je n'ai eu que la version d'Aménaïde. Selon elle, Abel avait disparu. Elle évoquait une fugue après une « punition » sévère du père. Je lui ai dit qu'il fallait prévenir les gendarmes. Anselme est intervenu en affirmant qu'il n'en était pas question. L'enfant reviendrait ou bien c'est lui qui irait le chercher. Ce qu'il a fait pendant quelques jours. Je l'ai aidé au début, puis j'ai renoncé. Je n'avais plus le temps et Anselme n'était pas enchanté de m'avoir dans les jambes. Je ne crois pas qu'Abel ait réapparu, du moins je n'en ai plus entendu parler. Je ne peux rien vous dire de plus à ce sujet.

Question : Tous les témoins ont disparu, vous ne savez rien à propos de cet enfant… Qui pourrait donner des informations, selon vous ?

Réponse : Je pense que M. Léon Verdelet pourrait avoir des choses à dire à propos d'Abel. À présent, je suis fatigué, je souhaite faire une pause. »

5. Rapport du capitaine Michel Renoux, de la brigade criminelle de Paris.

Ce rapport et ses pièces jointes concernent les transports successifs à l'IML de Garches où ont été centralisées les opérations concernant les « momies » découvertes tant à Paris qu'au château de Saint-Médard. Pour ces dernières toutefois, la compétence de la BR de Dreux ayant été confirmée par le parquet, c'est à ce service que reviendra la rédaction des comptes rendus d'examen et d'autopsie.

En ce qui concerne les corps découverts à Paris :
– Le premier est celui d'Amélie Garcin, ainsi que l'a établi le P-V d'assistance à l'autopsie en date du 21 février 2013. Les causes de la mort sont pro-

bablement une exsanguination lente après administration de barbituriques, aucune autre trace de blessure n'ayant été découverte. Après éviscération et « séchage » vraisemblablement dans une zone de la chaufferie du théâtre de Chaillot, le corps avait été transporté dans la salle souterraine du musée de l'Homme, appelée « salle de stockage des momies », et emballé selon le rituel des Égyptiens de l'Antiquité. Le maquillage préalable du visage ainsi que le vernis apposé sur les ongles des pieds de la victime par ailleurs laissés à découvert, ainsi que plusieurs traces de liquide séminal mis en évidence sur la partie externe des bandelettes indiquent un comportement fétichiste sexuel de la part du meurtrier.

La victime était proche de M. Amaury Guerry des Croix du Marteroy dont elle était enceinte.

– Le deuxième corps découvert est celui de Mme Janine Duclos, quarante-cinq ans, éducatrice au centre psychiatrique Pinel de Toul. Les causes de la mort sont l'étouffement, suivi d'exsanguination. Il est établi que Mme Duclos a été en charge pendant dix années d'Ambroise Guerry des Croix du Marteroy, placé dans cet établissement à l'âge de treize ans pour troubles psychiatriques graves. L'intéressé y a séjourné sept ans et en est sorti clandestinement quelques semaines avant le départ de Mme Duclos du centre. À cette époque, les deux faits n'ont pas fait l'objet d'un rapprochement bien que les circonstances aient été particulièrement troublantes. Si le lieu de stockage du corps de Duclos est identique à celui d'Amélie Garcin, plusieurs constats montrent que ce décès est très antérieur à celui de Garcin. De même, les conditions d'embaumement et de momification diffèrent (matériel utilisé, état du corps), ce qui confirme pour cette affaire l'hypothèse de deux étapes, l'une à Saint-Médard, l'autre à Paris. Néanmoins, le rituel de maquillage (visage et pieds découverts) et la présence de sperme sont observés ici aussi.

– Le troisième est celui de Laurence Trinduc, vingt-six ans, agent commercial à la SNCF, employée à la gare du Nord, démissionnaire en octobre 2010 de son poste par courrier, dans des conditions à rapprocher des cas précédents. Il est établi que la victime, avant son « départ » pour une année sabbatique en Australie (selon les termes employés dans les messages envoyés à ses proches), avait été vue à plusieurs reprises en compagnie du commissaire Amaury Guerry des Croix du Marteroy et aurait entamé une relation avec lui. Laurence Trinduc a été exécutée selon le même procédé qu'Amélie Garcin, les faits remontant à quelques mois. Constats en tous points identiques quant au procédé utilisé et au rituel.

– Le quatrième est celui de Magali Bensoussan, trente et un ans, inscrite à l'agence de travail intérimaire ADCO où elle n'a plus reparu après une période de travail de quelques mois au musée de l'Homme. Les faits remontent à trois mois, ni ADCO ni le musée n'ont réagi à sa disparition, ce qui semble cohérent compte tenu de la personnalité fantasque et instable de la victime. De même, dans sa famille, personne n'a réagi, Magali Bensoussan étant connue pour ses changements de vie et d'itinéraire fréquents. Elle a été droguée puis vidée de son sang avant d'être soumise aux procédés de conservation décrits plus haut.

– Les quatre derniers corps découverts dans les momies du musée de l'Homme sont effectivement des pièces très anciennes, sans relation avec les quatre corps ci-dessus référencés. Ces quatre momies figurent dans les P-V, par pure commodité, sous les appellations de Bentana, Iset-nofret, Meritamon et Henoutmirê, noms sous lesquels ces momies étaient communément désignées par le personnel du musée de l'Homme.

Il ressort de cela que deux des quatre victimes avaient un lien étroit avec Amaury Guerry des Croix du Marteroy, les deux autres, avec son frère jumeau Ambroise.

À l'issue des investigations, les corps seront restitués aux familles.

**6. Rapport du commandant Paccioli,
directeur d'enquête à la BR de Dreux.**

Trente-deux pièces appelées les « momies de Saint-Médard » ont été transportées à l'IML de Garches (Hauts-de-Seine) pour y être ouvertes, examinées et, pour certaines d'entre elles, autopsiées. Le contenu des emballages composés de toile et de différents matériaux (tissus, papier, végétaux divers) peut être décrit comme suit :
- Un chien (de race setter irlandais),
- Douze chats,
- Cinq écureuils,
- Deux faucons pèlerins,
- Trois pigeons,
- Un coq,
- Trois poules,
- Quatre poussins.

Tous ces animaux avaient été préparés selon les méthodes d'embaumement et de momification des anciens Égyptiens, vidés de leurs viscères, séchés et entourés de bandelettes. Pour plus de détails, se reporter aux rapports d'expertise du médecin légiste Rose Dekerke et de la vétérinaire Léa Marchand, commise en tant qu'expert pour cette circonstance exceptionnelle.

La trente-deuxième et dernière momie intéresse en revanche directement l'ensemble des investigations menées dans le cadre des différentes enquêtes criminelles en cours.

D'une taille totale de 1,84 mètre, la momie défaite de ses bandelettes (plus exactement d'un emballage plutôt sommaire) s'est avérée contenir des restes humains, plus précisément le squelette momifié d'un homme âgé de quarante-cinq ans environ (précisions fournies par le docteur Rose Dekerke et par M. Jack Braun, anthropologue expert judiciaire, commis pour un examen spécifique du corps). Les investigations conduites par le docteur Braun ont révélé l'existence de deux fractures sur la boîte crânienne, l'une au niveau du temporal gauche, la seconde sous la bosse occipitale. L'état des os du crâne et l'absence de reconstruction osseuse lui permettent d'affirmer que les fractures ont été concomitantes ou très proches du décès. Pour autant, elles peuvent n'en avoir pas été sa cause directe. En l'absence des viscères et du cœur, rien ne permet d'affirmer le contraire non plus. Les autres parties du squelette et les examens effectués sur les muscles encore présents n'ont pas livré d'autres explications quant aux causes de la mort.

Enfin, les tests sur les tissus résiduels et les examens ADN ont permis d'établir formellement l'identité de cet individu. Il s'agit de M. Anselme Guerry des Croix du Marteroy dont le décès avait été enregistré à l'état civil de Saint-Médard le 30 juin 1997. Décès déclaré de cause naturelle, constaté par le docteur Mouchel, à cette même date. Renseignements pris auprès de la mairie de Saint-Médard, nous avons appris que Mme de Bazeloche, épouse du défunt, avait demandé et obtenu l'autorisation d'inhumer son mari dans le parc de la propriété familiale où subsiste un ancien cimetière privé à proximité d'une chapelle en ruine. S'il existe bien une pierre tombale portant le nom et les prénoms du défunt ainsi que la date de son décès, il a été constaté qu'à cet emplacement aucune dépouille mortelle ni aucun cercueil ne se trouvent. Il n'a pas été permis, à ce stade de notre enquête, d'établir avec certitude l'identité de celui — ou de ceux — qui se sont livrés à ces actes rituels sur le cadavre de M. Guerry des Croix du Marteroy.

7. Rapport du commandant Régine Duval (suite).

Suite de l'audition de M. Jean Mouchel, médecin à Dreux…

Après un repos de deux heures, M. Mouchel déclare être apte à poursuivre ses déclarations.

« *Question* : Reprenons au moment de la disparition d'Abel Guerry des Croix du Marteroy…
Réponse : Ainsi que je vous l'ai déjà dit, je ne sais rien de plus au sujet de la disparition ou du sort du jeune Abel. En revanche, je suis disposé à vous dire ce que je sais du décès de son père Anselme. À vrai dire, les deux événements sont proches dans le temps. Après quelques jours de vaines recherches d'Abel, je me suis éloigné de Saint-Médard. Je suis parti deux semaines pour l'étranger et n'ai plus vraiment pensé à ce malheureux garçon. Quelques jours après mon retour, j'ai été appelé par Aménaïde, inquiète pour son époux. Je me suis rendu au château. Anselme était au plus mal. Il était tombé dans les escaliers, m'a dit Aménaïde, et il présentait de sérieuses blessures à la tête. Mais, surtout, il manifestait les symptômes d'un infarctus massif du myocarde. J'ai dit à Aménaïde qu'il fallait l'hospitaliser de toute urgence. Elle a refusé et je n'ai pas insisté car j'avais diagnostiqué qu'il était perdu et n'arriverait pas à temps à Dreux. Il est décédé dans la demi-heure qui a suivi et, à la

demande pressante de Mme de Bazeloche, j'ai signé le certificat de décès et le permis d'inhumer.

Question : Vous n'avez pas approfondi votre examen des blessures à la tête ?

Réponse : Non, je reconnais n'avoir pas cherché à savoir ce qu'il en était. J'ai fait selon la volonté de Mme de Bazeloche.

Question : Que savez-vous de l'inhumation de M. Guerry ?

Réponse : Elle a eu lieu dans le cimetière du château. C'est une tradition dans la famille et personne n'aurait eu l'idée à Saint-Médard de s'y opposer. Je n'y ai pas assisté, étant requis auprès de nombreux malades (il y avait une épidémie de rougeole dans le secteur). Je ne sais pas qui était présent. Tout ce que je peux dire, c'est que je n'ai vu aucun des enfants Guerry le jour de la mort de leur père. Amaury était encore au collège à Versailles, Abel n'avait pas été retrouvé. Quant à Ambroise, je pense qu'il se trouvait dans le grenier mais je n'en suis pas certain.

Question : Pourquoi pensez-vous qu'il se trouvait dans le grenier ?

Réponse : Je vous l'ai dit, Ambroise était un enfant très caractériel. Son père l'enfermait là-haut quand il était à bout. Il y avait de quoi, je vous l'assure.

Question : Qui l'y avait enfermé, ce jour-là ?

Réponse : Je l'ignore.

Question : Que savez-vous des instruments de torture découverts au cours de la perquisition dans ce grenier ?

Réponse : C'étaient des objets très anciens qui ont toujours appartenu à la famille. Aménaïde voulait en faire don à un musée mais Anselme s'y opposait. Il y tenait beaucoup.

Question : Que savez-vous de l'usage qu'il en faisait sur ses enfants ?

Réponse : Euh... c'est-à-dire... je ne sais pas...

Question : Votre embarras semble indiquer que vous étiez au courant qu'Anselme Guerry... punissait ses enfants par le truchement de certains de ces objets. Nous avons établi ces faits par la découverte d'ADN des triplés sur la vierge de fer et sur la poire d'angoisse. Auquel des trois s'en prenait-il ?
Réponse : ... Eh bien... Je l'ignore, pas à Amaury je suppose... il n'avait pas de raison...
Question : Vous pensez qu'il faut une raison pour torturer un enfant ?
Réponse : Non, bien sûr que non ! C'est une déduction que je fais à partir de ce que je sais des relations d'Anselme avec ses fils.
Question : Étiez-vous informé des sévices infligés par Anselme Guerry des Croix du Marteroy à ses fils, oui ou non ?
Réponse : Je ne répondrai plus à vos questions... Je demande l'assistance d'un avocat. »

8. Suite du rapport du commandant Régine Duval.

Audition de Léon VERDELET, quatre-vingt-cinq ans, demeurant au lieu-dit « la Maison du guet », à Saint-Médard, Eure-et-Loir :
« Je suis né à Saint-Médard et y ai toujours vécu. Je me suis marié en 1950 avec Marie Loret, décédée en 2000. Nous n'avons pas eu d'enfants. Mon père et mon grand-père ont travaillé au château de Saint-Médard avec leurs femmes, c'était une tradition familiale. J'ai fréquenté cet endroit dès ma petite enfance et j'ai bien connu Aménaïde, je ne l'aimais pas beaucoup, elle était du genre hautain avec moi et ne se mélangeait pas avec le petit peuple, comme elle disait. Mes parents ont été tués par les Allemands

pendant la guerre de 1940 alors que j'avais treize ans. Les châtelains n'ont pas voulu me garder et comme je n'avais aucune famille j'ai été placé dans un foyer. J'ai fait mon service militaire et, après, je suis revenu à Saint-Médard. La maison du guet était vide, en piteux état. Les parents d'Aménaïde vivaient encore, ils ont bien voulu que je m'y installe en échange de travaux de remise en état. Tout de suite après j'ai connu ma femme et les Bazeloche nous ont repris à leur service. Bien après la mort de ses parents, Aménaïde de Bazeloche a rencontré Anselme Guerry des Croix du Marteroy dans une réunion des vieilles familles françaises organisée à Versailles. Il n'était pas marié, il voyageait pas mal. C'était un "gandin" séduisant, qui aimait plus la fête que le travail. Elle, une femme plus très jeune, pas très belle ni aimable, aisée sans être riche, est tombée follement amoureuse de lui. Anselme a sauté sur l'occasion, il traînait quelques casseroles, genre dettes de jeu et sûrement pire, et il était temps qu'il se case. Ils se sont mariés et installés au château. Aménaïde a épongé les dettes de son mari et la vie est devenue plus difficile. Ils ne travaillaient ni l'un ni l'autre et ma femme et moi étions aux premières loges pour savoir ce qui se passait entre eux.

Question : Quoi, par exemple ?

Réponse : Ils essayaient d'avoir un enfant. Anselme se fichait d'avoir un gosse mais Aménaïde y tenait beaucoup, et ma femme a entendu un jour une dispute entre eux (ça arrivait souvent) à propos d'analyses qui prouvaient qu'Anselme était stérile. Il y a eu pas mal de mouvements après cela et un jour Aménaïde s'est retrouvée enceinte.

Question : Que savez-vous de ce "miracle" ?

Réponse : Sur le coup on n'a rien compris, on voyait le toubib, Mouchel, tout le temps fourré au château. Ma femme est tombée par hasard sur un chéquier de madame et elle a regardé les souches. Ce n'était pas très bien de sa part et je l'ai engueulée. Mais bon, elle était comme ça, ma bourgeoise, il fallait qu'elle sache tout sur tout. Elle a vu qu'il y avait eu plusieurs versements importants à Mouchel. Quand les triplés sont arrivés, on s'est posé des questions, forcément, mais ma femme a tout de suite pigé. Les garçons, c'était le portrait craché de Mouchel... Après ça, il n'est presque plus jamais venu au château.

Question : Que savez-vous de la disparition du jeune Abel ?

Réponse : J'ai toujours interdit à ma femme de dire quoi que ce soit là-dessus... Ce n'étaient pas nos oignons et, en plus, on aurait perdu notre place et la maison. Mais à présent que tout le monde est mort ou presque, je suis content de pouvoir soulager ma conscience. Je suppose que Mouchel vous a parlé des garçons ? Ils n'étaient pas faciles, chacun dans son genre. Même Amaury qui se la jouait intello... Évidemment, en comparaison des deux autres, il lui était aisé de briller. Les borgnes sont rois chez les aveugles. Il faut dire qu'Abel et Ambroise, c'étaient de sacrés numéros. Je sais pas si c'était les gènes de Mouchel qui battaient de l'aile ou bien l'influence des tares maternelles comme en trimballent toutes les vieilles familles nobles à cause de la consanguinité, mais ils étaient "gratinés". Anselme, déjà pas porté sur la paternité, a mal accepté l'arrivée des trois garçons. Après, quand ils ont commencé les conneries, il a viré mauvais. Il a essayé de les mettre au pli mais y avait rien à faire. C'était surtout Abel, sa bête noire. Il ne lui passait rien. Des fois, il l'enfermait dans le grenier, il l'attachait là et le laissait plusieurs jours, sans rien à manger. Je sais pas ce qu'il lui faisait mais, des fois, on entendait le gamin gueuler jusque chez nous.

Question : Pourquoi n'êtes-vous pas intervenu ?

Réponse : J'ai essayé mais Anselme m'a menacé de me foutre dehors et ma femme m'a ordonné de la boucler. Je l'avoue, j'ai été lâche.

Question : Comment Abel a-t-il disparu ?

Réponse : Je ne sais pas ce que lui faisait Anselme mais je pense qu'il est allé jusqu'à utiliser les outils du grenier pour le "redresser", comme il disait. Même Ambroise y a eu droit quand il voulait défendre son frère. Un jour, Anselme est allé trop loin, faut croire. Je l'ai vu amener le gamin sur le côté ouest du château. J'étais pas loin de là, à faire la sieste sous un arbre. Le gosse pouvait plus tenir debout, il l'a assis sur le mur des douves et…

Silence.

Question : Continuez, monsieur Verdelet !

Réponse : … Le gamin a basculé. Il a chuté dans l'eau. À cet endroit, le mur doit bien faire 3 à 4 mètres et c'est là que la douve est le plus profonde. Il a coulé à pic et n'est pas remonté.

Question : Qu'avez-vous fait ?

Réponse : Rien, je l'avoue. J'étais pétrifié mais je me suis planqué pour qu'Anselme ne me voie pas et après je suis rentré chez moi. J'ai fermé ma gueule, j'ai fait des cauchemars pendant des semaines. Ma femme avait très bien compris et elle me répétait tous les jours que je devais oublier ce que j'avais vu.

Question : Et les autres personnes du château ?

Réponse : Mme Aménaïde ne faisait jamais de reproches à son mari, elle l'a toujours laissé faire ce qu'il croyait bon pour la famille. Amaury n'était pas là, je ne pense pas qu'il ait su la vérité car, par la suite, tout le monde est toujours resté sur la version de la fugue.

Question : Les gendarmes sont venus ?

Réponse : Une ou deux fois, oui mais ils n'ont pas insisté parce que les parents ont dû leur servir une fable et… ils étaient encore influents dans la région, malgré tout.

Question : Quel genre de fable ?

Réponse : Ben que le gamin avait été retrouvé et qu'ils l'avaient, enfin, placé dans un centre. C'est ce que je crois, et les pandores n'ont pas cherché plus loin. Le seul qui n'était pas content du tout, c'est Ambroise…

Question : C'est-à-dire ?

Réponse : Je l'ai entendu traiter son père d'assassin. L'autre, ça le rendait fou, il l'a gardé enfermé au grenier au moins huit jours. Anselme a fini par le faire sortir et il est mort le lendemain… La mort d'Anselme… C'est le gamin qui lui a fracassé le crâne, j'en mettrais ma main à couper. Notez bien, j'ai rien vu mais ma femme, depuis la cuisine, a entendu des engueulades plusieurs fois. Ambroise accusait son père d'avoir tué Abel et l'autre, ça le mettait dans tous ses états. Le jour où il est mort, il a voulu enfermer Ambroise une nouvelle fois dans le grenier et lui faire tâter du fouet ou d'autre chose. Le gamin, qui commençait à être aussi grand que son père, ne s'est pas laissé faire. Ma femme m'a dit que le jeune avait tabassé son père, après que celui-ci était tombé. Mme Aménaïde n'est pas intervenue et c'est Mouchel qui s'est pointé. Il a signé le papier pour que personne ne mette le nez dans les affaires de la famille et c'est tout.

Question : Ce n'est pas exactement tout, monsieur Verdelet… Comment expliquez-vous qu'on ait retrouvé, quatorze ans plus tard, le corps d'Anselme Guerry des Croix… dans un sac, traité comme une momie égyptienne, au milieu de nombreux animaux qui avaient subi le même sort ?

Réponse : Les momies, c'était la passion des garçons. Surtout d'Ambroise, mais, du temps où il vivait au château, Amaury s'y penchait aussi, pas autant qu'Ambroise mais tout de même… Au début, c'est lui qui expliquait à son frère comment il fallait faire. Ils ont commencé les expériences ensemble, les deux frangins. Puis Amaury est parti et Ambroise a continué seul. Y a des jours, ça puait dans le secteur, je vous dis pas. Il balançait les déchets dans les douves, c'était commode, les carpes faisaient le ménage.

Question : Le couple parental laissait faire ?

Réponse : Oui, c'est même le père qui les avait initiés si on peut dire. Il avait une passion pour les civilisations anciennes, Anselme, il était allé en Égypte plusieurs fois, et Aménaïde, ce qui l'intéressait, c'était ce qui intéressait Anselme... Elle était comme en transes avec lui.

Question : Saviez-vous que le corps d'Anselme Guerry des Croix avait été traité de cette manière par son fils ?

Réponse : ... À vrai dire, j'ai eu des doutes, peu après l'inhumation dans le cimetière de la chapelle de Saint-Médard... Il a flotté sur le bâtiment de la salle des gardes une odeur pestilentielle pendant plusieurs jours et j'ai aperçu Ambroise déversant des trucs bizarres dans les douves. Je ne m'en suis pas mêlé car Aménaïde m'interdisait d'approcher. Ma femme était déjà malade à cette époque et elle n'allait presque plus au château. Quelque temps après cela, le docteur Mouchel est venu à plusieurs reprises et à partir de là je n'ai plus revu Ambroise. Il faut dire que je n'avais plus de raison de me rendre au château, Mme Aménaïde m'ayant, après la mort de son époux, donné congé définitivement. Elle m'a remis un petit pécule pour solde de tout compte et m'a autorisé à rester dans la maison du guet jusqu'à ma mort.

Question : Vous dites ne plus avoir revu Ambroise après le décès de son père, qu'est-il advenu de lui ?

Réponse : Je l'ignore. Il faut poser la question au docteur Mouchel.

Question : Êtes-vous conscient que votre silence vous rend complice de meurtres ?

Réponse : Oui, mais je suis un vieil homme et je me fous de ce qui peut m'arriver maintenant. »

Seconde audition du docteur Jean Mouchel.

Conformément à sa demande, M. Mouchel a pu s'entretenir avec un avocat, maître Olivia Descamps, pendant vingt minutes. Il a également été visité par un médecin de SOS Médecins en raison de douleurs dans la poitrine. Jugé sans gravité, son état est compatible avec la poursuite de son audition. Certificat médical joint au P-V.

« Vous me demandez ce qui est arrivé à Ambroise Guerry des Croix du Marteroy après la mort de son père. Je n'en sais rien.
Question : Nous avons un témoin qui prétend le contraire. Que savez-vous de la momification d'Anselme Guerry des Croix ?
Réponse : … Bien, je savais que vous alliez le trouver de toute façon. Je n'ai jamais compris pourquoi Aménaïde ne l'avait pas simplement remis en terre.
Question : Vous lui auriez proposé votre aide ?
Réponse : Non, elle ne voulait pas en parler. Elle a découvert ce qu'avait fait Ambroise et ça l'a terrifiée, je suppose. Elle a sans doute eu peur d'y toucher. C'est un syndrome qui s'apparente à la sidération et au déni. Je n'ai entendu parler de la momie que par le père Verdelet, bien longtemps après, et je ne l'ai pas cru. Il est quand même un peu gâteux.
Question : Revenons à Ambroise.
Réponse : Je vous ai dit que je ne sais rien. Aménaïde m'a appelé environ un mois après la mort d'Anselme. Elle était bouleversée quand je suis arrivé. Elle m'a demandé d'établir un dossier médical pour Ambroise.

Il s'agissait de décrire ses troubles de comportement en grossissant le trait et en indiquant qu'il était dangereux pour lui-même et pour autrui. Je l'ai fait pour elle. Elle avait une idée en tête mais elle m'a dit que moins j'en saurais, mieux cela vaudrait.

Question : Quelle idée, docteur Mouchel ?

Réponse : Un placement. C'est ce que j'ai supposé car, une semaine plus tard, elle m'a demandé de les conduire à la gare. Elle et Ambroise. Je n'ai pas pu savoir où ils allaient et après cela, je n'ai plus vu ni l'un ni l'autre. Aménaïde a coupé les ponts et Ambroise n'est plus reparu dans la région.

Question : Avez-vous une idée du genre de placement qu'elle envisageait ?

Réponse : Dans un établissement fermé, en psychiatrie vraisemblablement.

Question : Le centre Pinel de Toul évoque-t-il quelque chose pour vous ?

Réponse : … Non, enfin, vaguement… C'était un des lieux qu'Aménaïde aurait pu envisager pour Ambroise. Mais je ne suis pas formel.

Question : Et Amaury ?

Réponse : Il n'est plus revenu au château, du moins si j'en crois le père Léon Verdelet qui voit tout et qui sait tout. Aménaïde s'est volontairement coupée de ses deux garçons survivants, il me semble.

Question : Quand êtes-vous revenu au château et dans quelles circonstances ?

Réponse : Jamais. Après le départ d'Ambroise, je n'ai plus eu aucun contact avec Saint-Médard. Je ne venais dans le coin que pour rendre visite à Léon Verdelet.

Question : Nous savons que vous ne dites pas la vérité. Vous êtes revenu à Saint Médard, cette semaine.

Réponse : C'est exact… Je n'avais pas bien compris la question. Je suis prêt à m'en expliquer. Mardi soir, je venais de fermer mon cabinet après les consultations. Il était environ 19 heures quand le téléphone a sonné. J'ai été surpris d'entendre la voix d'Aménaïde. Sans préambule, elle m'a dit qu'elle avait besoin de me voir d'urgence. J'ai voulu en savoir plus, elle m'a annoncé qu'Ambroise était arrivé un peu plus tôt avec une personne gravement blessée. Je lui ai suggéré d'appeler une ambulance, les pompiers, le Samu, enfin… des gens compétents. Elle m'a menacé, si je ne venais pas, de révéler toutes nos "fautes" passées. J'ai bien essayé de résister mais je peux vous dire qu'elle est intraitable quand elle s'y met. Donc, je suis allé au château, d'abord pour me rendre compte de la situation. Ambroise était là.

Question : Comment pouvez-vous être sûr que c'était Ambroise ?

Réponse : Je ne peux pas me tromper, ces garçons me ressemblent tellement…

Question : Cela aurait pu être Amaury.

Réponse : En effet. C'est Aménaïde qui m'a dit qu'il s'agissait d'Ambroise. Il était très agité. Il tenait des propos décousus, il parlait des femmes de Ramsès. Iso Nefret, Bentana, et d'autres noms que je n'avais jamais entendus jusqu'ici… Il disait que la femme blessée, car il s'agissait d'une femme, qu'il avait amenée au château devait aller rejoindre ces femmes de l'Antiquité et que c'était à Saint-Médard que cela se passerait. Il était lui-même légèrement blessé à la tête et il saignait. Il n'arrêtait pas de dire "c'est pas ma faute, c'est pas ma faute", comme quand il était petit. La femme blessée était allongée sur un lit médical léger, elle était équipée d'un respirateur de transport posé à moitié sur son ventre. J'ai constaté qu'elle respirait mais qu'elle était inconsciente. J'ai vérifié que l'appareil fonctionnait, j'ai vu qu'il était au bout de son autonomie et je l'ai branché sur secteur. Un réflexe de médecin, sans doute, car je voyais bien que l'état de la personne était très grave. Dans son délire, Ambroise a parlé de la gare du Nord, de Chaillot, et c'est là que j'ai compris. Les radios passaient en boucle des messages de recherche d'une commissaire de police enlevée à Paris… Aménaïde n'avait rien entendu, elle est coupée de tout depuis longtemps, mais, quand je lui ai fait part de mes craintes, elle a paniqué. Elle s'en est prise à son fils et, comme il se montrait agressif, menaçant de tuer la femme commissaire sur-le-champ et nous deux en prime, je suis intervenu. Par surprise, j'ai pu lui faire une injection de sédatif et ensuite, avec sa mère, nous l'avons monté au grenier où nous l'avons attaché. Il avait une arme à feu dans sa poche. Ça a fini de foutre la frousse à Aménaïde.

Question : Qu'avez-vous fait de cette arme ?

Réponse : C'était un pistolet, nous l'avons posé loin d'Ambroise, sur un meuble il me semble. Puis j'ai dit à Aménaïde qu'elle ne devait pas garder cette blessée chez elle, qu'elle risquait de graves ennuis. Elle a refusé tout net d'appeler des secours, m'ordonnant de faire le nécessaire pour la débarrasser du problème. Je lui ai dit que j'allais réfléchir à la meilleure solution possible. À cet instant, elle se fichait du sort de cette femme flic, elle voulait juste que je lui enlève une épine du pied. Je lui ai demandé comment et pourquoi Ambroise refaisait surface ce jour-là. Elle est restée évasive, a fini par me dire qu'elle le croyait toujours dans un établissement adapté à son cas et c'est tout. Mais je pense qu'elle mentait, j'ai eu l'impression qu'elle savait très bien qu'il n'y était plus enfermé depuis longtemps. Je vous jure que c'est la vérité.

Question : Nous reviendrons sur ce point ultérieurement. Continuez !

Réponse : Je suis reparti chez moi chercher de quoi soigner la blessée. Pour calmer Aménaïde, je lui ai dit que j'allais récupérer mon véhicule Ford afin d'emmener la femme commissaire hors du château. Je ne pouvais pas utiliser la Volvo, recherchée partout.

Question : Quel était votre projet, alors ?

Réponse : Je l'avoue, aucun. J'étais atterré et complètement dérouté. Bien sûr, je craignais Aménaïde et ses menaces de remonter les vieilles affaires à la surface, mais, surtout, je redoutais les conséquences de cette nouvelle affaire. Et puis et enfin, je crois bon de le souligner, je suis *tout de même* médecin.

Question : Vous vous êtes dit qu'il valait mieux "rendre" le commissaire vivante plutôt qu'on la découvre morte chez vous ?

Réponse : Sans doute. Mais j'avais du mal à réfléchir de cette manière. J'ai cherché une solution et n'en ai trouvé aucune. De retour chez moi, j'ai reçu un nouveau coup de fil d'Aménaïde. Cette fois, elle était encore plus en panique. Son fils Amaury venait de l'appeler. Comme vous le savez, il est commissaire de police, elle ne l'a jamais digéré soit dit en passant, et leurs rapports sont inexistants depuis qu'il a choisi ce métier. Son appel l'a évidemment surprise mais, pire, elle venait de comprendre, à travers ses mots, que la femme gisant dans son salon était la chef hiérarchique de son fils et qu'Ambroise était l'auteur de ses blessures. Pire, selon Amaury, Ambroise, avant cela, avait tué et momifié plusieurs femmes dont il avait lui-même été proche. Bref, c'était l'horreur, elle prétendait ne rien comprendre à ce qu'il racontait et, comble de catastrophe, Amaury venait de lui annoncer son arrivée. Je pense qu'il avait deviné ce qu'Ambroise comptait faire de la blessée et, surtout, où il l'avait emmenée pour mener son projet à bien. Elle ne voulait pas qu'Amaury trouve le commissaire au château mais elle n'avait aucun moyen de l'empêcher de venir. Je n'ai pas réfléchi davantage, j'ai pris mon Ford transit, j'ai chargé la blessée dedans et l'ai ramenée chez moi.

Question : Vous l'avez conduite à l'hôpital de Dreux le lendemain. Pourquoi avoir attendu ?

Réponse : Eh bien… À vrai dire, je pensais qu'elle ne vivrait pas plus de quelques heures. J'ai quand même fait mon boulot de médecin, nettoyé sa plaie, changé le pansement et lui ai administré des antibiotiques. J'ai vu qu'elle réagissait plutôt bien et que son état était stable. J'ai renouvelé les doses d'antibiotiques régulièrement dans la nuit et comme elle avait passé le cap toujours compliqué de la fin de nuit, au matin, j'ai décidé de l'emmener à Dreux.

Question : Vous êtes conscient de vous être rendu complice d'un homicide volontaire ?

Réponse : Je n'avais pas prévu ça, mais je précise que j'aurais pu me débarrasser de cette femme n'importe où et surtout pas dans un hôpital, même si je l'ai fait clandestinement.

Question : Mme de Bazeloche s'est donné la mort après avoir égorgé un policier, ses deux fils ont été retrouvés, l'un mort, l'autre blessé et en état de choc. Que savez-vous de ces faits ?

Réponse : Rien. Après avoir déposé la blessée à Dreux, je suis rentré chez moi où vos hommes et vous-même m'avez interpellé. J'ignore tout de ce qui s'est passé dans la soirée et dans la nuit au château. Je ne sais même pas si Amaury est venu effectivement à Saint-Médard ainsi que semblait le croire sa mère. J'ai appris la mort d'Aménaïde et celle d'Ambroise par vous.

Je regrette vraiment ce qui est arrivé. »

9. Rapport du commissaire Hellinger, de la DPJ 3, Paris.

Le 20 février 2013, dans la soirée, nous avons été avisé par le CP11 de la découverte, dans un sas de la banque LCL, agence sise à l'angle de la rue de Lyon et de l'avenue Ledru-Rollin, de deux personnes enfermées à l'intérieur, baignant dans 30 centimètres d'eau. L'une d'entre elles, Lola Laclos, vingt ans, était décédée. Son compagnon, Nathan Morin, vingt-huit ans, était inconscient.

L'autopsie pratiquée sur la susnommée a permis d'établir qu'elle avait succombé à un arrêt cardiaque provoqué par une détresse respiratoire. Toxicomane bien connue de nos services, Lola Laclos était dépendante à l'héroïne depuis plusieurs années. L'état de manque dans lequel elle se trouvait ajouté au stress violent provoqué par l'enfermement dans un sas de banque envahi par l'eau (*cf.* crue de la Seine) est la cause de son accident cardiaque, sans aucune marge d'erreur. À noter que la victime portait quelques traces suspectes à la face (hématomes et griffures) ainsi qu'au niveau du cou. L'audition de Nathan Morin a confirmé qu'il y avait eu lutte entre eux notamment parce que Laclos subissait une importante crise de manque. Toutefois, il est établi que ses blessures au visage sont de son propre fait et que, si Nathan Morin a bien infligé une forme de strangulation à sa compagne pour, dit-il, l'empêcher de se blesser davantage, celle-ci n'est pas la cause directe de sa mort. Selon le rapport médico-légal, elle a néanmoins constitué un facteur aggravant de l'état anxieux de la jeune fille.

L'enquête a établi que Lola Laclos était en relation avec Bob-Marley Harris, abattu le matin même à la gare du Nord (*cf.* affaire Marion) qui la fournissait en héroïne depuis plusieurs années. Pour autant, les deux affaires n'ont aucun rapport entre elles sinon le contexte très particulier de la crue de la Seine. Laclos était par ailleurs connue pour se livrer à la prostitution, occasionnellement depuis l'âge de quatorze ans, puis de manière régulière depuis six mois.

Quant à Nathan Morin, musicien, il convient de mentionner qu'il est le fils de Mme Anne Morin, préfet, secrétaire générale de la zone de défense d'Île-de-France, en charge de la gestion de crise sur l'inondation de Paris. Il a été mis en examen pour blessures ayant entraîné la mort sans intention de la donner et laissé en liberté sous contrôle judiciaire.

10. Rapport du capitaine Alain Mars, de la BC de Paris.

Le 20 février 2013, alors que je me trouvais occupé à effectuer des constatations à la gare du Nord, dans un poste d'aiguillage, suite à un échange de coups de feu ayant entraîné le décès de B-M Harris et de graves blessures à Mme Edwige Marion, commissaire divisionnaire, le lieutenant Valentine Cara s'est présentée sur la scène de crime, prétendant être susceptible d'identifier la victime décédée dont l'identité n'était alors pas encore connue. Elle a su se montrer convaincante avec les TSC et s'est introduite dans le poste où, trompant la vigilance de mes collègues, elle a subtilisé un indice déterminant pour l'enquête, sans aucune raison. Il s'agit d'un papier que le meurtrier avait délibérément placé dans la main de B-M Harris et dont le contenu, s'il avait été connu sur-le-champ, aurait permis de faire progresser l'enquête et sans doute d'éviter les suites fâcheuses que l'on sait. Ce geste, non conforme à la déontologie de sa fonction, justifie, à mon sens, une sanction exemplaire à l'encontre du lieutenant Valentine Cara. Par ailleurs, j'ai le devoir d'ajouter que cet acte a été immédiatement porté à la connaissance de la chef du groupe d'enquête sous les ordres de laquelle j'officie. Le commandant Régine Duval aurait dû dénoncer le comportement de Valentine Cara et engager des poursuites à son encontre, ce qu'elle n'a pas fait. À mon sens, cette omission volontaire a pour cause principale la relation intime qui existe entre ces deux officiers. Déjà par le passé, leur liaison a soulevé des difficultés dans le service et il est avéré que la faiblesse de Mme Duval dans la gestion de cet incident doit lui être imputée. À noter également que, tout au long de cette enquête éminemment délicate, le commandant Duval a fait montre d'une égale et incompréhensible bienveillance à l'égard du lieutenant Cara, l'autorisant à participer aux actes de procédure, à s'immiscer dans l'enquête sans aucune justification légale ni autorisation hiérarchique formelle. Rapport établi à toutes fins utiles.

11. Rapport du capitaine Luc Abadie, de la brigade des chemins de fer de Paris.

Suite à la mise en cause, par le capitaine Mars de la BC, du lieutenant Valentine Cara, en fonction à la brigade des chemins de fer, je tiens à compléter les explications fournies par l'intéressée. Valentine Cara a reconnu avoir dérobé un indice sur une scène de crime mais a omis de préciser qu'elle m'a informé immédiatement de ce qu'elle avait fait. Non seulement je n'ai pas critiqué son geste, mais, en toute connaissance de cause, j'ai aidé le lieutenant Cara à examiner le document, cautionnant jusqu'à ses dénégations lorsqu'elle a été appelée à s'expliquer à la BC. Plus encore, je l'ai accompagnée à deux reprises au domicile de B-M Harris afin d'y chercher des informations susceptibles de nous donner des indications sur la situation de Mme Marion. Ce fait a également été dissimulé à la BC. Néanmoins, ces visites, totalement clandestines, ont permis de confirmer que le théâtre de Chaillot jouait un rôle central dans l'affaire et de faire accélérer les recherches suite à la disparition de notre chef de service, le commissaire divisionnaire Marion. Je précise que cette piste n'était pas à l'ordre des priorités du capitaine Mars, acharné à mettre en cause le docteur Mohica. Cette dernière remarque n'exonère en aucun cas ma responsabilité dans cette affaire. En tant que chef hiérarchique du lieutenant Cara au moment des faits, je la revendique au contraire en totalité.

12. Rapport de Régine Duval, commandant à la BC de Paris.

Ce jour, 25 février 2013, à 14 heures, nous transportons à l'hôpital de Dreux afin d'y procéder à l'audition de M. Amaury Guerry des Croix du Marteroy, commissaire de police. L'intéressé a quitté la zone de soins intensifs et occupe la chambre 119 du service de traumatologie. À notre arrivée, il ne manifeste aucune réaction particulière, ne pose pas de questions. Il demande à être entendu par moi-même, sans assistance, mais accepte que l'audition soit enregistrée sur bande audio. En revanche, aucun matériel vidéo n'étant disponible ni prévu, l'audition ne sera pas filmée. N'étant pas, à ce stade, susceptible d'être mis en cause, M. Guerry des Croix du Marteroy n'est pas placé en garde à vue et ne sollicite donc la présence ni d'un avocat ni d'un médecin. Ajoutons que le chef du service médical où se trouve M. Guerry a donné son autorisation formelle pour qu'il puisse être entendu.

M. Guerry des Croix du Marteroy est en position semi-assise, il est vêtu d'une chemise blanche et porte un bonnet sur la tête.

Sur son identité :

« Je me nomme Amaury Guerry des Croix du Marteroy. Je suis né à Saint-Médard le 7 avril 1984, en même temps que mes deux frères Abel et Ambroise. Mes parents sont feu Anselme des Croix du Marteroy et feu Aménaïde de Bazeloche. Je suis commissaire de police à la brigade ferroviaire de Paris et demeure 30, rue Lecourbe à Paris 15e.

Sur les faits :

Question : Comment expliquez-vous que vous ayez deux frères jumeaux et que cette information ne figure nulle part dans votre dossier administratif ? L'avez-vous sciemment dissimulée ?

Réponse : Je n'ai pas de réponse à cette question, il s'agit sans doute d'une erreur. Pour ma part, je n'ai rien dissimulé, c'est tout ce que je peux dire.

Question : Que savez-vous exactement de votre naissance ?

Réponse : Je ne comprends pas de quoi vous voulez parler.

Notons que l'intéressé manifeste une surprise qui semble sincère et qui laisse supposer qu'il n'est pas au fait des détails de son histoire biologique ni de celle de ses frères. Cette question ne sera pas évoquée ici, son incidence sur les faits qui nous intéressent n'étant pas démontrée.

Question : Quelles étaient vos relations avec vos frères ?

Réponse : Nous sommes triplés... J'étais très proche d'eux, nous passions tout notre temps ensemble, notre enfance a été merveilleuse jusqu'à ce que mes parents décident de m'envoyer dans un collège à Versailles. J'avais dix ans, après, ce n'était plus pareil. Je ne revenais qu'aux vacances et je pense que mes frères, comme moi, souffraient de cette situation.

Question : Pourquoi êtes-vous le seul à être allé au collège ?

Réponse : Il paraît que j'étais le plus doué.

Question : Vous le pensez ?

Réponse : Non, je crois surtout que j'étais le préféré.

Question : Parlez-moi de vos parents !

Réponse : Ils ne travaillaient pas, ma mère avait une petite fortune personnelle mais mon père a tout éparpillé, il jouait et… c'était un fainéant.

Question : Comment étaient leurs relations avec vous et vos frères ?

Réponse : Ma mère était une femme froide, elle exigeait que nous la vouvoyions et ne nous a jamais manifesté la moindre marque de tendresse, sauf à A…, enfin à moi, de temps en temps. Elle était croyante, elle aimait Dieu beaucoup plus que ses fils. Mon père était un salaud, un infect salaud. Il ne nous supportait pas et passait son temps à nous punir et à nous battre.

Question : Tous les trois ?

Réponse : Surtout Abel et… Ambroise.

Question : Pas vous ?

Réponse : Non, tant que j'ai vécu au château, il lui arrivait de frapper mes frères, moi jamais. Il m'aimait plus qu'eux. Et puis, j'évitais de me trouver sur son chemin, j'étais très fort pour ça. Beaucoup plus malin que les deux autres. Je m'arrangeais pour ne pas me faire piquer quand je faisais une bêtise.

Question : Voulez-vous dire que vos frères étaient punis à votre place parce qu'ils étaient moins malins que vous ?

Réponse : Oui. Quand je suis parti en internat, les choses se sont gâtées pour eux. C'est comme si je les avais abandonnés à la folie de père.

Question : C'est ce que vous pensez ?

Réponse : Oui, je le pense, mais c'est surtout mon frère Ambroise qui le pensait. Il m'en a beaucoup voulu.

Question : Savez-vous ce qui est arrivé à votre frère Abel ?

Réponse : Vous voulez dire comment il est mort ?
Question : Vous étiez au courant de sa mort ?
Réponse : Tout le monde était au courant. Mon père l'avait puni parce qu'il avait chié dans sa culotte. Ça lui arrivait souvent, plusieurs fois par jour. Mère refusait de s'en occuper et il n'y avait plus de bonne depuis un moment. C'était toujours Ambroise qui était obligé de le laver, mais, ce jour-là, il n'a pas voulu. Il s'est rebellé, si vous préférez. Père l'a enfermé dans la salle des gardes avec les cadavres d'animaux au séchage, ça puait là-haut, c'était horrible. Ensuite, père a puni Abel avec la poire. Vous savez ce que c'est ? Vous avez dû la trouver dans le grenier avec la vierge de fer et le reste... Il l'a laissé toute la journée avec ce truc dans le derrière. À force de gueuler, Abel a fini par s'évanouir et, quand père est allé le délivrer, il était quasiment mort, il avait fait une grosse hémorragie. Y avait du sang partout.

Question : Comment connaissez-vous tous ces détails, j'avais compris que vous n'étiez pas présent ?
Réponse : Ambroise était présent, il me l'a raconté. Père a emmené Abel sur le mur des douves et il l'a balancé dans la flotte, au plus profond. Les carpes ont dû le béqueter, elles adoraient ça, la bidoche...

Question : Ça ne paraît pas vous affecter ?
Réponse : Si, bien sûr, j'aimais bien Abel, qu'est-ce que ça change ?

Question : Votre mère n'est pas intervenue ?
Réponse : Non, elle n'a rien fait, elle était soulagée à mon avis parce que Abel, ce n'était pas une sinécure.

Question : À quel moment avez-vous eu connaissance de ces circonstances ?

L'intéressé réfléchit, marque une longue pause. La question semble le contrarier.

Réponse : Quand je suis revenu à Saint-Médard pour l'enterrement de père, il me semble... Je ne suis plus très sûr, c'est déjà loin.

Question : Que savez-vous du décès de votre père ?
Réponse : Il a eu ce qu'il méritait, ce porc ! Ambroise a bien fait de lui régler son compte.
Question : Vous êtes commissaire de police aujourd'hui, ces faits, même anciens, ne vous dérangent pas ?
Réponse : C'est passé, c'est loin, tout ça. Je m'efforce de ne plus y penser.
Question : Les dossiers vont être rouverts, vous vous en doutez ?
Réponse : Oui, évidemment, mais je n'y suis pour rien, je n'ai rien fait. Je ne peux que répéter ce que m'a dit mon frère et, entre nous, mon père est bien le seul responsable, ainsi que ma mère, mais comme ils sont morts... D'ailleurs, Ambroise aussi est mort, ils sont tous morts, en fin de compte, sauf moi.
Question : Et le docteur Mouchel... Que pouvez-vous me dire à son sujet ?
Réponse : Il était l'amant de ma mère, ce n'est pas un type très intéressant. Il a couvert mes parents pour la mort d'Abel et protégé ma mère après celle de mon père. S'il y a une nouvelle enquête, il se débrouillera, ce n'est pas mon affaire, je n'ai rien d'autre à dire.
Question : Est-ce lui qui a fait interner votre frère Ambroise après le décès de votre père ?
Réponse : Oui. Ambroise est resté plus de dix ans dans cet établissement horrible. Il était très malheureux là-bas, il était battu, violé. Il voulait que je l'aide à en sortir. Il m'a écrit plusieurs fois. Je ne lui ai jamais répondu.
Question : Pourquoi ?
Réponse : J'avais autre chose à faire. Finalement, mon frère s'est sauvé de Toul un beau matin, avec l'aide d'une éducatrice avec qui il couchait.
Question : Vous saviez qu'il était en fuite de Toul ?
Réponse : Non, je ne voulais rien avoir à faire avec lui. Ce n'aurait pas été bon pour ma carrière.

Question : Et votre mère ? Était-elle au courant ?
Réponse : Bien sûr, elle l'était. À Toul, ils l'ont prévenue.
Question : Comment le savez-vous, si vous n'aviez plus de contact avec elle ?
Réponse : Je m'en doute. C'est elle qui l'a fait enfermer, il était normal qu'elle soit avertie. Ce n'est pas important, si ?
Question : Revenons à l'éducatrice...
Réponse : Janine Duclos, elle s'appelait. Il l'a tuée, après quelques mois de vie de galère, parce qu'elle lui pompait l'air, au bout du compte. Il n'avait plus besoin d'elle, c'était un boulet. Mais il a fait en sorte qu'elle rejoigne le royaume des morts.
Question : Il l'a embaumée, c'est ce que vous voulez dire ?
Réponse : Il a sauvé son âme, plutôt. Mourir n'est rien, au contraire, c'est bien, ça soulage. Vivre est tellement douloureux, inutile, compliqué...
Question : Comment a-t-il fait mourir Janine Duclos ?
Réponse : Je ne me souviens pas.
Question : Ambroise vous l'a raconté ou non ?
Réponse : Je ne me souviens pas. Il a dû l'emmener quelque part, la saigner et la préparer...
Question : Où, selon vous ?
Réponse : Ça me paraît évident... À Saint-Médard.
Question : Votre mère aurait pu le surprendre.
Réponse : Mère était parfaitement au courant de tout. Je vous ai dit qu'elle avait été informée de la fugue d'Ambroise et elle n'a pas été surprise quand il a débarqué avec la femme.
Question : Pourquoi ne vous en a-t-elle pas parlé ?
Réponse : J'étais un peu en froid avec elle et mère a toujours préféré régler ses affaires elle-même. Je pense qu'elle a demandé à Ambroise de quitter le château et d'emmener la femme.
Question : La momie, vous voulez dire, car je suppose qu'elle était morte entre-temps ?

Réponse : Bien entendu.
Question : Qu'a-t-il fait ensuite avec le corps ?
Réponse : Il l'a caché dans l'ancienne carrière où vous nous avez trouvés. Enfin, je suppose. Puis, quand il a bossé au musée de l'Homme et qu'il a trouvé la salle des momies, il l'a transférée là-bas. Du moins c'est ce que j'aurais fait à sa place.
Question : Savez-vous comment il s'y prenait, qui lui avait appris à embaumer les corps ?
Réponse : Mon père et moi. Ces techniques antiques nous passionnaient, père avait fréquenté la fac un temps, il avait fait quelques études d'anthropologie et de biologie appliquée. On s'exerçait sur des animaux, et Ambroise s'est pris au jeu. Il n'a pas cessé de s'exercer dans la salle des gardes. Mère détestait cela, elle ne mettait jamais les pieds là-haut, par superstition, car elle était croyante, et disait que c'était mal de ne pas respecter les morts, même si ce n'étaient que des animaux.
Question : Venons-en aux faits plus récents. Que savez-vous des décès d'Amélie Garcin, de Laurence Trinduc et de Magali Bensoussan ?
Réponse : Amélie était ma petite amie. Laurence Trinduc travaillait à la gare du Nord et nous étions devenus amis.
Question : Amants ?
Réponse : Oui, on peut le dire.
Question : Et Bensoussan ?
Réponse : Elle travaillait au musée de l'Homme. Ambroise la connaissait bien, ils étaient amis.
Question : Amants ?
Réponse : Non, amis. Ambroise ne faisait pas l'amour avec des femmes.
Question : Avec des hommes ?
Réponse : Non plus.
Question : Ce sont les momies qui l'excitaient ?
Réponse : Vous ne comprenez rien ! Je ne veux plus parler de ça !

Question : Pourquoi votre frère s'en est-il pris à ces femmes ?

Réponse : Ambroise m'en voulait à mort, c'est une expression tout à fait adaptée à son cas. Parce que j'avais quitté le château, parce que j'étudiais, parce que père m'aimait plus que lui, parce que mère m'admirait et s'occupait de mon avenir. Parce que je ne suis pas venu à son secours quand mère et Mouchel l'ont fait enfermer à Toul. C'est pour ça. Il voulait se venger.

Question : Il aurait pu s'en prendre à vous, directement.

Réponse : Mais non, voyons, c'est stupide ! Ambroise aimait Amaury comme lui-même. C'était son double, il ne pouvait pas lui faire du mal, juste l'empêcher d'être heureux. Lui prendre ce qu'il avait. Enfin, ce que j'avais, c'est ce que je voulais dire. Et s'il avait pu me prendre tout, il l'aurait fait.

Question : Tout, cela veut dire quoi ?

Réponse : Ça veut dire tout.

Question : Vous ne semblez pas avoir beaucoup cherché Amélie Garcin, ni Laurence Trinduc...

Réponse : Amélie m'avait écrit pour me dire qu'elle me quittait, je l'ai crue. C'est tout. Laurence a démissionné et je n'ai plus eu de nouvelles, on n'était pas fiancés, que je sache...

Question : Avec Amélie Garcin, c'était plus sérieux ? Il semble qu'elle était enceinte de vous...

Réponse : C'est ce que j'ai cru comprendre, mais je n'étais pas au courant.

Question : Revenons à Magali Bensoussan !

Réponse : Je ne la connais pas, c'est Ambroise qui travaillait avec elle, je vous l'ai dit. Il m'a dit qu'elle l'espionnait et qu'elle l'a trouvé avec Laurence, à la fin des opérations de séchage. Il ne pouvait pas la laisser le dénoncer.

Question : Savez-vous comment Ambroise a tué ces femmes ?

Réponse : Comme les autres avant, comme les animaux. On les endort, on les vide de leur sang, on les nettoie, on enlève tout l'intérieur, viscères, cerveau et on les met à sécher... On met la résine dans le crâne, on emballe...

Question : Où ces opérations se sont-elles déroulées ?

Réponse : À Chaillot dans le couloir des gazés, dans la salle des momies du musée de l'Homme et le séchage, dans la chaufferie du théâtre... Il y a d'énormes ventilateurs et des coins où personne ne se risque jamais, c'est pratique.

Question : Comment le savez-vous ? C'est votre frère qui vous l'a dit ?

Réponse : Oui, pendant la nuit que nous avons passée ensemble à Saint-Médard et dans la carrière. Je l'ai obligé à tout me raconter.

Question : Il risquait d'être surpris, au cours de ces opérations ?

Réponse : C'est un malin, Ambroise, il savait comment s'y prendre pour passer inaperçu. Et il graissait la patte au gardien, Labrise. L'autre le protégeait en échange de... En fait, Ambroise écoulait de la drogue à Chaillot en tandem avec B-M Harris, l'un dedans, l'autre dehors. Il filait du pognon à Labrise pour qu'il le laisse accéder au couloir sans l'emmerder et pour qu'il le prévienne en cas de danger. Il était supposé planquer la dope là-dessous, et Labrise cherchait pas plus loin.

Question : L'affaire Marion, à présent.

Réponse : Je ne sais rien en dehors des quelques bribes que m'a livrées Ambroise avant de mourir. Il était de mèche avec B-M Harris, je viens de vous le dire. Il l'a manipulé pour approcher Marion.

Question : Expliquez-vous !

Réponse : Quand j'ai été affecté à la brigade des trains, Ambroise a ressenti une violente haine à l'égard de Marion.

Question : Pourquoi ?

Réponse : Ça recommençait comme avec Amélie et, plus tard, Laurence. Elle se mettait entre nous, elle m'aimait, je l'aimais. C'était trop pour Ambroise, ça l'a toujours rendu fou, je vous l'ai dit.

Question : Vous sous-entendez que vos relations avec Mme Marion étaient intimes ?

Réponse : Je ne sous-entends rien. Ambroise le croyait.

Question : Je veux une réponse précise.

Réponse : C'est personnel, je ne dirai rien d'autre à ce sujet.

Question : Ce que vous dites implique que votre frère vous suivait quasiment tout le temps.

Réponse : Après qu'il a tué Janine Duclos, il a tout fait pour me retrouver. Ce n'était pas bien difficile, je ne me cachais pas.

Question : Il n'a jamais tenté d'entrer en contact directement avec vous ?

Réponse : Non, pas après sa fugue de Toul. Je pense que, dès l'instant où il en est sorti, il a décidé de se venger. Et même c'est pour ça qu'il est parti de là-bas. Il ne s'est pas approché de moi mais il m'a collé aux basques comme un sparadrap. Il me pistait, je vous l'ai dit. Pour Marion, il s'est servi de B-M Harris et de quelques "choufs" de la gare. Ce sont des guetteurs, on les appelle aussi des "puces".

Question : Vous pensez qu'il aurait ainsi exterminé toute personne avec qui vous auriez eu des relations intimes ?

Réponse : Exterminé ! Il n'a exterminé personne. Il a seulement aidé ces personnes à gagner la vie éternelle. »

À 11 heures, interrompons l'audition de M. Amaury Guerry des Croix du Marteroy, pour laisser intervenir le personnel soignant.

Pendant que les aides-soignantes s'affairaient autour du commissaire, Régine Duval sortit se dégourdir les jambes dans le couloir. Elle se dirigea vers une zone d'attente, meublée d'une plante verte poussiéreuse et de quelques chaises, vides d'occupants à cette heure de la matinée. Faisant fi des affiches qui clamaient partout que les téléphones portables étaient interdits dans l'établissement, elle dégaina le sien. Il fallait qu'elle parle à Meunier, c'était très important. Une sensation désagréable lui nouait la gorge. Après quelques tentatives infructueuses, elle renonça. Préoccupée, elle se mit à réfléchir. Quelque chose clochait, mais elle n'arrivait pas à mettre un nom sur ce qui la dérangeait. Finalement, elle reprit son mobile et décida d'appeler Valentine Cara. Là encore, la chance n'était pas avec elle, et son amie n'était pas joignable. Mais, contrairement à Meunier, sa messagerie était accessible.

« Allô, Val… C'est moi… Je suis à l'hôpital de Dreux, avec Guerry machin chose. C'est bizarre, ce type, il parle comme un gamin, on ne dirait pas qu'il a fait toutes ces années d'études. Il est très… spécial, je ne sais pas comment te dire. Il est au courant de tout un tas de choses et je vois pas bien comment. En plus on dirait qu'il ne ressent rien. Je voudrais en parler avec toi, que tu me confirmes un ou deux trucs à son sujet. Rappelle-moi, j'en ai encore pour un bon moment ici… »

Elle revint à pas lents, partagée entre l'envie d'en finir rapidement avec ce sinistre commissaire et l'idée qu'elle devait se faire assister par un témoin, n'importe qui, de l'hôpital. La première fut la plus forte, et c'est avec détermination qu'elle reprit sa place au chevet de Guerry-etc.

Reprise de l'audition de M. Amaury Guerry des Croix du Marteroy à 11 heures 12 minutes.

« *Question* : Êtes-vous apte à reprendre le cours de l'audition ?

Réponse : Oui, parfaitement.

Question : Dans ce cas, revenons à Mme Marion.

Réponse : Je ne sais que ce que mon frère m'a dit. Il voulait l'attirer dans un piège et l'emmener comme les autres à Chaillot, mais B-M s'en est mêlé.

Question : Dites-moi d'abord ce que vous savez des relations de Harris et de votre frère.

Réponse : B-M dealait devant Chaillot, Ambroise l'a repéré, il lui a proposé une association. B-M lui a un peu ri au nez au début mais il avait des embrouilles avec des dealers du 19e qui ne le laissaient pas s'implanter et il cherchait une protection policière. Ambroise l'a envoyé à Marion. Vis-à-vis des mecs qu'il allait balancer, c'était moins risqué que les stupes, c'était une sorte de billard à trois bandes, vous voyez ? Puis il l'a hébergé chez lui pour qu'il y planque son business.

Question : L'adresse de la rue Mathis, l'appartement-nourrice ?

Réponse : Oui, un petit plan bien propre, pas loin des cités, pas trop près non plus. Avec Marion, ça a marché tout de suite, c'est un bon flic et elle a sauté sur les tuyaux de B-M comme la misère sur le pauvre monde. Ensuite, y a plus eu qu'à attendre le bon moment.

Question : Pour votre frère, vous voulez dire ? Il faisait tout cela pour piéger Marion ? Pour la tuer, vous voulez dire ?

Réponse : Bien sûr. C'était malin, non ?

Question : Pourquoi avoir choisi la gare du Nord pour l'exécuter dans ce cas ? Ça, ce n'était pas super-malin…

Réponse : Ambroise voulait l'attirer à Chaillot, mais il y a eu cette putain de crue et elle n'a pas voulu venir.

Question : Il aurait pu attendre la fin de la crue.
Réponse : Non, ça faisait déjà trop longtemps qu'il attendait, Marion commençait à avoir des doutes sur les motivations de B-M. Et puis, Ambroise avait quitté Chaillot, et plus le temps passait, plus retourner là-bas était risqué. Il pouvait encore compter sur Labrise mais plus pour longtemps, l'autre commençait à se faire prier. B-M se faisait tirer l'oreille lui aussi, et Ambroise se sentait de plus en plus seul. Il savait qu'il allait se faire prendre et il était tellement fatigué…
Question : Fatigué ?
Réponse : Oui, fatigué. Il ne pouvait plus s'occuper des femmes que A… qui s'approchaient de moi. C'était sans fin, vous comprenez ? Il voulait en finir avec tout ça, s'arrêter.
Question : Comment ?
Réponse : Je ne sais pas.
Question : Pourquoi B-M était-il devenu réticent ?
Réponse : Il avait compris ce qui attendait Marion et il ne voulait pas être mêlé à un meurtre de flic. Il a refusé de piéger Marion, et c'est Ambroise lui-même qui l'a appelée, le 20 au matin. Pour qu'elle ne se méfie pas, il lui a donné rendez-vous dans le poste d'aiguillage où elle rencontrait B-M de temps en temps et il lui a balancé un tuyau énorme.
Question : À quel sujet ?
Réponse : Amaury, enfin moi, quoi. Il lui a dit que j'étais un tueur multirécidiviste qui se préparait à lui régler son compte et qu'il allait tout lui balancer, avec les preuves… Bien sûr, elle a sauté à pieds joints dans le panneau.
Question : Et B-M s'est douté de quelque chose et a suivi Ambroise ?
Réponse : Exactement. Il voulait intervenir et il a bien fallu l'éliminer. Ambroise l'a tué juste avant l'arrivée de Marion, elle n'a même pas vu le corps en entrant, c'est dingue, non ? Ambroise a compris

tout de suite qu'elle ne le suivrait pas, la pluie et l'eau qui débordait de partout étaient un handicap. Pour finir, elle a dégainé son arme la première, il a tiré, bien obligé... Mais il ne voulait pas la tuer comme ça, non, ça c'est sûr...

Question : À qui appartient l'arme qu'il a utilisée ?
Réponse : À moi. C'est l'arme de service que je croyais avoir perdue. En fait, Ambroise me l'avait dérobée, un jour, je ne sais pas comment.

Question : Pourquoi avoir enlevé le commissaire à l'hôpital ?
Réponse : Il était resté près du poste d'aiguillage pour voir ce qui allait se passer, il ne savait pas que la femme, enfin, Marion, était blessée à la tête et que c'était grave. Il a vu tout le monde, il m'a vu, moi, et ça l'a rendu fou. Il a entendu qu'on emmenait Marion à la Salpêtrière, à la garde de neurochirurgie, et il y est allé. Ce n'était pas bien difficile... Après, tout s'est passé les doigts dans le nez. Il y avait ce remue-ménage à cause de l'évacuation, les gens qui regardaient ailleurs, ne s'occupaient pas de lui... Il y avait cette voiture dehors, c'était une provocation, juste la bagnole qu'il fallait. À un moment donné, il a réussi à entrer avec une blouse blanche que Mohica, l'ami de Marion, avait laissée traîner dans le hall. Il a trouvé un masque de chirurgien et il est entré. Personne n'a rien vu ni ne s'est interposé. Il a pigé que Marion était en train de mourir dans l'attente d'une opération ou d'un transfert, il a décidé de l'emmener pour faciliter son passage dans l'au-delà et pas la laisser crever comme un chien, toute seule...

Question : Votre récit est très précis...
Réponse : Je ne fais que répéter ce que m'a dit mon frère au cours de la nuit que nous avons passée à Saint-Médard et aux anciennes carrières.

Question : Comment avez-vous su qu'il avait emmené Marion à Saint-Médard ?

Réponse : C'était logique… Comme pour Janine Duclos, il n'y avait pas beaucoup d'endroits où il pouvait aller.

Question : Vous vous êtes donc rendu à Saint-Médard le soir du 22 février complètement à l'intuition ?

Réponse : Intuition est un mot qui ne convient pas. Je répète que c'était logique.

Question : Vous n'avez eu aucune confirmation par qui que ce soit qu'il était bien au château ?

Réponse : Je vous ai déjà répondu, votre insistance est déplacée et inutile.

Question : Vous n'avez pas appelé votre mère ?

Réponse : Non, je m'en souviendrais.

Question : J'en prends acte. Parlez-moi de la mort de votre frère Ambroise.

Réponse : Je l'ai trouvé dans le grenier, mère l'avait attaché avec l'aide de Mouchel qui, je l'ai su plus tard, avait emmené Marion chez lui. J'avais fouillé le château, sans succès, et mère se taisait, comme à son habitude. J'ai tout fait pour qu'elle me dise la vérité mais elle est plus têtue qu'un troupeau de mules. Ambroise, lui, a été très coopératif, il m'a tout raconté. Au milieu de la nuit, nous étions épuisés, je lui ai dit qu'il fallait partir, appeler les gendarmes et se rendre. Lui devait se rendre, je veux dire. Il fallait aussi chercher Marion et l'emmener à l'hôpital. Il a été d'accord, il était docile comme un agneau et je n'ai pas vu le piège. Je l'ai libéré, et une fois ses liens enlevés, il m'a braqué avec mon arme qu'il avait retrouvée près des instruments de torture. Sous la menace, j'ai fait ce qu'il demandait. Il m'a attaché les mains avec mes propres menottes et m'a fait monter à l'arrière du break Volvo de Mohica. J'ai compris qu'il m'emmenait à notre cachette, à l'ancienne carrière. Une fois là-bas, j'ai essayé de le raisonner mais sans résultat. J'ai tenté de le déséquilibrer, un coup de feu est parti qui m'a touché à la tête, superficiellement. Mais la vue de mon sang l'a chamboulé et il s'est mis à crier qu'il avait tué son frère, son double, je ne sais quoi de ce genre. Il a retourné l'arme contre lui, sous le cou, et il a tiré. Je n'ai pas vu tout de suite qu'il était mort et je me suis couché contre lui pour le réchauffer. J'étais sonné mais je me doutais qu'on nous trouverait là. Le père Léon se chargerait de mettre les gendarmes sur la voie.

Maintenant j'en ai assez dit, je ferai des déclarations plus complètes devant le juge si nécessaire.

Question : Une dernière question si vous permettez... Votre blessure à la tête, puis-je la voir ? Pouvez-vous retirer votre bonnet ?

Réponse : Mais... pour quoi faire ? Laissez-moi, s'il vous plaît, je suis fatigué. »

Elle me regarde et je vois que son attitude change. Pourquoi cette insistance à examiner ma blessure ? Pourquoi tout à coup cette vilaine impression qui me serre les tempes ? La voilà qui se lève. Elle a interrompu l'enregistrement et rangé son matériel. Elle affecte un air décontracté mais je perçois la nervosité dans chacun de ses gestes. Elle me regarde encore.

Elle dit : « Je laisse mon matos ici, je reviens... »

Que va-t-elle faire ? Ça y est ! Je sais. Elle va interroger le médecin qui m'a soigné hier matin. Il va lui dire que ma blessure à la tête a été provoquée par une arme à feu, non pas hier comme je le prétends mais cinq jours plus tôt. Elle va demander des expertises.

Je ne peux pas la laisser faire ça.

Une fois dans le couloir, Régine Duval s'arrêta. Son rythme cardiaque un peu trop élevé indiquait un état de confusion important. Elle chercha des yeux quelqu'un mais ne vit personne. Après le coude du couloir, des cliquetis et bruits de vaisselle lui apprirent que c'était l'heure du repas hospitalier. Elle était bien trop perturbée pour penser à manger, d'autant que les odeurs qui flottaient dans l'air n'étaient pas des plus alléchantes. Elle se dirigea vers le fond du long alignement de portes, là où, selon un panneau, se trouvait le bureau de la surveillante d'étage. Une infirmière y était assise, le nez sur un planning. Celle-ci leva à peine la tête quand le commandant lui demanda le nom du médecin qui avait soigné le commissaire Guerry à son arrivée l'avant-veille. Javiol, docteur Martin Javiol, marmonna la femme. Était-il possible de le rencontrer ? Oui, mais il faudrait patienter, car il n'arrivait pas avant 14 heures. Régine Duval hésita, regarda sa montre. 12 heures 15. Elle pouvait bien attendre, c'était bête d'être venue jusque-là et de ne pas attendre. Elle se dit qu'elle irait faire un tour dehors, en ville, dans un café.

— Les toilettes ? s'enquit-elle le plus aimablement qu'elle put.

— Tout au bout du couloir, à droite.

Elle laissa couler l'eau du robinet longuement sur ses mains qui auraient eu bien besoin d'une manucure. Elle contempla fugacement son visage terreux, ses cheveux en désordre. Elle entendit la porte s'ouvrir et quand elle aperçut le reflet de son assassin dans le miroir, elle n'eut pas le temps de réagir. Les yeux verts de Valentine s'imprimèrent brièvement dans son cerveau. Le coup l'atteignit à la tempe, et le noir se fit.

**13. Rapport de Maguy Meunier,
commissaire divisionnaire, chef de la BC de Paris,
à M. le préfet de police de Paris,
sous couvert de M. le directeur
de la DRPJ de Paris.**

J'ai l'honneur de porter à votre connaissance les points suivants :

Le 25 février 2013 à 12 heures 45, le corps du commandant Régine Duval était découvert dans les toilettes pour femmes du premier étage de l'hôpital de Dreux. Elle avait été violemment frappée à la tête, et un important écoulement de sang consécutif à une blessure à la carotide semblait être à l'origine de son décès. Les circonstances n'en ont pas été clairement établies, et les recherches effectuées sur place n'ont pas permis de découvrir l'auteur des coups mortels. Le commandant Duval s'était rendue dans cet hôpital pour y entendre le commissaire Guerry des Croix du Marteroy, seul survivant de la famille, dans le cadre d'enquêtes criminelles multiples. L'intéressé a déclaré que le commandant Duval l'avait quitté vers 12 heures 15, une fois son audition terminée. Elle était alors partie avec ses affaires (sac contenant son ordinateur et le matériel d'enregistrement) et n'avait pas exprimé l'intention de revenir ou de procéder à d'autres actes procéduraux. Épuisé par l'entretien de plus de trois heures, M. Guerry s'était endormi profondément dès son départ et n'avait été réveillé qu'à 13 heures 45 par une aide-soignante. Il n'avait pas touché à son plateau-repas et, selon les témoignages recueillis sur place, n'avait pas été vu quittant sa chambre ou y revenant.

Une infirmière, Mme Signol, déclare avoir parlé avec Régine Duval vers 12 heures 15 précisément. Elle lui a donné, à sa demande, le nom du médecin de M. Guerry et indiqué la direction des toilettes où le commandant s'est rendue. C'est une heure plus tard que, elle-même ayant besoin de s'y rendre, Mme Signol a constaté la présence d'une flaque de sang sous la porte d'un des deux W-C et a découvert le corps du commandant Duval. Selon les premiers constats effectués, la mort pouvait être située aux environs de 12 heures 15-12 heures 30, soit très près du moment où les deux femmes se sont parlé. Mme Signol, occupée à la rédaction d'un tableau de service, n'a pas remarqué de présence suspecte ni de une ou plusieurs personnes étrangères à l'établissement au moment des faits. Les malades se trouvant tous dans leurs chambres en raison de l'heure du repas, l'hypothèse que ce fût l'un d'entre eux était également écartée. Aucun élément ne permet de rattacher la mort de Régine Duval aux différentes investigations qu'elle menait alors. Sa sacoche n'a toutefois pas été retrouvée. Le contenu de l'ordinateur, la teneur de l'audition de M. Guerry et l'enregistrement qu'elle en avait réalisé ont, pour l'instant, disparu. Son sac à main et ses papiers, effets personnels et argent étant également restés introuvables, on ne peut exclure un acte crapuleux commis par un auteur de passage et non identifié. À noter que M. Amaury Guerry a fait preuve d'une totale collaboration dans cette affaire et qu'il sera réentendu ultérieurement, dans le cabinet du juge d'instruction.

Le décès du commandant Duval porte un coup terrible à la BC, déjà en deuil d'un officier, décédé à la suite de coups de couteau portés par Mme Aménaïde de Bazeloche. Plusieurs éléments éminents de la brigade ont déposé des demandes de mutation pour lesquelles j'ai émis un avis favorable.

Vous trouverez en annexe les différents rapports établis dans les affaires citées plus haut. Je n'y reviendrai pas.

Il me tient toutefois à cœur d'attirer respectueusement votre attention sur un point en particulier. Il concerne la mise en cause des officiers Luc Abadie et Valentine Cara de la brigade des chemins de fer de Paris dans la subtilisation d'une preuve sur les lieux de l'agression armée contre Mme Edwige Marion et de quelques initiatives qu'ils ont prises par la suite, hors de leur champ de compétence. Ces faits sont certes inadmissibles, mais ils doivent être replacés dans le contexte du moment. Les circonstances : l'état extrêmement grave de Mme Marion, la défaillance de son adjoint Guerry des Croix du Marteroy, lui-même perturbé comme on le sait à présent par tous les faits concernant sa famille et ses relations féminines assassinées par son frère, la crue de la Seine également, expliquent la réaction de ces deux officiers par ailleurs très compétents et d'une totale intégrité dans l'exercice de leurs fonctions. Leur intervention, alors que mon équipe d'enquêteurs s'était lancée sur une piste inadéquate (mais néanmoins solide dans le contexte), a permis d'accélérer le cours de l'enquête et de retrouver la divisionnaire Marion, encore en vie à ce jour, je le précise. Je n'aurais pour ma part, en aucun cas, révélé cette affaire, mais un de mes officiers a jugé bon de le faire pour des raisons qui ne s'expliquent pas seulement par l'honnêteté professionnelle. Le capitaine Alain Mars est en effet un excellent enquêteur mais un mauvais collègue. Ses attaques répétées contre sa chef de groupe en raison de sa vie privée notamment, son acharnement à défendre à toute force un point de vue erroné, sa détermination à préserver la suprématie de la BC à n'importe quel prix, en font un élément que je considère aujourd'hui comme douteux dans la brigade. Bien qu'il n'ait pas lui-même demandé son transfert, je souhaite qu'il soit écarté de la BC, le capital confiance qu'on peut lui accorder étant fortement entamé. De même, je sollicite, monsieur le Préfet, votre indulgence pour les officiers Abadie et Cara. Leur hiérarchie décidera de la suite à donner à cette affaire, mais je demande instamment votre soutien afin qu'ils ne soient pas lourdement sanctionnés.

Pour conclure, je me permets une dernière remarque à propos de tous ces événements survenus en quelques jours. En effet, sans la crue de la Seine, jamais les affaires Janine Duclos, Amélie Garcin, Laurence Trinduc et Magali Bensoussan n'auraient été élucidées. Les corps enfermés et murés dans les sous-sols du musée de l'Homme ne seraient pas ressortis sans l'effet puissant des eaux de la Seine. De même, les faits plus anciens concernant la famille Guerry des Croix du Marteroy n'auraient pas non plus trouvé de solution. On peut considérer en outre que ni l'agression contre Edwige Marion ni la mort de Lola Laclos et de Bob-Marley Harris ne seraient survenues hors de ce contexte. Il est vraisemblable que le commissaire Marion aurait réagi très différemment dans une situation moins tendue.

Pour ma part, très fortement affectée par ces divers événements qui m'ont permis de mesurer mes propres faiblesses et mes insuffisances, je souhaite une autre affectation, dans un service moins opérationnel, de préférence.

14. Rapport d'Anne Morin, préfète, secrétaire de la zone de défense de Paris à M. le ministre de l'Intérieur.

Vous trouverez en annexe les différents comptes rendus de la cellule de crise « inondation de Paris » et les conclusions qu'il faut en tirer.

Bien que vivement mise en cause par la presse, par la commission d'enquête parlementaire et par certains de vos commentaires, monsieur le Ministre, dans les médias, je réfute avec vigueur les accusations de laxisme et d'incompétence me mettant en cause, moi-même et mes équipes. La préparation de cette crise avait été conduite dans les règles, les personnels ont montré une totale abnégation et un dévouement sans faille. Certains sont restés sur place avec moi pendant la durée de la crise aiguë, c'est-à-dire plus de trois semaines. Ils sont encore au travail aujourd'hui et se maintiendront à leur poste plusieurs mois encore. Je réfute également les attaques contre les prévisionnistes météorologistes dont on sait qu'ils travaillent sur le fil du rasoir, avec des moyens dérisoires la plupart du temps. Je maintiens que le niveau de responsabilité, non pas des événements, mais de la gestion de leurs conséquences, se situe au plan politique plus que technique.

Pour toutes ces raisons et d'autres qui me sont personnelles et que je n'évoquerai donc pas, je vous prie, monsieur le Ministre, de m'accorder le bénéfice d'une mise à la retraite immédiate.

Marion a perdu le fil des opérations. Le coma partiel dans lequel elle a navigué au début de sa tragique aventure et qui lui laissait percevoir des sons, des présences, certes altérées, déformées et interprétées par son cerveau ravagé a fait place à un coma artificiel voulu par les soignants, aussi plat et aussi lisse qu'une mare envasée. Un lieu sans bornes et sans issue.

Malgré l'optimisme des médecins, qui espèrent toujours en la vie, en dépit de l'implacable foi que déploient ses proches — ses deux familles, ainsi qu'elle aurait pu le dire si elle avait pu parler —, en se relayant à son chevet jour et nuit pour stimuler sa conscience, lui parler d'eux, d'elle et de l'impossible désert dans lequel elle les a laissés, il est improbable qu'elle sache jamais que les conséquences de la crue de la Seine ont été terrifiantes, que l'enveloppe au final a dépassé les dix-sept milliards d'euros. Elle ignorera peut-être toujours les dégâts humains que cet événement et sa propre histoire ont provoqués et que sa chère brigade, ce service sans panache pour lequel elle a tant lutté, a été confiée, en grande pompe, à un tueur psychopathe.

Ce matin, j'ai revêtu l'habit de lumière. Dans la grande verrière, les troupes de la brigade m'ont rendu les honneurs. On m'a congratulé et remis une arme neuve, les insignes de ma fonction et les clefs du bureau de Marion où je suis maintenant assis. Il a été vidé de ses effets personnels et nettoyé. Elle ne reviendra plus ici. Les affaires restées dans la pièce borgne réservée à l'adjoint — il en viendra un autre, un jour, je choisirai une femme — ont été transférées ici, dans « mon » bureau. Le grand livre de la noblesse est installé bien en évidence dans la bibliothèque ainsi qu'une grande photo du château dont je suis maintenant le seul héritier. Je compte m'y installer, il faudra que je répare les ventilateurs.

Parfois, dans mes rêves, mon frère me visite. Ses cris muets ne s'adressent qu'à la nuit. Je lui ai tout repris.

La tête me tourne un peu. J'ai tant à apprendre encore, il me faut être très attentif. Mon histoire — celle de la famille — et les ultimes drames dans lesquels elle s'est achevée me donnent un délai de grâce. Mais la période de deuil que l'on m'accorde avec respect et compassion cessera un jour, et je devrai alors faire attention. À tout. J'ai mesuré les faiblesses du système et les lacunes de la police française. Ignore-t-elle vraiment le fait que, si les jumeaux homozygotes ont un ADN identique, en revanche, leurs empreintes digitales ne peuvent pas se superposer ? Ou ont-ils péché par excès de suf-

fisance ? S'ils avaient fait ce test élémentaire, j'aurais rejoint ma cellule de Toul. Une seule personne m'a vraiment mis en danger, une femme blonde, commandant de police, perspicace et affûtée. Le soir, je réécoute l'enregistrement pour détecter mes erreurs — nombreuses, manquerais-je de modestie ? — et pour me préparer à l'interrogatoire chez le juge d'instruction.

Le couple infernal Abadie-Cara, plus soudé que jamais, est mon principal ennemi. Ils ne céderont pas un pouce de terrain, j'en suis conscient. Abadie me jauge. Cara m'observe, je le vois bien. Je me demande si Duval n'a pas eu le temps de lui dire quelque chose à mon sujet. Je dois casser ce couple. Abadie ira à la Crim où on le réclame, Cara, loin d'ici, en province. Je mettrai tout en œuvre pour qu'ils obtiennent une promotion.

Si ça ne marche pas ou s'ils résistent, ce sera ma vie contre la leur.

*Composé par Nord Compo Multimédia
7, rue de Fives, 59650 Villeneuve-d'Ascq*

Achevé d'imprimer en avril 2013
sur les presses de Normandie Roto Impression s.a.s.
61250 Lonrai
pour le compte des Éditions Payot & Rivages
106, bd Saint-Germain – 75006 Paris
N° d'imprimeur : 131566
Dépôt légal : avril 2013

Imprimé en France